CHRISTIAN JACQ
DIE PHARAONIN DER FREIHEIT

CHRISTIAN JACQ

DIE PHARAONIN
DER FREIHEIT

Roman

Aus dem Französischen
von Anne Spielmann

LIMES

Die Originalausgabe erschien 2002 unter dem Titel
»La Reine Liberté. L'Épée Flamboyante«
bei XO Editions, Paris

Umwelthinweis :
Dieses Buch und sein Schutzumschlag
wurden auf chlorfrei gebleichtem Papier gedruckt.
Die vor Verschmutzung schützende Einschrumpffolie
ist aus umweltschonender und recyclingfähiger PE-Folie.

Der Limes Verlag ist ein Unternehmen
der Verlagsgruppe Random House.

1. Auflage
© der Originalausgabe XO Editions, 2002. All Rights Reserved
© der deutschsprachigen Ausgabe 2003
by Limes Verlag, München,
in der Verlagsgruppe Random House GmbH
Satz: Uhl + Massopust, Aalen
Druck und Bindung: GGP Media, Pößneck
Printed in Germany
ISBN 3-8090-2479-1
www.Limes-verlag.de

Ich widme dieses Buch all jenen, die ihr Leben der Freiheit und dem Kampf gegen Besatzungen, totalitäre Regime und Inquisitionen aller Art geweiht haben.

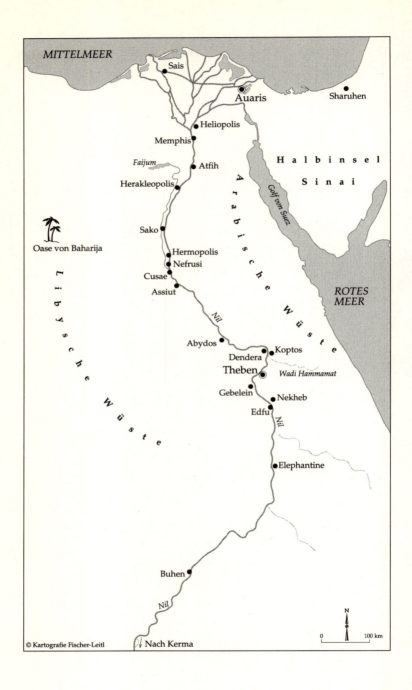

1

Nummer 1790 würde es nicht schaffen.

Großfuß steckte bis über die Ohren im Dreck und hatte keine Lust mehr zu leben. Nach Jahren im Lager von Sharuhen in Palästina hatte er seine letzten Kraftreserven aufgebraucht.

Sharuhen war ein wichtiger Stützpunkt im Hinterland der Hyksos, die seit über einem Jahrhundert Ägypten besetzt hielten. Ihre Hauptstadt hatten sie in Auaris, im Nildelta, eingerichtet. König Apophis, ihr Regent, verließ sich nicht nur auf sein Heer und seine Ordnungskräfte im Inneren, um seine grausame Herrschaft aufrechtzuerhalten. Er hatte einen verführerischen Gedanken des Großschatzmeisters Khamudi, seines treuesten Gefährten, der auch als seine rechte Hand fungierte, aufgegriffen und am Fuß der Festung von Sharuhen ein Lager errichten lassen. Das ganze Gebiet war von Sümpfen durchzogen, in denen Menschen nicht lange leben konnten, ohne todkrank zu werden. Im Winter blies ein eisiger Wind, während im Sommer die Sonne mörderisch heiß vom Himmel brannte. Und es wimmelte von Stechmücken.

»Bitte, steh doch auf«, bat Nummer 2501 flehentlich, ein Schreiber von etwa dreißig Jahren, der binnen drei Monaten zehn Kilo Gewicht verloren hatte.

»Ich kann nicht mehr ... Lass mich.«

»Wenn du jetzt nicht aufstehst, Großfuß, wirst du sterben. Und du wirst deine Kühe nie wieder sehen.«

Großfuß wollte sterben, aber noch größer war sein Wunsch, seine Tiere wieder zu sehen. Niemand konnte besser mit ihnen umgehen als er.

Wie viele andere hatte auch er den Hyksos anfangs Glauben geschenkt. »Lasst eure abgemagerten Herden auf den fruchtbareren Weiden des Nordens grasen!«, hatten sie die Bauern aufgefordert. »Wenn sie dann stark und fett geworden sind, kehrt ihr nach Hause zurück.«

Doch die Hyksos hatten die Herden gestohlen; sie hatten die Hirten getötet, die es gewagt hatten, sich gegen ihr Vorgehen zu stellen, und die Übrigen in das Todeslager von Sharuhen gesteckt.

Nie würde Großfuß ihnen verzeihen, dass sie ihn von seinen Kühen getrennt hatten. Zwangsarbeit hätte er hingenommen, lange Märsche durch verschlammtes Überschwemmungsgebiet, weniger Geld – doch nicht das.

Nummer 1790 kam schwankend auf die Beine.

Wie seine Leidensgenossen hatte er das schreckliche Verfahren der Brandmarkung über sich ergehen lassen müssen, in Gegenwart aller Gefangenen, die gezwungen worden waren zuzusehen. Wer die Augen abwendete oder schloss, wurde sofort hingerichtet.

Großfuß spürte noch immer den entsetzlichen Schmerz des rot glühenden Eisens, das sich in seine Haut eingebrannt hatte. Je mehr man schrie, desto länger dauerte die Folter. Und etliche der Verletzten waren an Infektionen gestorben. Im Lager von Sharuhen gab es weder Ärzte noch Wundheiler; Kranke wurden nicht versorgt. Wenn er nicht so widerstandsfähig gewesen wäre, natürliche Magerkeit und die Gewohnheit mitgebracht hätte, sich mit wenig zu begnügen, wäre der Bauer schon vor langer Zeit zugrunde gegangen. Leute, die mehr brauchten, hielten nicht länger als ein paar Monate durch.

»Hier, nimm ein wenig trockenes Brot.«

Großfuß schlug das großzügige Geschenk seines Freundes nicht aus. Dieser Mann war verurteilt worden, weil er ein Loblied an Pharao Sesostris in seinem Haus aufbewahrt hatte. Ein Nachbar hatte ihn verraten. Er war als gefährlicher Verschwörer bezeichnet und sogleich verschleppt worden. König Apophis, der selbst ernannte Pharao, duldete nicht den kleinsten Hinweis auf die glorreiche Vergangenheit Ägyptens.

Ein kleines Mädchen näherte sich den beiden Männern.

»Habt ihr nicht etwas zu essen für mich? Ich habe solchen Hunger!«

Großfuß schämte sich, weil er den Brotkanten so schnell verschlungen hatte.

»Haben dir die Wächter heute deinen Anteil nicht gegeben?«

»Sie haben mich vergessen.«

»Hat deine Mama sie nicht zurückgerufen?«

»Meine Mama ist heute Nacht gestorben.«

Das Mädchen machte sich wieder auf den Weg zum Leichnam seiner Mutter. Niemand konnte irgendetwas für es tun. Wenn einer der Gefangenen sich um es kümmern würde, würde man das Mädchen umso eher den Soldaten der Festung ausliefern, das wussten alle.

»Da kommen neue Gefangene«, sagte der Schreiber.

Das schwere Holztor des Lagers hatte sich geöffnet.

Eine hoch gewachsene Frau mit riesigen Händen schlug mit einem Stock auf die alten Männer ein, die kaum noch gehen konnten.

Einer von ihnen brach mit zertrümmertem Schädel zusammen. Die anderen versuchten, schneller zu gehen, um den Schlägen zu entgehen, doch den Folterknechten der Hyksos entging am Ende niemand.

Die Kräftigsten unter ihnen standen zögernd wieder auf. Sie wunderten sich, dass sie noch am Leben waren, und bereiteten sich schon auf weitere Misshandlungen vor. Doch nach den Schlägen begnügten sich die Hyksos mit höhnischen Blicken.

»Willkommen in Sharuhen!«, rief Aberia, die Frau mit den brutalen Händen. »Hier werdet ihr endlich lernen zu gehorchen. Wer noch lebt, begräbt die Toten und säubert das Lager!« Sie sah sich um. »Es sieht hier ja aus wie in einem Schweinestall!«

Für einen Hyksos, der Schweine hasste und kein Schweinefleisch aß, konnte es keine schlimmere Beleidigung geben.

Großfuß und der Schreiber beeilten sich, den Befehlen nachzukommen, denn sie wussten, dass Aberia es gern sah, wenn die Verschleppten ihren guten Willen zeigten. Wer einen Befehl nicht mit Eifer ausführte, wurde hingerichtet.

Mit den Händen hoben sie Gräben aus, in die sie die Leichen legten, ohne Totengebet, ohne irgendeine Zeremonie zum Wohl der Verstorbenen. Großfuß richtete lediglich ein stummes Gebet an die Göttin Hathor, die die Seelen der Gerechten aufnahm und sich in einer Kuh verkörperte, dem schönsten aller Geschöpfe.

»Morgen ist Neumond«, bemerkte Aberia mit grausamem Lächeln, bevor sie das Lager verließ.

Einer der alten Männer, die gerade eingetroffen waren, trat auf Großfuß zu. »Können wir reden?«

»Jetzt, wo sie weg ist, ja.«

»Warum interessiert sich diese Teufelin für den Mond?«

»Weil sie sich jedes Mal, wenn der Mond neu geboren wird, einen Gefangenen aussucht, den sie vor den Augen der anderen langsam erdrosselt.«

Mit seinem gebeugten Rücken ließ sich der Alte zwischen Nummer 1790 und Nummer 2501 nieder.

»Was ist das, diese Zahlen auf euren Armen?«

»Das ist unsere Gefangenennummer«, antwortete der Schreiber. »Von morgen an werden auch die Neuankömmlinge gebrandmarkt.«

»Das heißt, dass ... mehr als zweitausend Unglückliche schon hierher verschleppt worden sind?«

»Viel mehr«, sagte Großfuß. »Denn viele der Gefangenen sind schwer gefoltert worden und gestorben, bevor man ihnen die Nummer aufbrennen konnte.«

Der alte Mann ballte die Fäuste.

»Wir dürfen die Hoffnung nicht aufgeben«, erklärte er mit unerwarteter Energie.

»Wozu sich noch etwas vormachen?«, fragte der Schreiber.

»Weil die Hyksos immer weniger Selbstvertrauen haben. In den Städten des Deltas und in Memphis schließt sich der Widerstand zusammen!«

»Die Ordnungskräfte des Königs werden mit dem Widerstand bald aufräumen!«

»Sie haben immer mehr zu tun, glaub mir!«

»Es gibt so viele Spitzel... Keiner entkommt den Maschen des großen Netzes.«

»Ich habe mit meinen eigenen Händen einen Papyrusverkäufer getötet, der den Hyksos eine Frau angezeigt hat, nur weil sie sich ihm verweigerte. Er war jung und viel stärker als ich. Aber ich habe doch noch genug Kraft aufgebracht, um diesen Unhold zu töten, und ich bereue es nicht. Ganz allmählich wird das Volk begreifen, dass nur alles noch schlimmer wird, wenn man sich den Hyksos beugt. Ihr König will alle Ägypter auslöschen und unser Land mit seinen Leuten besiedeln. Sie wollen sich alles unter den Nagel reißen, was wir besitzen, unsere Häuser, unseren Grund, und sie wollen unsere Seelen zerstören.«

»Genau das ist auch der Zweck dieses Lagers«, stellte der Schreiber mit brüchiger Stimme fest.

»Apophis vergisst, dass Ägypten wirklich allen Grund zur Hoffnung hat«, sagte der Alte erregt.

Großfuß' Herz begann schneller zu schlagen.

»Die Königin der Freiheit!«, fuhr der Alte fort. »Sie ist unsere Hoffnung. Nie wird sie aufhören, sich gegen Apophis zur Wehr zu setzen.«

»Es ist den thebanischen Truppen nicht gelungen, Auaris zu erobern«, rief ihnen der Schreiber in Erinnerung, »und Pharao Kamose ist tot. Königin Ahotep trauert und vergräbt sich in ihrer Stadt. Früher oder später werden die Hyksos über Theben herfallen, und dann gehört es ihnen.«

»Du irrst dich! Königin Ahotep hat schon so viele Wunder vollbracht… Nie wird sie aufhören zu kämpfen!«

»Königin Ahotep ist nur noch eine Legende. Niemand wird es schaffen, die Macht der Hyksos zu brechen, und niemand wird je aus diesem Lager herauskommen, von dem die Thebaner nie etwas erfahren.«

»Ich«, sagte Großfuß, »ich habe Vertrauen. Die Königin der Freiheit wird es möglich machen, dass ich eines Tages meine Kühe wieder sehe.«

»Während wir warten«, empfahl Nummer 2501, »sollten wir besser unser Gefängnis sauber machen. Sonst schlagen sie uns wieder mit ihren Stöcken.«

Von den Neuankömmlingen waren vier in der Nacht gestorben. Großfuß hatte sie gerade beerdigt, als Aberia wiederkam.

»Schnell, schnell«, sagte der Bauer zu dem alten Mann, der ihm geholfen hatte. »Wir müssen uns in ordentlichen Reihen vor ihr aufstellen!«

»Ich habe solche Schmerzen, hier, in der Brust… Ich kann mich kaum noch bewegen.«

»Wenn du nicht aufrecht stehst, schlägt Aberia dich tot.«

»Dieses Vergnügen gönne ich ihr nicht… Vor allem, mein Freund, gilt es, die Hoffnung zu bewahren.«

Der alte Mann stieß ein lautes Röcheln aus.

Sein Herz hatte aufgehört zu schlagen.

Großfuß beeilte sich, die anderen zu erreichen, die schon ordentlich aufgereiht vor Aberia standen. Sie überragte die Mehrzahl der Gefangenen um Haupteslänge.

»Ich möchte mich wieder einmal vergnügen«, erklärte sie, »und ich weiß, dass ihr alle ungeduldig darauf wartet, die Nummer des Glücklichen zu erfahren, den ich mir als Helden unserer kleinen Feierlichkeit erwählen werde.«

Mit lustvoller Gier ließ sie ihren Blick über die Verschleppten schweifen. Hier hielt sie die alleinige Macht über Leben und Tod dieser Männer in Händen, das wusste sie.

Doch als ob dieses Wissen ihr noch nicht genügte, schritt sie langsam die Reihen ab, bis sie vor einem noch jungen Mann stehen blieb, dessen Glieder von einem unbeherrschbaren Zittern ergriffen wurden.

»Du, Nummer 2501«, sagte Aberia.

2

In der rosigen Klarheit des frühen Morgens erhob Königin Ahotep als Zeichen tiefer Verehrung ihre Hände zu dem verborgenen Gott empor.

»Mein Herz öffnet sich deinem Blick. Du machst uns satt, auch wenn wir nichts zu essen haben, du stillst unseren Durst, ohne dass unsere Lippen das Wasser berühren. Dem, der keine Mutter hat, bist du ein guter Vater, der Witwe bist du ein treuer Gemahl. Wie herrlich ist es, dein Geheimnis zu schauen! Der Geschmack des Lebens ist in ihm, es ist eine Frucht, von der Sonne gesättigt, und wer sich darin kleidet, kleidet sich in kostbaren Stoff.«

Die schöne junge Frau von neununddreißig Jahren hatte sich

ohne Begleitung in den Ostteil von Karnak begeben, um die Auferstehung des Lichts zu feiern, das die Nacht besiegt hatte.

Doch war das nicht eine Illusion in diesem Ägypten, dessen nördliche Provinzen unter dem Joch der Hyksos ächzten? Nachdem sie ihren Mann und ihren ältesten Sohn verloren hatte, die so tapfer gegen die Besatzer gekämpft hatten, war das Herz der Gottesgemahlin nun einzig von der Liebe zur Freiheit erfüllt, jener Freiheit, die unerreichbar schien, solange das Heer der Hyksos seine Überlegenheit bewahren konnte.

Wie aber konnte man die großartige Energie vergessen, die die thebanischen Truppen bis zu ihrem Vordringen nach Auaris, der Hauptstadt des Herrschers der Finsternis, einst beflügelt hatte? Erst am Fuß der uneinnehmbaren Festung waren die Kräfte der Ägypter erlahmt, und sie hatten den Rückzug antreten müssen.

Nachdem Pharao Kamose, würdiger Nachfolger seines Vaters Seqen, gestorben war, hatte sich die Herrscherin in den Tempel zurückgezogen, um in der abgeschiedenen Stille neue Kraft zu finden. Innerhalb der Mauern hatte sie sich in das schöne, doch bescheiden ausgestattete Allerheiligste zurückgezogen, wo sie sich unter dem Schutz Amuns und Osiris' der frommen Betrachtung hingab. Amun war der Herr Thebens, er schuf den günstigen Wind für die Schiffe, und er bewahrte das Geheimnis des Ursprungs; seine Kapelle war verschlossen. Erst am Tag des Sieges über die Hyksos würde sich die Tür zum Allerheiligsten wieder von selbst öffnen. Osiris war jener Gott, der nach seiner Tötung wiederauferstanden war; er war der Totenrichter und Herr der Bruderschaft der »Gerechten an Stimme«, der jetzt auch Seqen und Kamose angehörten.

Seqen war im Kampf gestorben. Man hatte ihn in eine Falle gelockt.

Kamose hatte sich gerade zu einem neuen Angriff auf Auaris gerüstet, als man ihn vergiftete, und sterbend war er zu sei-

14

ner Mutter nach Theben zurückgekehrt, um im Angesicht des Berges des Westens sein Leben auszuhauchen.

In beiden Fällen war der Schuldige ein Hyksosspitzel, der sich in den thebanischen Führungsstab eingeschlichen hatte. Zweimal hatte er zugeschlagen, zweimal war es ihm gelungen, den verantwortlichen Kopf der Thebaner zu treffen.

Doch Königin Ahotep war umgeben von Leuten, die über jeden Verdacht erhaben waren, die ihren Wert hundertmal bewiesen und im Kampf gegen die Hyksos ihr Leben aufs Spiel gesetzt hatten, jeder auf seine Weise: Qaris, der Haushofmeister ihres Palasts, zuständig für die Beschaffung und Übermittlung von Nachrichten; Heray, der Aufseher der Getreidespeicher und faktisch auch der Leiter der Wirtschaftsabteilung; Emheb, Fürst von Edfu, der in verzweifelten Zeiten die Front bei Cusae gehalten hatte und dabei mehrfach verwundet worden war; Neshi, Kanzler und Träger des königlichen Siegels, der Kamose so zugetan gewesen war, dass er die Königin gebeten hatte, ihn aus ihren Diensten zu entlassen, was Ahotep ihm nicht gewährt hatte; Ahmas, Sohn des Abana, ein Bogenschütze aus der Truppe der Thebaner, der schon zahlreiche Hyksosoffiziere getötet hatte; der Afghane und der Schnauzbart, zwei Widerstandskämpfer, die an die Spitze von Regimentern berufen und für ihre Verdienste hoch geehrt worden waren; Mondauge, der Admiral der thebanischen Flotte, der über außergewöhnliche strategische Fähigkeiten verfügte und sehr tapfer war.

War es auch nur einen Moment vorstellbar, dass einer von ihnen ein Verräter sein konnte, bezahlt vom Herrscher der Finsternis?

Es war offensichtlich, dass man anderswo suchen und die Augen ständig offen halten musste. Trotz seiner teuflischen Gewandtheit musste sich der Spitzel irgendwann einmal verraten.

Wenn es so weit war, würde Ahotep mit der Schnelligkeit und Kraft der Königskobra zuschlagen.

Die Gottesgemahlin begab sich nun zu dem kleinen heiligen See, aus dem der Pharao jeden Morgen frisches Wasser schöpfen musste. Dieses Wasser stammte von Nun ab, dem Ozean der Kräfte, aus dem alles Leben stammte, und diente der Reinigung und der Erschaffung neuer Kreisläufe, deren Einfluss das Dasein in all seinen Formen benötigte, vom Stern bis zum Kieselstein.

Doch der junge Pharao Kamose war mit zwanzig Jahren gestorben, und sein Nachfolger, sein Bruder Ahmose, war erst zehn.

Zum zweiten Mal war Ahotep also Regentin geworden, und wieder einmal fiel ihr die Aufgabe zu, das Staatsschiff zu lenken.

Der Feind war noch lange nicht besiegt, doch vom endgültigen Triumph war er ebenfalls noch weit entfernt. Die Königin der Freiheit würde ihm beweisen müssen, dass er seine Herrschaft über die Zwei Reiche nicht für immer aufrechterhalten konnte.

Mit unverhohlener Freude sprang Lächler der Jüngere auf seine Herrin zu. Ungeachtet seines Gewichts, richtete sich der große Hund auf und legte der Königin seine riesigen Pfoten auf die Schulter, wodurch er sie um ein Haar umgeworfen hätte. Nachdem er ihr vorsichtig über die Wangen geleckt hatte, folgte er ihr zum Palast des großen Truppenstützpunkts im Norden von Theben.*

Hier, im Herzen einer sehr trockenen Gegend, hatte der junge König Seqen unter äußerst harten Bedingungen die ersten Soldaten der Befreiungsarmee ausgebildet. Etwas später

---

* Auf dem Gelände von Deir el-Ballas.

hatte man eine Kaserne, Wohnhäuser, eine Festung, eine königliche Residenz, eine Schule, ein Krankenhaus und verschiedene kleinere Heiligtümer gebaut. Die jungen Soldaten lernten hier die ersten Handgriffe ihres Handwerks, unter dem Befehl von Ausbildern, die sie mit eiserner Hand auf die bevorstehenden harten Kämpfe vorbereiteten.

Am Eingang des Palasts hielt Lächler der Jüngere inne und nahm ausgiebig Witterung auf. Mehr als einmal hatte ihn sein Instinkt auf eine lauernde Gefahr hingewiesen – diesen untrüglichen Instinkt hatte er zweifellos von seinem Vater, Lächler dem Älteren, geerbt –, und er hatte Ahotep retten können. Die Königin verließ sich unbedingt auf ihren treuen Hund.

Haushofmeister Qaris erschien auf der Schwelle.

Korpulent, mit rundem Gesicht und von unerschütterlicher Gemütsruhe, sah er aus wie die Freundlichkeit selbst. In den Zeiten der entsetzlichsten Bedrückung des Landes durch die Hyksos hatte er nicht gezögert, als Bindeglied zwischen verschiedenen Widerstandsgruppen zu dienen und Nachrichten aus dem ganzen Land zu sammeln, auch wenn er bei jedem Schritt hatte riskieren müssen, verraten und zum Tode verurteilt zu werden.

»Majestät, ich habe Euch noch nicht so früh erwartet! Die Leute sind noch dabei, Eure Räume zu säubern, und ich hatte noch keine Zeit, mich um das Essen zu kümmern.«

Lächler der Jüngere näherte sich dem Haushofmeister mit zufriedenem Gesicht und leckte ihm die Hand.

»Ruf die obersten Beamten im Ratssaal zusammen, ich muss mit ihnen sprechen!«

Haushofmeister Qaris hatte ein hölzernes Modell des Landes mit den befreiten und den besetzten Gebieten hergestellt, ein handwerkliches Meisterstück.

Als die junge Ahotep es zum ersten Mal gesehen hatte, hatte

einzig die Stadt Theben eine relative Eigenständigkeit genossen. Heute aber, dank der großen Taten von Pharao Seqen und Kamose, beherrschten die Hyksos nur noch das Nildelta, und ihr nubischer Verbündeter, der Fürst von Kerma, hielt sich, von thebanischen Truppen eingeschlossen, in seinem weit entfernten Reich im äußersten Süden auf, ohne einen Ausfall in den Norden zu wagen.

Memphis, die »Waage der Zwei Reiche«, Durchgangsort und Knotenpunkt zwischen Ober- und Unterägypten, war zwar befreit worden, doch für wie lange? Die Truppen des Hyksosadmirals Jannas würden sich nicht in alle Ewigkeit damit zufrieden geben, nur Auaris zu verteidigen. Bald war ein neuer Angriff von ihnen zu erwarten.

Die Würdenträger des Staates verbeugten sich tief vor ihrer Herrscherin. Ihre Mienen spiegelten Besorgnis und Mutlosigkeit wider.

»Die Neuigkeiten sind gar nicht gut, Majestät. Die Verteidigung von Memphis wird sich außerordentlich schwierig gestalten, und wir müssen den Großteil unserer Truppen dorthin schicken. Wenn es zu Kämpfen kommt und wir unterliegen, ist der Weg nach Theben frei.«

Neshi, der so hart und bissig sein konnte, schien unter dem Gewicht der Tatsachen wie vernichtet.

»Was denkst du, Emheb?«, fragte die Königin.

Weil er so lange an vorderster Front gekämpft hatte, war die Meinung des gutmütigen, hünenhaften Mannes für alle von größtem Gewicht.

Fürst Emheb konnte seine Erregung kaum zügeln: »Entweder wir werfen uns noch einmal auf Auaris, um Jannas das Kreuz zu brechen, oder wir errichten eine Verteidigungslinie, an der sich seine Männer die Nase blutig schlagen. Die erste Möglichkeit erscheint mir viel zu waghalsig, deshalb rate ich zur zweiten. Doch in diesem Fall ist Memphis eine schlechte

Wahl. Außerhalb der Überschwemmungssaison können die Hyksos ihre schweren Waffen gebrauchen, ihre von Pferden gezogenen Wagen, und wir werden nicht genug Zeit haben, um die Stadt mit einer Mauer zu schützen.«

»Das heißt, wir überlassen sie sich selbst«, schloss die Königin.

Die Würdenträger senkten die Köpfe.

»Es sollen Waffen in die Festung geliefert werden«, befahl Ahotep, »und unsere Brieftauben sollen uns über die weitere Entwicklung der Lage Bericht erstatten. Wir werden unsere Verteidigungslinie auf der Höhe von Faijum errichten, ungefähr hundert Kilometer südlich von Memphis, an dem Ort, der Hafen-des-Kamose genannt wird zum Gedächtnis an meinen ältesten Sohn. Neshi soll sofort einen Truppenstützpunkt aufbauen, und die Pioniere sollen Kaimauern aus Stein bauen. Dort wird Admiral Mondauge den Großteil unserer Kriegsschiffe zusammenziehen, und Fürst Emheb wird alle Maßnahmen treffen, die nötig sind, um einem Sturm der Hyksos mit ihren Streitwagen zu widerstehen. Unsere Werften sollen ihre Anstrengungen verdoppeln, damit wir genügend Kriegsschiffe zur Verfügung haben.«

Jeder stimmte den Beschlüssen der Königin zu.

Der königliche Rat war gerade dabei, auseinander zu gehen, als ein hoher Offizier in den Saal trat.

»Majestät, etwas sehr Schlimmes ist passiert! Mehrere Hundert Soldaten sind geflohen!«

3

König Apophis war fuchsteufelswild. Entnervt schloss er die rote Krone Unterägyptens wieder in die Schatzkammer der Festung von Auaris ein. Nie mehr würde sie das Tageslicht erblicken! Er hatte gerade versucht, sie sich auf den Kopf zu setzen, und musste zum wiederholten Mal feststellen, dass es nicht ging: Er hatte unerträgliche Schmerzen bekommen und sich die Finger verbrannt.

Er vergaß dieses Symbol einer vergangenen Epoche, als er nun langsam die Treppe hinaufstieg, die zum höchsten Turm der riesigen Befestigungsanlage führte. Unter ihm lag seine Hauptstadt, weniger eine Wohnstätte als ein riesiges Truppenlager.

Der Herrscher, siebzig Jahre alt, hoch gewachsen, mit vorspringender Nase, dicklichen Wangen, Schmerbauch und stämmigen Beinen, war ein Mensch von erschreckender Hässlichkeit, und er benutzte diese Hässlichkeit gern als Waffe, mit der er seine Untertanen einschüchterte.

Jetzt nahm er die goldene Kette von seinem Hals, an der drei Amulette hingen, die ihm Leben, Reichtum und Gesundheit garantieren sollten. Die Unwissenden glaubten, dass er durch diese Kette zu den Mächten des Himmels und der Erde in Verbindung treten würde. Doch jetzt, zur Zeit des Krieges gegen die Thebaner und ihre verfluchte Königin, wollte Apophis sich von dem wertlosen Plunder befreien.

Der Herr der Finsternis zerschlug die Amulette und warf sie ins Leere.

Dann versenkte er sich beruhigt in die Betrachtung seines Herrschaftsgebiets, die zweihundertfünfzig Hektar von Auaris, der größten Stadt des Nahen Ostens im Nordosten des

Deltas, am Ostufer des pelusischen Nilarms, den die Ägypter
»Die Gewässer des Re« nannten.

Re, das göttliche Licht… Es war jetzt schon viele Jahre her,
seit die Hyksos den Gott vom Thron gestoßen hatten! Die als
uneinnehmbar geltende Festung mit ihren durch Strebepfeiler
befestigen Mauern und ihren zinnenbewehrten Türmen stellte
die Macht der Hyksos aufs Beste dar.

Nach dem gescheiterten Angriff von Pharao Kamose, der
von einem Spitzel vergiftet worden war, hatte der Herrscher
seinen Schlupfwinkel nur ein einziges Mal verlassen, um sich
in den Tempel des Seth zu begeben. Seth war als Herr des Gewitters und des kosmischen Chaos seit langer Zeit sein treuer
Beschützer. Wer sich von der Gewalt dieses finsteren Gottes
nährte, würde niemals eine Niederlage hinnehmen müssen.

Einst ein Ort emsigen Lebens und Treibens, ankerten im
Handelshafen von Auaris heute nur noch wenige Frachtschiffe,
scharf überwacht von den Matrosen der Kriegsmarine. Niemand hatte vergessen, dass es in diesem Hafen Kamoses Soldaten einmal gelungen war, dreihundert schwer beladene Schiffe
in ihre Gewalt zu bringen und nach Theben umzuleiten.

Im Augenblick lag der Handel mit den Vasallen des Reichs
zwar darnieder; doch sobald der Aufstand der Thebaner erstickt wäre, würden riesige Mengen von Gold, Silber, Lapislazuli, edlen Hölzern, Wein und vielem mehr wieder in die
Hauptstadt der Hyksos fließen. Der Reichtum des Königs und
seiner Getreuen würde noch weiter wachsen, und schneller als
je zuvor.

Apophis hasste die Sonne und die freie Luft. Deshalb ging
er bald wieder in seinen Palast zurück, der sich im Inneren
der Festung befand. Dort gab es nur kleine Öffnungen in den
Mauern, die geringe Mengen Licht durchließen.

Mit Hilfe von einigen Malern aus Kreta hatte der König
die Mauern von Wandmalereien überziehen lassen, wie sie in

Knossos, der Hauptstadt jener großen Insel, gerade in Mode waren. Nachdem er eine Reihe von Meisterwerken des Mittleren Reichs hatte zerstören lassen, gab es dank Apophis keine Spur von ägyptischer Kunst mehr in seiner Stadt. Jeden Tag bewunderte er in seinem Baderaum, seinen privaten Gemächern, seinen Gängen und seinem Ratssaal kretische Landschaften, Labyrinthe, geflügelte Greife, gelbhäutige Tänzer und Akrobaten, die über Stierrücken wirbelten.

Wenn er erst einmal Oberägypten erobert und Theben dem Erdboden gleichgemacht hätte, würde der König dafür sorgen, dass Menschen aus all seinen Vasallenstaaten nach Ägypten einströmten, so dass von der ursprünglichen Bevölkerung bald nichts mehr übrig wäre. Das alte Land der Pharaonen würde zu einer Provinz der Hyksos werden, und der Name von Maat, der feingliedrigen Göttin der Wahrheit, der Gerechtigkeit und der Harmonie, würde auf immer ausgelöscht.

Apophis strich gern stundenlang durch die Gänge und Hallen seiner Festung und dachte dabei an sein ausgedehntes Reich, das größte, das jemals von Menschen geschaffen worden war. Es erstreckte sich vom Sudan bis zu den griechischen Inseln und umfasste im Westen den Raum von Syrien, Palästina und Anatolien. All jene, die wahnsinnig genug gewesen waren, dieses Reich zu Fall bringen zu wollen, waren rücksichtslos niedergemetzelt worden. Aufständische und ihre Familien wurden zu Tode gemartert, ihre Häuser und Dörfer niedergebrannt.

Das war die Ordnung der Hyksos.

Eine Ordnung, die einzig Königin Ahotep noch in Frage zu stellen wagte! Zunächst hatte Apophis in ihr nur eine verrückte Verschwörerin gesehen, doch dann hatte er anerkennen müssen, dass er es mit einer Gegnerin von Format zu tun hatte. Ihr lächerliches Bauernheer hatte durch viele Kämpfe immer mehr an Erfahrung gewonnen, und dem unerschrockenen Kamose war es sogar gelungen, es bis ganz nah an die Festung von Auaris heranzuführen!

Dieser Überraschungsschlag hatte die Macht der Hyksos ein wenig angekratzt, nicht mehr. Die Thebaner waren sehr bald zum Rückzug gezwungen worden und hatten keinen weiteren Angriff mehr gewagt. Aufgrund ihrer guten Geländekenntnisse gelang es ihnen allerdings immer wieder, ihre Gegner in eine Falle zu locken. Doch das stellte für Apophis keinen Grund dar, bei der Verfolgung der Ägypter übereilt vorzugehen. Umso mehr, als er einen weiteren, schon lange schwelenden Konflikt zu lösen hatte, der die beiden ranghöchsten seiner Würdenträger, Großschatzmeister Khamudi und Admiral Jannas, entzweite.

Khamudi: lasterhaft, grausam und zu jedem Verbrechen bereit, wenn es darum ging, sich zu bereichern, doch treu und gewissenhaft bei der Ausführung der königlichen Beschlüsse.

Jannas, der Oberkommandierende der Flotte und der gesamten Hyksosarmee: ein Held, der Auaris gerettet hatte und der immer beliebter wurde.

Wenn es nach den höheren Offizieren gegangen wäre, hätte Apophis Khamudi opfern müssen; doch damit hätte er dem Admiral, in dem zahlreiche Soldaten schon den zukünftigen Herrscher der Hyksos sahen, zu viel Macht eingeräumt.

Von Seth unterstützt, würde Apophis noch sehr lange regieren. Zum Glück war Jannas ein echter Soldat, der seine Befehle peinlich genau ausführte und nie an eine Verschwörung gegen seinen Herrn denken würde. Der Großschatzmeister hingegen sollte sich mit seinen vielen Vorrechten zufrieden geben und begreifen, dass der treue Jannas die Sicherheit ihres Landes gewährleistete.

Der König dachte kurz über einen Besuch bei seiner Gattin Tany nach, beschloss dann aber, nicht zu ihr zu gehen. Er hatte sie nicht zur Königin ernannt, weil er wusste, dass wahre

Macht sich nicht teilen ließ. Sie war Ägypterin und stammte aus bescheidenen Verhältnissen. In letzter Zeit waren sehr viele Frauen und Mädchen gefoltert und hingerichtet worden, weil Tany entdeckt hatte, dass sie den Widerstand zumindest duldeten – wenn nicht unterstützten. Der Gedanke an die ägyptischen Soldaten, die sie beim Angriff Kamoses zum ersten Mal aus der Nähe gesehen hatte, hatte sie so erschreckt, dass sie seitdem ihr Bett nicht mehr verlassen konnte.

Als Apophis seine Gemächer verließ, trat Großschatzmeister Khamudi auf ihn zu und verbeugte sich tief.

Khamudi hatte schwere Knochen und einen runden Schädel, auf dem sein dünnes schwarzes Haar klebte, seine Augen waren leicht geschlitzt, seine Hände und Füße gut gepolstert; er war ein Vielfraß, liebte schweren Wein und junge Ägypterinnen, die er mit seiner Frau Yima zusammen gern misshandelte. Dem König verheimlichte er weder diese abartigen Vergnügungen noch seine Unterschlagungen im Amt – er tat überhaupt nichts ohne die Einwilligung seines Herrn.

»Alles ist bereit, Majestät.«

Als Vorsteher der königlichen Leibwache hatte Khamudi zypriotische und libysche Seeräuber ausgewählt, die nicht zögern würden, jeden zu töten, der gegen den Herrscher der Hyksos die Hand erhob. Diese Höllenhunde trugen farbige Tuniken, hatten ihr mittellanges Haar in Zöpfe geflochten und bildeten mit ihren muskulösen tätowierten Armen eine unüberwindliche Mauer um den Herrscher, wenn dieser auf den Straßen der Hauptstadt erschien. Da sie außerordentlich gut bezahlt wurden, konnten sie sich alle Frauen leisten, die sie haben wollten. Nicht selten vergriffen sie sich an Sklavinnen, Mädchen aus den besten ägyptischen Familien, folterten und vergewaltigten sie. Sie hatten nichts zu befürchten: Apophis hatte die alten Gerichtshöfe abgeschafft; er war der Einzige, der Recht sprach, und er ließ die Männer, die ihm dienten, tun, wonach ihnen der Sinn stand, solange es ihn selbst nicht störte.

Der kleine Zug überquerte den Friedhof des Palasts, wo die Offiziere der Hyksos, die in Kämpfen getötet worden waren, mit ihren Waffen in Sammelgräbern bestattet worden waren. Weil es an Platz mangelte und weil es so viele Leichen gab, die begraben werden mussten, hatte der König eine Entscheidung gefällt, die die Ägypter nur mit Abscheu zur Kenntnis nehmen konnten: Statt eine neue Totenstadt anzulegen, bestattete man die Toten jetzt in den Gärten und sogar in den Innenhöfen der Häuser. War es nicht dumm, wertvollen Platz zum Wohl von körperlichen Überresten zu verschwenden, die sich ohnehin bald auflösten?

»Gibt es Proteste gegen meine Politik?«, erkundigte sich Apophis mit seiner eiskalten Stimme, die den Zuhörern das Blut in den Adern gefrieren ließ.

»Nur ein paar«, erwiderte Khamudi mit süßlichem Lächeln, »aber ich habe schon alles Nötige veranlasst. Das Lager von Sharuhen ist voll belegt, deshalb habe ich ein zweites in Tjarou* anlegen lassen. Dorthin haben wir die Aufständischen gebracht.«

»Sehr gut, Khamudi.«

Admiral Jannas trug auf dem Kopf eine gestreifte Mütze in Pilzform. Er war von mittlerer Statur, sehr mager, sprach langsam und mit zögernden Gesten. Man täuschte sich leicht in ihm. Doch nur ein völlig Weltfremder konnte ihn für ungefährlich halten.

Nachdem auch er sich vor dem Herrn der Hyksos verbeugt hatte, begann eine sehr kurze Bestattungszeremonie für jene Soldaten, die an den schrecklichen Kämpfen mit den Ägyptern

---

* Tjarou-Sile, im Delta, an der Landenge zwischen dem Ballah-See und dem Menzala-See gelegen.

im Handelshafen teilgenommen hatten und jetzt an ihren Verwundungen gestorben waren. Jannas hatte Kamose zurückdrängen können, und Kamose war kurz danach gestorben, doch für den Admiral bildete Königin Ahotep immer noch eine sehr große Gefahr.

Unter den gleichgültigen Blicken der Anwesenden wurden über hundert Esel erstochen und mit den toten Soldaten zusammen in die ausgehobenen Gruben geworfen.

Dann nahm der Herrscher einige Befestigungen in Augenschein, die Jannas hatte anlegen lassen, um die Stadt vor neuen Angriffen der Thebaner vom Fluss aus zu sichern.

»Sehr gute Arbeit, Admiral.«

»Majestät, wann greifen wir sie wieder an?«

»Sei ganz ruhig, Jannas, und gehorche mir.«

4
———

Nach kaum einem Tag hatte es sich im Stützpunkt von Theben herumgesprochen: Königin Ahotep zog sich endgültig in den Tempel von Karnak zurück, ihr Sohn Ahmose verzichtete auf die Regentschaft, die Befreiungsarmee legte die Waffen nieder.

Binnen kurzem würden die Horden der Hyksos über die Stadt Amuns herfallen und alles niedermetzeln, was auch nur versuchte, sich ihnen in den Weg zu stellen.

Stumpfnase war als Erster geflohen, und bald war Goldarm seinem Beispiel gefolgt, ein Leutnant der Fußtruppen, der in Auaris gekämpft und die Gewalt des Gegners am eigenen Leib erfahren hatte. Hunderte von Fußsoldaten waren durch die Reden dieser beiden Männer in ihren eigenen Überzeugungen wankend geworden und hatten sich schließlich entschlossen, den Stützpunkt Hals über Kopf zu verlassen.

Ein einziger Offizier hatte versucht, Ahoteps Soldaten ihre Pflichten ins Gedächtnis zu rufen, doch seine Stimme war in wütendem Gezeter untergegangen, und er musste sich schnell aus dem Staub machen, um nicht von ihnen niedergemacht zu werden.

»Wir müssen die Kameraden in der Festung benachrichtigen«, sagte Goldarm.

Die Wachen gesellten sich zu der großen Menge der Fliehenden, denen sich die loyal gebliebenen Soldaten bald an die Fersen hefteten.

»Welchen Weg nehmen wir?«, fragte Stumpfnase.

»Nicht nach Norden«, erwiderte Goldarm. »Da stehen die Regimenter vom Afghanen und vom Schnauzbart.«

»Na und? Bestimmt haben sie nicht mehr Lust zu sterben als wir!«

»Aber es gibt sicher Streit. Ich gehe jedenfalls in Richtung Süden.«

Die Abtrünnigen zerstreuten sich schließlich nach allen Richtungen. Unter der Führung von Stumpfnase marschierte eine schreiende Menge gen Norden.

Füße von vollendeter Anmut, lange und elegante Beine, zarte Fesseln, ein Rücken, der sich unter den Händen weich und samtig anfühlte... Nach Königin Ahotep war Wildkatze die schönste Frau der Welt. Und er, der Schnauzbart, hatte das unerhörte Glück, sie lieben zu dürfen! Als er sie während des nubischen Feldzugs kennen gelernt hatte, war er sofort hingerissen gewesen von ihrem Liebreiz und hatte sich doch gegen eine dauerhafte Bindung gewehrt, weil er geglaubt hatte, so etwas sei mit seinem Soldatenleben unvereinbar. Aber Wildkatze hatte sich auf dem Schiff versteckt, das nach Ägypten auslief, und dann hatte der Schnauzbart doch eingewilligt, sie bei sich zu behalten.

Die schöne Nubierin hatte sich mit ihrer Rolle als Ehefrau nicht zufrieden gegeben. Da sie sich mit Arzneien und Talismanen gut auskannte, hatte sie sich um die Verwundeten der Schlachten gekümmert und zahlreiche Menschenleben gerettet. Sie war zur Leiterin der medizinischen Hilfstruppe ernannt und als eine Heldin des Befreiungskriegs gefeiert worden.

Der Schnauzbart küsste sie sanft auf den Nacken.

»Der Große Rat sitzt jetzt schon seit Stunden zusammen«, sagte sie.

»Was bedeutet das schon? Die Königin wird wieder einmal viel Zeit damit verlieren, unsere Würdenträger von ihren Entscheidungen zu überzeugen. So oder so, sie wird durchsetzen, was sie sich vorgenommen hat. Du solltest jetzt wirklich an etwas anderes denken…«

Mit ungeduldigen Schlägen wurde an die Tür gepocht.

»O nein!«, murrte der Schnauzbart. »Wenigstens eine Stunde darf ich mich doch einmal zurückziehen!«

»Mach schnell auf«, forderte der Afghane in ernstem Ton.

»Was gibt's denn?«

»Eine Meuterei, glaube ich«, sagte der Afghane, ein kräftiger Mann mit Bart, der einen Turban trug. »Die Soldaten verlassen in Massen ihre Einheiten, und sie versuchen, auch unsere Leute dazu zu verleiten, zu fliehen!«

»Das wird ihnen nicht gelingen!«, rief der Schnauzbart, plötzlich ernüchtert. »Unsere Männer sind keine Feiglinge!«

Er irrte sich.

Die Soldaten ihres Truppenstützpunkts glaubten den Gerüchten, die an ihre Ohren drangen, und ließen sich vom allgemeinen Strom mitreißen.

Der Afghane versuchte sich einem der Flüchtenden in den Weg zu stellen, aber der Schnauzbart fiel ihm in den Arm.

»Sie sind verrückt geworden, man kann sie nicht aufhalten!«

»Und was machen wir mit denen, die zum Palast laufen?«

»Der Königin werden sie sicher nichts tun.«

In blinder Erregung marschierten Stumpfnase und über zweihundert Abtrünnige mit ihm auf die Residenz der Herrscherin zu. Sie waren entschlossen, das Gebäude anzugreifen und zu plündern.

»Wir sind vielleicht nur zu zweit«, sagte der Afghane. »Aber wir werden nicht untätig zusehen.«

»Vor allem dürft Ihr nicht hinausgehen«, empfahl Neshi. »Unsere Soldaten sind von allen guten Geistern verlassen! Wir sollten den Hinterausgang nehmen und uns irgendwo in der Wüste verstecken.«

Haushofmeister Qaris stimmte zu. Wenn die Leibwache der Königin sich der Horde entgegenstellte, würde es ein Blutbad geben. Und Ahotep würde der Wut ihrer eigenen Truppen nicht entgehen.

»Ihr geht alle nach Theben und schützt meine Mutter und meinen Sohn!«, befahl Ahotep.

»Aber Ihr, Majestät…«

»Versuche nicht, mich davon abzubringen, Neshi.«

»Wie können wir Euch allein lassen?«

»Nur Ahmoses Sicherheit ist jetzt wichtig. Geh nach Theben und verliere keine weitere Zeit!«

Die Königin sprach in solch gebieterischem Ton, dass die Würdenträger und die Soldaten der Leibwache gehorchten, ohne weitere Einwände vorzubringen.

Die Königin setzte sich ein fein gearbeitetes Golddiadem auf ihr herrliches dunkelbraunes Haar und trat vor die abtrünnigen Soldaten.

Überwältigt von ihrer Erscheinung, hielten die Männer in ihrem Sturmlauf inne.

Der Schnauzbart und der Afghane nutzten den kurzen Augenblick der Verwirrung, um zu beiden Seiten der Königin Aufstellung zu nehmen. Selbst mit bloßen Händen würden sie noch eine hübsche Zahl von Gegnern erledigen.

Stumpfnase erhob die Stimme: »Wir haben gehört, dass Ihr Euch in den Tempel zurückgezogen hättet, Majestät… Und jetzt seid Ihr hier! Das ist unmöglich… Ihr seid ein Geist!«

»Warum hast du diesem Gerücht Glauben geschenkt?«

»Weil die Hyksos kommen… Und dann haben wir keinen mehr, der uns führt!«

»Ich bin die Königin, und ich führe die Armee. Ich weiß nichts von einem bevorstehenden Angriff. Und wenn es doch einen gibt, werden wir ihn aufhalten.«

»Ihr seid es wirklich… die Königin?«

»Hier ist meine Hand, nimm sie, dann wirst du mir glauben.«

Stumpfnase zögerte.

Er hatte Angst bei dem Gedanken, gegen die Hyksos zu kämpfen, aber in einer Schlacht gab es wenigstens noch die Chance, lebend davonzukommen. Die Gottesgemahlin zu berühren war hingegen ein Sakrileg, das ihn sicher das Leben kosten würde!

Also verbeugte er sich so tief, dass seine Nase fast die Erde berührte. Und seine Kameraden taten es ihm gleich.

»Man hat euch belogen«, erklärte Ahotep, »und ihr habt euch benommen wie verängstigte Kinder. Ich möchte diesen Zwischenfall gern vergessen. Jeder geht auf seinen Posten zurück.«

Die Soldaten erhoben sich und feierten die Königin der Freiheit mit anhaltendem Beifall. Nie wieder würden sie solchen Gerüchten Glauben schenken.

In diesem Augenblick näherte sich Neshi, sichtlich beunruhigt. »Majestät, ein weiterer Haufen von Abtrünnigen unter der Führung von Leutnant Goldarm versucht, mit Schiffen den Stützpunkt zu verlassen.«

Gefolgt vom Schnauzbart und vom Afghanen und von den Soldaten, die sie gerade wiedergewonnen hatte, eilte die Herrscherin zum Anlegeplatz. Sie wusste, dass ein Kampf zwischen den Bogenschützen der Marine, geführt von Ahmas, und den Gefolgsleuten Goldarms in einer Katastrophe enden würde.

»Die Königin!«, schrie einer der Abtrünnigen. »Die Königin lebt!«

Ahotep, allein und ohne Waffen, stellte sich zwischen die beiden kampfbereiten Gruppen.

Leutnant Goldarm begriff auf einmal, dass er einen furchtbaren Fehler gemacht hatte. Er hatte ein falsches Gerücht weiter verbreitet und sehr viele Soldaten zur Flucht verleitet. Das würde zu seinem Todesurteil führen.

»Es tut mir Leid, Majestät, aber ich habe jetzt keine Wahl mehr. Ich muss mit dem Schiff von hier fort. Und ich werde jeden töten, der versucht, mich daran zu hindern.«

»Du solltest deine Waffen nur gegen unsere Feinde benutzen, zur Befreiung unseres Landes.«

»Ihr sagt… Ihr könnt doch einem Abtrünnigen nicht verzeihen!«

»Ich brauche dich, ich brauche euch alle, um den Herrscher der Finsternis zu besiegen. Wenn wir uns jetzt gegenseitig töten, würde das nur ihm nützen. Er versucht, uns zu verhexen, aber ich habe die Kraft, seinen Zauber aufzuheben. Geht zu euren Einheiten zurück und kämpft als ein Herz und ein Körper, und vertraut einzig meinem Wort!«

Goldarm steckte sein Schwert wieder in die Scheide. Unter dem freundlichen Blick Ahoteps umarmten die Soldaten einander und jubelten ihrer Königin zu.

5

Admiral, ein Handelsschiff unbekannter Herkunft fährt in den Nordkanal ein.«

»Haltet es auf!«

Es konnte sich eigentlich nicht um einen neuen Trick Ahoteps handeln. Doch seit dem unerwarteten Angriff auf Auaris wusste Jannas, dass man jede Unregelmäßigkeit ernst nehmen musste. Alle Zugänge, die zu Wasser ins Herz der Hauptstadt führten, wurden Tag und Nacht bewacht, jedes Schiff sorgfältig untersucht. Beim geringsten Anzeichen von Gefahr hatten die Bogenschützen der Ordnungskräfte Anweisung, sofort zu schießen. Besser, man machte einen Fehler, als dass man die Sicherheit der ganzen Stadt gefährdete.

Der Admiral war in allem sehr genau. Tag für Tag nahm er mehrere Kriegsschiffe in Augenschein und stellte sicher, dass die Waffen in Ordnung waren. Jede Einheit musste ständig einsatzbereit sein. Entweder, die ägyptische Flotte startete einen neuen Angriff, oder Jannas würde den Befehl erhalten, in den Süden aufzubrechen, um die Thebaner zu vernichten. In jedem Fall musste er für bestmögliche Voraussetzungen sorgen.

In seiner kurzen Mittagspause begnügte sich der Admiral mit einem einfachen Mahl, bestehend aus gegrillter Meeräsche und Linsen.

Sein Adjutant teilte ihm mit, dass der Großschatzmeister Khamudi ihn zu sehen wünsche.

»Er ist sehr aufgeregt und verlangt, sofort mit Euch zu sprechen, Admiral.«

»Sag ihm, dass er sich gedulden muss. Ich will erst zu Ende essen.«

Jannas beeilte sich keineswegs. Khamudi hatte ihn vor dem

Angriff auf Auaris gedemütigt, nun zahlte er es ihm mit gleicher Münze zurück. Hier, auf dem Admiralsschiff, konnte sich der Großschatzmeister so wild aufführen, wie er wollte. Kein Matrose würde ihn zu seiner Kabine vorlassen.

Entgegen seiner Gewohnheit kostete Jannas von den Granatäpfeln und den Feigen, die ihm nach der Mahlzeit aufgetischt wurden, und fand sie zu seiner vollen Zufriedenheit. Hin und wieder ließ er sich zum Genuss von Obst und Süßigkeiten hinreißen. Dann wusch er sich die Hände, setzte seine gestreifte Mütze auf und begab sich zur Brücke, wo Khamudi unruhig auf und ab lief.

Rot vor Zorn rannte er auf den Admiral zu, der ihm mit einer kleinen Geste Einhalt gebot.

»Keine übereilten Bewegungen auf meinem Schiff, Khamudi. Hier ist alles genau und wohl geordnet.«

»Wisst Ihr, was Ihr gerade getan habt, Admiral?«

»Ich habe Schiffe in Augenschein genommen und dann zu Mittag gegessen. Weitere Fragen?«

»Ihr habt ein Schiff aufgehalten, das mir gehört!«

»Das auf dem Nordkanal? Ich habe es auf meiner Liste von Schiffen, denen es erlaubt ist, in den Handelshafen einzufahren, nicht gefunden.«

»Gehen wir in Eure Kabine, ich bitte Euch. Niemand darf uns hören.«

Jannas nickte großmütig.

Nach dem Grad von Khamudis Erregung zu urteilen, versprach es, eine interessante Unterhaltung zu werden.

»Ich bin gern bereit zuzugeben, dass das Schiff Euch gehört, Khamudi, aber warum hat uns das der Kapitän, ein Zypriote, nicht gesagt?«

»Weil er seinen Auftrag vertraulich behandeln muss, ebenso wie seine Fracht, die mir persönlich ausgeliefert werden muss.«

»Ihr vergesst hoffentlich nicht, dass wir uns im Krieg befinden und dass ich alle Waren untersuchen muss, die nach Auaris hineinkommen?«

»Nicht diese Waren, Admiral. Händigt sie mir aus, und wir sprechen nicht mehr darüber!«

»Das würde ich ja gern tun, aber ich darf es nicht. Es ist nicht möglich. Stellt Euch nur einmal vor, dass Ihr vielleicht selbst hintergangen worden seid... Ohne Euer Wissen werden vielleicht gefährliche Dinge nach Auaris gebracht, etwa Waffen für Aufständische, die sich irgendwo verstecken.«

Der Großschatzmeister wurde wieder purpurrot. »Ihr wagt es, mir so etwas zu unterstellen!«

»Ich unterstelle Euch gar nichts. Ich fürchte lediglich, dass Euer guter Glaube missbraucht wurde, und deshalb muss ich wissen, was dieses Schiff geladen hat, das Ihr so dringend erwartet«

»Wollt Ihr behaupten, Ihr habt die Fracht noch nicht untersucht?«

Jannas zog die Stirn in Falten, als ob er angestrengt überlegte. »Ich wusste nicht, was ich sonst tun sollte, das gebe ich zu, aber ich bin einigermaßen überrascht und warte ungeduldig auf Eure Darstellung des Sachverhalts.«

Khamudi kochte. »Es handelt sich um Drogen, Admiral. Drogen, die für hohe Würdenträger und Beamte bestimmt sind.«

»Nicht für mich.«

»Jeder vergnügt sich, wie er es versteht. In Zeiten wie diesen denken viele, dass es keine bessere Arznei gibt. Und ich bin es, der ihnen ihren kleinen Spaß liefert. Außerdem handle ich in vollem Einverständnis mit dem König, der sehr böse sein wird, wenn er erfährt, dass Ihr Euch auf mein Gebiet begebt.«

»Das ist das Letzte, was ich tun würde, Großschatzmeister!«

»Dann sorgt dafür, dass mir meine Ware unverzüglich ausgeliefert wird!«

34

»Da nun alle Missverständnisse beseitigt sind, beabsichtige ich nichts anderes. Um weitere Zwischenfälle zu vermeiden, bitte ich Euch lediglich, bei Euren nächsten Lieferungen auf die Sicherheitsregeln zu achten.«

Khamudi verließ türenschlagend die Kabine.

Jannas genehmigte sich ganz gelassen einen Krug lauwarmen Biers. Natürlich war er schon vor langer Zeit vom einträglichen Drogenhandel Khamudis unterrichtet worden. Drogen waren im Übrigen kein schlechtes Mittel, um die Angst zu beschwichtigen, die in diesen unruhigen Zeiten hin und wieder in einem aufsteigen mochte.

Das Wichtigste war, dass er dem Großschatzmeister gegenüber unmissverständlich klargestellt hatte, dass er nicht der Einzige war, der auf die zweite Stelle nach dem König Anspruch erhob. Jeder größere Handel würde von nun an von ihm, Admiral Jannas, abgesegnet werden müssen. Nichts würde ihm verborgen bleiben, und der Einfluss Khamudis würde unweigerlich schwinden.

Am Ende eines aufreibenden Tages ließ das unerbittliche Brennen der Sonne allmählich nach. Sehr rasch würde sie nun im Westen verschwinden.

Admiral Jannas war dem prächtigen Schauspiel des Sonnenuntergangs gegenüber blind. Er war dabei, einem jungen Schiffsleutnant eine Rüge zu erteilen, dessen Matrosen es an der nötigen Ordnung hatten fehlen lassen. Es würde keinen zweiten Verweis geben. Ein weiterer Fehler dieser Art, und der Schuldige würde sich im Labyrinth des Königs wieder finden, das noch kein Mensch lebend verlassen hatte.

»Admiral, eine kleine Unannehmlichkeit«, sagte ein Offizier der Truppe, die für die Überwachung des Flusses zuständig war.

»Was für eine Unannehmlichkeit?«

»Wir haben im Lager des Handelshafens einen Verdächtigen

festgenommen. Er sagt, er habe einiges zu enthüllen, und will nur mit Euch persönlich sprechen.«

»Gut. Gehen wir.«

Die Drogenlieferung hatte den Hafen verlassen und war an den Großschatzmeister weitergeleitet worden. Die Hafenarbeiter waren nun dabei, große Krüge von Lampenöl zu entladen, die der Palast bestellt hatte. Dort brannte Tag und Nacht helles Licht.

Ein mit Kupfer beladenes Frachtschiff konnte bis zum nächsten Tag warten. Zwangsarbeiter, denen ein schneller Tod bevorstand, hatten das Metall abgebaut, das zur Herstellung von Waffen dienen sollte.

Jannas hatte dafür gesorgt, dass es nur noch einen einzigen Zugang zu den Docks gab. Die anderen Kanäle waren mit schwimmenden Absperrungen blockiert. Falls Ahotep es auf die gleiche Weise versuchen sollte wie ihr verstorbener Sohn Kamose, würde sie eine schmähliche Niederlage erleiden.

Doch auf was für verrückte Einfälle konnte diese unbeugsame Königin noch kommen? Der Tod eines Gatten und eines Sohnes hätte jede Frau außer ihr gebrochen, und noch immer glaubte sie hartnäckig an einen Sieg, von dem sie doch wissen musste, dass er unerreichbar war. Selbst die Niedermetzelung unschuldiger Frauen und Männer und die völlige Zerstörung ganzer Dörfer hatten sie von ihren wahnsinnigen Zielen nicht abbringen können.

»Hier entlang, Admiral.«

Zwei Ordnungshüter hielten vor einem alten Lagerschuppen Wache, der schon längst hätte abgerissen werden sollen.

Im Inneren lagen Kisten ohne Böden und alte Lumpen herum.

An die Mauer gelehnt, stand ein junger, schlecht rasierter Mann, der an den Händen gefesselt war.

»Ihr seid Admiral Jannas?«

»Der bin ich.«

»Ich will unter vier Augen mit Euch sprechen.«

»Warum?«

»Es geht um die Sicherheit des Königs.«

Der Gefangene sprach abgehackt, sein Blick flackerte.

Der Admiral befahl den beiden Wachen, sich zu entfernen.

»Nun gut. Rede also.«

Mit der Behändigkeit einer Katze schnellte der Mann hoch, stürzte sich auf den Admiral und nahm dessen Hals mit den Armen in die Zange, um ihn zu erwürgen.

Er war viel größer und schwerer als Jannas, so dass es zunächst schien, als hätte er leichtes Spiel.

Doch der Admiral besaß noch immer alle Reflexe eines harten und unerbittlichen Kämpfers. Er zog einen Dolch aus seinem Untergewand und stach es dem Angreifer in den Bauch, der, vom plötzlichen Schmerz überwältigt, seinen Griff lockerte.

Nachdem er sich befreit hatte, schnitt Jannas ihm die Kehle durch.

Unzweifelhaft handelte es sich um einen Drogensüchtigen. Khamudi musste ihn zu ihm geschickt haben, um ihn zu töten.

6

Trotz der vielen Kriegsjahre hatte sich die keineswegs große Stadt Theben, die zum Untergang verurteilt schien, immer weiter entwickelt. Da und dort waren gerade kleine weiße Häuser gebaut worden, in denen junge Ehepaare wohnten. Ihr

Schicksal war ungewiss, doch unverdrossen setzten sie Kinder in die Welt, die vielleicht die Zukunft Ägyptens waren.

Ahotep selbst hatte angeordnet, dass das schönste und größte Zimmer in dem in aller Eile neu aufgebauten Königspalast ihrer Mutter gehören sollte, Teti der Kleinen. Trotz ihres hohen Alters und ihrer Zerbrechlichkeit pflegte und kleidete sie sich noch immer mit größter Sorgfalt. Tief betroffen vom Tod ihres Schwiegersohns und ihres ältesten Enkels, hatte sie sich mit ebenso viel Strenge wie Zärtlichkeit der Erziehung des jüngeren Sohnes ihrer Tochter gewidmet. Es war ihr gelungen, dem kleinen Ahmose die Lehren der alten Weisen fast spielerisch nahe zu bringen. Natürlich musste er das Kriegshandwerk erlernen, doch sie hatte immer darauf gesehen, dass er sich regelmäßig im Schreiben der Hieroglyphen übte, denn er sollte auch ein hervorragender Schreiber werden.

Der Verlust seines großen Bruders hatte den kleinen Jungen über Nacht reifen lassen. Mit seinen zehn Jahren war er jetzt in einem Alter, in dem man Verantwortung für seine Handlungen übernehmen musste. Die Königinmutter hatte ganz offen mit ihm gesprochen, wie mit einem Erwachsenen, der einen schweren Weg vor sich hatte.

»Wie fühlst du dich heute?«, fragte Ahotep ihre Mutter, die am Fenster saß. Das Fenster öffnete sich auf einen Garten, der von Vögeln wimmelte.

»Ich bin ein wenig müde, aber so stolz auf dich! Offenbar hast du die Soldaten, die weglaufen wollten, beruhigen können!«

»Sie sind einem Gerücht auf den Leim gegangen, das in den Kasernen im Umlauf war. In Zukunft wird Neshi ihnen jede Woche die Neuigkeiten überbringen, und ich werde mich ihnen so oft wie nur möglich selbst zeigen.«

Teti die Kleine ergriff zärtlich die Hand ihrer Tochter. »Ohne dich, Ahotep, gäbe es Ägypten längst nicht mehr.«

»Ohne dich hätte ich mich in sinnlosen Handlungen verrannt. Durch deine Haltung habe ich alles gelernt. Und du bereitest Ahmose auf die schweren Kämpfe vor, die ihm bevorstehen.«

»Er ist so erstaunlich reif für sein Alter, und doch ist er noch ein Kind. So energisch und begeistert Kamose war, so vorsichtig und maßvoll ist Ahmose. Das Beste wäre, man würde seine Entwicklung so wenig wie möglich stören und ihm seinen eigenen Rhythmus lassen. Aber ist das möglich?«

Ahotep war in diesem Punkt völlig mit ihrer Mutter einverstanden. Aber dazu war es nötig, dass die Hyksos stillhielten und in nächster Zeit keinen größeren Angriff begannen.

Haushofmeister Qaris brachte Teti Honigkuchen, die aus Mehl und dem frischen Saft des Johannisbrotbaums zubereitet worden waren. »Der Arzt wünscht, Euch zu untersuchen, Majestät«, sagte er.

»Das ist völlig unnötig!«, widersprach die alte Dame. »Sorge lieber dafür, dass ich ein gutes Mittagessen bekomme.«

Ahotep sah, dass Qaris verlegen wurde. Sie verabschiedete sich von ihrer Mutter und verließ das Zimmer in seiner Begleitung.

»Der Hohepriester von Karnak ist gerade verschieden, Majestät. Eure Mutter wird es noch früh genug erfahren. Sie haben sich gut verstanden und waren im gleichen Alter, deshalb fürchte ich, dass sie die Nachricht nicht allzu gut verkraften wird.«

»Das fürchte ich auch, Qaris. Was gibt es noch?«

»Der erste Helfer des Hohepriesters, der sich als sein rechtmäßiger Nachfolger betrachtet, wird die Lage nicht meistern.«

»Weshalb?«

»Er ist ehrgeizig und kleinlich, und er denkt, der Dienst an den Göttern sei der Freibrief für eine glanzvolle Laufbahn.« Qaris neigte gewöhnlich dazu, über die Fehler der Menschen großmütig hinwegzusehen. Umso erstaunlicher war es, dass er sich in diesem Fall so unnachgiebig zeigte. »Ihr müsst dem Hohepriester Amuns unbedingtes Vertrauen entgegenbringen können, Majestät. Wenn Ihr in die Schlacht zieht, wird er es sein, der in Theben dafür zuständig ist, die Verbindung zum Unsichtbaren aufrechtzuerhalten. Dieser Mann wird seine Aufgabe nicht erfüllen. Er wird nur seine Ränke schmieden, um seine eigene Macht zu stärken.«

»Wen würdest du vorziehen?«

»Ich habe keinen Kandidaten, Majestät, ich vertraue auf das klare Urteil der Gottesgemahlin.«

»Und du, Qaris, mit deiner Erfahrung, würdest du dieses Amt nicht sehr gut ausfüllen können?«

»Aber nein, Majestät! Mein Platz ist hier, im Palast.«

»Rufe Priester, Schreiber und Verwaltungsbeamte im offenen Hof des Tempels von Karnak zusammen!«

»Auch Heray?«

Ahotep lächelte. »Nein, denn einen besseren Leiter der Wirtschaftsabteilung werde ich nicht finden.«

Als die Gottesgemahlin den Hof betrat, wendeten sich alle Blicke ihr zu.

Der erste Helfer des Hohepriesters trat vor. »Die Liste der Besitztümer dieses Tempels steht Euch zur Verfügung, Majestät, ebenso alle Dokumente, die die Verwaltung betreffen«, sagte er.

»Bevor ich sie lese, werde ich dem Verstorbenen die letzte Ehre erweisen.«

»Er ruht in seinem Amtszimmer. Darf ich vorausgehen?«

»Ich weiß, wo es ist.«

Die Miene des Mannes verdüsterte sich.

Die Königin ging langsam an den Männern vorbei, die der Haushofmeister ausgewählt hatte. Einer von ihnen beeindruckte sie. Er sah sehr ernst und gesammelt aus und war doch nicht älter als etwa dreißig Jahre.

»Welches Amt hat man dir anvertraut?«, fragte sie ihn.

»Ich bin der Opferträger.«

»Kennst du die Worte der Götter?«

»Wenn ich keinen Dienst habe, vertiefe ich mich in die alten Schriften.«

»Was weißt du von Amun?«

»Er ist der Bildhauer, der sich selbst geschaffen hat, der Schöpfer der Ewigkeit, dessen vollendete Taten zur Geburt des Lichts führten. Er ist der Einzige, der immer ganz bleibt und aus dem die Vielzahl hervorgeht. Sein wahrer Name bleibt auf immer ein Geheimnis, denn er ist das Leben selbst. Sein rechtes Auge ist der Tag, sein linkes ist die Nacht. Er ist der gute Hirt und der Steuermann des Schiffs. Er ist der Herr des Schweigens, und die Götter gehen aus ihm hervor.«

»Das alles führt doch zu nichts«, wandte der Helfer des verstorbenen Hohepriesters kläglich ein. »Karnak braucht einen guten Verwaltungsbeamten, keinen abgehobenen Traumtänzer.«

»Sollte es nicht die Gottesgemahlin sein, der die Wahl des neuen Hohepriesters obliegt?«

»Selbstverständlich, Majestät, aber ich bitte Euch, denkt nach! Ich habe viele Jahre lang an der Seite des Verstorbenen gearbeitet, und es ist kein Zufall, dass er mich als seinen Nachfolger bezeichnete.«

»Warum hat er seine Wahl nicht allen kundgetan?«

Der Mann wurde nervös. »Er ist sehr krank gewesen, er hat es nicht mehr vermocht... Aber über seine Absichten kann kein Zweifel bestehen. Und es kann keine Rede davon sein, dass ausgerechnet der Opferträger Tjehuty ihn ersetzen wird!«

»Tjehuty... Der Name des Gottes Thoth, des Herrn der heiligen Sprache, auf der unsere ganze Kultur gegründet ist. Ist das nicht ein Zeichen des Schicksals?«

Dem Helfer verschlug es die Sprache.

»Schreib deinen Namen auf ein Stück Papyrus, und das soll Tjehuty auch tun«, sagte die Königin. »Ich lege beide Papyri in das Heiligtum der Göttin Mut. Sie wird die Entscheidung treffen.«

Nach dem Ende der Totenwache, die unter dem Schutz der Göttin Isis stand, wurde mit der Einbalsamierung des Hohepriesters begonnen. Die Königin sammelte sich zunächst im Angesicht der sterblichen Überreste des treuen Dieners der Götter, sprach Gebete und Lobpreisungen und trat dann in das Heiligtum der Göttin ein, wo sie die Papyri wieder an sich nahm. Dann kehrte sie in den großen Hof zurück.

Der Helfer stand mit geballten Fäusten da, während Tjehuty von einer sonderbaren Ruhe beseelt schien.

»Einer der Papyri ist vom Feuer der Göttin verbrannt worden«, verkündete die Königin und warf die verkohlten Reste auf den Boden vor sich. »Der andere ist unversehrt.«

»Wir werden uns dem Willen der Götter beugen«, versicherte der Helfer des Verstorbenen. In Ahoteps Hand hatte er seinen Papyrus wieder erkannt.

Sie hob ihn hoch.

Der Name, der sich darauf zeigte, war jener von Tjehuty.

7

Der junge Prinz Ahmose, eine große, schlanke Erscheinung mit tiefem und ernstem Blick, überschritt die Schwelle des Tempels von Karnak. Lange betrachtete er das große Tor aus rosafarbenem Granit, dann entdeckte er eine Säulenhalle, deren

Feierlichkeit ihm ans Herz ging. Auf solche Weise, ernst und aufrecht, sollte jeder Mensch die Zufälligkeiten des Schicksals auf sich nehmen, dachte er. Und staunend ging er weiter zur zweiten Säulenhalle, deren Pfeiler aus aufrecht stehenden Bildern des Osiris bestanden, mit gekreuzten Armen und die Zepter des Gerichts und der Auferstehung in Händen haltend.

Vor jeder dieser großen Statuen stand ein Priester Amuns.

»Sieh dir diese Männer genau an«, forderte Ahotep, »und zeige mir denjenigen, der dir fähig erscheint, das Amt des Hohepriesters auszuüben.«

»Worin besteht dieses Amt?«

»Man muss dem verborgenen Grundsatz die Ehre erweisen und Tag für Tag die heiligen Handlungen ausführen, damit die Gottheit zufrieden gestellt wird und unsere Erde nicht verlässt.«

Ahmose blickte jedem einzelnen Priester ins Auge, ohne Hochmut und ohne Eile. Die Worte seiner Mutter waren in seine Seele eingedrungen, und er versuchte, sie in Übereinstimmung zu bringen mit den Blicken, die ihn trafen.

»Ich wähle diesen dort«, sagte er dann sicher und bestimmt, indem er Tjehuty offen ins Gesicht sah.

Der Helfer des verstorbenen Hohepriesters trat vor und verbeugte sich tief vor der Königin.

»Verzeiht meine Eitelkeit, Majestät. Ich werde Tjehuty gehorchen und die Aufgaben, die er mir zuweist, so gut erfüllen, wie ich es verstehe.«

Nachdem sie den neuen Hohepriester in seinem Amt bestätigt, ihm den Stab des Wortes übergeben und einen Goldring an seinen Mittelfinger gesteckt hatte, führte die Königin Ahmose in den Ostteil des Tempels.

Auf einem Altar gegenüber der Kapelle des Amun befand sich das Schwert des Lichts, das die Pharaonen Seqen und Kamose getragen hatten.

»Die Tür dieses Heiligtums wird sich erst öffnen, wenn der Tag des Sieges über die Hyksos gekommen ist«, sagte Ahotep. »Doch bevor es so weit ist, wird noch viel Blut vergossen werden, und es werden noch viele Tränen fließen. Und man muss dieses Schwert führen können, ohne schwach zu werden. Glaubst du, du bist dazu fähig, Ahmose?«

Der Prinz näherte sich dem Altar. Er berührte ehrfürchtig den Griff und fuhr mit dem Finger über die Klinge.

»Das Schwert Amuns ist zu schwer für mich. Aber der Tag wird kommen, an dem mein Arm stark genug sein wird, um dieses Schwert zu führen.«

»Du bist erst zehn Jahre alt, und du hast deinen Vater und deinen Bruder verloren, die gestorben sind für die Freiheit Ägyptens. Trotz ihrer Tapferkeit sind wir noch immer weit von dieser Freiheit entfernt. Bist du bereit, dein eigenes Leben für sie aufs Spiel zu setzen?«

»Ohne Freiheit zu leben ist schlimmer als der Tod.«

»Ägypten kann nicht überleben ohne einen Pharao, Ahmose, und du wirst es sein, der dieses höchste und ehrwürdigste Amt ausüben wird. Du hast gerade gezeigt, dass du dazu fähig bist. Bis es so weit ist, werde ich als Regentin meine Pflicht erfüllen.«

»Warum werdet Ihr nicht selbst Pharao, Mutter? Nie werde ich Eure Größe erreichen.«

»Wenn ich meine Aufgabe erfüllt haben werde, wenn Ägypten wieder frei atmen kann, wird es einen großen König brauchen, einen König, der jung ist und durchdrungen vom Geist der Maat, um die Welt in Harmonie mit den schöpferischen Kräften wieder aufzubauen. Dein Herz wird erfüllt sein vom Geist des rechten Herrschens.«

Ahotep und ihr Sohn machten sich auf den Weg zum neuen Hohepriester Tjehuty.

»Bereite alles für die Krönungszeremonie vor«, befahl ihm die Königin.

In dem Augenblick, als Ahotep diese Worte aussprach, wurde König Apophis Opfer eines sonderbaren Schwächezustands, während er in seinen Gemächern, die Tag und Nacht von Lampen erhellt wurden, Mittagsruhe hielt. Seine Lippen und seine Knöchel schwollen an, seine Kehle zog sich zusammen, er meinte zu ersticken.

»Es wird niemals einen anderen König geben als mich allein«, flüsterte er grimmig.

Er ergriff seinen Dolch mit der dreieckigen bronzenen Klinge und dem goldenen Griff, auf dem eine Lotusblüte eingraviert war, und stach ihn in die Wand – genau dorthin, wo der kretische Maler eine hohe Palme dargestellt hatte.

»Alles gehört mir, sogar dieses Bild!«

Der König öffnete die Tür des Zimmers, vor dem zwei Soldaten Wache standen.

»Holt sofort den Großschatzmeister, und lasst meine Sänfte kommen!«

»Wie geht es Euch heute, Majestät?«

»Schnell, zum Tempel des Seth!«

Khamudi war aus den Gewinnberechnungen herausgerissen worden, die er gerade angestellt hatte. Der Drogenhandel hatte sich als äußerst einträglich für ihn erwiesen. Nach einer unterwürfigen Verbeugung half er Apophis in seine prächtige Sänfte, die schon von den Pharaonen des Mittleren Reichs benutzt worden war.

Zwanzig kräftige Burschen hoben sie an, und es ging im Eilschritt vorwärts, ohne dass der Herr der Hyksos die Bewegung seiner Träger allzu sehr spürte. Fünfzig Soldaten sicherten den Weg, und Khamudi, der das gute Essen liebte, hatte Schwierigkeiten, der Sänfte zu folgen.

Einzelne Schaulustige zerstreuten sich schnell. Frauen und Kinder zogen sich in ihre Häuser zurück.

Doch ein kleiner Junge hatte ein Spielzeug aus Holz in der Mitte der Straße vergessen. Ein Krokodil mit riesigem Maul. Er riss sich von der Hand seiner Mutter los und rannte zurück, um es zu holen.

»Stehen bleiben!«, befahl der König.

Mit großen, staunenden Augen stand der kleine Junge vor den Soldaten im schwarzen Harnisch.

Sie hätten ihn niedergetrampelt, wenn Apophis' Befehl sie nicht zurückgehalten hätte.

Der Junge hielt mit beiden Händen sein Krokodil fest.

»Nimm ihn mit, Khamudi.«

Die Mutter, halb wahnsinnig vor Angst, warf sich vor den Soldaten in den Straßenstaub.

»Er ist mein Sohn, bitte tut ihm nichts!«

Auf ein Zeichen des Königs hin setzte sich der Zug wieder in Bewegung.

Der kleine Junge sah nicht, dass einer der Offiziere seiner Mutter die Kehle durchschnitt.

Die Priester des Seth und des syrischen Gewittergottes Hadad murmelten unaufhörlich Beschwörungsformeln, damit das Unwetter nicht losbrach. Seit dem frühen Morgen bedrohten seltsame Wolken Auaris. Zornige Windböen aus dem Süden ließen die Eichen rund um den Hauptaltar ächzen. Die Wellen des nahen Kanals trugen Schaumkronen.

»Der König kommt!«, rief einer der Priester aus.

Die Sänfte wurde sorgsam auf dem Boden abgesetzt.

Apophis richtete sich mit Mühe auf. Er war sehr bleich und atmete in kurzen Stößen.

»Das Unwetter zu dieser Zeit ist nicht normal, Majestät, wir sind äußerst beunruhigt«, sagte der Hohepriester Seths.

»Entfernt euch alle, und betet weiter!«

Die Priester traten zurück. Die raue Stimme und der eisige

Blick des Königs erschreckten sie noch mehr als gewöhnlich.

Er versenkte sich in den Anblick des aufgewühlten Himmels. Er allein war dazu fähig, die Zeichen zu lesen.

»Bring das Kind, Khamudi!«

Der Großschatzmeister zog den Jungen hinter sich her, der sein Spielzeug nicht losließ.

»Ich muss mich erneuern«, sagte Apophis, »denn Königin Ahotep plant einen neuen Angriff gegen mich. Was sie vorhat, darf nicht Wirklichkeit werden. Seth verlangt ein Opfer, das meine Gesundheit sicherstellt, ein Opfer, das das gewaltige Gewitter auf Theben zutreibt. Dort wird es sich entladen. Stelle den Jungen auf den Altar, Khamudi.«

Der Großschatzmeister glaubte, die Absicht seines Herrn zu erraten.

»Majestät, wollt Ihr, dass ich es selbst ausführe?«

»Von jetzt an gehört mir sein Atem! Nur mir kommt es zu, diesem Körper den Lebenshauch zu nehmen.«

Gleichgültig gegenüber den Schreien und Tränen des Kindes, entriss ihm Khamudi das Spielzeug und warf es auf den Altar.

Und der König zog den Dolch aus der Scheide.

8

Ein gewaltiger Donnerschlag weckte Teti die Kleine auf.

Als habe sie plötzlich die Kraft ihrer Jugend wiedergewonnen, sprang die alte Dame mit einem Satz aus dem Bett, zog sich eine dunkelblaue Tunika über und lief in den Flur hinaus, der zu Ahoteps Gemach führte.

Die Tür öffnete sich, bevor die Königinmutter Zeit gefunden hatte anzuklopfen.

»Hast du das gehört?«

Mehrere Blitze zerrissen den frühmorgendlichen Himmel.

»So ein Gewitter hat es noch nie gegeben«, sagte Teti.

»Es ist kein normales Gewitter«, sagte Ahotep. »Und dafür gibt es nur eine einzige Erklärung: Apophis hat es herbeigeführt. Er will uns mit dem Zorn Seths bestrafen.«

»Unter diesen Umständen können wir die Krönungszeremonie nicht vollziehen!«

»Nein, auf keinen Fall.«

Alle Palastbewohner waren mittlerweile aufgewacht. Erregt, aufgewühlt und erschrocken rannten sie umher, und Haushofmeister Qaris versuchte vergeblich, die Gemüter zu beruhigen.

Ahotep betrat das Zimmer ihres Sohns.

Ahmose stand am Fenster und betrachtete den zornglühenden Himmel. »Zürnen uns die Götter?«, fragte er ernst und besorgt.

»Nein, Ahmose. Der Herrscher der Finsternis weiß, was wir vorhaben, und will verhindern, dass du den Thron der Pharaonen besteigst.«*

Ein Regenguss von unvorstellbarer Wucht prasselte auf Theben nieder, und dunkle Wolken verhüllten die Sonne.

»Das ist die Dunkelheit der Hölle!«, schrie eine Dienerin, und eine zweite junge Frau floh in panischem Schrecken aus dem Palast.

»Zünde Lampen an!«, befahl die Königin ihrem Haushofmeister gelassen.

---

* Eine Stele aus Kalkstein, 1,80 Meter hoch und 1,10 Meter breit, zu besichtigen im Tempel von Karnak, erzählt von den kosmischen Störungen jener Zeit.

Qaris' Gesicht zog sich in die Länge. »Das Öl brennt nicht, Majestät.«

Ein fürchterliches Krachen ließ die Palastbewohner erzittern.

Der tobende Wind hatte das Dach der nahen Kaserne angehoben; es flog erst durch die Luft und prallte dann auf einen Schuppen.

Von schrecklicher Angst gepackt, verließen die Thebaner ihre Behausungen und liefen in alle Richtungen auseinander. Die Hunde heulten erbärmlich, mit Ausnahme von Lächler, der seiner Herrin nicht von der Seite wich.

Die Mauern eines Hauses in der Vorstadt fielen ein und erschlugen die Kinder, die sich in ihrem Zimmer verkrochen hatten.

»Wir werden alle sterben!«, prophezeite ein Blinder.

Und dann trat der Nil über die Ufer.

Ein Fischerboot, das in Richtung Süden zu entkommen suchte, wurde von einer mächtigen Welle hochgehoben und kenterte. Die Männer waren allesamt ausgezeichnete Schwimmer, und doch ertranken fünf von ihnen in den schlammigen Fluten.

Im Hafen schwankten die Schiffe und stießen gegeneinander. Selbst das Kriegsschiff, das Ahotep vom Truppenstützpunkt am Westufer nach Theben gebracht hatte, wurde vom Sturm hin und her geworfen. Die Masten krachten herunter und erschlugen Matrosen, der Kapitän wurde von dem unbeherrschbar gewordenen Steuerruder zermalmt. In weniger als einer Viertelstunde sank das Schiff.

Und unaufhörlich zuckten Blitze in der Düsternis des Himmels.

In einer Schreinerei brach ein Feuer aus, das sich im ganzen Stadtteil ausbreitete. Der Wind ließ die Flammen hoch auflodern, und die Männer, die mit Eimern voller Wasser zu löschen versuchten, mussten hilflos zusehen, wie ihre Häuser verbrannten.

Auch Ahotep konnte nichts tun.

Bald würde von Theben und seinem stolzen Truppenstützpunkt nichts mehr übrig sein als ein paar verkohlte Mauern. Apophis hatte sich die gewaltige Kraft des Gottes Seth zunutze gemacht, die die Anstrengungen von über zwanzig Jahren in ein paar Stunden vernichtete.

Ohne ihre Schiffe, mit nur ein paar Hundert Soldaten, die sich vielleicht retten konnten, würde der Königin nichts anderes übrig bleiben, als den Gewaltherrscher um Gnade anzuflehen. Und er würde die letzten Überlebenden der schrecklichen Katastrophe erbarmungslos hinrichten lassen.

Besser, man ging kämpfend unter!

Ihr Sohn sollte sich in Gesellschaft einiger Getreuer in die Wüste flüchten. Ahotep würde dem Herrn der Hyksos allein gegenübertreten. Mit nichts anderem als dem Feuersteindolch als Waffe, den sie schon als junges Mädchen besessen hatte, als sie als erste Aufständische den Besatzern entgegengetreten war.

Zwanzig Jahre Kampf, Leid und Hoffnung, zwanzig Jahre, in denen sie die Liebe und das höchste Glück kennen gelernt hatte, das Menschen beschieden ist, zwanzig Jahre Widerstand gegen die Unterdrückung – und jetzt die Niederlage, die das Schicksal Ägyptens besiegeln würde?

»Mach dich bereit, den Palast zu verlassen, Ahmose.«

»Ich wünsche, bei Euch zu bleiben, Mutter.«

»Der Zorn Seths wird sich erst besänftigen, wenn Theben völlig zerstört ist, und du musst überleben. Eines Tages wirst du den Kampf wieder aufnehmen.«

»Und Ihr, Mutter, was werdet Ihr tun?«

»Ich werde alle Soldaten um mich versammeln, die noch kämpfen können, und Auaris angreifen.«

Der Junge blieb unerschütterlich. »Wäre das nicht Selbstmord?«

»Apophis muss glauben, dass er einen vollständigen Sieg errungen hat. Wenn ich verschwunden bin und er dich für tot hält, was hätte er dann noch zu fürchten? Du musst weitermachen, auch wenn du zunächst nichts hast, auf dem du aufbauen kannst. Mir ist es damals genauso gegangen. Vor allem: Gib niemals nach! Und wenn der Tod dein Werk unterbricht, so wird dein *ka* ein anderes Herz zum Glühen bringen!«

Ahmose stürzte in die Arme seiner Mutter, die ihn lange an sich drückte.

»Denk nur daran, Maat hoch zu schätzen und Gerechtigkeit zu üben, mein Sohn; dann wirst du über Kräfte verfügen, die Apophis dir nicht rauben kann.«

Das Gewitter verdoppelte seine Wut. Viele Häuser waren schon verwüstet, überall lagen Tote. Die Wadis hatten sich in reißende Sturzbäche verwandelt, die Felsbrocken und Trümmer mit sich führten. Auf dem Westufer wurden die uralten Totenstädte von immer neuen Wellen von Schlamm und Geröll überschwemmt.

»Beeil dich, Qaris«, sagte die Königin. »Führe meinen Sohn in die Wüste des Ostens. Heray soll dich begleiten, wenn du ihn finden kannst.«

»Majestät, Ihr solltet…«

»Ich bleibe bei der Königinmutter.«

Ahotep umarmte Ahmose ein letztes Mal und vertraute ihn dem Haushofmeister an. Sie hoffte inständig, dass es ihnen gelingen würde, dem Unwetter zu entkommen.

Als sie sich umdrehte, entdeckte die Königin einen unerwarteten Verbündeten: Nordwind, einen großen grauen Esel mit weißer Schnauze und weißem Bauch, großen Nüstern und riesigen Ohren. Mit seinen überaus klugen Augen betrachtete er unverwandt die Herrscherin.

»Was willst du mir sagen, Nordwind?«

Der Esel machte eine Kehrtwendung, und Ahotep folgte ihm.

Als sie den Palast verlassen hatte, war sie binnen weniger Sekunden bis auf die Haut durchnässt.

Nordwind hob den Kopf und zeigte mit der Schnauze in Richtung der tintenschwarzen Wolken, die unaufhörlich von Blitzen zerrissen wurden.

»Ja, wir müssen es versuchen!«, sagte Ahotep und streichelte seinen Hals.

Sie lief bis zur Palastkapelle, wo das Goldzepter aufbewahrt wurde, dessen oberer Teil die Nachbildung eines Schakals war, der als Tier Seths galt. Als Zeichen der Macht war dieses Zepter der Königin einst von der Göttin Mut verliehen worden.

Und ein weiteres Seth-Tier, ein Esel, hatte gerade den Weg gezeigt: Wenn König Apophis sich an den Gott des Gewitters wandte, warum tat man es ihm nicht gleich?

Ahotep kletterte auf das Palastdach und hielt das goldene Zepter gen Himmel.

»Du, der du die Blitze auf uns niederfahren lässt, enthülle deine Gestalt! Was hast du von mir zu befürchten? Ich trage dein Zeichen, ich bewahre das Licht, das die Erde nicht zerstört, sondern erleuchtet! Gehorche mir, Seth, wenn du willst, dass mein Volk dir weiterhin Verehrung entgegenbringt! Nein, der Herr der Finsternis ist nicht dein einziger Meister! Warum wendest du dich gegen dein Land und gegen deinen Bruder Horus, Ägyptens Pharao? Zeige dein wahres Gesicht, damit deine Kraft mein Zepter lebendig macht!«

Die Wolken teilten sich, und im Norden – dort, wo die geheimnisvolle Kraft wohnte, die sich den Menschen entzog – erschien am Himmel der Abdruck eines Stierhufs*.

---

* Der Große Bär, ein Kraftort des Gottes Seth.

Und ein neuer Blitz, gewaltiger noch als alle vorangehenden, flammte am Himmel auf und fuhr zischend in das goldene Zepter, das die Königin der Freiheit ihm mit festem Griff entgegenhielt.

9

Der Wutschrei des Königs Apophis hallte in der Festungsanlage wider und ließ all jenen, die sich dort aufhielten, das Blut in den Adern gefrieren.

Der König fühlte einen entsetzlichen Schmerz, der ihm durch Mark und Bein fuhr. Einen brennenden Schmerz, der nur bedeuten konnte, dass Seths Feuer sich gegen ihn selbst richtete.

Über seinem Tempel in Auaris zogen sich, schnell wie galoppierende Pferde, drohende schwarze Wolken zusammen. Blitze fuhren unaufhörlich daraus hervor, die zuerst die Wohnungen der Priester trafen, dann in die Eichenallee einschlugen, die zum Altar führte. Das Laub entzündete sich, und der Wind fachte die Flammen an.

Ein Gewitterregen entlud sich über Auaris, der so gewaltig war, dass die Soldaten sich in die Wachhäuser und Kasernen flüchteten. Sie schützten den Kopf mit den Händen, damit Seths Zorn sie nicht traf.

»Wir sind verflucht!«, schrie Tany, die Gemahlin des Königs. Sie kniete auf ihrem Bett, Schaum stand auf ihren Lippen.

Zwei Dienerinnen redeten besänftigend auf sie ein, damit sie sich wieder hinlegte.

»Es sind die Thebaner, sie kommen zurück! Königin Ahotep, mit einem flammenden Schwert… Wellen überschwemmen die Hauptstadt, Feuer zerstört die Festung!«

Während Tany sich solche Katastrophen ausmalte, stieg der König langsam die Treppe empor, die zum höchsten Turm führte.

Er bot seinen entblößten Kopf dem Unwetter dar und zeigte mit seinem Dolch auf den tintenschwarzen Himmel.

»Du bist mein Verbündeter, Seth, und du musst meine Feinde treffen!«

Darauf zeigte sich ein gleißender Blitz, der unter ohrenbetäubendem Donnerkrachen in den Turm einschlug.

Seit dem versuchten Anschlag auf ihn, bei dem er gerade noch einmal mit dem Leben davongekommen war, hatte Jannas die Schutzvorkehrungen verdoppeln lassen. Khamudi sollte keine Gelegenheit mehr erhalten, ihn zu überraschen.

Der Admiral war nicht erstaunt gewesen, als er erfuhr, dass der Großschatzmeister die gleichen Vorsichtsmaßnahmen ergriffen hatte. Er wusste, dass Jannas Bescheid wusste, und fürchtete, selbst getötet zu werden. Zwischen den beiden Männern begann ein Kampf auf Leben und Tod.

»Die Zusammenkunft des Obersten Rats wird stattfinden, Admiral«, teilte ihm sein Adjutant mit.

»Gibt es Neuigkeiten vom König?«

»Einige sagen, er sei vom Blitz erschlagen worden; andere meinen, er sei schwer verletzt. Und wieder andere behaupten, dass er nicht mehr sprechen könne. Admiral…«

»Was gibt es noch?«

»Die Mehrheit der Hyksos ist bereit, Euch Gefolgschaft zu leisten.«

»Du vergisst Khamudi!«

»Er hat auch Anhänger, das stimmt, aber sie sind viel weniger zahlreich als die Eurigen. Sobald es nötig ist…«

»Warten wir die Versammlung des Obersten Rats ab«, entschied Jannas.

Trotz der kretischen Wandmalereien, die in kräftigen Farben leuchteten, wirkte der Ratssaal kahl und düster. Alle hohen Würdenträger des Reiches waren anwesend. Jannas und Khamudi saßen einander gegenüber, nicht weit von dem bescheidenen Königsthron aus Fichtenholz entfernt.

Was würde passieren, wenn der Palastarzt Apophis' Tod bekannt gäbe, oder wenn er mitteilte, dass der König die Fähigkeit zu regieren verloren hätte? Einige der Würdenträger nahmen an, dass Khamudi seine Stellung als Großschatzmeister ins Feld führen würde, um sich selbst als vorläufigen – und bald endgültigen – Nachfolger einzusetzen. Doch alle wussten, dass Jannas, der Oberbefehlshaber der Streitkräfte, diese Lösung nicht anerkennen würde.

Nur ein Blutbad konnte den unvermeidlichen Konflikt zwischen den beiden Männern beenden, die Anspruch auf den Thron erhoben. Und wenn es dazu kam, würde der Admiral sich als der Stärkere erweisen.

Khamudi litt gerade jetzt unter einem juckenden Ausschlag, gegen den jede Salbe machtlos war. Es fiel ihm schwer, seine gewöhnliche Ruhe und Selbstbeherrschung an den Tag zu legen. Zwar war es ihm gelungen, eine ganze Reihe höherer Offiziere zu kaufen, doch peinigte ihn eine sonderbare Angst, nicht lebend aus der Festung herauszukommen.

Plötzlich tauchte Apophis auf.

In einen dunkelbraunen Mantel gehüllt, sah er jedes einzelne Ratsmitglied mit seinem durchdringenden, eisigen Blick an, bevor er sich setzte.

Alle fühlten sich schuldig, weil sie mit seiner Rückkehr kaum noch gerechnet hatten. Khamudi fand als Erstes sein Lächeln wieder.

»Seth hat Theben unermesslichen Schaden zugefügt«, erklärte Apophis mit seiner rauen Stimme, die den mutigsten Mann erschauern ließ. »Die Stadt ist zur Hälfte zerstört; Ahoteps Armee ist geschwächt, ihre Kriegsmarine völlig ausgelöscht.«

»Majestät«, fragte Jannas, »werdet Ihr mir den Befehl erteilen, die Aufständischen anzugreifen, um ihnen den endgültig vernichtenden Schlag zu versetzen? Soll ich Euch diese Königin bringen, tot oder lebendig?«

»Alles zu seiner Zeit, Admiral. Zunächst gebe ich Euch bekannt, dass Seth, mein Beschützer, aus mir einen neuen Horus gemacht hat. In allen offiziellen Schreiben werde ich ab jetzt genannt: ›Der die Zwei Reiche befriedet‹. Seth hat mir auch die Gründe seines Zorns gegen Auaris offenbart: In dieser Stadt, meiner Hauptstadt, leben Verräter, Verschwörer und Halbherzige, die es wagen, meine Entscheidungen zu missbilligen. Ich werde diese Schädlinge vertilgen. Wenn das alles getan ist, Jannas, werden wir uns um Ahotep kümmern.«

Der Harem von Auaris war eine Hölle. In ihr waren die schönsten jungen Frauen der ehemaligen ägyptischen Oberschicht gefangen. Zu jeder Tages- und Nachtzeit hatten sie die Wünsche der hohen Beamten des Reiches zu erfüllen. Wenn eine von ihnen versuchte, sich das Leben zu nehmen, wurden die Mitglieder ihrer Familie gefoltert und in Lager gebracht. Einige von ihnen hatten sich an ihr schlimmes Los gewöhnt; immerhin war es ihnen dadurch möglich, auf irgendeine Weise zu überleben. Und hatte es nicht einmal eine Verschwörung gegeben, die vom Harem ausgegangen war und um ein Haar geglückt wäre? Und erzählte man sich jetzt nicht überall, dass der König im Sterben liege? Vielleicht wäre sein Nachfolger weniger unmenschlich.

Mit diesen hoffnungsvollen Gedanken beschäftigt, öffnete eine junge, überaus hübsche brünette Frau von etwa zwanzig Jahren die Tür zu dem großen Gemach, wo man sich schminkte und zurechtmachte, während man auf Besucher wartete.

Der Schreckensschrei blieb ihr in der Kehle stecken, als ein Hyksossoldat ihr mit einem brutalen Stockschlag den Schädel zertrümmerte.

»Zermalmt dieses Ungeziefer!«, befahl der Offizier seinen Männern, die behelmt und schwer gepanzert waren, als ob sie es mit einem gnadenlosen, übermächtigen Feind zu tun hätten. »Der König hat beschlossen, diesen Harem zu schließen. Er ist ein Nest des Widerstands!«

Die Mörder bedauerten, diese herrlichen Frauen nicht missbrauchen zu können, bevor sie sie niedermachten. Doch Apophis' Befehle mussten unverzüglich befolgt werden.

Mit durchbohrtem Herzen starb der Esel mit dem sanften Blick, ohne zu begreifen, was man ihm vorwarf. Er war der Letzte von hundert Artgenossen, die der Hohepriester Seths opfern ließ, um den göttlichen Zorn zu besänftigen. Der Priester war dabei, sein blutbeflecktes Gewand auszuziehen, als er einen Trupp Soldaten auf sich zukommen sah, befehligt von Khamudi.

»Folge uns, Hohepriester!«

»Aber ich muss noch weitere Tiere töten, und …«

»Folge uns!«

»Wohin bringt ihr mich?«

»Der König will dich sehen.«

»Der König! Aber ich muss mich waschen …«

»Das ist nicht nötig. Du weißt, dass der König es hasst, wenn man ihn warten lässt.«

Apophis thronte auf der Galerie oberhalb der beiden Arenen, wo er sich oft auf die angenehmste Art die Zeit vertrieb. Auf der einen Seite lag das Labyrinth, auf der anderen das Feld, wo der Kampfstier wütete. Seit Beginn der Säuberungen verbrachte der König oft mehrere Stunden am Tag an diesem Ort, um den Tod jener Männer und Frauen mit anzusehen, die er gerade erst verurteilt hatte. Die einen wurden von den Hörnern des Stiers durchbohrt oder von seinen Hufen niedergetrampelt, die anderen tappten in eine der vielen listig angebrachten Fallen des Labyrinths und wurden zerschnitten oder zerstückelt.

Der Hohepriester warf sich vor seinem König auf den Boden.

»Wir hören nicht auf, Seth zu ehren, Majestät! Eure Befehle werden getreulich ausgeführt.«

»Sehr schön, Hohepriester. Aber hast nicht auch du das Vertrauen in mich verloren, als das Gewitter tobte?«

»Keinen Augenblick, Majestät!«

»Du lügst nicht gut. Aufgrund deines hohen Amtes lasse ich dir die Wahl: Labyrinth oder Stier.«

»Majestät, ich diene Euch mit völligem Gehorsam, und ich versichere Euch, dass ...«

»Du hast an mir gezweifelt«, schnitt ihm Apophis das Wort ab. »Das ist ein unverzeihlicher Verrat, ein Verbrechen, das mit dem Tod bestraft werden muss.«

»Gnade!«

Das Winseln des Verurteilten brachte den König auf. Er gab ihm einen rohen Fußtritt, der den Körper in die Arena fallen ließ.

Der Hohepriester kam noch einmal auf die Beine und rannte vor dem schnaubenden Ungetüm davon. Doch dann senkte der Stier den Kopf, bohrte seine Hörner in den Rücken des Unglücklichen und wirbelte ihn durch die Luft.

Der König wandte sich dem nächsten Opfer zu, einer Palastköchin. Diese Schamlose hatte zu behaupten gewagt, dass Apophis schwer verletzt sei. Sie würde im Labyrinth enden. Ihr folgten Soldaten, Kaufleute und Verwaltungsbeamte, alle des Vergehens schuldig, an der Größe Apophis' gezweifelt zu haben. Was die verdächtigen Ägypter betraf, so waren sie bereits in Massen nach Tjaru und Sharuhen verschleppt worden. Diese Maßnahmen waren von Aberia durchgeführt worden, die dafür eine wirklich unglaubliche Begabung an den Tag legte.

Es würde noch einige Zeit dauern, doch am Ende würde es gelingen, Auaris von allen schädlichen Einflüssen zu befreien.

10

Mit der Sonnenscheibe auf dem Kopf und mit glühenden Augen betrachtete die steinerne Göttin Mut Königin Ahotep, die gekommen war, um ihr dafür zu danken, dass sie den Tempel von Karnak während des verheerenden Unwetters beschützt hatte.

Die Stadt erholte sich nur mühsam.

Der Blitz war mit dem goldenen Zepter der Herrscherin gebändigt worden. Die Wolken hatten sich zerstreut, der Regen hatte aufgehört, und der Wind hatte sich gelegt. Nach und nach hatte der Himmel seine gewohnte heitere Bläue wiedergewonnen, und die Sonne hatte wie üblich hell gestrahlt.

Heray rief Freiwillige zusammen, die die Spuren der Verheerungen wegräumen sollten. Der Gemeinsinn der Bürger war die einzige wirksame Waffe im Unglück. Dieser Gemeinsinn stammte von der Göttin Maat. Sie gab den Opfern Hoffnung und verzehnfachte die Kraft der Helfenden.

Es gab schon zahlreiche Legenden, die sich um die Königin rankten, doch nun kam eine weitere hinzu, die von ihrer Fähigkeit berichtete, den gewalttätigen Seth zu bezaubern und seinem Feuer die Macht zu nehmen. Ahotep selbst berührte es kaum, wenn ihr diese Lobpreisungen zu Ohren kamen. Sie war gekommen, um Muts Urteil zu hören. Die Göttin war gleichzeitig Vater und Mutter, Leben und Tod, sie war die Gemahlin Amuns, und sie hatte darüber zu entscheiden, ob der junge Ahmose Pharao werden sollte oder nicht.

Ohne ihre Zustimmung würden auch Wunder ihren Nutzen verlieren.

»Du hast mir immer den rechten Weg gezeigt, Mut. Ahmose ist nicht nur mein Sohn, er ist auch der zukünftige Pharao. Wenn ich nicht daran glaubte, hätte ich längst einen anderen gesucht, der dieses Amt ausfüllen kann. Ich glaube, Seths Zorn ist durch Apophis erweckt worden, den Herrscher der Finsternis, der verhindern will, dass Ahmose gekrönt wird. Es hat nichts damit zu tun, dass Ahmose nicht dazu fähig wäre, die Zwei Reiche zu regieren. Aber vielleicht irre ich mich… Dein Blick durchdringt die Dunkelheit, du hast mir noch nie die Unwahrheit gesagt. Soll Ahmose den Thron der Pharaonen besteigen?«

Die Statue senkte langsam den Kopf.

Heray ließ seinen massigen Körper auf einen stabilen Hocker sinken. Von seiner gewöhnlichen Lebensfreude war kaum mehr etwas zu bemerken.

»Die Schäden sind beträchtlich, Majestät. Wir werden mehrere Monate brauchen, um alles wieder instand zu setzen und neue Häuser zu bauen für all die, die obdachlos geworden sind. Vorerst brauchen wir Notbehausungen.«

»Wir werden denen, die es am schlimmsten getroffen hat, so gut es geht unter die Arme greifen«, versprach Ahotep.

»Leider hat es auch Tote gegeben, darunter etliche Kinder.«

»Jeder Verstorbene wird feierlich bestattet, und ich werde die Priester des *ka* anweisen, täglich die Totenrituale durchzuführen.«

»Der Truppenstützpunkt ist schwer beschädigt worden«, gab Haushofmeister Qaris bekannt. »Trotz der Abwehrmaßnahmen unserer Matrosen ist über die Hälfte unserer Flotte von dem Unwetter zerstört worden.«

»Die Zimmerleute sollen sich unverzüglich ans Werk machen, und sie sollen so viele Gehilfen anheuern, wie sie brauchen. Bis wir wieder genügend Schiffe haben, wird es keinen Urlaub mehr geben, aber die Bezahlung der Handwerker wird verdoppelt.«

»Es ist doch unnötig, sich etwas vorzumachen«, sagte Neshi. »Wenn die Hyksos jetzt angreifen, sind wir am Ende.«

»Zuerst müssen sie einmal das Hindernis überschreiten, das unsere Truppen bei Faijum darstellen.«

»Ihr wisst sehr wohl, Majestät, dass sie es nicht schaffen werden, einen großen Angriff abzuwehren. Und unsere Kräfte wiederherzustellen wird Zeit brauchen, viel Zeit.«

»Das Wichtigste ist jetzt«, entschied Ahotep, »dass wir den neuen Pharao krönen.«

Theben entschloss sich, während einiger Tage seinen schlimmen Zustand und den drohenden Ansturm der Hyksos zu vergessen und sich ganz den Zeremonien der Krönung hinzugeben, deren geheimer Teil sich im Tempel von Karnak abspielte. Der neue Hohepriester Tjehuty und die Gottesgemahlin führten den Vorsitz bei dem wichtigen Ritual, durch das Ahmose von Horus und Thoth gereinigt wurde, um dann von der Geiergöttin und der heiligen Kobra zum Herrscher von Ober- und Unterägypten ernannt zu werden.

Seine erste Amtshandlung als Pharao würde darin bestehen, dass er Amun, dem verborgenen göttlichen Prinzip, eine kleine Statue der Göttin Maat opferte und schwor, in seinem ganzen Leben Gerechtigkeit und Unbestechlichkeit walten zu lassen, damit die Verbindung zwischen dem Menschlichen und dem Göttlichen nicht zerriss.

Von Beifall begleitet, verließ Ahmose den Tempel, um sich

seinem Volk zu zeigen. Vor ihm standen die Träger der Symbole der Provinzen Ägyptens, die er einigen wollte.

Ahotep verkündete mit lauter Stimme die Namen und die Pflichten des neuen Pharaos.

»Ahmose ist der Einiger der Zwei Reiche, der Sohn des Amun-Re, dem der Schöpfer seinen Thron verleiht, sein wahrer Stellvertreter auf Erden. Wachsam, ohne Lüge, ist er der Überbringer des Lebensatems. Er festigt die Gebote der Maat und verbreitet Freude unter allen Menschen. Er ist die Stütze des Himmels und der Lenker der heiligen Barke unseres Landes.«

Spät in dieser Nacht, als der volle Mond den Tempel überstrahlte und die Stadt vom Festlärm widerhallte, rief sich ein kleiner Junge von zehn Jahren jedes Wort ins Gedächtnis, das seine Mutter gesprochen hatte. Zwischen Furcht und Stolz schwankend, begriff er in diesem Augenblick, dass sein Dasein in Zukunft ganz anders wäre als das der Männer um ihn herum; Schritt für Schritt würde sein königliches Amt ihn völlig ausfüllen.

Die ägyptischen Stelen und Standbilder waren zerstört oder verstümmelt; nun blieben Apophis nur noch die Gemälde des kretischen Malers Minos, die ihm einen hohen künstlerischen Genuss verschafften. Doch zum Leidwesen von Tjarudjet hatte er auch Minos zu einer Treueprüfung vorladen lassen.

Die junge Schwester des Königs war eine schreckliche Verführerin. Sie lockte Beamte und hohe Würdenträger, von denen das Gerücht ging, dass ihre Treue zu Apophis zu wünschen übrig ließ, in ihr Bett, um die Geheimnisse, die ihr in stürmischen Liebesnächten anvertraut wurden, sofort ihrem Bruder weiterzugeben. Die verratenen Abtrünnigen endeten unweigerlich im Labyrinth.

Ihr Leben als Mätresse hatte sich jedoch vollständig gewandelt, als die schöne Eurasierin sich in Minos verliebt hatte. Sie spielte ihre Rolle als Spitzel weiter, ohne von dem Maler lassen zu können, dem sie verfallen war. Und sie kannte sein Geheimnis: Um in seine Heimat zurückzugelangen, war er Mitglied einer Verschwörung gegen den König geworden.

Tjarudjet hatte Apophis die Wahrheit noch nicht gestanden; sie wusste, dass ihr Geliebter einen grausamen Tod sterben musste, sobald sie es tat.

Zum ersten Mal in ihrem Leben weigerte sie sich, den Weisungen des Königs Folge zu leisten.

Doch würde er nicht schließlich selbst darauf kommen, was Minos vorhatte? Wenn Apophis sie ansah, hatte sie das Gefühl, in einem klebrigen Spinnennetz gefangen zu sein, aus dem sie sich vergeblich zu befreien suchte. Irgendwann würde er sich entschließen, seine Opfer zu verschlingen, Tjarudjet selbst mitsamt ihrem Geliebten.

Heute aber begnügte er sich damit, sich mit Minos zu unterhalten.

Die junge Frau war ängstlich und fürchtete das Schlimmste. Der König konnte den Maler foltern lassen, ihn verschleppen, ihn in das Labyrinth werfen! Und dann würde sie selbst an die Reihe kommen. Dieser Bruder, der so viel älter war als sie, hatte ihr immer nur Furcht und Schrecken eingejagt, obwohl sie zu den wenigen Menschen gehörte oder vielleicht überhaupt die Einzige war, die ihm mit einer gewissen Unbefangenheit gegenübertreten durfte. Doch sie machte sich keine falschen Hoffnungen: An dem Tag, an dem sie ihm nicht mehr nützen konnte, würde er sie seinen Offizieren aushändigen, die mit ihr machen konnten, was sie wollten; oder – was noch schlimmer wäre – er würde sie Tany, der so genannten Königin, und Yima, der Frau des Großschatzmeisters, übergeben.

Tjarudjet konnte ihr Schweigen durch nichts rechtfertigen.

Als Verschwörer musste Minos hingerichtet werden. Und sie wusste, dass es in den Augen des Königs für ihre Liebe keine Gnade gab.

Doch ein Leben ohne Minos konnte sie sich nicht vorstellen. In dieser grausamen und abartigen Welt, in der sie lebte, verkörperte er die Unschuld und die wahre Leidenschaft, aufrichtig und ohne jede Berechnung. Er war als Maler ebenso fantasiereich wie als Geliebter und bot ihr ein Glück, an das sie auch heute noch kaum zu glauben wagte.

Was auch immer daraus folgen würde – sie würde Minos schützen. Doch lebte er überhaupt noch?

Tjarudjet hasste die Drogen, die in der Hauptstadt die Runde und Khamudi immer reicher machten, diesen eingebildeten Emporkömmling, dessen Gier und dessen Grausamkeit ohne Maßen waren. Zusammen mit seiner halb wahnsinnigen Gattin fand er Vergnügen daran, junge Sklavinnen sadistisch zu quälen. Der König wusste davon. Doch Khamudi blieb seine rechte Hand.

Die Tür des Gemachs öffnete sich.

»Minos, endlich! Du bist so bleich... Was hat Apophis von dir verlangt?«

»Greifen... Ich soll Greifen malen, zu beiden Seiten seines Throns, wie im Palast von Knossos. So wird er unverletzlich werden.«

Der Maler, der sich kaum noch auf den Beinen halten konnte, konnte Tjarudjet nicht sagen, dass er in Todesangst geschwebt hatte.

Auch als seine Geliebte begann, ihn mit feurigen Küssen zu überhäufen, meinte er noch, den eisigen Blick des Königs zu spüren, der ihn durchdrang.

Er wusste es.

Ja, der König wusste es, und er spielte mit ihm. Die Greifen würden das letzte Werk sein, das Minos für ihn ausführte.

11

Minos hatte angefangen, die Greifen zu skizzieren, und er war entschlossen, so langsam wie nur irgend möglich zu arbeiten. Solange er das Werk nicht vollendet hatte, würde er jedenfalls am Leben bleiben, und bis es so weit war, würde ihm vielleicht ein Mittel einfallen, wie man den König beseitigen konnte.

Obwohl er viel jünger und viel kräftiger war, fühlte sich der Kreter nicht dazu in der Lage, Apophis ohne Waffen anzugreifen. Es brauchte mindestens einen Dolch – doch niemand, nicht einmal Tjarudjet, konnte vor dem Hyksosherrscher erscheinen, ohne vorher sorgfältig nach Waffen untersucht zu werden.

Plötzlich krampften sich seine Rückenmuskeln zusammen; ein eisiger Hauch hatte ihn getroffen.

»Du malst nicht schnell genug, Minos. Die Monate gehen ins Land, und du hast immer noch nichts fertig«, ließ sich die raue Stimme des Königs vernehmen.

Wieder einmal war er wie ein böser Geist aus dem Schatten aufgetaucht. Niemand hatte seine Schritte gehört.

»Majestät, wenn ich mich zur Eile zwingen würde, würde das meinem Werk nicht gut tun.«

»Ich brauche die Greifen so schnell wie möglich, junger Mann. Sei sicher, dass sie Angst einjagen. Ihr Blick muss schrecklich sein.«

Obwohl Jannas nicht aufhörte, ihn zu mahnen und zu drängen, hatte Apophis beschlossen, keinen weiteren Angriff zu beginnen, bevor die beiden Greifen nicht da waren, um seinen Thron zu verteidigen. Der Admiral war wütend vor Ungeduld und sagte immer wieder, dass man Ahotep keine Zeit lassen dürfe, um ihre Kräfte abermals aufzufrischen, aber es fehlte ihm an Weitblick. Apophis wusste, dass die Thebaner noch Jahre brauchen würden, um die ihnen zugefügten Schäden zu beheben. Wenn die Augen seiner Greifen erst einmal mit all ihrer zerstörerischen Kraft leuchteten, wenn seine Macht wirklich unangreifbar war und ihn keine Verschwörung mehr bedrohte, wenn die Säuberungen ihr Ziel erreicht hatten – dann würde Apophis sich an die endgültige Lösung des Falles der Königin mit ihren aufständischen Thebanern machen.

Minos wagte nicht, sich umzudrehen.

»Du hast mich verstanden, mein Freund?«

»Ja, natürlich, Majestät!«

Apophis verschwand in dem Gang, der zum Ratssaal führte.

Auf der Schwelle empfing ihn ein aufgeregter Khamudi.

»Herr, eine Botschaft! Eine Botschaft von unserem Spitzel!«

Der Hyksosspion hatte sich lange Zeit nicht mehr gemeldet. Zweifellos hatte er viele Schwierigkeiten aus dem Weg räumen müssen, um diesen kleinen Papyrus zu übermitteln. Er war mit verschlüsselten Schriftzeichen bedeckt, die nur der König lesen konnte.

Als er die Nachricht überflog, drückte sich in Apophis' Miene ein so unbändiger Hass aus, dass selbst Khamudi davon beeindruckt war.

»Das hat Ahotep gewagt! Diese verfluchte Königin hat es gewagt, ihren Sohn, einen Jungen von elf Jahren, zum Pharao zu erklären! Ich werde sie beide wie Wanzen zerquetschen! Aber zuerst werden wir in ihren eigenen Reihen Unfrieden stiften.«

Der Großschatzmeister presste unvermittelt die Hände auf seinen Bauch und krümmte sich vor Schmerzen. »Verzeiht, Majestät, es ist ein Harnstein. Ich glaube nicht, dass ich an der Ratsversammlung teilnehmen kann.«

»Lass dich behandeln, Khamudi. Es liegt sehr viel Arbeit vor uns.«

Yima hatte sich die Haare bleichen lassen, damit sie wie eine Blondine aussah, und sie war im Lauf der letzten Jahre immer dicker geworden, was an ihrem unbezwingbaren Verlangen nach Süßigkeiten lag. Sie kaute an ihren Nägeln.

Ohne ihren Mann Khamudi war sie verloren. Wenn es stimmte, was einige Leute hinter vorgehaltener Hand flüsterten, dass die Krankheit des Großschatzmeisters die Folge eines Fluchs seines Herrn Apophis war, hatte der Unglückliche keine Chance zu überleben. Wenn er aber nicht mehr da war, würde Yima des größten Teils ihres Vermögens verlustig gehen, denn der Palast würde Anspruch darauf erheben. Natürlich könnte sie sich bei Tany beschweren, doch diese lag den ganzen Tag im Bett und beschäftigte sich nur mit sich selbst.

»Der Chirurg ist da«, teilte ihr der Pförtner mit.

Es war ein Mann aus ihrer Heimat Kanaan, der einen ausgezeichneten Ruf genoss. Man hatte ihn ihr empfohlen. Er würde wissen, was er mit Khamudi zu tun hatte, der nicht aufhörte zu stöhnen.

»Mein Mann ist sehr wichtig am Hof des Königs. Du musst vorsichtig sein.«

»Niemand würde es wagen, die wichtige Rolle zu verkennen, die der Großschatzmeister im Reich spielt, Yima. Habt Vertrauen in meine Technik.«

»Ist sie wirklich… wirkungsvoll?«

»Ja, aber auch schmerzhaft.«

»Ich habe eine Arznei gegen Schmerzen.«

Yima flößte ihrem Mann ein Schmerzmittel ein, das aus Mohn gewonnen wurde. Normalerweise gab er sich mit einer kleinen Menge zufrieden, die er einnahm, um sein Vermögen als Liebhaber zu steigern, diesmal aber versetzte ihn die Dosis in Schlaf…

Der Chirurg holte aus seiner Tasche ein aus Knorpelmasse

hergestelltes Röhrchen, das er in die Harnröhre des Kranken einführte.

Khamudi reagierte nicht.

Der Arzt führte einen Finger in seinen After ein, tastete den Stein und führte ihn zum Ausgang der Harnblase. Dann blies er mit aller Kraft in das Röhrchen und saugte dann ebenso heftig die Luft an, um den Stein durch das Röhrchen zu ziehen.

Anschließend fügte er ein weiteres Röhrchen an das zuvor benutzte an, ließ den Stein weiter abwärts rutschen und holte ihn mit der Hand heraus.*

Noch benommen, betrat Khamudi das Schreibzimmer des Königs, der gerade einen Text in Hieroglyphenschrift verfasste.

»Wie fühlst du dich, mein Freund?«

»Erleichtert, Majestät, aber auch erschöpft und etwas flau im Magen.«

»Du wirst dich schnell erholen. Es gibt kein besseres Heilmittel als angestrengte Arbeit, und genau das biete ich dir an.«

Der Großschatzmeister hätte sich gern noch ein paar Tage ausgeruht, aber man zieht die Befehle des Königs nicht in Zweifel, vor allem dann nicht, wenn man auf der anderen Seite von einem Gegner wie Jannas bedroht wird.

»Haben wir genügend Skarabäen?«

»Wir haben Skarabäen jeder Größe und aus verschiedenen Materialien, aus Stein und aus Steingut.«

»Wir brauchen Tausende, Khamudi, und ich verlange, dass sie so schnell wie möglich mit Inschriften versehen werden. Hier die Botschaft, die wir in allen Gebieten des Landes verbreiten müssen.«

---

* Diese Beschreibung folgt dem 1974 in Kairo erschienenen Buch von Edward Brown über seine Reise in Ägypten.

An dem Ort, der Hafen-des-Kamose genannt wurde, zur Erinnerung an den verstorbenen Pharao, verstärkte Fürst Emheb Tag für Tag die Verteidigungsanlagen, die von erfahrenen Soldaten bewacht wurden.

Der hünenhafte Mann, der sich jetzt schon so lange in Mittelägypten aufhielt, dachte oft an seine Heimatstadt Edfu zurück, im Süden Thebens. Er wusste, dass er sie wahrscheinlich nie wieder sehen würde.

Auch wenn ihm an der Front bei Cusae schon manches geglückt war, schien ihm jetzt, so sehr er sich auch abmühte, gar nichts mehr zu gelingen. Wieder einmal sah er sich in der vordersten Linie neben Ahmas, Sohn des Abana, Bogenschütze und Schiffskapitän. Nur sie beide wussten, wie man die Truppen bei Laune halten konnte, trotz schlimmster Bedingungen. Doch als er von den Verheerungen erfuhr, die Theben bei dem Unwetter erlitten hatte, zog sich der Mann mit dem Stiernacken, den breiten Schultern und dem ausladenden Bauch traurig in sein Zelt zurück. Der Gedanke kam ihm, dass die Zeit Ahoteps vielleicht mit einer unvergleichlichen Katastrophe enden würde.

Wie konnte Emheb, ohne Verstärkung zu erhalten, einem ernsthaften Angriff der Hyksos entgegentreten? Der König hatte alle Zeit der Welt, und Jannas war dabei, ein riesiges Heer aufzustellen, das zuerst Memphis dem Erdboden gleichmachen, dann die Schlupfwinkel des Widerstands ausräuchern würde – Hafen-des-Kamose zuallererst –, um sich zuletzt auf Theben zu stürzen, das nicht mehr fähig wäre, sich zu verteidigen.

»Mein Fürst«, sagte Ahmas, »unsere Verbündeten aus Memphis haben uns diese Botschaften zukommen lassen, die von König Apophis verbreitet wurden.«

Zehn Skarabäen aus Steingut und Karneol waren mit dem gleichen Text beschriftet, in ungelenken Hieroglyphen und mit Fehlern, die einem erfahrenen Schreiber nie unterlaufen wären.

»Wir müssen sie so schnell wie möglich der Königin zukommen lassen«, empfahl Emheb. »Dieser Angriff könnte tödlich für uns sein.«

12

An alle Bewohner der Zwei Reiche, im Namen des Königs Apophis, Herrscher über Ober- und Unterägypten, der hiermit das Folgende bekannt gibt: Der Zorn Seths hat sich furchtbar über Theben entladen, der Stadt der Ungehorsamen. Der Palast in Theben ist zerstört, Königin Ahotep ist tot, und ihr Sohn Ahmose ist unter den Ruinen verschüttet worden. Die Armee der Aufständischen gibt es nicht mehr. Die Überlebenden haben ihre Truppen verlassen. Jedermann hat die Pflicht, sich Apophis zu unterwerfen. Wer es wagt, ihm den Gehorsam zu verweigern, wird schwerstens bestraft werden.

»Niemand darf dieses Dekret lesen!«, sagte Neshi entrüstet.

»Zu spät«, seufzte Königin Ahotep.

»Die Soldaten werden wie wild auseinander laufen«, sagte auch Haushofmeister Qaris sorgenvoll. »Hier in Theben könnt Ihr leicht beweisen, dass Apophis nicht aufhört zu lügen und den Leuten mit voller Absicht Unwahrheiten zukommen lässt, aber anderswo… In Memphis wird der Widerstand die Waffen niederlegen! Und vielleicht sogar in Hafen-des-Kamose.«

»Uns bleibt ein einziges Gegenmittel: Ich schreibe sofort eine kurze Botschaft, die unsere Schreiber auf Papyrus übertragen. Wir vertrauen sie Graukopf und seiner Truppe an.«

Graukopf war außergewöhnlich in seiner Art, wohlgenährt, gut gepflegt und hoch geehrt. Er war der unbestrittene Anführer der Brieftauben, die fähig waren, eine Strecke von eintausendzweihundert Kilometern bei einer mittleren Geschwindigkeit von zweiundsiebzig Stundenkilometern zu fliegen. Nachdem er bei einem gefährlichen Auftrag schwer verletzt worden war, hatte er sich inzwischen wieder vollkommen erholt und verbrachte seine freien Abende gern bei Lächler dem Jüngeren.

Dank des Erdmagnetismus fanden die Tauben ihren Weg durch die Luft, doch sie waren stets von Raubvögeln und von feindlichen Pfeilen bedroht. Allerdings hatten Graukopfs Kameraden gelernt, ihnen auszuweichen, indem sie ihren hoch entwickelten Sehsinn einsetzten.

Es gab eine weitere, tückischere Gefahr. Ahotep glaubte, dass der Hyksosspitzel damals einen der Botschafter vergiftet hatte, womit die Verbindung zwischen ihr und ihrem Sohn Kamose unterbrochen worden war. Seit jenem Zwischenfall wurden alle, die mit den Brieftauben näher zu tun hatten, streng überwacht.

Und dann erhoben sich Graukopf und seine Kameraden unter heftigem Flügelschlagen in die Luft und fanden ihren Weg – die einen nach Süden, die anderen nach Norden –, um die Botschaft von Königin Ahotep im ganzen Land zu verbreiten.

»Bleibt auf der Stelle stehen!«, empfahl Ahmas, Sohn des Abana, den beiden Soldaten, die mit dem geschulterten Bündel ihrer Habseligkeiten dabei waren zu fliehen.

»Mit einem Pfeil wirst du nur einen von uns töten!«, gab der jüngere der beiden zurück.

»Du solltest vorsichtiger sein«, widersprach der andere. »Er wird einen zweiten Pfeil gezogen haben, bevor du den ersten Schritt auf ihn zu gemacht hast.«

»Ich habe keineswegs die Absicht, ägyptische Soldaten zu töten«, sagte Ahmas. »Aber ich hasse Feiglinge. Wenn ihr weitergeht, werde ich euch aufhalten. Ich werde euch so verstümmeln, dass ihr nie mehr gehen könnt.«

»Hast du es denn nicht gehört? Die Königin ist tot, es gibt keinen Pharao mehr, kein Theben, keine Befreiungsarmee! Wir müssen uns davonmachen, bevor uns die Hyksos überrennen.«

»König Apophis lügt.«

»Warum zeigt sich Ahotep dann nicht?«

Das Geräusch von schnell schlagenden Flügeln nahm die Aufmerksamkeit des Bogenschützen in Beschlag, wenn er die beiden Abtrünnigen auch keinen Moment aus den Augen ließ.

Die Taube landete, und er erkannte sie wieder: Es war Graukopf, und an seiner rechten Kralle war eine Botschaft befestigt!

»Wir müssen den Fürsten wecken. Ihr geht voran.«

Angesichts der offensichtlichen Unversöhnlichkeit des Bogenschützen zogen es die beiden Soldaten vor zu gehorchen.

Der Fürst schlief nicht. Auch er erkannte Graukopf sofort und strich dem treuen Vogel, der ihn mit seinem stolzen und klugen Blick ansah, lobend über den Kopf.

Er entrollte den winzig kleinen Papyrus, der das königliche Siegel trug, und las den Text zuerst in aller Eile für sich durch. Dann trug er ihn laut vor:

Im zweiten Regierungsjahr des Pharaos Ahmose, am dritten Tag des ersten Monats der zweiten Jahreszeit.

Der teuflische Asiate Apophis, Herrscher der Finsternis und feiger Besetzer, fährt fort, in unserem geliebten Land mit Hilfe seiner Skarabäen Lügen zu verbreiten. Königin Ahotep, Gottesgemahlin und Dienerin des Amun, ist gesund und wohlbehalten, ebenso ihr Sohn Ahmose, Pharao von Ober- und Unterägypten. In Theben wird Amun, der Gott des Sieges, mit allem notwendigen Zeremoniell wie seit alters her verehrt, und die Armee der Befreiung bereitet sich darauf vor, die Eroberer zu vernichten und die Herrschaft der Maat wiederherzustellen.

Die beiden Abtrünnigen waren vor Überraschung wie vom Donner gerührt.

»Ich habe es euch ja gesagt«, sagte Ahmas, Sohn des Abana.

»Gut, da sind wir wohl ziemlich voreilig gewesen«, gestand der ältere der beiden. »Aber jetzt Schwamm drüber, ja?«

»Fürst Emheb wird über eure Strafe entscheiden.«

Der Bogen blieb gespannt, der Pfeil lag leicht in Ahmas' Hand. Und Fürst Emhebs harte und zornige Miene verhieß nichts Gutes.

Er ging um sie herum und versetzte ihnen beiden einen kräftigen Tritt in den Hintern.

»Das genügt für diesmal«, sagte er. »Aber wenn ihr noch einmal solchen dummen Gerüchten glaubt, werde ich Ahmas beauftragen, sich eingehender mit euch zu befassen.«

Die Schlacht der verschiedenen Verlautbarungen dauerte mehrere Monate. In Memphis hatte es zunächst einen Aufruhr der Massen gegeben, dann aber war es den Führern des Widerstands gelungen, die Einheit ihrer Truppen notdürftig wiederherzustellen. Überschwemmt von Hyksoskarabäen, die den Papyri der Brieftauben widersprachen, versammelten sich an vielen Orten die Menschen, um sich über die Sache klar zu werden.

Zu Beginn des dritten Regierungsjahrs von Pharao Ahmose festigte sich ihre Überzeugung: König Apophis log. Aus Theben geschickte Offiziere bestätigten den Vorstehern der Provinzen im freien Gebiet, dass Königin Ahotep den Kampf fortsetzte und der junge Ahmose ebenso entschlossen war wie sein Vater und sein Bruder.

Mit ein wenig Glück würde sich diese Botschaft auch in Auaris und im Delta verbreiten.

»Ich habe den ganzen Tag gearbeitet. Ich bin völlig erschöpft«, sagte Minos abwehrend.

»Ich werde deine Lebensgeister auffrischen«, versprach Tjarudjet, während sie den jugendlichen Körper ihres kretischen Geliebten mit parfümiertem Wasser wusch.

Minos vergaß schnell die Stunden, die er damit verbracht hatte, den genauen Anweisungen des Königs beim Malen der Greifen Folge zu leisten, und wandte sich den herrlichen Formen seiner schönen Eurasierin zu.

Sie genossen ein so vollkommenes Vergnügen, dass Tjarudjets Ängste besänftigt wurden und Minos neue Hoffnung schöpfte. Doch nach dem Abflauen der ersten Leidenschaft erinnerten sie sich an die Wirklichkeit, und das dämpfte ihre Stimmung. Nie hätte Tjarudjet ihrem Geliebten gestanden, dass sie ihm gefolgt war und seine Absichten kannte. Und Minos hätte ihr nie gesagt, dass er vorhatte, den König zu töten. Er war noch immer davon überzeugt, dass Apophis ihn als Verräter erkannt hatte und jetzt nur noch mit ihm spielte. Er glaubte nicht, dass er die Fertigstellung der Greifen überleben würde.

»Der Palast redet von nichts anderem als von deinem neuen Meisterwerk, aber bis jetzt hat es niemand gesehen. Der Thronsaal ist schon so lange verschlossen.«

»Apophis wird diese Ungeheuer erst annehmen, wenn er weiß, sie sind vollkommen. Er hatte es so eilig, und zwingt mich alle paar Stunden, meinen Stil zu verändern, damit ich genau das male, was er sich vorstellt. Sie sind fürchterlich, Tjarudjet, ich wage kaum, sie anzusehen! Ich muss ihren Blick aber noch schrecklicher machen, dann erst ist meine Arbeit beendet. Dann wird der König sie mit seiner zerstörerischen Kraft beleben.«

»Wovor hast du solche Angst, Minos?«

»Wenn du die Greifen siehst, wirst du mich verstehen.«

»Glaubst du, dass Apophis dich als ihr erstes Opfer ausgewählt hat?«

Der Maler wich ein wenig zurück.

»Das würde zu ihm passen! Weißt du eigentlich, dass in Auaris das sonderbare Gerücht umgeht, dass Königin Ahotep und ihr Sohn immer noch leben?«

»Hör nicht auf so ein Geschwätz, mein Liebling.«

»Ich will mit dir zusammen nach Kreta zurückkehren, Tjarudjet. Dort werden wir heiraten, wir werden Kinder haben und glücklich leben. Es ist doch ganz einfach.«

»Ja, ganz einfach…«

»König Minos der Große liebt alle Künstler. Er selbst hat mir erlaubt, seinen Namen zu tragen. Wir werden ein wunderschönes Haus haben, in der Nähe von Knossos, der Hauptstadt, in einem Tal voller Sonne und mit vielen Blumen um uns herum. Meine Arbeit ist bald beendet. Sprich mit Apophis! Vielleicht lässt er uns ziehen.«

13

Um vollständig zu genesen, musste Großschatzmeister Khamudi so lange jeglicher Lust entsagen, dass seine Gattin Yima allmählich die Geduld verlor. So streunte sie durch die Gänge des Palasts auf der Suche nach einem männlichen Wesen, das gleichzeitig anziehend war und eine kurze Affäre für sich behalten konnte.

Und so stellte sie sich Minos in den Weg, der gerade in seine Wohnung zurückging.

»Habt Ihr Euer Meisterwerk vollendet?«, fragte sie ihn mit einem verführerischen Lächeln.

»Das hat der König zu entscheiden.«

»Man spricht von nichts anderem als von Euch und Eurer unnachahmlichen Kunst, Minos. Ich würde Euch gern näher kennen lernen.«

»Meine Arbeit nimmt mich voll und ganz in Anspruch.«

Sie streifte ihn mit dem Ärmel ihres kostbaren Gewands. »Aber man muss sich auch manchmal ein wenig vergnügen, meint Ihr nicht auch? Ich bin mir sicher, dass Ihr mehr könnt, als was eine einzige Frau von Euch verlangt.«

Der Kreter fühlte sich in dem engen Gang von der üppigen Blondine an die Wand gedrängt. Er wusste nicht, wie er sich retten sollte.

»Lass die Finger von Minos!«, ließ sich in herrischem Ton die schneidende Stimme Tjarudjets vernehmen.

Yima verlor keineswegs die Fassung. »Sieh an, unsere hübsche Prinzessin! Also stimmt es, was die Leute sagen: Du hast immer noch nicht genug von deinem kleinen Maler?«

Statt einer Antwort gab Tjarudjet Yima eine Ohrfeige, worauf Yima begann, wie ein außer Rand und Band geratenes kleines Mädchen zu kreischen.

»Geh heim zu deinem Mann und wage nicht, Minos noch einmal anzusehen. Wenn du es doch tun solltest, reiße ich dir die Augen heraus.«

Tany, die sich gern als Königin der Hyksos bezeichnen ließ, ertrug weder den hellen Tag noch die nächtliche Dunkelheit. Deshalb hatte sie rings um ihr Bett ein Dutzend Lampen aufstellen lassen, deren Licht sie beruhigte. Die Fenster waren von schweren Vorhängen verhängt, die nicht den kleinsten Sonnenstrahl durchließen. Nur so fühlte sich Apophis' Gemahlin einigermaßen sicher. Nie wieder würde sie den Mut haben, ihren Blick auf die Kanäle von Auaris zu richten, die einst von den Ägyptern benutzt worden waren, als sie mit ihren Schiffen die Hauptstadt angriffen.

Abends nahm Tany einen Schlaftrunk ein, der auf der Grundlage von zerstoßenen Lotussamen täglich für sie zubereitet wurde. Doch die Angst vor dem Albtraum, der sie schon mehrmals heimgesucht hatte, machte sie immer wieder halb wahnsinnig. Sie hatte geträumt, dass eine außerordentlich schöne Frau Apophis' Armee vernichtete, den König mit ihrem flammenden Blick tötete, die Festungsanlage schleifte und sie, die Königin der Hyksos, zur Sklavin machte, die gezwungen war, die Füße und Hände ihrer Dienerinnen zu küssen. In ihren schweißgetränkten Laken schrie Tany laut auf vor Schrecken.

»Majestät«, sagte ihre Kammerzofe, »Yima wünscht Euch zu sprechen.«

»Meine liebe und gute Freundin ... Sie soll eintreten!«

Khamudis Gattin verneigte sich vor der dickleibigen Tany, die, von Kissen gestützt, auf ihrem Lager saß. Sie war wirklich die hässlichste Frau der ganzen Stadt, daran konnten auch die Mengen von Salben, mit denen sie ihre schlechte Haut behandelte, nichts ändern. Und es ging ein Geruch von ihr aus, der den Atem stocken ließ.

Doch Yima brauchte Tany. Die Königin verließ kaum noch ihr Schlafgemach, doch sie übte immer noch einen großen Einfluss aus, den Khamudis Frau sich zunutze machen wollte.

»Wie steht es heute um Eure Gesundheit?«

»Immer noch sehr schlecht, leider. Ich werde mich wohl nie mehr richtig erholen.«

»Sagt das nicht, Majestät«, schnurrte Yima. »Ich bin vom Gegenteil überzeugt.«

»Wie nett du zu mir bist, meine teure Freundin! Doch ... Du scheinst ein wenig verstimmt zu sein. Was ist geschehen?«

»Ach, Majestät ... Ich wage es nicht, Euch mit meinen kleinen Sorgen und Nöten zu behelligen.«

»O doch, du sollst es wagen!«

Yima spielte gekonnt die Gekränkte. »Man hat mich beleidigt und unsagbar – wirklich unsagbar – erniedrigt.«

»Wer war es?«

»Eine sehr hoch gestellte Persönlichkeit, Majestät. Deshalb habe ich nicht das Recht, seinen Namen zu enthüllen.«

»Widersprich mir nicht, Yima.«

»Ich weiß nicht… ob ich…«

»Öffne mir dein Herz, meine Liebe!«

Yima senkte den Blick. »Es ist der Maler Minos. Er spielt den schüchternen Knaben, aber in Wahrheit ist er ein furchtbarer Schürzenjäger! Nie hat mich ein Mann so behandelt.«

»Das heißt, du hast mit ihm…«

Yima nickte bestätigend, und Tany beugte sich vor und küsste sie auf die Stirn.

»Meine arme kleine Freundin! Erzähl mir alles der Reihe nach.«

Teti die Kleine begab sich, gestützt von Haushofmeister Qaris, in den Ratssaal, wo die höchsten Würdenträger Thebens versammelt waren: Admiral Mondauge, Heray, der Aufseher der Getreidespeicher, Neshi sowie Schnauzbart und der Afghane. Sie alle sahen, nicht anders als der junge König Ahmose, sehr ernst aus.

Ahotep half ihrer Mutter in einen Sessel.

»Die Neuigkeiten aus Hafen-des-Kamose sind gar nicht gut«, berichtete die Königin. »Die Soldaten sind niedergeschlagen; selbst dem Fürsten Emheb will es nicht mehr gelingen, ihnen frischen Mut einzuflößen. Sobald die Hyksos angreifen, werden die Unseren sich in alle Winde zerstreuen. Ich halte es daher für unbedingt notwendig, die Front mit einem Großteil unserer Streitkräfte zu verstärken.«

»Unsere Flotte hat längst noch nicht die alte Stärke erreicht«, rief ihr Neshi ins Gedächtnis. »Wenn wir unsere Schiffe und unsere Truppen nach Hafen-des-Kamose schicken, wird Theben so gut wie keine Möglichkeit mehr haben, sich zu verteidigen.«

78

»Das wird auch nicht nötig sein«, sagte Ahotep. »Denn die Hyksos werden unsere Linien nicht durchbrechen, wenn wir sie rechtzeitig verstärken können. Und wenn sie es doch schaffen, dann nur über unsere Leichen. Aber du bist so vorsichtig geworden, Neshi; früher wärst du der Erste gewesen, der mein Vorhaben gut geheißen hätte.«

»Ich heiße es natürlich gut, Majestät, und zwar voll und ganz. Theben mit einer Mauer zu umgeben, würde gar nichts nützen. Tatsächlich haben wir nur eine Möglichkeit, wenn wir noch einmal alle unsere Kräfte zusammennehmen und den Kampf so weit wie möglich in den Norden verlagern, egal, wie groß die Gefahr dabei ist.«

Der Afghane und der Schnauzbart fühlten sich bei solchen Wortgefechten immer ein wenig unbehaglich. So begnügten sie sich damit, den Vorschlägen der Königin zuzustimmen. Die Vorstellung, wieder einmal gegen die Hyksos in die Schlacht zu ziehen, erfrischte ihren Geist und ließ sie die Überlegenheit der Gegner fast vergessen.

»Königin Ahotep hat Recht«, erklärte Teti die Kleine. »Man muss die Gefahr von Theben abwenden und die Person des Pharaos schützen, der an Weisheit, Kraft und vermittelnder Güte noch wachsen muss.«

Mit einem Blick gab Ahmose seiner Mutter zu verstehen, dass er der gleichen Meinung war.

»Heray und Qaris«, sagte Ahotep entschieden, »ihr seid für die Sicherheit des Pharaos verantwortlich. Ihr könnt die Palastwache nach eurem Belieben einsetzen, und ihr bekommt noch weitere Soldaten, die ich selbst aussuchen werde, als Verstärkung. Wenn wir in Hafen-des-Kamose geschlagen werden, wird euch eine Brieftaube den Befehl überbringen, mit dem König aufzubrechen; später werdet ihr den Kampf mit ihm fortsetzen.«

Das Werk kam ihm so ungeheuerlich vor, dass Minos kaum wagte, es zu betrachten. Es hatte ihn äußerste Überwindung gekostet, die Augen der Greifen zu malen, deren Blick unerträglich geworden war. Man hätte schwören können, die beiden monströsen Tiere rechts und links des Thronsitzes seien bereit, jeden Augenblick aufzuspringen und all jene, die es wagten, sich dem König zu nähern, in der Luft zu zerreißen.

»Streng dich noch ein wenig an«, verlangte Apophis kalt, »und du wirst tatsächlich etwas Vollkommenes schaffen. Dem linken Auge fehlt es noch an Grausamkeit, an Blutdurst. Meine beiden Wächter müssen vollkommen unbarmherzig sein!«

Minos musste ein paarmal schlucken, dann wagte er es doch, die Frage zu stellen, die ihn schon so lange beschäftigte.

»Was wird meine nächste Arbeit sein, Herr?«

»Du und deine Kollegen, ihr werdet die Paläste der Städte im Delta ausmalen. Dank eurer guten Dienste werden die Götter Ägyptens nach und nach völlig verschwinden. Überall wird man Labyrinthe und Arenen mit wilden Stieren haben, wo man mit den verurteilten Ägyptern großartige Spiele veranstaltet. Und niemand mehr wird auf die Idee kommen, sich gegen mich zu erheben.«

Also würde der König seinen Maler am Leben lassen, damit er sein Werk fortsetzte. Und Minos würde Kreta niemals wieder sehen.

Nach dem Besuch bei seinem Hauskünstler zog sich Apophis in das geheime Gemach in der Mitte der Festung zurück. Niemand konnte die Gespräche, die hier geführt wurden, belauschen.

Der König ließ sich schwerfällig auf einem Hocker aus Sykomorenholz nieder.

Zwei Wachen führten Admiral Jannas zu ihm.

»Mach die Tür wieder zu, Jannas.«

Der Admiral, der in seinen großen Schlachten schon so viel

Schreckliches mitangesehen hatte, war immer wieder beeindruckt davon, wie sein Gegenüber sich seiner eigenen Hässlichkeit wie einer besonders bedrohlichen Waffe zu bedienen wusste.

»Bist du mit unserer neuesten Sicherheitsmaßnahme zufrieden, Admiral?«

»Ja, Herr. Mit einem Überraschungsangriff werden die Ägypter nicht mehr durchkommen. Auaris ist unantastbar.«

»Aber das reicht dir doch nicht…«

»Nein, das reicht mir nicht. Ich glaube immer noch, dass es nötig ist, die Frontlinie des Gegners anzugreifen, sie zu durchbrechen und Theben zu zerstören.«

»Die Stunde ist gekommen, Jannas. Die erste Angriffswelle wird rollen.«

14

Fürst Emheb wunderte sich.

Er wunderte sich – nicht zum ersten Mal – über die hoheitsvolle Erscheinung der Königin, deren unvermitteltes Auftauchen am Bug des Flaggschiffs seine erschöpften, verzweifelten Soldaten in entschlossene Kämpfer verwandelt hatte, die bereit waren, für sie und für ihr Land in den Tod zu gehen. Er wunderte sich ebenfalls über die Verstärkungsmaßnahmen, die Hafen-des-Kamose in einen wirklichen Truppenstützpunkt verwandelt hatten. Die Möglichkeit, dass es den Ägyptern gelang, den drohenden Vorstoß der Hyksos aufzuhalten, lag plötzlich wieder im Bereich des Denkbaren.

Admiral Mondauge, sorgfältig wie immer bei der Ausführung seiner Pläne, hatte mit seinen Kriegsschiffen eine eindrucksvolle Sperre geschaffen. Einfallsreiche Pioniere hatten die Böschungen mit Gräben überzogen, die sie mit Zweigen und Gestrüpp tarnten. Aus diesen Gräben würden sich die Streitwagen der Hyksos nicht so leicht befreien können. Die Bogenschützen verteilten sich in mehreren Linien, um die kühnsten Hyksossoldaten, die alle Hindernisse überwinden konnten, sofort aufs Korn zu nehmen. Nach einer Anregung von Neshi waren im Schatten der Sykomoren und Palmen auch etliche Zelte für Maurer aufgebaut worden, die sich daranmachen sollten, eine Kaserne zu bauen. Der Schnauzbart und der Afghane unterzogen ihre Truppen besonderen Kampfübungen zur Vorbereitung der Schlacht. Und die Königin widmete sich einem weiteren großen Vorhaben: der Aushebung von Bewässerungskanälen, die im Verlauf der Schlacht vielleicht noch eine entscheidende Rolle spielten.

Auf den Wimpeln und Fahnen der Truppen leuchtete das Zeichen des Widerstands: eine Mondscheibe über einer Barke, der erste Teil der Hieroglyphe des Namens Ahotep mit der Bedeutung des Mondgottes, der ihnen die nötige Kraft zu kämpfen verleihen würde. *Hotep*, der zweite Teil des Namens, bedeutete »Frieden« und war bis jetzt nur ein Traum, den allerdings jeder von ihnen träumte.

Als die Herrscherin das Amunschwert in die Luft hob, um es den vor ihr versammelten Soldaten zu zeigen, fühlte jeder sich plötzlich unbesiegbar. Von der Morgenröte beleuchtet, schien die Schneide in Flammen zu stehen. Alle Herzen wurden von machtvollen Strahlen berührt, deren geheimnisvolle Quelle sie nur erahnen konnten.

Und Fürst Emheb bewunderte mehr denn je diese Königin, die er seit seiner Jugend kannte, ihre Leidenschaft und Unnachgiebigkeit und ihren unüberwindlichen Glauben an die Freiheit.

»Wie wird Theben verteidigt werden, Majestät?«

»Wir haben dort kein einziges Schiff mehr, kein einziges Regiment. Der Stützpunkt am Westufer ist so gut wie menschenleer. Hier wird die Entscheidung getroffen, Emheb. Kein Hyksos darf unsere Linien hier überschreiten.«

Es wurde immer schwieriger, die Aufgaben eines Spitzels wahrzunehmen, wenn man es mit einer Gegnerin von der Größe einer Ahotep zu tun hatte. Eine Botschaft nach Auaris auf den Weg zu bringen war auf den ersten Blick unmöglich, und dann stellte sich die dringende Frage: Welche Nachrichten waren am wichtigsten? Welche mussten zuerst übermittelt werden?

Die Königin war klug genug gewesen, die Aufgaben zu verteilen und jedem ihrer Vertrauten einen eigenen Bereich zuzuweisen, für den er die Verantwortung trug. Nur sie selbst kannte den Plan in seiner Gesamtheit.

Wies die Tatsache, dass sie befohlen hatte, Theben mit allen Streitkräften zu verlassen, auf eine Falle hin? Sollte Hafen-des-Kamose tatsächlich der äußerste Posten sein, wo man den Feind erwartete, oder diente der Ort nur als Ausgangspunkt für den Angriff auf das Delta? Auf diese und auf viele andere Fragen fand der Spitzel keine befriedigende Antwort. Und warum griff Apophis nicht an? Deutete das etwa auf Schwierigkeiten in Auaris hin, die den König zwangen, sich dort zu verschanzen?

Der Spitzel vertraute auf seine bewährte Vorgehensweise; er übte sich in Geduld und hoffte auf den günstigsten Moment, um dann zuschlagen zu können. War er nicht immer gut damit gefahren? Immerhin war es ihm schon gelungen, zwei Pharaonen zu töten, Seqen und Kamose.

Er war vorsichtig genug, vorerst keinen neuen Weg zu beschreiten.

Der Verurteilte, ein Offizier der Streitwagentruppen, der es gewagt hatte, die abwartende Haltung des Königs offen zu missbilligen, hatte gerade das dritte Tor des Labyrinths hinter sich gebracht.

Eine echte Großtat!

Immer wieder gelang es ihm durch seine Schnelligkeit wie durch seine körperliche Kraft, gefährliche Fallen zu überwinden. Und in den Augen des Königs glimmte ein Funken echten Interesses auf.

Das vierte Tor bestand aus einem zierlichen, mit Liguster überwachsenen Holzbogen. Der Verurteilte nahm wahr, dass die Erde hier mit kleinen spitzen Glasstückchen übersät war, die sich in seine Fußsohlen eingeschnitten hätten, wenn er schnell gelaufen wäre. Mit aller Kraft, deren er noch fähig war, sprang er hoch und klammerte sich an den Holzbogen. Vielleicht konnte er Schwung genug bekommen, um mit einem beherzten Sprung den gefährlichen Bereich zu überwinden.

Diese Überlegung war falsch.

Im Grün des Ligusters war eine zweischneidige Klinge verborgen, die ihm beide Hände durchschnitt. Vor Schmerz schrie er auf, ließ los und fiel flach auf die Glasscherben. Mit durchbohrtem Hals blieb er liegen, und sein Blut tränkte die Erde.

»Wieder einmal so ein Unfähiger«, stellte Apophis fest. »Oder was meinst du, Tjarudjet?«

Zur Rechten des Königs sitzend, verfolgte die schöne Eurasierin das Schauspiel heute ohne große Begeisterung. Der Offizier, den sie in den Tod geschickt hatte, war kein guter Liebhaber gewesen.

»Ich mache mir Sorgen«, sagte sie.

»Erzähl mir, was dich bedrückt.«

»Minos hat dir allen Grund gegeben, zufrieden mit ihm zu sein. Warum lässt du ihn nicht nach Kreta zurückgehen?«

»Weil ich seine Kunstfertigkeit noch brauche.«

»Seine Mitarbeiter in der Werkstatt können genauso gut malen.«

»Minos ist besser, das weißt du sehr wohl.«

»Und wenn ich den König bitte, mir diesen Gefallen persönlich zu tun?«

»Gib dir keine Mühe. Sicher ist nur: Dein Herzensjunge wird Ägypten niemals verlassen.«

Hatten die Götter je ein herrlicheres Werk zustande gebracht als den Körper Wildkatzes? Mit ihr zusammen vergaß der Schnauzbart den Krieg – diesen Krieg, der ihn weit in den Süden geführt hatte, wo er dieser Nubierin mit den langen Beinen und der bronzenen Haut begegnet war.

Dank ihrer Kenntnis der heilkräftigen Kräuter hatte Wildkatze schon vielen Verwundeten das Leben gerettet. Sie war als Heldin des Krieges zur Leiterin der medizinischen Hilfstruppen ernannt worden. Noch immer folgten ihr die bewundernden Blicke der Soldaten, wo immer sie hinging, doch aus Furcht vor ihrem Mann erlaubte sich niemand irgendeine unangemessene Geste oder ein vorschnelles Wort.

Als er angefangen hatte, für den Widerstand zu arbeiten, hatte der Schnauzbart sich geschworen, sich niemals an eine Frau zu binden. Da für diejenigen, die ständig in der ersten Reihe kämpften, die Überlebenschancen gering waren, schien es nahe liegend, ein Leben zu führen, wie es der Afghane tat, der sich alle paar Monate eine neue Geliebte zulegte.

Aber mit Wildkatzes magischen Kräften und ihrem Starrsinn hatte er nicht gerechnet. Nachdem sie sich einmal für den Schnauzbart entschieden hatte, war sie so Besitz ergreifend wie eine Liane. Doch wie herrlich war das Gefängnis, in das sie ihren Geliebten einsperrte!

Sie machte sich von ihm los und betrachtete ihn mit einem spöttischen Blick.

»Woran denkst du?«

»Natürlich an dich! Das weißt du doch… mein Kätzchen.«

85

»Du sagst mir nicht die ganze Wahrheit.«

Der Schnauzbart lag auf dem Rücken und betrachtete die Decke der Kabine, wo sie die halbe Nacht in glühendem Liebesspiel verbracht hatten. »Die Gefahr kommt näher.«

Wildkatzes Lächeln gefror. »Du hast doch nicht etwa Angst?«

»Natürlich habe ich Angst. Einer gegen zehn, das wird nicht einfach sein. Man könnte sogar sagen, es ist von vornherein aussichtslos.«

»Du vergisst Königin Ahotep!«

»Wie könnte ich sie vergessen? Niemand vergisst sie! Ohne sie hätte Apophis schon lange ganz Ägypten in seiner Hand. Wir sterben für die Königin der Freiheit, und niemand von uns bedauert das im Geringsten.«

Jemand klopfte an die Kabinentür.

»Ich bin's, der Afghane.«

Wildkatze hüllte sich in einen Schal aus dünnem Leinenstoff.

»Herein!«, rief der Schnauzbart.

»Es tut mir wirklich Leid, euch unterbrechen zu müssen, aber es geht los. Jannas und seine Truppen haben Auaris verlassen und sind auf dem Weg nach Süden. Vor Memphis hat der Admiral bereits eine böse Überraschung erlebt: Unsere Leute haben die Hyksoswachen erledigt.«

»Jannas wird die ganze Bevölkerung niedermetzeln lassen!«

»Stimmt. Aber die Leute aus Memphis haben Jannas fürs Erste aufhalten können, und sie haben uns rechtzeitig eine Warnung zukommen lassen.«

»Wird die Königin ihnen Verstärkung schicken?«

»Nur zwei Regimenter: deins und meins.«

»Sie werden uns genauso niedermachen.«

»Das hängt davon ab, wie schnell wir handeln. Das Ziel des Vorhabens besteht darin, die Hyksos nach Hafen-des-Kamose zu locken. Wir werden die Flüchtenden verfolgen und sie erledigen, ist das keine reizvolle Aufgabe? Natürlich müssen wir sehr genau arbeiten, sonst ist alles umsonst.«

Der Schnauzbart zog sich ohne Hast an. »Lass Starkbier an unsere Soldaten verteilen«, sagte er.

»Schon geschehen«, erwiderte der Afghane. »Jetzt müssen wir ihnen die Sache nur noch erklären.«

»Erklärungen nützen nichts. Sie werden einfach den Heldentod sterben, wie ihre Anführer.«

»Du musst nicht so schwarz sehen, Schnauzbart.«

»Komm mir jetzt nicht damit, dass wir schon schlimmere Sachen bewältigt haben!«

»Ich habe gar nichts gesagt.«

»Ich gehe mit euch«, sagte Wildkatze in bestimmtem Ton.

»Kommt nicht in Frage«, antwortete der Schnauzbart. »Das ist ein Befehl.«

Sie umarmten einander lange, ohne dem jeweils anderen ihre Tränen zu zeigen. Sie waren davon überzeugt, dass es ihre letzte Umarmung war.

15

Tjarudjets Fehler war es gewesen, den König zu bitten, ihr Minos zu lassen; sie hatte ihm dadurch ihre Neigung offenbart. Indem sie versucht hatte, Minos das zu verschaffen, was er sich am meisten wünschte, hatte sie ihn in höchste Gefahr gebracht.

Sie nahm sich vor, ihm zu gestehen, dass sie seine wahren Absichten kannte, dass sie wusste, dass er in eine Verschwörung gegen Apophis verwickelt war. Dadurch hoffte sie, ihn vor weiterem Unglück zu schützen. Zusammen würden sie schon irgendwie durchkommen.

Die Nacht war schon weit fortgeschritten, und der Maler hatte die Tür zum Gemach seiner Geliebten noch immer nicht aufgestoßen.

Zerstreut, beunruhigt und voll dunkler Vorahnungen beschloss sie, in seiner Werkstatt nach ihm zu sehen.

Die Werkstatt war leer.

Sie machte sich auf die Suche nach seinen Mitarbeitern und fand sie in dem für sie reservierten Speisesaal; doch Minos aß nicht mit ihnen. Mit jagendem Herzen lief Tjarudjet zum Zimmer des Malers. Auch dort war er nicht zu finden. Außer sich vor Angst befragte sie mehrere Wachen. Vergeblich. Dann durchsuchte sie die ganze Festung, von den Zinnen bis zum Keller. Und in einem Schuppen, wo man die Wäschekörbe abstellte, entdeckte sie ihn endlich: An einem starken Haken an der Wand hatte man seinen Leichnam aufgehängt.

Jannas trat vor den Großschatzmeister. Khamudi war wie er selbst von Leibwachen umgeben. Der Admiral wäre der Pflicht, die er jetzt erfüllen musste, gern ausgewichen, doch Khamudi war verantwortlich für die Bezahlung der Soldaten, und bevor man sich an die Eroberung von Theben machte, musste dieser Punkt zwischen ihnen geklärt werden.

Die beiden Männer verzichteten auf Höflichkeitsfloskeln.

»Die Streitkräfte der Hyksos zählen zweihundertvierzigtausend Mann«, sagte der Admiral. »Ich will weder Syrien noch Palästina, noch die Städte des Delta, noch die Hauptstadt – das versteht sich von selbst – ungedeckt lassen. Ich werde also mit fünfzigtausend Soldaten aufbrechen, denen Ihr unverzüglich eine außerordentliche Prämie auszahlen werdet.«

»Ist der König mit der Zahlung einverstanden?«

»Jawohl.«

»Ich werde ihn selbst fragen, Admiral. Als Verantwortlicher für die öffentlichen Gelder trage ich die Verantwortung.«

»Fragt ihn, aber schnell!«

»In Eurer Abwesenheit werde ich mich um die Sicherheit von Auaris kümmern. Gebt den Befehl aus, dass alle bewaffneten Kräfte mir ohne Widerrede gehorchen!«

»Sie gehorchen einzig den Befehlen des Königs.«

»Genauso verstehe ich die Sache.«

Als Jannas die Soldaten der Armee in Augenschein nahm, musste er zu seiner Überraschung feststellen, dass zahlreiche Soldaten und Offiziere gewohnheitsmäßig Drogen kauften, als deren Quelle er Khamudi ausmachte. Die Wirkung würde bei einigen vielleicht sein, dass sie sich umso feuriger in den Kampf stürzten, doch bei der Mehrheit stand zu befürchten, dass ihr Kampfeseifer eher erlahmte. Dennoch wusste Jannas, dass die Waffen der Hyksos jenen der Ägypter so haushoch überlegen waren, dass der Widerstand nicht lange dauern konnte.

Vor den Toren von Memphis wartete eine weitere böse Überraschung auf ihn: Überall gab es Hinterhalte, in denen Hunderte seiner Soldaten den Tod fanden. Schleudern und Pfeile der Feinde zeigten eine geradezu Furcht erregende Wirkung, und der Einsatz der Streitwagen, die in den kleinen Gassen der Stadt ständig stecken blieben, erwies sich als nahezu sinnlos. Jannas entschied, dass man jede Straße einzeln durchkämmte und Haus um Haus einnahm; jedes Haus, das einem Gegner Unterschlupf gewährte, wurde dem Erdboden gleichgemacht.

Die Säuberung der unmittelbaren Umgebung der großen Stadt kostete ihn mehrere Wochen. Der Feind erwies sich als unversöhnlich. Hatten seine Soldaten mehrere Männer umzingelt, weigerten sich diese in den meisten Fällen aufzugeben und zogen es vor, mit der Waffe in der Hand zu sterben.

»Diese Leute sind wahnsinnig«, sagte sein Adjutant.

»Nein. Sie hassen uns. Die Hoffnung auf die Königin der

Freiheit verleiht ihnen einen fast übermenschlichen Mut.
Wenn sie stirbt, werden sie brav sein wie Schafe.«

»Admiral, wäre es nicht besser, wir würden Memphis vergessen und nach Süden vorstoßen?«

»Dann würden sie von Memphis kommen und uns in den Rücken fallen.«

Die Tore der »Waage der Zwei Reiche« wollten sich nicht öffnen, als Jannas vor ihnen stand. Das hieß, die Bewohner hielten sich für fähig, einer Belagerung standzuhalten.

Das werden wir sehen!, sagte sich Jannas.

Er war dabei, die Einzelheiten der Belagerung vorzubereiten, als sein Adjutant ihm mitteilte, dass die Ägypter mit mehreren Regimentern vom Süden her angriffen.

»Sie kommen den Aufständischen von Memphis zu Hilfe, Admiral! Und weiß Gott, das sind keine Unfähigen! Unsere Vorhut ist aufgerieben worden.«

Dem Oberbefehlshaber der Truppen der Hyksos wurde klar, dass seine Aufgabe wesentlich weniger einfach sein würde als vorgesehen. Mittlerweile hatten die Ägypter sich in der Kunst des Kriegführens vervollkommnet, und sie verfügten über eine Kraft, mit der nicht zu spaßen war: dem unversöhnlichen Willen, ihr Land zu befreien.

»Wir müssen verhindern, dass diese Regimenter nach Memphis hineinkommen«, sagte Jannas. »Die eine Hälfte unserer Truppen wird die Stadt umstellen, die andere folgt mir!«

Weder der Schnauzbart noch der Afghane waren Generäle nach dem üblichen Muster. Sie hielten sich nicht genau an die Vorschriften, hatten fast nie einen ausgearbeiteten Schlachtplan und hätten es verabscheut, von weitem mit anzusehen, wie ihre Soldaten sich töten ließen. Früher, als sie noch im Geheimen und manchmal unter schwierigsten Bedingungen gehandelt hatten, hatten sie sich an gut vorbereitete, blitzschnelle und desto vernichtendere Ausfälle gewöhnt, eine Vorgehensweise, die sie während ihrer Laufbahn immer mehr verfeinert hatten. Sie setzten auch fast immer nur Teile ihrer Truppen ein, wodurch der Schaden im Fall des Misslingens behebbar blieb.

Die allzu strenge Ordnung der Hyksos geriet den ägyptischen Kommandos zu ihrem größten Vorteil. Nachdem sie das Schiff an der Spitze versenkt und die führenden Offiziere getötet hatten, gelangen ihnen aufgrund der Verwirrung der Fußsoldaten mehrere Erfolge bei ihren Angriffen. Viele Ägypter hätten sich gewünscht, den Angriff fortzusetzen, doch der Schnauzbart gab den Befehl zum Rückzug an Bord ihrer schnellen Segler.

»Zehn Gefallene und zwanzig Verwundete in unseren Reihen«, verkündete der Afghane. »Und wir haben ihnen wirklich empfindliche Verluste beigebracht. Wenn alles gut läuft, muss Jannas uns verfolgen.«

»Unsere Bogenschützen werden sich die Steuermänner vornehmen, und unsere Kampftaucher werden Löcher in ihre Schiffsrümpfe bohren. Ich selbst werde dabei mitmachen.«

»Überschätze nur deine Kräfte nicht, Schnauzbart, und vergiss nicht, dass du zuallererst zum Befehlen da bist!«

In den nächsten Stunden fragten sich die beiden Männer nicht ohne Bangigkeit, ob Jannas nicht doch zuerst Memphis zerstören würde, bevor er sich ihnen an die Fersen heftete.

Doch gegen Mittag sahen sie die ersten Segel der schweren Hyksosschiffe am Horizont auftauchen.

Kein weiteres Wort wurde gesprochen. Jeder wusste, was er zu tun hatte.

Der Späher der Hyksos blieb plötzlich stehen. Er hatte den Auftrag, die Ufer nach etwaigen Gefahren abzusuchen und das Schiff, das die Flotte anführte, sofort über alles zu unterrichten. Doch worüber? Das Einzige, was er sicher wusste, war, dass er sich äußerst unbehaglich fühlte. So sehr er sich auch anstrengte, er sah niemanden. Keine verdächtige Bewegung. Nichts, außer einem Tamariskenbusch, dessen Zweige im Wind hin und her schwangen. Doch vielleicht schwangen sie ein wenig zu stark hin und her. Sollten Feinde darin versteckt sein?

Der Späher streckte sich auf dem Boden aus und beobachtete weiter. In dem Tamariskenbusch zeigte sich jetzt nicht mehr die geringste Bewegung. Also war es doch nur der Wind gewesen, der mit den Zweigen sein Spiel getrieben hatte.

Der Hyksos setzte seinen Erkundungsgang fort, nicht ohne sich alle paar Schritte vorsichtig umzudrehen. Das Land sah still und friedlich aus, kein Boot war auf dem Wasser zu sehen. Die Ägypter waren wie die Kaninchen nach Süden geflohen, doch der Armee von Admiral Jannas würden sie nicht entkommen.

Der Späher kletterte auf eine Palme, um dem Späher am anderen Ufer anzuzeigen, dass alles ruhig war.

Das Schiff, das die Flotte anführte, erhielt dieselbe Nachricht und setzte seine langsame Fahrt fort.

Der Schnauzbart wartete, bis es in Reichweite seines Bogens kam, um dann den Befehl zum Angriff zu geben; der Afghane und seine Männer würden sich um die Späher kümmern.

Doch die Antwort der Hyksos kam so unvermittelt, dass die Ägypter sich nur durch einen hastigen Rückzug retten konnten. Einige Pfeile umschwirrten den Kopf des Afghanen, der neben sich zwei junge Soldaten fallen sah.

»Alles, was wir hier machen, lässt sie im Grunde völlig kalt«, sagte der Schnauzbart enttäuscht. »Ein kleiner Kratzer hier oder dort, ein paar Verluste mehr oder weniger, das ist für Jannas gar nichts. Tatsache ist: Er hat sich entschlossen, weiter in den Süden vorzustoßen, und wir sind nicht in der Lage, ihn daran zu hindern.«

16

Memphis war umzingelt und wartete ohnmächtig auf die völlige Zerstörung, die der Hyksoskönig noch hinauszögern würde, um die Bewohner der Stadt länger in Furcht und Schrecken zu halten; Jannas' Armee war dabei, in den Süden vorzustoßen; die Säuberungen waren in vollem Gang… Apophis hatte allen Grund, zufrieden zu sein. Was den Tod des Malers Minos betraf, war dieser nicht mehr als ein kleiner Zwischenfall. Seine kretischen Mitarbeiter würden die Palastsäle ausmalen wie vorgesehen.

Apophis wusste, dass der Mord von Aberia ausgeführt worden war, im Auftrag seiner eigenen Frau, der selbst ernannten Königin. Da Minos der Teilnahme an einer Verschwörung gegen ihn schuldig war und er ihn ohnehin über kurz oder lang in das Labyrinth geschickt hätte, wo er eines qualvollen Todes gestorben wäre, hatte Apophis davon Abstand genommen, seine Frau für ihre Eigenmächtigkeit zu bestrafen.

Tjarudjet trat ein und verbeugte sich vor dem Herrscher der Hyksos.

»Ich möchte Euch um einen Gefallen bitten.«

»Vergiss endlich diesen Pinselquäler, er war deiner nicht würdig.«

»Ich würde seinen Leichnam gern in seine Heimat überführen.«

Apophis war überrascht. »Was für ein merkwürdiges Vorhaben… Was führst du wirklich im Schilde?«

»Zuerst will ich den Zorn des Königs von Kreta besänftigen. Er wird nach den Umständen des Todes seines Lieblingsmalers fragen, und ich werde ihm sagen, dass alles ganz natürlich vor sich gegangen ist; zum anderen werde ich ihn verführen und mit ihm schlafen, um seine Gedanken kennen zu lernen und ihn zu meinem Sklaven zu machen.«

Ein boshaftes Grinsen erhellte die Miene des Königs. »Du willst dich tatsächlich an einen König heranmachen… Aber warum nicht? Du bist in dem Alter, in dem Frauen am schönsten sind, und deine Aussichten auf Erfolg sind nicht schlecht. Ich kann mich der Leiche entledigen und sie als Waffe gegen die Kreter einsetzen. Es ist wirklich eine schöne Idee. Du sollst ein Schiff haben, über das du nach Belieben verfügen kannst.«

Graukopf ließ sich auf der Brücke des Flaggschiffs nieder, unmittelbar vor Ahotep. Nachdem sie ihn willkommen geheißen und gestreichelt hatte, nahm die Königin die Botschaft entgegen, die er mitgebracht hatte.

Nachdem sie den kleinen Papyrus gelesen hatte, rief sie den Kriegsrat zusammen.

»Zuerst die gute Nachricht: Memphis ist umzingelt, aber das Volk hält den Widerstand aufrecht und beschäftigt so einen Teil von Jannas' Truppen. Und jetzt die schlechte: Die Fallen, die der Afghane und der Schnauzbart ihnen gestellt haben, zeitigen wenig Wirkung. Jannas ist sehr mächtig, sehr gut bewaffnet und zieht unbeeindruckt weiter auf uns zu.«

»Wenn ich Euch richtig verstehe, Majestät«, sagte Fürst Emheb, »so seid Ihr davon überzeugt, dass unsere Front nicht halten wird.«

»Sie *muss* halten.«

»Warum soll sie nicht halten?«, bestätigte Neshi. »Jannas rechnet bestimmt nicht mit einem starken Gegner. Er stellt sich vor, wir seien schon auf der Flucht in Richtung Theben.«

Aus dem Süden kam jetzt eine weitere Brieftaube, die sich auf der Brücke niederließ. Ahotep erkannte einen Gefährten von Graukopf, dem die Aufgabe übertragen war, die Verbindung mit dem königlichen Palast zu halten.

Die kurze Botschaft ließ sie erbleichen.

»Ich muss sofort nach Theben zurück. Meine Mutter liegt im Sterben.«

Großschatzmeister Khamudi nahm die Abwesenheit von Admiral Jannas zum Anlass, die in der Hauptstadt befindlichen höheren Offiziere zu einem feierlichen Essen einzuladen, bei dem er ihnen eine hübsche Menge Drogen, ein Grundstück im Delta, Pferde und Sklaven anbot im Tausch gegen das Gelöbnis treuer Gefolgschaft.

Was war günstiger, als dass Jannas gemäß dem Befehl des Königs den Feind verfolgte und vernichtete? Bei der Verteidigung von Auaris würde er jedenfalls nicht mehr im Weg stehen. Der Großschatzmeister war mit der Aufgabe betraut worden, die Sicherheit des Königs und der Hauptstadt zu gewährleisten und dabei Unvernunft und Abenteurertum zu vermeiden. Der Admiral konnte zwar Befehle äußern, doch ausgeführt wurden sie nur, wenn Khamudi zustimmte.

Keiner der Offiziere hatte sich geweigert, die Geschenke des Großschatzmeisters anzunehmen. So hatte Khamudi wertvollen Boden gutgemacht. Er band die Offiziere an sich, untergrub dadurch Jannas' Autorität und verkleinerte die Zahl derjenigen, die ihm noch treu ergeben waren.

In ausgezeichneter Stimmung kehrte er nach Hause zurück. Er hatte Lust auf eine wirklich ausgezeichnete nächtliche Leckerei.

Doch als er Tjarudjet im Vorhof seines Hauses entdeckte, verschlug es ihm den Appetit. Er sah so viel Hass im Blick der schönen Eurasierin, dass ihn ein Schauer überlief.

»Ich hätte gern Eure Gemahlin gesprochen«, sagte sie ruhig.

»Sie … sie leistet Tany an ihrem Krankenlager Gesellschaft.«

»Ich warte, bis sie kommt.«

»Wünscht Ihr … eine Erfrischung?«

»Nicht nötig.«

»Macht es Euch doch bitte bequem!«

»Ich bleibe lieber stehen.«

Khamudi fühlte sich außerstande, Tjarudjets Blick weiterhin zu ertragen, in dem nichts Verführerisches mehr zu erkennen war. Glücklicherweise war bald die dröhnende Stimme seiner Frau zu hören, die schon von weitem nach ihrer Dienerin verlangte.

»Tjarudjet!«, rief sie, als sie hereinkam. »Was für eine schöne Überraschung! Aber...«

»Du hast den Mord an Minos befohlen!«

»Wie... Wie kannst du es wagen...«

»Du hast den Kopf des Mannes gefordert, den ich liebte, und du hast ihn bekommen. Du glaubst, dass dir nichts mehr passieren kann. Du denkst, du bist allmächtig. Aber du irrst dich, Yima. Du bist nur eine jähzornige alte Frau, und du wirst sehr bald sterben!«

Yima lief zu ihrem Mann und hängte sich an seinen Hals.

»Hast du das gehört, Liebling? Sie bedroht mich!«

Khamudi war es äußerst unbehaglich zumute. Einerseits musste er seine Frau beruhigen, andererseits durfte er der Schwester des Königs nicht zu nahe treten.

»Das alles ist ein Missverständnis. Ich bin sicher, dass...«

Tjarudjets flammender Blick traf ihn. »Die Mörder und ihre Handlanger werden bestraft werden«, sagte sie mit kalter Stimme. »Das Feuer des Himmels wird sie auslöschen.«

Langsam und hoheitsvoll verließ die Eurasierin das Gebäude, während Yima ihr, von Weinkrämpfen geschüttelt, lautstark Flüche hinterherschickte.

Jannas drehte die Leiche eines ägyptischen Bogenschützen mit dem Fuß auf den Rücken. Endlich war es seinen Männern gelungen, ihn unschädlich zu machen. In einem Sykomorenbusch versteckt, hatte er zahlreiche Hyksossoldaten getötet.

»Und die anderen? Habt ihr sie erwischt?«

»Wir haben nur noch einen töten können, Admiral«, erwiderte sein Adjutant.

Jannas beobachtete, wie die Segel der drei Schiffe an der Spitze seiner Flotte brannten. Die Schiffe hatten Schlagseite und drohten zu sinken.

»Lass die Kapitäne kommen!«

Die drei Offiziere wurden gerufen und grüßten zackig, als sie vor ihm standen.

»Ihr kennt die Gefahr«, sagte Jannas. »Warum habt ihr nicht genügend Vorsichtsmaßnahmen ergriffen?«

»Der Gegner ist sehr geschickt«, erwiderte der erfahrenste der drei. »Wir haben keinen Fehler gemacht.«

»Das stimmt nicht. Ihr seid von einem Gegner geschlagen worden, der schwächer ist als ihr, und das ist eines Hyksos unwürdig. Eure Matrosen haben das Schlimmste gerade noch verhindern können. Ich werde mir unter ihnen die geeigneten Männer suchen, die in der Lage sind, ein Schiff zu führen. Eure Leichen werden den Bug eurer Schiffe zieren und dem Feind beweisen, dass wir in der Lage sind, Schwäche und Unvermögen angemessen zu bestrafen.«

Mit diesen Worten wandte sich Jannas von den Verurteilten ab.

»Auf dem Boden wie zu Wasser ist der Weg jetzt frei«, berichtete ihm sein Adjutant. »Wir haben keine Hindernisse gefunden. Wir können weiterfahren.«

»Ich werde dir sagen, was die Ägypter uns glauben machen wollen«, sagte Jannas, »und sie haben für ihre Vorgehensweise schon viele tapfere Männer geopfert. Erst haben sie uns angegriffen wie wilde Wespen, jetzt tun sie, als ob sie sich zurückziehen würden und vertrauen auf unsere Gutgläubigkeit. All diese kleinen Fallen und Hinterhalte sind nur die Vorbereitung der wahren Falle, in die wir tappen sollen. Sie haben das von langer Hand vorbereitet, dessen kannst du sicher sein. Also fahren wir jetzt nicht weiter, sondern werden jeden Millimeter Boden absuchen, bis wir das entdeckt haben, was sie vor uns verstecken.«

17

Das Schiff der Königin flog in rasender Eile dahin. Kaum hatte es am Kai von Theben festgemacht, lief Ahotep die Laufbrücke hinunter, die man rasch für sie heruntergelassen hatte. Eine Sänfte brachte sie zum königlichen Palast, wo Haushofmeister Qaris sie mit sichtlich bestürzter Miene erwartete.

»Lebt meine Mutter noch?«

»Lange wird sie nicht mehr durchhalten, Majestät.«

Ahmose, der junge Pharao, begrüßte seine Mutter. »Ich habe ihr Bett keine Minute verlassen«, sagte er. »Sie hat von den Pflichten gesprochen, die mich erwarten, und von der notwendigen Einsamkeit eines Königs. Aber sie hat mir versprochen, dass sie immer an meiner Seite sein wird, wenn die Angst mich zu überwältigen droht. Das Einzige, was sie noch fürchtete, Mutter, war, dass sie Euch nicht mehr wieder sehen könnte.«

Ahotep stieß langsam die Tür zu dem Gemach auf, in dem Teti die Kleine ihren Tod erwartete.

Die Greisin hatte es fertig gebracht, sich von ihrem Lager zu erheben, um sich in einen Stuhl zu setzen, der so stand, dass ihr die Strahlen der untergehenden Sonne ins Gesicht fielen. Sie hatte nur noch so wenig Leben in sich, dass sie kaum wagte, tief Luft zu holen.

»Ich bin hier«, flüsterte Ahotep, indem sie ihre Hand auf die zusammengelegten Hände der Mutter legte.

»Wie mich das freut… Ich habe die Göttin des Westens angefleht, sich bis zu deiner Rückkehr zu gedulden. Haben die Hyksos euch angegriffen?«

»Noch nicht.«

»Sie machen den Fehler, dich unsere Verteidigung vorbereiten zu lassen… Denn du wirst siegen, Ahotep. Du bist geboren worden, um Ägypten zu befreien, und du wirst für uns alle den Sieg erlangen, für jene, die gestorben sind, und für alle, die uns nachfolgen werden.« Trotz ihrer großen Schwäche sprach sie mit klarer Stimme. »Weißt du, was das Leben ist, meine geliebte Tochter? Die Weisen haben es uns in ihren Hieroglyphen hinterlassen. Das Leben ist das, was zwischen unserem denkenden und unserem tierischen Sein liegt, was es verbindet und trennt. Es ist die Schnur der Sandale, die es uns erlaubt zu gehen und vorwärts zu kommen, es ist der Spiegel, in dem wir den Himmel betrachten, und die Blüte, die sich vor unserem staunenden Blick entfaltet. Das Leben, das ist das Ohr, das die Stimme der Maat vernimmt und uns zu Menschen macht, und das Auge, das uns die Fähigkeit verleiht, die Dinge zu erschaffen, die wir brauchen und uns wünschen. Du lebst, du bist ein Mensch, Ahotep, und du besitzt alle Eigenschaften, die notwendig sind, damit ein Pharao wieder geboren wird, der über die Lebenden herrscht. Ich habe niemals an dir gezweifelt. Dein Herz kennt weder Kleinlichkeit noch Habgier. Es ist dir gelungen, das Unglück zu überwinden, das Feuer der Hoffnung nährt deine Seele. Ich werde im Tod, in Mut, der göttlichen Mutter, endlich Ruhe finden. Und wenn das Totengericht mir erlaubt, wieder auf die Erde zurückzukehren, wird mein *ka* das deine stärken und unterstützen. Würdest du mir ein wenig Salbe auf die Wangen auftragen, und roten Ocker auf die Lippen? Ich möchte bei der langen Reise, die vor mir liegt, meinen Körper nicht vernachlässigen.«

Als Ahotep aus dem angrenzenden Zimmer wiederkehrte, wo Teti ihre Schminksachen aufbewahrte, war die Königinmutter tot. Ihr Schönheitssinn hatte es nicht zugelassen, dass ihre Tochter ihren letzten Atemzug mit ansah.

Ahotep aber schminkte sie, dem Wunsch der Verstorbenen gemäß, ein letztes Mal mit zärtlicher Sorgfalt.

Ahotep ließ im ganzen königlichen Palast wohlriechende Kräuter und Essenzen verbrennen. Nie hatte das Haus so herrlich geduftet. Waren es nicht die Götter selbst gewesen, die jene Düfte geschaffen hatten? Sie würden auch die Nase Tetis der Kleinen erfreuen, deren Körper nach den uralten Regeln einbalsamiert worden war. Tjehuty, der Hohepriester Amuns, hielt die Totenwache. Im Verlauf dieses Rituals verwandelte sich die Verstorbene dank der Ruhmesformeln, die für sie gesprochen wurden, in einen Teil von Hathor und Osiris.

Tetis Herz wurde, wie bei anderen großen Eingeweihten, aus dem Körper genommen und durch einen goldgefassten Skarabäus ersetzt. Als Inbegriff der Verwandlung im Jenseits würde er vor dem Totengericht für sie sprechen und ihr ewige Jugend gewährleisten.

Als Gottesgemahlin hatte Ahotep den Vorsitz bei den Begräbnisfeierlichkeiten für ihre Mutter, einer wahrhaft außergewöhnlichen Frau, die Theben vor dem Zugrundegehen gerettet hatte und bei jedem neuen Abschnitt des jetzt schon so lange währenden Befreiungskriegs dabei gewesen war. Mutter und Tochter waren so verschieden gewesen, dass es nie die Gewohnheit langer, vertraulicher Gespräche zwischen ihnen gegeben hatte. Doch sie verstanden sich durch einen Blick und steuerten das Schiff Thebens stets in die gleiche Richtung.

Als das Tor der ewigen Heimstatt versiegelt worden war, fühlte sich Ahotep so einsam, dass sie fast versucht war, den Gedanken an den vor ihr liegenden Kampf ganz aufzugeben.

Es war ein so ungleicher Kampf! Doch dann sagte sie sich, dass Aufgeben gleichbedeutend wäre mit Verrat an ihrer ganzen Familie und an ihrem Volk, das von seiner Königin erwartete, ihm im Kampf voranzugehen, und das bereit war, Besitz und Leben für die Freiheit einzusetzen.

»Ich werde Großmutter nie vergessen«, gelobte Ahmose. »Wenn wir die Eroberer erst einmal aus dem Land gejagt haben, werden wir ein großes Fest ihr zu Ehren veranstalten.«

Hunderte von Schwalben nahmen die geläuterte Seele Tetis mit sich, als sie von der Totenstadt am Westufer aus in den Himmel aufstiegen. Morgen, bei Sonnenaufgang, würde sie mit der neu geborenen Sonne ihren neuen Lebensabschnitt beginnen.

»Während Eurer Abwesenheit bin ich nicht untätig gewesen, Mutter. Ich lese viel; und ich beobachte die Leute; und ich gewinne Soldaten für unser Heer.«

Ahotep war überrascht. »Wen gewinnst du?«

»Neue Soldaten«, erwiderte Ahmose. »Alle unsere Kräfte sind jetzt in Hafen-des-Kamose zusammengezogen, aber Theben muss auch etwas tun. Ich nehme regelmäßig die Werft in Augenschein, wo unsere Zimmerleute neue Kriegsschiffe bauen, und ich laufe durch die Viertel am Rand der Stadt und gewinne Freiwillige. Die Offiziere der königlichen Wache bilden sie aus, Heray gibt ihnen Unterkunft und Essen. Genauso habt Ihr zusammen mit meinem Vater unser erstes Regiment zusammengestellt, nicht? Bald wird Theben nicht mehr ohne Verteidigung sein.«

Der heranwachsende Junge hatte schon fast alles Kindliche verloren. Sein Amt begann bereits, seine Persönlichkeit ganz mit Beschlag zu belegen.

»Ich bin stolz auf dich, Ahmose.«

Unvermittelt schien der junge Pharao verstimmt. »Ich bin Opfer eines Diebstahls geworden«, sagte er. »Jemand hat mir ein Paar Sandalen gestohlen. Qaris hat es zuerst bemerkt, aber wir können nicht herausfinden, wann es geschehen ist, denn ich habe diese Sandalen seit der Krönung nicht mehr getragen.«

»Hast du jemanden in Verdacht?«

»Nein, Mutter. Dutzende von Leuten könnten sich in die Kammer geschlichen haben, wo die Sandalen waren.«

War dies ein einfacher Diebstahl oder eine Tat, die auf das Wirken des Spitzels hinwies? Dem Pharao schaden, ihn am Ende ausschalten wie seine Vorgänger, dafür lebte er offenbar, das war sein Ziel.

»Triffst du die nötigen Sicherheitsvorkehrungen, wenn du den Palast verlässt?«

»Ich weiß genau, was ich zu tun habe, und ich tue alles Notwendige.«

»Wird die Tür deines Gemachs nachts bewacht?«

»Ja, und zwar von Männern, die ich selbst ausgewählt habe.«

»Gab es weitere Zwischenfälle, außer diesem merkwürdigen Diebstahl?«

»Nein.«

Qaris' Trauer war besonders groß. Ahotep und Ahmose mussten ihn lange trösten, denn zum ersten Mal, seit Teti die Kleine ihn zum Haushofmeister ernannt hatte, fühlte er sich nicht in der Lage, seine Aufgaben zu erfüllen.

»Ich bin zu alt, Majestät. Ihr solltet mich durch einen Mann ersetzen, der jünger und stärker ist als ich.«

»Teti die Kleine ist unersetzbar«, erklärte Ahotep, »und du bist es auch, Qaris. Wie sollen wir mitten im Krieg einen Nachfolger für dich finden? Dieser Palast muss weiterleben. Wer könnte besser als du dafür sorgen, dass die täglichen Zeremonien pünktlich abgehalten werden? Alles, was du weißt, musst du an König Ahmose weitergeben.«

»Ihr könnt auf mich zählen, Majestät.«

Mutter und Sohn verbrachten den Abend am Ufer des heiligen Sees von Karnak. An diesem Ort herrschte der Geist der Götter, und Kampf und Waffengeklirr schienen von diesen friedlichen Tempeln so weit entfernt zu sein wie nie.

»Komm oft hierher«, empfahl Ahotep dem jungen Pharao, »damit du die alltägliche Wirklichkeit hinter dir lassen, sie überfliegen kannst wie ein Vogel. Deine Gedanken werden ihre Flügel entfalten und die Wasser des Nun betrachten, wo alles Leben herkommt und wohin auch der Geist zurückkehrt, wenn sich die Zeit vollendet hat. Der Augenblick ist dein Königreich, Ahmose, und die Ewigkeit deine Nährmutter; doch hier und jetzt hast du die Aufgabe, die Kräfte der Finsternis zu bekämpfen.«

»Werdet Ihr schon morgen nach Hafen-des-Kamose zurückfahren?«

Ahotep schloss ihren noch nicht erwachsenen Sohn, den tausend Tode bedrohten, voll mütterlicher Zärtlichkeit in die Arme. »Ja, schon morgen. Tu einfach, was du die ganze Zeit getan hast, gewinne Soldaten und lass nicht zu, dass auf der Werft sich Faulheit und Nachlässigkeit bei der Arbeit einschleichen.«

»Ohne Großmutter wird alles viel schwerer werden.«

»Es wird noch viele Prüfungen geben, Ahmose. Das ist erst der Anfang.«

18

Von allen Passagieren auf dem Schiff während der Fahrt zwischen der ägyptischen Küste und Kreta fühlte sich einzig Tjarudjet nicht sterbenselend. Die ersten zwei Tage waren ohne größere Zwischenfälle verlaufen, doch dann war ein Sturm aufgekommen und hatte das Mittelmeer in eine schäumende, wogende Hölle verwandelt. Selbst der Kapitän war seekrank geworden, und drei Matrosen waren über Bord gegangen.

Die schöne Eurasierin dachte auch inmitten des Infernos nur an Minos, an das Glück, das sie in seinen Armen erlebt hatte, an die schönen Stunden mit ihm, die sie sich in allen Einzelheiten ins Gedächtnis rief. Ihr Geliebter schien ihr immer noch nah zu sein, und doch wusste sie, dass er sie nie mehr in seinen Armen halten würde.

Der kretische Offizier, der die Schwester des Königs in Empfang nahm, murmelte ein paar höfliche Worte und führte sie dann in den königlichen Palast von Knossos. So wenig Tjarudjet sich um den Sturm gekümmert hatte, der ihr Schiff hin und her warf, so wenig hatte sie jetzt Augen für die Landschaft, in der sie sich befand.

Auch der monumentale Palast interessierte sie nicht, wo der kretische König Minos der Große residierte. Er war alt und bärtig und saß auf einem steinernen Thron, flankiert von zwei gemalten Greifen.

Erst als sie dieser beiden mythischen Vögel gewahr wurde, erwachte Tjarudjet aus ihrer inneren Betäubung. Sie waren beeindruckend und beunruhigend, doch sie trugen nicht die genialen Züge, die ihr Geliebter ihnen im Palast von Auaris verliehen hatte.

Im Empfangssaal hatten sich viele hohe Würdenträger versammelt. Sie trugen raffinierte Frisuren, lange, gewellte Mähnen oder kurze Lockenköpfe. Und alle waren von der Schönheit ihrer Besucherin bezaubert.

»Ich bringe dir den Leichnam des Malers Minos, der die Ehre hatte, deinen Namen zu tragen.«

»Wie ist er gestorben?«

»König von Kreta, ich wünsche, darüber unter vier Augen mit dir zu sprechen.«

Protestgemurmel wurde laut.

»Majestät!«, schaltete sich ein hoher Ratsbeamter ein. »Seid auf der Hut vor dieser Frau!«

Minos der Große lächelte. »Wenn du befürchtest, dass eine so schöne Frau böse Absichten hegt, musst du sie durchsuchen lassen.«

»Mich rührt niemand an!«, sagte Tjarudjet entschieden. »Du hast mein Wort, dass ich keine Waffen trage.«

»Dein Wort genügt mir«, sagte Minos der Große. »Geht jetzt alle hinaus.«

Der König erhob sich von seinem Thron.

»Setzen wir uns auf die Bank dort«, schlug er Tjarudjet vor.

Der Blick der jungen Frau war ins Leere gerichtet.

»Wozu all diese Schönheit, wenn das Herz schwer ist? Ich sehe, du bist traurig…«, begann der Monarch.

»Ich habe Minos, den Maler, geliebt. Ich wollte mit ihm leben, hier, in Kreta.«

»Heißt das, er ist keines natürlichen Todes gestorben?«

»Er ist ermordet worden«, bestätigte Tjarudjet mit traurigem Blick.

Der König schwieg einen langen Moment. »Kennst du den Schuldigen?«, fragte er dann.

»Es ist eine Frau, die im Dienst des Großschatzmeisters und des Königs selbst steht. Nein, eigentlich ist es der König selbst! Nichts geschieht ohne seine Zustimmung. Er hat Minos ermorden lassen, weil Minos in eine Verschwörung gegen ihn verwickelt war – weil er nach Kreta zurückkehren wollte! Und ich habe es nicht vermocht, das Verbrechen zu verhindern.«

»Wie Leid mir das alles tut«, sagte der König. »Aber eine offizielle Beschwerde würde nicht das Geringste nützen.«

»Die Herrschaft der Hyksos muss ein Ende haben«, erklärte Tjarudjet feierlich.

»Tjarudjet… Vielleicht lässt du dich von deiner Verzweiflung hinreißen…«

»Nein. Ich bin gekommen, um dir zwei Geheimnisse zu verraten. Das erste ist Folgendes: Es besteht eine tiefe Kluft zwischen der rechten Hand und der bösen Seele des Königs, zwischen dem Oberkommandierenden der Streitkräfte, Admiral Jannas, und dem Großschatzmeister Khamudi. Khamudi und Jannas hassen einander und wünschen nichts mehr, als sich gegenseitig zu vernichten. Jannas ist ein äußerst fähiger und kaltblütiger Soldat, aber Khamudi versucht ständig, ihm Knüppel zwischen die Beine zu werfen, selbst wenn er damit die Sicherheit des Reiches aufs Spiel setzt.«

»Ändert das irgendetwas an der unbestreitbaren militärischen Überlegenheit der Hyksos?«

»Das zweite Geheimnis ist, dass es diese Überlegenheit nicht mehr gibt. Theben hat sich erhoben, und die von Königin Ahotep befehligten Truppen legen eine außerordentliche Tapferkeit an den Tag. Seit ihr jüngerer Sohn Ahmose zum Pharao gekrönt wurde, nimmt Ägypten an Kraft und Zuversicht wieder zu. Und Ahotep hat nur ein Ziel: ihr Land zu befreien.«

»Sie hat nicht die geringste Chance!«

»Die Armee ihres älteren Sohnes Kamose hat es geschafft, die Frontlinien der Hyksos zu durchbrechen. Im Hafen von Auaris haben sie dreihundert Schiffe gekapert und in ihre Gewalt gebracht.«

Der König von Kreta war so überrascht, dass er ein paar Sekunden kein Wort herausbrachte. Dann sagte er: »Bist du sicher… dass du nicht ein wenig übertreibst?«

»Verbünde dich mit Ahotep«, war Tjarudjets lakonische Antwort. »Verweigere den Hyksos jegliche Unterstützung. Wenn du ihnen weiter Gefolgschaft leistest, wird Kreta früher oder später zerstört werden.«

»Wenn ich dem König die Gefolgschaft aufkündige... Das bedeutet mein Todesurteil.«

»Nicht, wenn das Bündnis mit Ahotep zu eurem Sieg führt.«

Minos der Große erhob sich. »Ich muss nachdenken. Mein Kämmerer wird dich in deine Gemächer führen.«

Während die Diener und Zofen sich mit der schönen Eurasierin beschäftigten, versammelte der König seine engsten Berater um sich und gab ihnen weiter, was seine Besucherin ihm mitgeteilt hatte.

»Diese Frau ist einfach verrückt«, sagte der Botschafter, der regelmäßig nach Auaris fuhr, um Apophis die Tributzahlungen und Geschenke der Kreter zu überbringen. »Sie schläft im Auftrag von Apophis mit allen möglichen hohen Beamten, entlockt ihnen Geständnisse irgendwelcher verbotener Taten und verrät sie dann. Warum sollte sie sich anders verhalten, wenn es um einen kleinen Maler geht? Wie käme sie dazu, ihr eigenes Volk zu verraten?«

»Ich hatte den Eindruck, dass sie ehrlich ist.«

»Sie soll Euch in eine Falle locken, Majestät. Sie wird versuchen, Euch zu verführen, wie all die anderen, um Eure wahren Absichten kennen zu lernen. Apophis selbst steckt dahinter. Er sucht einen Grund, Euch zu bestrafen. Jannas und Khamudi stehen hinter ihm wie ein Mann. Und diese Königin Ahotep – sie ist nur eine kleine Unruhestifterin. Der Aufstand, den sie angezettelt hat, wird mit äußerster Grausamkeit bestraft werden.«

Die anderen Ratsmitglieder stimmten zu.

Aber der König von Kreta zögerte. »Zunächst einmal«, entschied er, »müssen wir uns ihrer entledigen. Ich werde Apophis schreiben, dass ihr Schiff vor unserer Küste gekentert ist und wir ihre Leiche trotz aller Anstrengungen nicht haben finden können. Dann werden wir sehen.«

Der Befehlshaber der Streitwagen, der den Auftrag hatte, Memphis lückenlos zu umzingeln, gab den Befehl für den zehnten Sturm auf die große Stadt mit den weißen Mauern. Schon hatte er, nach erbittertem Kampf um jedes einzelne Haus, den Großteil der Vorstädte in seiner Gewalt; schon hatte er den Ägyptern sehr schwere Verluste beigebracht; doch sie gaben nicht auf!

Die ganze Stadt hatte sich erhoben. Die Menschen waren davon überzeugt, dass die Königin der Freiheit ihnen bald zu Hilfe kommen würde. Memphis würde fallen, aber die Belagerung würde sich noch lange hinziehen. Deshalb hatte der Befehlshaber Botschaften an Admiral Jannas und an Großschatzmeister Khamudi gesandt, um Verstärkungstruppen anzufordern. Mit einigen Tausend Soldaten mehr, als ihm jetzt zur Verfügung standen, würde er die Tore der Stadt mit Leichtigkeit aufbrechen.

Die Antwort, die von Jannas kam, war jedoch abschlägig: Der Admiral war mit der Wiedereroberung des Südens vollauf beschäftigt, er konnte keinen einzigen Mann entbehren. Doch im Delta standen so viele Fußsoldaten, dass wenigstens Khamudi in der Lage sein musste, ihm Truppen zu schicken.

Doch wie erstaunt war er, als er die Botschaft mit dem Siegel des Königs in Händen hielt: Die Sicherheit von Auaris habe Vorrang, das Problem Memphis solle er allein lösen, stand dort. Konnte die Stadt nicht ausgehungert werden?

Um seine Vorgesetzten nicht zu verärgern, durfte der Befehlshaber nicht wagen, auf seiner Bitte zu beharren. Als guter Hyksos, der er war, musste er den Anordnungen gehorchen und auf die Zeit vertrauen. Irgendwann würde es schon gelingen, die Mauern von Memphis zu überwinden und all diese störrischen Widerständler zu vernichten.

19

Als das Admiralsschiff in Hafen-des-Kamose anlegte, stießen die Soldaten Freudenschreie aus. Die Königin der Freiheit war zurückgekehrt! Jetzt würde sie sich an die Spitze der ägyptischen Truppen setzen, ihre Kraft verzehnfachen und die Macht der Hyksos brechen. Dann würden die Ägypter das Heft wieder in die Hand bekommen!

Aus dem kleinen Hafen war ein regelrechter Truppenstützpunkt geworden. Gebäude aus Stein waren an die Stelle der Zelte getreten, feste Kais aus Steinquadern waren gebaut worden, um das Be- und Entladen der Schiffe zu erleichtern, und es gab eine Werft, wo die Kriegsschiffe in regelmäßigen Abständen überholt wurden.

»Wie weit sind wir?«, fragte Ahotep den Fürsten Emheb.

»Alles ist bereit, Majestät.«

»Ist Admiral Mondauge mit seiner Streitmacht zufrieden?«

»Er hat so viele Männer und so viel Material zur Verfügung wie nur möglich.«

»Wir sollten keine Zeit verlieren und die Truppen sofort aufmarschieren lassen. Graukopf hat die Nachricht gebracht, dass Admiral Jannas näher kommt.«

Der letzte Zusammenstoß mit den vom Afghanen und vom Schnauzbart befehligten Regimentern war besonders anstrengend gewesen. Zwar errang Jannas' Armee auf ihrem langsamen Vorstoß gen Süden einen Sieg nach dem anderen, doch sie hatte wieder zwei Schiffe verloren, und die Verluste waren alles andere als geringfügig.

Jeder lobte die Vorsicht und Wachsamkeit des Generals. Und diese Eigenschaften waren nie angebrachter gewesen: Denn die

Ägypter legten sich an den unerwartetsten Stellen mit ihren Feinden an und warfen sich mit kleinen, todesmutigen Einheiten in überraschende Gefechte.

»Am allerwenigsten mangelt es dem Feind an Tapferkeit«, musste Jannas vor seinen Offizieren eingestehen. »Seid gewiss, dass die Aufständischen nicht aufgeben und sich bis zum letzten Mann schlagen werden.«

»Das Ärgerliche ist nur, Admiral«, sagte sein Adjutant, »dass wir immer noch nicht genau wissen, wo Ahotep den Großteil ihrer Truppen zusammengezogen hat. Unsere Späher werden nach und nach ausgeschaltet, keiner von ihnen konnte zurückkehren. Unser Wissen ist nach wie vor äußerst spärlich. Meiner Meinung nach hat sich die Königin wieder nach Theben zurückgezogen. Dort erwartet sie uns.«

»Damit würde sie zu viel wagen«, widersprach Jannas. »Sowohl die Niederlage wie auch die sofortige Zerstörung ihrer Hauptstadt. Nein, sie ist weit von Theben weggezogen, bis nach Mittelägypten hinauf, wo sie ihre Hauptlinien errichtet hat. Ich spüre, dass wir von unserem Ziel nicht mehr weit entfernt sind.«

Mit den Resten ihrer aufgeriebenen Regimenter trafen der Afghane und der Schnauzbart völlig ermattet in Hafen-des-Kamose ein.

Wildkatze machte sich sofort daran, sich um die Verwundeten zu kümmern, von denen einige, wie sie voraussah, nicht überleben würden. Glücklicherweise hatte der Schnauzbart nur eine Wunde am Bein und etliche schwere Prellungen davongetragen. Die Salben der Nubierin würden sie bald heilen lassen.

Königin Ahotep empfing die beiden Männer in ihrem kleinen Palast, dessen größter Raum eine Kapelle war, in dem das Amunschwert aufbewahrt wurde.

»Wir hätten gern Besseres zu berichten, Majestät«, sagte der Afghane, »die Wahrheit ist, dass wir nichts anderes tun konnten, als Jannas' Vorstoß ein wenig zu bremsen. Und um welchen Preis…«

Der Schnauzbart war nicht weniger beschämt als sein langjähriger Kampfgefährte.

»Ihr habt eure Aufgabe sehr gut erfüllt«, sagte Ahotep. »Wir haben nämlich durch euch so viel Zeit gewonnen, dass wir etliche Seitenkanäle graben konnten.«

Ein schwaches Lächeln erhellte die müden Gesichter der beiden Krieger.

»Also sind unsere Männer nicht umsonst gestorben!«, sagte der Schnauzbart.

»Keineswegs. Sie haben in unserem Kampf sogar eine wesentliche Rolle gespielt. Wenn ihr Jannas nicht aufgehalten hättet, wären unsere Siegeschancen jetzt zunichte.«

»Wir haben viele Hyksos getötet, und wir haben ihrer Flotte Schäden zugefügt«, sagte der Afghane, »aber sie sind uns zahlenmäßig haushoch überlegen, und sie haben viel bessere Waffen.«

»Was meint ihr – wann wird Jannas angreifen?«

»Er ist so argwöhnisch geworden, dass er nur noch langsam vorwärts kommt«, erwiderte der Schnauzbart. »Wir müssen vor allem seine Späher abfangen, damit er Hafen-des-Kamose erst im letzten Augenblick entdeckt. Ich glaube, es wird noch mindestens drei Wochen dauern, bis er hier anlangt.«

»Das glaube ich auch«, bestätigte der Afghane.

Drei Wochen waren seit dem letzten Gefecht mit den Ägyptern vergangen. Die Hyksos bewegten sich mit äußerster Langsamkeit vorwärts. Auf dem Nil war kein Schiff zu sehen. Die Dörfer an den Ufern waren verlassen.

»Offensichtlich hat der Feind den Rückzug angetreten«,

sagte der Adjutant. »Sollten wir nicht mehr Segel setzen, damit wir schneller in Theben sind?«

»Wir kennen immer noch nicht den genauen Standort des Gegners. Das heißt, die Ägypter können immer noch überall im Hinterhalt liegen. Eile wäre selbstmörderisch. Wir werden uns Meter um Meter vorwärts bewegen und jede Handbreit Boden sichern.«

»Jetzt sind wir schon seit Tagen auf keinen Widerstand mehr gestoßen!«

»Gerade das macht mir Sorgen. Die Ägypter sammeln sich wahrscheinlich, um uns bei nächster Gelegenheit wieder den Weg zu versperren.«

Nach einer Flussbiegung entdeckte Jannas die Mauer aus Schiffen, die Admiral Mondauge auf der Höhe von Hafen-des-Kamose hatte errichten lassen.

Der Hyksos seufzte erleichtert auf. Endlich stand ihm wieder eine richtige Schlacht bevor!

Mit scharfem Verstand sondierte er die Lage. An beiden Ufern wuchsen Palmen und Tamariskengehölze. Darin waren zweifellos ägyptische Bogenschützen versteckt. Ihm gegenüber befand sich der Hauptteil der feindlichen Kriegsflotte, bestehend aus schnelleren, aber auch leichteren Schiffen als seinen eigenen.

»Admiral, seht nur! Da ist sie!«

Am Bug eines Schiffes, der geziert war mit der Sichel des aufgehenden Mondes, war die Gestalt einer schlanken Frau zu erkennen, die ein goldenes Diadem und ein langes rotes Gewand trug. In der Hand hielt sie das Amunschwert, das in der Sonne glitzerte.

Königin Ahotep … Tatsächlich, sie war es …

»Sie fordert uns heraus, und sie versucht, uns anzulocken«, sagte Jannas. »Wenn wir nah genug herangekommen sind, wird sich die Mauer ihrer Schiffe öffnen, und wir werden genau in ihre Falle segeln. Das ist gut geplant, aber sie werden keinen Erfolg damit haben. Ahotep unterschätzt mich, und dieser Fehler wird schreckliche Folgen für sie haben.«

»Wie lautet Euer Befehl, Admiral?«

»Wir werden unseren Angriff auf die ganze Breite des Flusses ausdehnen und die Sperre an jedem Punkt angreifen und durchbrechen. Es wird sie schockieren. Es folgt der Nahkampf... Er wird fürchterlich sein. Aber die Überraschung wird sie erst einmal lähmen.«

»Und unsere Streitwagen?«

»Wir halten sie zurück, bis wir vor Theben stehen.«

Die schweren Kriegsschiffe der Hyksos verteilten sich langsam auf dem Wasser.

Würden die ägyptischen Regimenter sich aufteilen, wenn sie merkten, dass Jannas ihr Vorhaben durchschaute? Würden sie ihre geballte Kraft verlieren und so eine leichte Beute der Hyksos werden?

Es war keine Bewegung zu sehen.

Diese Königin ist kaltblütig bis zum Letzten, dachte Jannas. Sie zieht es vor zu sterben, statt zurückzuweichen. Welch ein Wahnsinn!

Die Bogenschützen der Hyksos nahmen Aufstellung. Ihre Schilde schützten sie. Doch zu ihrer Überraschung hatten sie keinen einzigen Schuss abzugeben.

Auch der Admiral staunte. Alle seine Schiffe – mit Ausnahme jener, die die Streitwagen geladen hatten – segelten langsam auf die schwimmende Sperre zu und zerstörten sie, ohne dass sich irgendein Widerstand regte.

Doch plötzlich schienen die Ufer rechts und links zu explodieren. Abgesägte Stämme von Palmen fielen auf die Decks der Schiffe, und ganze Tamariskengehölze wichen zurück und gaben Seitenkanäle frei, aus denen Boote geschossen kamen, deren Besatzungen sich auf die Hyksos stürzten.

Unaufhörliches Geprassel von Steinen, von flammenden Pfeilen, Enterhaken, die sich in Bordwände bohrten, wildes Kampfgetümmel, das Geheul der sterbenden Soldaten, schnelle, wendige Boote voller todesmutiger Feinde... Schon waren mehrere Einheiten der Hyksos kampfunfähig, schon sanken brennende Schiffe vor ihm in die aufgewühlten Fluten...

Mit zitternden Lippen gab Jannas den Befehl zum Rückzug.

20

König Ahmose war kein Kind mehr. Herangewachsen zu einem jungen Mann, dessen stattliche Erscheinung jeden beeindruckte, bewies er jeden Tag aufs Neue seine ausgezeichnete Eignung als Pharao. Er war weniger athletisch als sein älterer Bruder Kamose, doch er ließ keinen Zweifel daran, dass er sein Amt ernst nahm, und der Umfang dessen, was er jetzt schon leistete, setzte seine Umgebung immer wieder in Erstaunen.

Ahmose begnügte sich mit wenigen Beratern, dem Haushofmeister Qaris, Neshi und dem Aufseher der Getreidespeicher Heray, und er kümmerte sich mit peinlicher Sorgfalt um die Provinz Theben und die angrenzenden Gebiete mit florierender Landwirtschaft. Dank einer klugen Verwaltung, die er selbst beaufsichtigte, gelang es ihm nicht nur, die eigene Bevölkerung zu ernähren, sondern auch die Soldaten an der Front, und für Notzeiten hatte er sogar Reserven an Öl und Korn anlegen können, so dass auch Bauern, die nicht genug ernteten, stets genug zu essen haben würden.

Die durch Seths Zorn verursachten Schäden waren nur noch eine böse Erinnerung. Auf Ahmoses Initiative hin waren neue Häuser gebaut worden, so dass die von der Katastrophe am meisten Betroffenen rasch umgesiedelt werden konnten. Ihre Lebensbedingungen hatten sich seither spürbar verbessert. In einigen Monaten, so hoffte man, würden alle Thebaner ein Haus oder mindestens eine geräumige Wohnung besitzen. Eine neue Stadt war im Entstehen begriffen, in der es sich angenehmer als vorher leben ließ.

Fast jeden Tag besuchte der König die Schiffswerft, wo die Zimmerleute ohne Unterlass arbeiteten; sie wussten, dass sie den Schlüssel für den zukünftigen Sieg Thebens in Händen hielten. Ägypten würde sehr viele Kriegsschiffe brauchen, sie waren seine wichtigste Waffe im Kampf gegen die Hyksos. Ahmose kannte jeden Handwerker und kümmerte sich um dessen Familie, um angemessene Verpflegung und medizinische Versorgung. Wenn er sah, dass einer der Männer bei der Arbeit über das Maß des Zuträglichen hinausging, legte er ihm nahe, eine Ruhepause einzulegen. Doch gegenüber Betrügern und eingebildeten Kranken zeigte er sich unnachsichtig. Er war sich bei jedem Schritt bewusst, dass sie sich mitten in einem Krieg befanden, und unter diesen Umständen konnte man Feigheit jeglicher Art keinesfalls dulden.

Wie er seiner Mutter versprochen hatte, kümmerte sich Ahmose auch um die Verteidigung Thebens. Er war über die Dörfer gezogen und hatte eine kleine Armee von Freiwilligen aufgestellt, die ihr Leben für die Stadt des Amun hingeben wollten.

Der König machte sich keine falschen Vorstellungen über die Schlagkraft dieser bescheidenen Truppe, doch ihre Anwesenheit allein genügte, um die Angst der Bewohner Thebens zu beschwichtigen. Unbeirrt hielten sie an dem Glauben fest, dass eine bessere Zukunft auf sie wartete. Wie sein Vater, bildete auch Ahmose seine Soldaten auf dem Stützpunkt von Theben aus. Er hoffte, dass sie sich, wenn ihre Stunde gekommen war, als nicht weniger schlagkräftig erweisen würden als ihre erfahreneren Kameraden im Feld.

Der Pharao befand sich gerade auf einer Aushebungsreise in einem Weiler im Süden der Stadt, als er ganz in der Nähe Hilferufe hörte.

Begleitet von den Leibwachen, die er selbst ausgewählt hatte, betrat Ahmose einen Bauernhof, von wo die Schreie gekommen waren.

Zwei Unteroffiziere bedrohten eine junge Frau von blendender Schönheit mit ihren Peitschen.

»Was geht hier vor?«, fragte der König.

»Diese Verräterin weigert sich, uns den Ort anzugeben, wo sich ihr Bruder versteckt hält! Ihr habt uns den Befehl gegeben, jeden einzelnen Bewohner dieser Provinz auszumachen, Majestät. Wir führen diesen Befehl aus.«

»Erkläre mir das!«, forderte Ahmose die Beschuldigte auf und blickte ihr gerade in ihre schönen Augen.

Sie wich seinem Blick nicht aus. »Meine Eltern sind tot. Mein älterer Bruder und ich kümmern uns um den Hof, den sie uns hinterlassen haben. Wenn er zwangsausgehoben wird, bin ich verloren, denn allein kann ich den Hof nicht versorgen.«

»Für meine Armee wird niemand zwangsausgehoben. Aber dein Bruder ist vielleicht nur ein Abtrünniger. Wie kann ich wissen, dass du die Wahrheit sagst?«

»Ich schwöre es im Namen des Pharaos!«

»Geht!«, befahl Ahmose den beiden Offizieren. Er konnte seine Augen nicht von dem zauberhaften Mädchen abwenden.

Schlank und hochgewachsen, von natürlicher Anmut und stolz, besaß sie die Haltung einer Königin.

»Du stehst vor dem Pharao. Wie heißt du?«

»Nefertari*.«

---

* Ihr Thronname wird Ahmose-Nefertari sein. Die erste Große königliche Gemahlin von Ramses II. wird wieder den Namen Nefertari annehmen.

»Nefertari, die ›Schönste der Schönen‹… Der Name passt zu dir.«

Das Kompliment ließ die junge Frau erröten.

»Was meinen Bruder betrifft, Majestät – wie werdet Ihr entscheiden?«

»Du hast mir dein Wort gegeben, ich glaube dir. Er wird sich weiterhin um euren Hof kümmern. Für einen Mann allein ist die Aufgabe viel zu schwer. Ich habe entschieden, ihm zwei Bauern zu schicken, die von meiner Verwaltung gestellt werden.«

Jetzt drohten die Gefühle sie sichtlich zu überwältigen.

»Majestät, wie kann ich Euch danken…«

»Indem du dieses Haus verlässt und mitkommst zu mir, in meinen Palast.«

»In den Palast, aber…«

»Dein Bruder braucht dich nicht, Nefertari, und dein Platz ist jetzt nicht mehr hier.«

»Werdet Ihr mir verbieten, ihn wieder zu sehen?«

»Natürlich nicht! Aber wir befinden uns im Krieg, und jeder von uns muss die ihm gestellte Aufgabe so gut erfüllen, wie es ihm nur möglich ist.«

»Besteht meine Aufgabe nicht darin, meinem Bruder zu helfen?«

»Im Augenblick besteht sie darin, deinem König zu helfen.«

»Wie soll ich das tun?«

»Eine Frau, die weiß, wie man einen Hof bewirtschaftet, muss über gute ordnende Fähigkeiten verfügen. Ich brauche jemanden, der die Webereien beaufsichtigt. Sie stellen die Segel unserer Kriegsschiffe her, ihre Arbeit ist von größter Bedeutung. Es muss jemand sein, der auch Qaris, dem Haushofmeister, zur Hand gehen kann, denn seine Kräfte lassen langsam nach. Ich weiß, es ist eine schwere Verantwortung, aber ich glaube, dass du sie tragen kannst.«

Ein überaus feines und einnehmendes Lächeln umspielte Nefertaris Lippen.

»Also – du nimmst an?«

»Ich weiß nicht, wie ich mich bei Hofe verhalten soll, Majestät, und ich weiß nicht…«

»Ich bin sicher, du wirst das alles sehr schnell lernen.«

Der kleine Zug mit dem König an der Spitze näherte sich Theben, als der Anführer der Wachsoldaten plötzlich bewegungslos stehen blieb. Sofort umringten mehrere Soldaten den Pharao und Nefertari.

»Was gibt es?«, fragte Ahmose.

»An dieser Stelle sollte uns eigentlich ein Wächter erwarten, Majestät. Dass er nicht da ist, macht mir Sorgen, und ich schlage vor, dass wir Späher ausschicken.«

»Wir bleiben zusammen«, sagte der König.

»Majestät… Es könnte gefährlich sein weiterzugehen!«

»Ich muss selbst sehen, worum es sich handelt.«

Jeder von ihnen dachte in diesem Moment an einen möglichen Angriff der Hyksos, an den Einfall des Feindes in Theben, an Brände und Leichen in den Straßen, an Erschlagene in ihren Betten…

»Rauch ist nicht zu sehen, Majestät.«

Der nächste Wachposten mit all seinen Soldaten war ebenfalls leer. Waren die Soldaten geflohen, oder waren sie in die Stadt gelaufen, um den Feind zu unterstützen?

Nefertari lauschte angestrengt. »Ich höre Lieder aus der Stadt.«

Sie kamen näher.

Es waren tatsächlich Lieder, und zwar freudige!

Ein Offizier rannte auf sie zu und blieb atemlos vor ihnen stehen.

Ahmoses Leibwachen traten vor, die Lanzen gesenkt.

»Majestät!«, rief der Offizier. »Wir haben gerade eine Nachricht aus Hafen-des-Kamose erhalten: Königin Ahotep hat die Hyksos in die Flucht geschlagen!«

21

Mit der gestreiften Mütze auf dem Kopf erschien Jannas vor dem König, dessen Gesicht erschreckend bleich aussah.

»Ich verlange, die Wahrheit zu erfahren, Admiral!«

»Die Hälfte meiner Flotte ist bei Hafen-des-Kamose zerstört worden, aber unsere Streitwagenregimenter sind unbeschädigt, und ich habe dem Feind schwere Verluste beigebracht. Dennoch – wir müssen uns auf baldige Gegenangriffe gefasst machen. Nicht nur aus diesem Grund meine ich, dass Memphis dem Erdboden gleichgemacht werden sollte.«

»Es gibt Dinge, die jetzt nötiger sind, Admiral. Der Widerstand dieser verfluchten Stadt hat Nacheiferer gefunden. Mehrere Städte im Delta haben sich gegen unsere Ordnungskräfte erhoben. Du musst unverzüglich einschreiten.«

Beim Verlassen der Festung von Auaris traf Jannas mit Khamudi zusammen. Der Großschatzmeister war sichtlich beunruhigt. Von ihren Leibwachen flankiert, tauschten die beiden Männer zornige Blicke.

»Euer Feldzug ist nicht gerade erfolgreich gewesen, Admiral«, sagte Khamudi. »Ihr hattet den Auftrag, die ägyptischen Truppen zu vernichten, aber Königin Ahotep ist offenbar immer noch am Leben.«

»Warum habt Ihr meinen Generälen vor Memphis keine Unterstützung geschickt?«

»Weil der König es nicht wollte.«

»Habt Ihr wirklich mit ihm darüber gesprochen?«

»Ich dulde es nicht, dass Ihr meine Worte in Zweifel zieht, Admiral!«

»Eure Worte sind völlig unerheblich, Khamudi. Heute steht die Sicherheit des gesamten Reiches auf dem Spiel. Sie zu gewährleisten ist meine Aufgabe. Wagt es nicht, mich daran zu hindern, sonst…«

»Sonst – was?«

Mit einem letzten verächtlichen Blick auf Khamudi setzte Jannas seinen Weg fort.

»Ihr habt einen herrlichen Sieg errungen, Majestät«, sagte Admiral Mondauge zu Königin Ahotep. »Zu schade, dass Jannas seine Streitwagen nicht hat ausrücken lassen. Wir hätten sie in den von unseren Soldaten ausgehobenen Gräben am Ufer versinken sehen.«

»Was heißt dieser Sieg schon?«, sagte die Königin vor ihren versammelten Beratern. »Wir haben sehr viele Matrosen und Schiffe verloren, und Jannas ist gesund und unversehrt.«

»Diesmal, Majestät«, bemerkte Fürst Emheb, »haben wir dem Feind mehr als nur ein paar Kratzer zugefügt. Denkt daran: Ihr habt Jannas selbst zum Rückzug gezwungen. Wer hätte je gedacht, dass unsere Armee einmal eine solche Leistung vollbringen würde?«

»Die letzten Nachrichten aus dem Delta sind gar nicht schlecht«, fügte Admiral Mondauge hinzu. »Ein Teil von Memphis setzt sich unverdrossen gegen die Belagerung der Hyksos zur Wehr, und mehrere andere Städte sind bereit zum Aufstand.«

»Zu früh, viel zu früh!«, rief der Schnauzbart. »Apophis wird sie alle niedermetzeln!«

»Können wir nicht wenigstens etwas für Memphis tun?«, fragte der Afghane.

»Wir *müssen* etwas für Memphis tun«, bestätigte die Königin. »Wir werden ihnen Nahrung und Waffen schicken. Wenigstens gehen wir damit sicher, dass die an der Belagerung beteiligten Hyksos noch eine Weile mit der Stadt zu tun haben.« »Das fällt in unser Gebiet«, sagte der Afghane. »Ich und der Schnauzbart, wir werden alle Widerstandsgruppen in dem Gebiet in den Kriegszustand setzen und den Belagerern das Leben zur Hölle machen. Von heute an werden sie keine einzige ruhige Nacht mehr haben. Wir vergiften ihre Lebensmittel und ihr Wasser, wir greifen ihre Spähtrupps an, wir töten ihre Wachposten. Es wird sehr lustig werden, nicht wahr, Schnauzbart?«

Zuerst töteten einige verwegene junge Männer zwei Hyksossoldaten, die sie ins Gefängnis werfen wollten. Dann schlossen sich ihnen Frauen an, und alle zusammen kämpften gegen Soldaten, die mit den Verschleppungen nach Tjaru beschäftigt waren. Zuletzt erhob sich die gesamte Bevölkerung von Bubastis. Mit Äxten und Sicheln bewaffnet, stürzten sie sich auf die Kaserne, deren Bewohner sämtlich getötet wurden.

Nach ihrem unerwarteten Triumph verbrannten die Aufständischen im Freudentaumel Kleidungsstücke der Folterer, die ihnen in die Hände gefallen waren. Morgen würde sich die ganze Stadt erheben!

Und dann, am frühen Morgen, hörte man Pferde wiehern. Zuerst in der Ferne, dann immer näher kommend. Und es wurden Befehle gegeben, trocken und genau, wie Peitschenhiebe.

»Die Streitwagen von Jannas!«, schrie ein völlig verängstigter Junge.

In den weiten Ebenen des Deltas – auch Bubastis lag in einer solchen Ebene – war es unmöglich, dieser fürchterlichen Waffe der Hyksos zu entkommen.

Nach kurzer Beratung stellten sich die jungen Ägypter vor die in gleichmäßigen Reihen anrollenden Streitwagen und warfen unübersehbar ihre Waffen vor sich auf den Boden.

»Wir haben etwas Unsinniges getan!«, rief einer von ihnen aus. »Wir erflehen Vergebung!«

Zum Zeichen ihrer Demut knieten sie nieder.

»Ein kampfloser Sieg«, stellte Jannas' Adjutant lakonisch fest.

»Mit oder ohne Waffen – Aufständische sind Aufständische«, sagte der Admiral. »Sie am Leben zu lassen würde Schwäche bedeuten. Eine Schwäche, die sich früher oder später gegen uns selbst richten wird.«

Jannas hob und senkte den Arm. Es war das Zeichen zum Angriff.

Ungeachtet der Schreie ihrer Opfer rollten die Streitwagen über Hunderte von Menschenkörpern hinweg. Es war das, was Jannas wollte. Und genauso verfuhr er in Athribis, in Leontopolis und in allen anderen Städten, wo es Menschen gab, die unvernünftig genug gewesen waren, sich gegen ihren König zu erheben.

Umringt von libyschen und zypriotischen Seeräubern, die für seine Sicherheit sorgen sollten, war Großschatzmeister Khamudi ungeheuer stolz auf seinen neuen Fransenmantel. Durch den Handel mit Drogen nahm er täglich mehr Geld ein und konnte sein Vermögen ins Unermessliche steigern. Doch er sah seinen Erfolg von Admiral Jannas bedroht, dessen Niederlage bei Hafen-des-Kamose seiner Beliebtheit anscheinend keinen Abbruch tat. Unbegreiflich, dass die Mehrzahl der höheren Offiziere noch immer nicht einsehen wollte, dass dieser beschränkte alte Dickkopf ihnen am Ende mehr Schaden zufügen würde als Nutzen!

Doch es war Khamudi noch immer nicht gelungen, ein einziges Mitglied des Generalstabs oder der Leibwache von Jannas auf seine Seite zu ziehen. Es waren durchweg altgediente Kämpfer, die schon lange an der Seite des Admirals kämpften und unbeirrbar an seine Zukunft glaubten. Khamudi gab dennoch nicht auf. Eines Tages würde er schon einen lockeren Stein finden, der vielleicht das ganze glanzvolle Gebäude zum Einsturz brachte.

Den Anweisungen des Königs folgend, hatte Jannas gerade die Aufständischen vernichtet, die dabei gewesen waren, in verschiedenen Städten des Deltas Unruhe zu verbreiten. Die ganze Armee schwor auf ihn, und gerade an diesem Morgen hatte ihn Apophis persönlich für seine Verdienste um das Reich beglückwünscht. Vergessen war plötzlich die entwürdigende Niederlage von Hafen-des-Kamose, vergessen Königin Ahotep, die sehr bald neuen Ärger machen würde! Wenn die Berater und höchsten Würdenträger blind und taub wurden – dann musste Khamudi wachsam bleiben, um das Reich zu retten!

Und er, der Einzige, der um die Größe der Gefahr wusste, sollte gezwungen sein, vor Jannas das Knie zu beugen?

Sein Schreiber brachte ihm eine vertrauliche Nachricht, abgeschickt in einer Hyksosfestung, die die Straßen im Bergland Anatoliens überwachte.

Als er zu Ende gelesen hatte, bat Khamudi darum, beim König vorgelassen zu werden, der sich gerade mit Jannas unterhielt.

»Schlechte Nachrichten, Majestät, sehr schlechte Nachrichten!«

»Sprich!«, sagte Apophis.

Khamudi sah ihn fragend an.

»Jannas kann alles hören.«

»Die anatolischen Bergvölker haben sich wieder erhoben und unsere größte Festung angegriffen. Der Befehlshaber verlangt dringend Verstärkung.«

»Das habe ich vorausgesehen, Majestät«, sagte der Admiral.
»Sie werden sich uns nie unterwerfen. Wenn wir sie los haben
wollen, müssen wir sie töten bis zum letzten Mann.«

»Du wirst sofort aufbrechen, um sie zur Vernunft zu bringen«, befahl der König.

»Und … Königin Ahotep?«

»Das Delta ist befriedet. Auaris ist uneinnehmbar. Dank
meines Spitzels habe ich das Mittel in der Hand, das dazu führen wird, dass die Königin und ihr lächerlicher Sohn dort bleiben, wo sie sind. Heute gibt es nichts Wichtigeres, als die Kontrolle über ganz Asien wiederzuerlangen.«

22

Im Gegensatz zu dem, was sich viele Soldaten wünschten
und erhofften, zog Königin Ahotep nicht nach Auaris, sondern begnügte sich damit, Memphis zu unterstützen, womit sie
die Aufständischen der großen Stadt in die Lage versetzte, sich
den Hyksos weiterhin zu widersetzen.

Seit etlichen Nächten war der Himmel stürmisch bewegt.
Irgendetwas lag in der Luft. Die Botschaft des Mondgottes
war leicht zu entziffern: König Ahmose war bedroht. Ohne
Zweifel versuchte Apophis, ihn mit seinen magischen Kräften
zu schwächen.

»Erlaubt Ihr mir endlich, nach Edfu zurückzukehren, Majestät?«, fragte Fürst Emheb, dessen schwerer Körper offen-
sichtliche Zeichen der Erschöpfung aufwies.

»Du weißt genau, dass das nicht möglich ist«, antwortete
Ahotep mit sanfter Stimme. »Du bist der Einzige, der die
Lage in Hafen-des-Kamose in- und auswendig kennt. Ich kann

mich auf niemanden besser verlassen. Ich bin fest davon überzeugt, dass Jannas nicht so bald zum Gegenangriff übergehen wird. Reicht es nicht, wenn du dich ein wenig ausruhst, jedoch weiterhin so wachsam bleibst wie eh und je?«

Das Lächeln der Königin war so bezaubernd, dass Emheb nicht weiter auf seinem Wunsch beharrte.

»Für mich ist es Zeit, nach Theben zurückzukehren«, sagte sie. »Sobald wir die Vorbereitungen abgeschlossen haben, werden wir angreifen.«

»Ich werde an Eurer Seite sein, Majestät.«

Theben hätte den Sieg von Hafen-des-Kamose liebend gern groß gefeiert, doch wie konnte man feiern, wenn der König krank darniederlag? Die Ärzte verstanden nicht, warum der junge Monarch keinen Schritt mehr gehen konnte, ohne von schrecklichen Schmerzen geschüttelt zu werden. Keine Arznei hatte ihm helfen können, und die düstere Diagnose lautete: eine unbekannte Krankheit, die man nicht heilen konnte.

Trotz seines Leidens verlangsamte Ahmose keineswegs das Tempo, in dem er arbeitete. Er ließ sich von seinen Soldaten über Land tragen und leistete in den Dörfern und Weilern weiterhin wertvolle Überzeugungsarbeit, um neue Soldaten auszuheben. Weder Qaris' Ermahnungen, doch einmal kürzer zu treten, noch Herays gute Ratschläge zur Erhaltung seiner Gesundheit fanden sein Gehör; doch unübersehbar wurde der Pharao von Tag zu Tag schwächer. Sein einziger Trost war Nefertari, die über die Fähigkeit verfügte, im Stillen sehr wirkungsvolle Taten zu vollbringen. Sie hatte sich das Herz aller Bediensteten des Palasts im Sturm erobert. Und Qaris schien sich um Jahrzehnte zu verjüngen, wenn er der jungen Frau dabei helfen durfte, die Regeln und Sitten des Palastlebens kennen zu lernen.

Soeben war Qaris in Ahmoses Arbeitsgemach eingetreten.

»Eure Mutter ist zurückgekehrt«, verkündete er.

»Wir empfangen sie im großen Saal«, entschied Ahmose.

Am Kai hatte sich eine jubelnde Menge versammelt. Kaum hatte Ahotep ihren Fuß wieder in die Hauptstadt gesetzt, wurden ihr Blumen zugeworfen, und an ihrem Weg zum Palast standen dicht gedrängt Thebaner, die klatschten und begeistert ihren Namen riefen. Was für einen unglaublichen Sieg hatte sie gegen die Hyksos errungen!

Vor dem Palasttor bildeten die höchsten Würdenträger ein Ehrenspalier. Als Ahotep den Empfangssaal betrat, senkte Pharao Ahmose den Kopf zum Zeichen der Verehrung.

»Ehre werde Euch zuteil, meine Mutter, denn wieder einmal habt Ihr Ägypten gerettet. Der Geist Amuns ist in Euch, er führt Euch und wirkt durch Euch. Ich übermittle Euch die Liebe, die Achtung und das Vertrauen des Volkes der Zwei Reiche.«

Zu Tränen gerührt, warf sich Ahotep vor dem Pharao nieder.

»Steht auf, ich bitte Euch. Uns kommt es zu, uns vor Euch niederzuwerfen, der Königin der Freiheit.«

Die Gottesgemahlin hatte einen langen Gottesdienst hinter sich. Sie hatte all die rituellen Worte gesprochen, die Amun einluden, sich im Tempel und in den Herzen der Lebewesen niederzulassen, sie hatte auch seinen Segen für ihren Sohn erfleht, und jetzt war sie mit Ahmose allein.

Er verhehlte ihr seine Leiden und seinen immer schlechter werdenden Gesundheitszustand nicht.

»Es ist Apophis' Spitzel, der deine Sandalen gestohlen hat«, sagte Ahotep. »Er hat sie dem König gegeben, damit er sie mit Unheil auflädt. Er hat bewirkt, dass du keinen Schritt mehr gehen kannst, ohne dass du Schmerzen hast.«

»Was können wir dagegen machen?«

»Der Hohepriester Tjehuty kennt die Sprüche des Thoth, die den Zauber aufheben. Ich verleihe dir Schutz für alle deine Körperteile.«

Es handelte sich um Zaubersprüche, die aus der Zeit der großen Pyramiden stammten. Sie sollten dem Menschen, der die Reise nach seinem Tod antrat, die Wege des Jenseits öffnen, ob durch Feuer, Wasser, Luft oder über die Erde. Der Hohepriester zeichnete auf der Fußsohle des Königs die Form der Sandalen, die den Weg durch Raum und Zeit fanden. Und Ahotep konzentrierte sich zunächst auf den Nacken des Monarchen, um dann jedem seiner Lebenszentren mittels heiliger Formeln neue Kraft einzuflößen.

Ohne den geringsten Schmerz wieder gehen zu können, war für Ahmose wie eine zweite Geburt. Das Blut kreiste wieder ungehemmt in seinen Organen, und wie früher fühlte er sich durch eine große Energie belebt.

»Dir verdanke ich mein neues Sein«, sagte er zu seiner Mutter. »Du hast mich geboren und mich zum Pharao gekrönt, und jetzt schenkst du mir meine Lebenskraft wieder.«

»Du bist die Zukunft Ägyptens, Ahmose, darin hat sich Apophis nicht getäuscht. Sag mir… Wer ist die wunderschöne junge Frau, die dich mit ihren Blicken verschlingt?«

»Du hast sie also auch schon bemerkt!«

»Man müsste blind sein, um sie nicht zu bemerken.«

»Wenn du keine Einwände hast, Mutter, so möchte ich sie zu meiner Großen königlichen Gemahlin machen.«

»Hast du reiflich darüber nachgedacht?«

Ahmose zögerte. »Nein, es war die Entscheidung eines Augenblicks«, sagte er schließlich.

»Wie heißt sie?«

»Nefertari. Sie stammt aus einer Familie von Bauern, doch sie ist geboren, um Königin zu werden.«

Ahotep entdeckte ein neues Gesicht ihres Sohnes. War er nicht immer so geduldig, so beherrscht, so ernst gewesen? Und jetzt loderte die Flamme einer echten Leidenschaft in ihm! Das lange Schweigen der Königin beunruhigte Ahmose ein wenig. Natürlich hatte sie sich über Nefertari bereits ein Urteil gebildet. Und wenn sie gegen diese Heirat war, wie sollte er sich dann verhalten? Es war ihm unmöglich, sich sein Dasein vorzustellen ohne die Frau, die er liebte, aber ebenso unmöglich war es, die Hilfe und Unterstützung von Königin Ahotep entbehren zu müssen.

»Du solltest dich vielleicht einmal mit ihr unterhalten, Mutter.«

»Das wird nicht nötig sein.«

»Ist es, weil ihre Herkunft...«

»Dein Vater ist Gärtner gewesen, vergiss das nicht.«

»Du glaubst, dass weder sie noch ich genug Zeit zum Nachdenken hatten, aber...«

»Nefertaris Blick ist der einer Großen königlichen Gemahlin, mein Sohn. Und der Pharao muss sich in einem Paar verkörpern.«

König Apophis beglückwünschte sich wieder einmal zu seinem Spitzel, der solch ausgezeichnete Arbeit leistete. Er hatte ihm Ahmoses Sandalen zukommen lassen, und damit hatte er ein ausgezeichnetes Mittel zur Hand, um einen jungen Krieger zur Unbeweglichkeit zu verdammen, der schon morgen zu einer Gefahr für das Hyksosreich werden konnte.

Er hatte Ahmose – und damit auch Ahotep – an einer empfindlichen Stelle getroffen; alle beide würden über kurz oder lang zu völliger Ohnmacht verurteilt sein.

Apophis hatte die Sandalen in ein großes, mit dem Gift von Skorpionen gefülltes Glasgefäß gelegt und es der Mittagssonne ausgesetzt. Das erhitzte Gift wirkte durch schleichende

Zerstörung der inneren Organe jenes Unseligen, der es gewagt hatte, sich Pharao zu nennen. Nach und nach würden die Schmerzen unerträglich werden, und Ahmose würde sich umbringen, um nicht weiter leiden zu müssen.

Als der König die Treppe zum Turm der Festung hinaufstieg, fühlte er sich wieder einmal durch die Schreie seiner Frau belästigt. Tag und Nacht wurde Tany von fürchterlichen Albträumen heimgesucht, gegen die auch die Drogen nichts halfen, die ihr von Yima, der Frau das Großschatzmeisters, verabreicht wurden. Schon lange hatte Apophis dieser Wahnsinnigen keinen Besuch mehr abgestattet, die ihn damals auf den guten Gedanken gebracht hatte, Minos verschwinden zu lassen – was allerdings das weit beunruhigendere Verschwinden Tjarudjets zur Folge gehabt hatte. Apophis schüttelte den Kopf, wenn er an sie dachte. Er sah es kommen: Früher oder später würde er gezwungen sein, auch seine Schwester dem Stier vorzuwerfen.

Das große Glasgefäß war noch von keinem Sonnenstrahl berührt worden, und doch schien es zu glühen. Apophis stellte es auf die Brüstung. Kaum hatte er seine Hand zurückgezogen, zerplatzte das Gefäß, und das ätzende, höllisch brennende Gift ergoss sich über seine Füße.

23

Die Zeit schien still zu stehen. Der Krieg kam nicht vom Fleck.

In Anatolien wie in ganz Asien gab es die grausamsten Kämpfe; doch es gab keine geordneten Armeen, keine offenen Schlachten, nur Partisanen, die aus dem Hinterhalt kämpften, und Jannas wusste, dass es keinen endgültigen Sieg für ihn geben würde.

Memphis blieb zweigeteilt: Eine Hälfte der Stadt unterstand den Hyksos, die andere war noch immer in der Hand des Widerstands, dem die in Hafen-des-Kamose stationierten Truppen regelmäßig Lebensmittel und Waffen zukommen ließen.

Monat für Monat befragte Ahotep, die sich, noch immer von jugendlichem Feuer beseelt, ihrem fünfzigsten Geburtstag näherte, den Mondgott. Und Monat für Monat erhielt sie von ihm den Rat: Gedulde dich! Mit großer Freude hatte sie mitangesehen, dass Ahmose und Nefertari sich zu einem neuen königlichen Paar vereint hatten. Zu der tiefen Liebe, die die beiden verband, gesellten sich Aufrichtigkeit, Gewissenhaftigkeit und Pflichtgefühl. Sie wussten beide um die Verantwortung, die mit ihrem hohen Amt einherging.

Jeden Abend versenkte sich Ahotep in die Betrachtung des heiligen Sees, über den Schwalben flatterten, Seelen aus einer anderen Welt, denen die Abendsonne neue Kraft einflößte. Ihr Sohn, ein jetzt kräftiger junger Mann von zwanzig Jahren, trat auf sie zu.

»Wir werden bald mein elftes Thronjubiläum feiern, Mutter, und Ägypten ist immer noch besetzt. Bis heute hatte ich nicht das Gefühl, kämpfen zu können wie mein Vater und mein älterer Bruder. Aber heute bin ich sicher, dass ich dazu fähig bin.«

»Das glaube ich auch, Ahmose, aber die Orakelsprüche sind noch immer nicht günstig.«

»Müssen wir ihnen gehorchen?«

»Übereilung wäre ein verhängnisvoller Fehler.«

»Die Hyksos haben die Gebiete, die sie verloren haben, noch nicht zurückerobert, unsere Werften haben inzwischen Dutzende neuer Schiffe gebaut, wir haben so viele neue Soldaten ausgehoben … Warum sollten wir die Auseinandersetzung weiter aufschieben?«

»Ich mag es sehr, wenn du so sprichst, mein Sohn. Die Befreiung unseres Landes muss das bleiben, was dich stets am meisten beschäftigt. Doch einzig die Zustimmung der Götter und der Atem Amuns werden uns die Kräfte verleihen, die für den entscheidenden Kampf notwendig sind.«

»Also müssen wir Karnak und das Heiligtum Amuns auf dem Stützpunkt am Westufer vergrößern. Ich werde mich gleich morgen darum kümmern.«

Apophis' Knöchel schmerzten. Deshalb ging er kaum noch zu Fuß, sondern ließ sich von zwei zypriotischen Wachsoldaten, denen er die Zungen hatte abschneiden lassen, auf seinem Thron aus Kiefernholz umhertragen. Der König wurde im Lauf der Zeit immer unbeweglicher und immer weniger mitteilsam, doch er fuhr fort zu regieren, ohne einen Millimeter seiner Macht mit anderen zu teilen.

Um den Preis von Tausenden von Toten setzte Jannas die Ordnung der Hyksos in Asien durch; Khamudi säuberte mittels ständiger Verschleppungen das Delta. Und da Memphis durch die Belagerung zur Untätigkeit verurteilt war, nahm der Handel in Auaris zu.

Was blieb, war die Sache mit Königin Ahotep und ihrem Pharao! Sie hatten zwar den Kampf vorerst aufgegeben und rührten sich nicht mehr von der Stelle, doch ihr bloßes Dasein beleidigte die Größe der Hyksos. Sobald Jannas zurückgekehrt wäre, musste er sich einen neuen Weg einfallen lassen, um den Widerstand ein für allemal aus der Welt zu schaffen.

Als die mit Unheil belegten Sandalen ihren Fluch gegen ihn selbst gewendet hatten, hatte der König es als umso notwendiger erachtet, diese Königin zu vernichten, deren magische Kräfte mit den seinen wetteiferten. Wenn ihm diese Tat endlich gelang, würde das der herrlichste Sieg sein, den er je erlangte.

Erst dann würde er seine Herrschaft unangefochten ausbreiten können über die ganze bewohnte Welt.

Der Himmel war mit düsteren Wolken verhängt, als Apophis sich zum Tempel des Seth tragen ließ, dessen einziger Hohepriester er heute war. Wer anders als er besaß tatsächlich die Kraft, mit dem Blitz in Verbindung zu treten?

Als er das Heiligtum betrat, schmerzten ihm plötzlich die Füße, und er begriff sofort, dass dies ein Zeichen war, das auf ein wichtiges Ereignis hinwies.

Er ergriff den blutigen Schädel eines geopferten Esels und blickte starr in die Augen des Tiers.

Und er sah.

Er sah Theben, eine Königin und ihren Sohn. Er sah, dass sie einen Pakt geschlossen hatten und dass ihre Verbindung so stark war wie eine ganze Armee.

Und er wandte sich an Seth und bat ihn, mit seiner ganzen göttlichen Gewalt seine Gegner zu vernichten und ihre Verbindung zu zerreißen.

Am dritten Tag des ersten Monats der ersten Jahreszeit im elften Jahr der Herrschaft von Pharao Ahmose begab sich der junge König an Bord eines Schiffs zu dem Gelände, wo das zukünftige Heiligtum des Amun errichtet werden sollte. Und am Morgen desselben Tages gelang es Tjehuty, dem Hohepriester von Karnak, aus mehreren überlieferten Fragmenten den uralten Kalender wieder zusammenzusetzen, der die Glück verheißenden und die Unglück bringenden Tage verzeichnete.

Gerade als er dabei war, den Kalender in seine endgültige Fassung zu bringen, blieb dem Hohepriester fast das Herz stehen. Der für gewöhnlich so ruhige und ausgeglichene Mann ließ alles stehen und liegen und rannte in höchster Eile zum Palast, wo er verlangte, unverzüglich von Ahotep empfangen zu werden.

»Majestät, wir müssen alles unterbrechen, was wir gerade tun, und uns mit allen Kräften dem Schutz des Pharaos widmen! Heute ist der Tag der Geburt Seths, und Apophis wird den günstigen Zeitpunkt benutzen, um Blitze gegen uns zu schleudern!«

»Ahmose ist auf dem Weg zum Stützpunkt. Ich werde versuchen, ihn aufzuhalten.«

»Geht kein Wagnis ein, ich bitte Euch! Auch Ihr könnt Opfer des göttlichen Feuers werden!«

Die Königin hörte nicht auf den Hohepriester, der ihr ein Stück Leinenstoff mitgab, auf dem uralte Zaubersprüche standen.

»Legt diesen Stoff um den Hals des Pharaos«, empfahl er ihr, »vielleicht kann er sein Leben retten.«

Einst hatte Apophis sich mit Wolken und Winden verbündet und einen schrecklichen Orkan ausgelöst, dem ein Großteil Thebens zum Opfer gefallen war. Dieses Mal reichte ihm der Sturm nicht, den er auf die Stadt Amuns und die Totenstadt am Westufer losbrechen ließ; er wühlte auch die Wassermassen des Nils auf.

In wenigen Minuten begann der Fluss zu brodeln, und riesige Wellen rollten gegen die Ufer und gegen das Schiff, das Ahmose zum Stützpunkt der Truppen tragen sollte.

In Karnak, im Palast, am Eingang der Totenstadt und in jedem Haus verhielten sich die Thebaner gemäß den Vorsichtsmaßregeln Ahoteps: Sie opferten den Verstorbenen und verbrannten kleine Tonfiguren, auf denen der Name Apophis stand. Der Hohepriester versah das Wachsbild des Herrschers der Finsternis mit einem Auge aus Karneol, um Apophis' böses Auge zu zerstören, das Theben heimsuchte.

An Bord des Segelschiffs, das sie in Richtung Norden trug, hielt Ahotep das goldene Zepter mit dem Seth-Kopf fest an ihre Brust gedrückt. Der Gott der Stürme war nicht länger ihr Feind, sondern ihr Verbündeter. Nachdem sie seinen Blitz eingefangen hatte, hatte die Königin keine Angst mehr vor der Wut des Gottes. Das göttliche Emblem vereinte in sich die Energien von Himmel und Erde.

Ahoteps Gedanken drehten sich einzig um ihren Sohn, den Pharao. Sie musste ihn retten – auch wenn es sie selbst das Leben kosten sollte.

Ahmose kam nicht weiter. Alle Matrosen waren dabei, die Segel einzuholen, um dem Wind möglichst wenig Angriffsfläche zu bieten, der das Schiff um die eigene Achse wirbeln ließ. Ahmose half ihnen, wo er konnte. Aber das Steuer war gebrochen, und er wusste nicht mehr, wie er es anstellen konnte, um ans rettende Ufer zu gelangen.

Die Selbstbeherrschung des Pharaos verhinderte, dass die Matrosen in Panik ausbrachen. In einem Moment, als alles verloren schien, gab Ahmose mit ruhiger Stimme seinen Befehl, und alle gehorchten, obwohl sie vor Furcht und Entsetzen zitterten. So konnten sie wenigstens verhindern, dass das Schiff kenterte.

Das Schiff der Königin brach durch eine Wand aus Regen und Blitzen und schob sich allmählich bis auf die Höhe des Schiffs ihres Sohns. Als sie das Seth-Zepter hob und vor der drohenden Masse der Wolken hin und her schwang, ließ die Wucht des Gewitters allmählich nach.

Die Planken des königlichen Schiffes ächzten Unheil verheißend. Noch immer war das Wasser aufgewühlt, und Brecher stürzten über das Deck.

Ahotep las den Text vor, der auf dem Leinenstoff stand: »Der Sternenhimmel gehorcht dir, das Licht ruht auf deinen Schultern.«

Endlich hörte das Schiff auf zu kreiseln und zu schwanken.

Als es anfing zu sinken, konnten sich alle Matrosen und Ahmose durch einen kühnen Sprung auf das Deck des Schiffs der
Königin retten. Sofort band Ahotep den rettenden Stoff um
den Hals ihres Sohns.

Das Unwetter verzog sich. Die Stadt Theben war nahezu
unversehrt geblieben.

24

Die Sicherheitsmaßnahmen rund um die Festung von Auaris waren noch einmal verstärkt worden. Die Zeremonie der
Darbringung der Tribute gebot diese besonderen Maßnahmen
ebenso wie die Abwesenheit von Jannas, und Großschatzmeister Khamudi wollte zeigen, dass er in der Lage war, die
Hauptstadt zu schützen. Türme und Mauern waren dicht an
dicht mit Bogenschützen besetzt, und die Piraten der königlichen Leibwache hatten Order, jede verdächtige Person unverzüglich festzunehmen und unschädlich zu machen.

Die Atmosphäre war gedrückt, als die Gesandten der von
den Hyksos niedergeworfenen Länder samt den mit Geschenken beladenen Trägern das Haupttor der Ringmauer durch-
schritten und unter Bewachung den Empfangssaal des königlichen Palasts betraten.

Der König in seinem weiten, dunkelbraunen Mantel saß auf
dem mit zwei Greifen eingefassten Thronsessel und genoss den
Anblick der schreckensbleichen Mienen seiner Gäste. Sie wagten tatsächlich nicht, zu ihm aufzuschauen. Auch die Schönheit der neuen Wandmalereien im kretischen Stil hatte für sie
etwas Beunruhigendes, als könnten die dargestellten Stiere sich
im nächsten Augenblick auf sie stürzen.

Im Sommer wie im Winter war es eisig an diesem Ort. Von der Person des Königs ging eine solche Kälte aus, dass es der Wärme, die draußen herrschte, nicht gelingen wollte, sich auch in den Innenräumen auszubreiten.

Die Gesandten und ihr Gefolge warfen sich demütig vor Apophis nieder. Dieser Augenblick war ein besonderer Triumph für ihn, denn es war das Bild der uneingeschränkten Macht, die er in seinem riesigen Reich ausübte. Mit der Rechten strich er zärtlich über den Knauf seines Dolchs. Mit dieser Waffe brachte er den Tod über jeden Menschen, den er sich auswählte, wo immer es sei und wann immer er Lust dazu verspürte. Hatten die Pharaonen nicht eben deshalb ihre Macht verspielt, weil sie diesen Aspekt der Herrschaft zu gering geachtet hatten?

Mit einer verächtlichen Geste ließ Apophis die Vertreter seiner Vasallenstaaten sich wieder erheben.

»Ein paar Barbaren aus Anatolien haben versucht, sich gegen uns zu erheben«, erklärte er mit seiner rauen, heiseren Stimme, die die Gesandten im tiefsten Herzen erschauern ließ. »Ich habe Admiral Jannas angewiesen, sie zu vernichten. Wer immer es wagen sollte, diesen Leuten Unterstützung zu gewähren, auf welche Weise auch immer, wird das gleiche Schicksal erleiden. Jetzt aber bin ich bereit, eure Geschenke zu empfangen.«

Zu Füßen des Throns häuften sich Barren von Gold und Silber, Stoffe, wertvolle, elegant geformte Gefäße und Vasen, Tiegel mit Salben und Gewürzen… Doch Apophis' abstoßend hässliches Gesicht wollte sich nicht aufhellen, und die Atmosphäre im Raum blieb gespannt.

Der Gesandte Kretas war der letzte. Mit einer tiefen Verbeugung legte er Goldringe, Silberschalen und Gefäße in Form von Löwenköpfen vor dem Thron nieder.

»Das reicht!«, rief der König zornig aus. »Deine Geschenke

sind ja noch kümmerlicher als die der anderen! Wisst ihr eigentlich, wen ihr hier zu verhöhnen wagt?«

»Herr!«, sagte der Gesandte des Libanon, der demütig vortrat. »Wir haben alles getan, was in unserer Macht stand. Bitte versteht, dass die Kriegsgerüchte sich verheerend auf unseren Handel auswirken. Und dann hatten wir sehr lange schlechtes Wetter, so dass unsere Schiffe nicht auslaufen konnten. Auch der Seehandel hat dieses Jahr sehr gelitten, und unsere Kaufleute haben schwere Verluste hinnehmen müssen.«

»Ich verstehe, ich verstehe… Komm her.«

Der Libanese machte einen kleinen Schritt rückwärts. »Ich, Herr?«

»Du hast mir eine Erklärung gegeben, dafür verdienst du eine Belohnung. Komm her zu mir. Hier, zu meinem Thron.«

Zitternd gehorchte der Mann.

Die Augen der Greifen blitzten, und eine Stichflamme zuckte auf.

Der Libanese schlug die Hände vor sein verbranntes Gesicht. Mit lauten Schmerzensschreien stürzte er zu Boden. Zwischen den Geschenken wälzte er sich hin und her und versuchte das Feuer zu löschen, das seinen Körper verzehrte.

Stumm und wie betäubt vor Entsetzen sah sein Gefolge dem schrecklichen Geschehen zu.

»Das ist die Strafe, die jeden erwartet, der es an der nötigen Ehrerbietung mir gegenüber fehlen lässt«, sagte der König ungerührt. »Du, Gesandter von Kreta, hast du etwas vorzubringen?«

Der Angesprochene, ein älterer, kranker Mann, versuchte, seine Furcht zu bezähmen.

»Wir können Euch nicht mehr darbringen, Herr. Unsere Insel hat im letzten Jahr schwere Unwetter erleiden müssen, und mehrere Stürme haben den Großteil unserer Ernten vernichtet. Zudem haben wir durch ein Feuer einen unserer besten Künstler verloren, wodurch die Werkstätten des ganzen

Landes in Unordnung geraten sind. Sobald sich die Lage wieder bessert, wird unser König, Minos der Große, Euch weitere Tributgeschenke zukommen lassen.«

Einige Augenblicke lang glaubten die Würdenträger der Hyksos, dass diese Erklärung die kalte Wut ihres Königs besänftigt hätte.

Doch Apophis' Stimme hörte sich nicht weniger frostig an, als er sagte:»Du und ihr alle, ihr gießt Hohn und Spott über mich aus. Eure kümmerlichen Gaben beweisen, dass ihr euch weigert, die Abgaben zu leisten, die ihr mir schuldig seid, dass ihr euch gegen mich wendet! Schon morgen werden Truppen in alle Provinzen ausrücken, und diejenigen, die für dieses Verhalten verantwortlich sind, werden hingerichtet, wie sie es verdienen. Was euch betrifft, ihr lächerlichen Hampelmänner, so überlasse ich euch die Wahl eures Todes!«

Mit der großen Axt, die sie so gut zu führen verstand wie ein Holzfäller, hatte Aberia all denen, die dem König die Geschenke der Gesandten überbracht hatten, die Köpfe abgehackt. Zwei Nubier und drei Syrer hatten die Wachen weggestoßen und zu fliehen versucht. Es war Aberia ein ganz besonderes Vergnügen gewesen, ihnen zuerst die Füße abzuschneiden und sie dann zu erwürgen.

Doch damit war der Spaß noch nicht zu Ende: Samt den übrigen hohen Würdenträgern der Hyksos durfte Aberia sich an dem großen Spiel ergötzen, das Apophis sich ausgedacht hatte.

Vor der Festung war ein Viereck auf den Boden gezeichnet worden. Darin gab es abwechselnd zwölf weiße und zwölf schwarze Felder.

Mit auf dem Rücken zusammengebundenen Händen wurden die vierundzwanzig Gesandten gebracht, die die vierundzwanzig Provinzen des Reiches vertraten.

»Ihr werdet losgebunden«, verkündete Apophis, der in einer Sänfte saß und das ganze Schachbrett überblicken konnte, »und ihr werdet Waffen bekommen. Zwölf von euch werden eine Armee bilden, die anderen zwölf sind die Gegner.«

Verblüfft fügten sich die Gesandten in ihr Schicksal.

»Ich selbst werde eine der Armeen befehligen«, fuhr Apophis fort. »Gegen wen werde ich kämpfen?... Gegen dich, mein treuer Khamudi!«

Der Großschatzmeister hätte gern auf dieses Vergnügen verzichtet. Er überlegte schnell. Es gab nur einen Ausweg: Er musste den König gewinnen lassen.

»Tut immer genau das, was ich befehle, und bewegt euch gemäß den Spielregeln«, sagte Apophis. »Wenn einer von euch einen Fehler macht, wird er von den Bogenschützen, die dort bereitstehen, sofort getötet. Ihr seid Spielfiguren, und ihr habt mir und Khamudi zu folgen!«

Ein Erschauern ging durch die Reihen der Gesandten, vom ältesten bis zum jüngsten.

»Der Iraner geht einen Schritt geradeaus, auf das nächste Feld!«, befahl Apophis.

Khamudi setzte ihm den Nubier entgegen, der eine Lanze in der Hand trug.

»Der Iraner soll den Nubier ausschalten!«, entschied der König.

Die beiden Gesandten standen bestürzt voreinander.

»Kämpft! Der Sieger wirft die Leiche des Besiegten aus dem Spielfeld und besetzt seinen Platz.«

Der Iraner verletzte den Nubier am Arm. Der Nubier ließ seine Waffe fallen.

»Er ist besiegt, Herr!«

»Töte ihn, oder du wirst selbst getötet!«

Die Lanze schnellte vor – einmal, zweimal, zehnmal...

Dann trug der Iraner den blutüberströmten Körper fort und stellte sich an die Spitze von Apophis' Spielfiguren.

»Jetzt du, Khamudi.«

Wenn er sich zu leicht schlagen ließ, lief der Großschatzmeister Gefahr, den König zu verärgern.

»Der Syrer soll den Iraner angreifen!«, rief er.

Der Iraner versuchte zu fliehen, doch die Bogenschützen schossen ihre Pfeile auf ihn ab. Sie trafen ihn in beide Beine. Als er am Boden lag, zertrümmerte der Syrer ihm mit einem Hammer den Schädel.

»Vergesst nicht, dass die Sieger am Leben bleiben werden!«, sagte Apophis.

Nach dem ersten Zögern töteten die Gesandten einander in schnell aufeinander folgenden Einzelduellen.

Khamudi machte einige geschickte Züge; das Spiel begann, ihm Spaß zu machen. Schon besaß Apophis nur noch eine einzige Figur, den alten Gesandten aus Kreta. Zutiefst erschüttert, mit verzweifelt umherirrendem Blick stand er auf seinem Platz und hielt krampfhaft seinen blutigen Dolch umklammert, mit dem er drei der anderen Würdenträger getötet hatte.

»Als siegreicher Soldat hast du das Recht weiterzuleben!«, verkündete ihm Apophis.

Der Kreter ließ seine Waffe fallen und verließ taumelnd das Spielfeld.

»Doch weil du ein Verräter bist«, fügte der Herrscher der Hyksos hinzu, »musst du bestraft werden. Ich überlasse dich meiner Freundin Aberia.«

25

Die fünf Männer waren an einem verlassenen Ort an der ägyptischen Küste an Land gegangen, und das Schiff, auf dem sie gekommen waren, entfernte sich rasch. Sie nahmen nicht den Weg nach Sais, sondern ließen das fruchtbare Gebiet des Deltas rasch hinter sich und bewegten sich in Richtung Wüste. Sie trugen Karten bei sich, die zwar nicht besonders genau waren, aber doch eine ausreichende Zahl an Wasserstellen anzeigten, und sie hofften, auf ihrem langen Weg in die Provinz Theben nicht allzu vielen Menschen zu begegnen.

Mehrmals wären sie beinahe aufgehalten worden, sei es von Spähtrupps der Hyksos, sei es von Nomaden oder von Handelskarawanen. Als sie noch etwa die Hälfte des Weges vor sich hatten, fürchteten sie, verdursten zu müssen, weil einer der Brunnen, die auf ihren Karten verzeichnet waren, sich als trocken erwies. Sie mussten sich wieder den Gebieten nähern, wo es bebaute Felder gab; dort konnten sie Feldfrüchte und Obst stehlen, und einmal Schläuche mit Trinkwasser von einem Bauernhof.

Zwei von ihnen überlebten die Strapazen nicht. Der Erste fiel vor Erschöpfung nieder und starb, ohne dass er das Bewusstsein wieder fand; der Zweite wurde von einer Kobra gebissen. Die drei Männer, die noch übrig waren, hatten als gut ausgebildete Soldaten gelernt, sich in feindlichem Gelände zu bewegen. Und doch waren auch sie nach den übergroßen Anstrengungen der langen Reise zu Tode erschöpft.

Sie hatten nur noch eine Stunde Fußmarsch vor sich und waren kurz vor dem Truppenstützpunkt von Theben, als sie in der Wüste mit zwei ägyptischen Wachsoldaten zusammenstießen.

Die drei abgemagerten Männer fielen vor den Thebanern auf die Knie.

»Wir kommen von der Insel Kreta«, erklärte einer von ihnen, »und wir haben eine Nachricht für Königin Ahotep.«

Neshi hatte die drei Männer, die behaupteten, von Minos dem Großen gesandt worden zu sein, einzeln vernommen. Ihre Berichte glichen sich aufs Haar. So stand der Erfüllung ihrer Bitte nichts mehr im Weg.

Gewaschen, rasiert, mit vollem Magen und neuen Kleidern erschienen sie, bewacht von mehreren Soldaten, in einem kleinen Saal des Palasts von Theben, wo die Königin und Pharao Ahmose gerade dabei waren, einen Bericht Herays über die Verwaltung der Armee zu studieren.

»Ich bin Kommandant Linas«, erklärte ein bärtiger Mann mit kantigem Gesicht, »und ich spreche nur mit der Königin von Ägypten.«

»Du und deine beiden Begleiter – verneigt euch vor dem Pharao!«, befahl Ahotep energisch.

Sie sprach mit so viel natürlicher Autorität, dass die drei Kreter wortlos gehorchten.

»Wozu habt ihr diese lange Reise unternommen?«, fragte sie.

»Majestät, die Botschaft des Königs von Kreta ist von größter Vertraulichkeit, und …«

»Meine Wachen werden deine Freunde in ihr Gemach zurückführen. Du bleibst hier. Ich und der Pharao werden dir zuhören.«

Linas, der Befehlshaber des kleinen Trupps, spürte, dass es besser war, sich mit dieser Frau nicht anzulegen.

»Minos der Große hat mich beauftragt, Euch zu einer Reise nach Kreta einzuladen, Majestät. Er wünscht, sich mit Euch über gewisse Dinge zu unterhalten, die für unser Land von ebenso großer Bedeutung sind wie für das Eure.«

»Welche Dinge?«

»Das weiß ich nicht.«

»Hast du keine geschriebenen Botschaften für uns?«

»Nein, keine, Majestät.«

»Warum sollte ich mich zu einem der Hauptverbündeten der Hyksos auf den Weg machen?«

»In Kreta herrschen die Gesetze der Gastfreundschaft. Ihr geht nicht die geringste Gefahr ein. Bei uns ist ein Gast heilig. Minos der Große wird Euch einen überaus würdigen Empfang bereiten, und Ihr habt die Sicherheit, dass Ihr, wie auch immer das Ergebnis Eurer Gespräche ausfällt, unser Land frei und unversehrt verlassen werdet.«

»Wie kannst du mir das versprechen?«

»Ich bin nicht nur Kommandant der kretischen Armee, sondern auch der jüngste Sohn von Minos dem Großen. Und selbstverständlich bleibe ich in Theben, bis Ihr aus Kreta wiederkehrt.«

Neshi, Heray und Qaris waren einhellig der Meinung, dass diese Einladung eine plumpe Falle sei, die Apophis der Königin gestellt hatte. Sobald sie ihr eigenes Gebiet verlassen hätte, würde er sich ihrer bemächtigen und sie töten. Die einzig mögliche Antwort wäre, den Sohn Minos' des Großen mit seinen Begleitern unverzüglich nach Kreta zurückzuschicken.

»Und wenn der Herrscher jener großen Insel es ernst meinte?«, sagte Ahotep nachdenklich. »Kreta ist unzufrieden mit der Herrschaft der Hyksos. Die Kreter sind ein stolzes Volk, und das Land hat eine reiche und sehr alte Kultur. Ihre Beziehungen mit Ägypten sind immer ausgezeichnet gewesen, weil die Pharaonen, anders als Apophis, nicht im Traum daran dachten, Kreta zu unterjochen.«

»Das ist wahr, Majestät«, meldete sich Neshi, »aber wir sind heute in einer Lage…«

»Sehr richtig, diese Lage ist für Kreta ganz und gar nicht günstig! Nehmen wir an, Minos der Große hat Angst, von den Hyksos angegriffen zu werden. Nehmen wir an, er fürchtet, dass Apophis seine blühende Insel verwüsten will. Was kann er tun, außer, sich mit anderen gegen seine Feinde zu verbünden? Trotz seiner zahllosen Versuche, allen Menschen Sand in die Augen zu streuen, ist es Apophis nicht gelungen, unseren Kampf vor der Welt geheim zu halten. Der Widerhall unserer Siege – auch wenn es vorerst nur kleine Siege waren – ist vielleicht bis nach Knossos vorgedrungen. Heute weiß Minos der Große, dass die Hyksos nicht mehr unbesiegbar sind. Wenn Kreta aufsteht, werden andere unterdrückte Länder dem Beispiel folgen, und das Reich wird von innen her auseinander fallen. Das Schicksal bietet uns eine unerwartete Gelegenheit, die wir unbedingt nutzen sollten.«

Ahoteps Gedankengang war verführerisch. Aber der alte Haushofmeister konnte sich für die Sache nicht erwärmen.

»Wenn Minos der Große klug und listig ist, rechnet er damit, dass wir uns auf seinen Vorschlag hin genau so verhalten. Es ist eine tückische Falle! Und sie beweist, dass Apophis nicht aufhört, seine Feinde mit abartigen Schlichen zu täuschen. Es ist ihm bis jetzt nicht gelungen, Euch zu töten, also bedient er sich eines treuen Vasallen, der es versteht, törichte Hoffnungen in Euch zu wecken.«

»Qaris' Stimme ist die Stimme der Vernunft«, sagte Heray mit bestätigendem Kopfnicken.

»Seit dem Tag, an dem ich mich entschlossen habe, gegen die Hyksos zu kämpfen, habe ich nie auf diese Stimme gehört«, sagte die Königin. »Und ihr alle wisst nur zu gut, dass wir diesen Krieg nicht gewinnen werden, wenn wir nichts wagen. Diese Einladung ist das Zeichen, auf das ich die ganze Zeit gewartet habe.«

Qaris wandte sich an Ahmose: »Darf ich den Pharao bitten, die Königin von ihrem gefährlichen Vorhaben abzuhalten?«

»Wenn Ihr von hier verschwindet, Mutter«, erklärte der König mit seinem gewohnten Ernst, »was soll dann aus uns werden?«

»Du bist ordnungsgemäß zum Pharao gekrönt worden, Ahmose«, erwiderte die Königin, »und du herrschst über Ägypten. Zunächst wirst du nach Hafen-des-Kamose gehen, unseren am weitesten vorgelagerten Stützpunkt. Du wirst weiterhin den Widerstand in Memphis unterstützen, so dass die Hyksos sich nur noch im Delta sicher fühlen. Und du wartest auf das Ergebnis meines Treffens mit Minos dem Großen, während du, genau wie in den vergangenen Monaten, dafür sorgst, dass wir genügend neue Schiffe bauen. Wenn es eine Falle ist, wird Apophis sich mit meinem Tod brüsten, und du greifst ihn an. Wenn sich aber der König von Kreta mit uns verbündet, haben wir eine sehr gute Ausgangslage für weitere Kämpfe.«

»Muss ich das so verstehen, Mutter, dass Euer Entschluss bereits gefasst ist?«

Auf Ahoteps Lippen lag ein Lächeln, das ihre erbittertsten Feinde bezaubert hätte.

»Ich habe meinen Entschluss gefasst, weil ich weiß, dass du fähig bist zu regieren, Ahmose.«

Ahmose aber wusste, dass die Abreise der Königin der Freiheit schlimmer wäre als ein militärischer Rückschlag. Und er wusste genauso gut, dass niemand in der Lage war, Ahotep dazu zu bringen, ihre Meinung zu ändern.

»Ich habe Eure Pläne stets gebilligt, Majestät«, sagte Neshi, »doch Ihr müsst auf die Verwirklichung dieses Vorhabens verzichten. Der Grund ist einfach: Es ist unmöglich, nach Kreta zu gelangen. Ihr müsst zuerst Mittelägypten durchqueren, dann das ganze Delta, in dem es von Hyksos wimmelt, und dann müsstet Ihr ein Schiff mit einer erfahrenen Mannschaft finden, was ebenfalls ein Ding der Unmöglichkeit sein dürfte.«

»Es gibt einen anderen Weg. Immerhin haben es die drei Kreter geschafft, zu uns zu kommen.«

»Durch die Wüste… Das ist aufreibend und äußerst gefahrvoll!«

»Ich werde nicht allein gehen«, sagte Ahotep. »Das ganze Vorhaben beansprucht mehrere ägyptische Matrosen und die zwei Begleiter des Sohns von Minos dem Großen, die uns den Weg am besten beschreiben können. Das Schiff werden wir in Einzelteilen zerlegt selbst mitnehmen, bis wir an die Küste kommen, wo wir es wieder zusammensetzen. Dann stechen wir in See.«

»Majestät, das ist wirklich… aber… ich glaube nicht…«

»Ich weiß, Neshi, es ist ein ganz unvernünftiger Plan. Aber ich nehme an, dass er zum Erfolg führt.«

Eine Kleinigkeit gab es noch, die Ahotep irritierte: Möglicherweise war Apophis' Spitzel von dem Unternehmen schon unterrichtet. Das würde dazu führen, dass man die Reise abbrechen musste. Und dann würden die Soldaten der Hyksos dem geplanten Bündnis zwischen Theben und Kreta den Todesstoß versetzen.

26

Der kummervolle Blick Nordwinds wetteiferte mit der Verzweiflung, die sich auf dem Gesicht Lächlers des Jüngeren abzeichnete. Doch Ahotep erhörte die traurige Bitte der beiden nicht. Sie erklärte ihnen, dass die Durchquerung der Wüste und die Fahrt übers Meer viel zu gefährlich für sie seien und dass sie außerdem beide hier in Theben ihre Pflicht zu erfüllen hätten. Nordwind, der Esel, musste die Karawane seiner Artgenossen anführen, um wichtiges militärisches Material zu transportieren, und Lächler der Jüngere musste auf Ahmose aufpassen. Wie sein Vater, Lächler der Ältere, war er ein aufmerksamer und unbeirrbarer Wachhund geworden, der bereit war, im Einsatz für den Pharao sein Leben hinzugeben.

Die beiden treuen Diener taten, als gäben sie sich mit Ahoteps Erklärungen zufrieden.

»Ach, ich wünschte, ihr könntet mitkommen, um mich zu beschützen«, flüsterte sie.

Die Sonne sank, und die Hitze des Tages nahm merklich ab. Der sanfte Nordwind hatte sich erhoben; die Leute, die auf den Feldern gearbeitet hatten, gingen nach Hause, und überall hörte man die zarten Melodien der Hirtenflöten.

Ahotep dachte an ihren Mann und an ihren gefallenen Sohn. Sie wusste, dass sie jetzt an der Tafel der Götter speisten.

»Das Abendessen ist fertig, Majestät«, verkündete Nefertari. »Oh, bitte entschuldigt! Ich habe Euch beim Nachdenken gestört!«

»Ich darf meinen Erinnerungen nicht so lange nachhängen, die Zukunft ist wichtiger!«, sagte Ahotep lächelnd.

Als sie die Große königliche Gemahlin betrachtete, dachte Ahotep, dass Ahmose, der doch bei so vielen Dingen zögerte, Recht gehabt hatte, seiner Eingebung zu folgen, dieses Mädchen zu seiner Frau zu machen. Ausgestattet mit allen Gütern, die das Leben angenehm machten, hatte sie sich, seit sie im Palast lebte, nicht etwa dazu verleiten lassen, sich wie eine verwöhnte reiche Dame dem süßen Nichtstun hinzugeben, sondern gezeigt, dass das Herz einer echten Königin in ihr schlug: Aufs Genaueste erfüllte sie ihre Pflichten und strahlte dabei Ausgeglichenheit und Fürsorge aus; und bei allem, was sie tat, war ihr das Schicksal ihres Landes und ihres Volkes stets wichtiger als das eigene.

»Wenn ich nicht zurückkomme, Nefertari, musst du an der Seite des Pharaos bleiben und mit ihm in den Kampf ziehen. Ohne dein strahlendes Lachen, ohne deine zauberische Macht wird er nicht genug Kraft haben, um die Hyksos zu besiegen. Isis war es, die Osiris zum Leben erweckte, und die Große königliche Gemahlin wird das Feuer der Tat in der Seele des Königs entfachen. Vor allem darfst du deine Zeit nicht mit gemeinen Alltagsdingen vergeuden und dich nicht in Nebensächlichkeiten verlieren.«

Nefertari blickte die Königin mit solchem Ernst und solcher Festigkeit an, dass die Zerbrechlichkeit ihrer Erscheinung nicht mehr ins Gewicht fiel. »Ich werde mich voll und ganz meiner Aufgabe widmen, Majestät«, sagte sie mit fester Stimme.

»Und jetzt gehen wir zum Essen.«

Dank der ägyptischen Soldaten konnte Ahotep ungehindert die Wege zwischen den Oasen benutzen, die einst zur Übermittlung von Nachrichten zwischen Nubiern und Hyksos gedient hatten. Im äußersten Süden schien Prinz Kerma sich, unter ägyptischer Herrschaft, damit zufrieden zu geben, seine Reichtümer und sein ausschweifendes Leben zu genießen. Für ihn war der Krieg anscheinend weit weg. Doch Ahotep blieb vorsichtig. Sie kannte und fürchtete seine kriegerischen Launen, die jederzeit wieder auftreten konnten. Als sie durch die Wüste zog, vorbei an endlosen Sandfeldern und malerischen Felsmassiven, hoffte sie, sich in Kerma zu täuschen, doch auch der Anblick der wilden Schönheiten der Wüste vermochte sie nicht von ihren sorgenvollen Gedanken abzuhalten.

Die Männer plagten sich, doch sie waren so stolz, dass sie ausgewählt worden waren, die Königin der Freiheit zu begleiten, dass sie sich mit den Entbehrungen der Reise schnell abfanden. Nur die beiden Kreter, die wie die anderen ihre Last zu tragen hatten, machten grimmige Gesichter. Das verhältnismäßig gute Essen und der Wein stimmten sie jedoch allmählich heiterer, und während der langen Aufenthalte in den Oasen fanden sie auch ihr Lachen wieder. Bereitwillig antworteten sie auf die Fragen nach den Lebensbedingungen auf Kreta, die die Königin ihnen stellte. In ihrem Land, so sagten sie, spiele und feiere man gern, und wenn jemand traurig sei, so bleibe er es bestimmt nicht lange.

Ahotep blieb jedoch angespannt; auch im Schlaf war sie noch wachsam. Wenn der Spitzel den König wirklich hatte benachrichtigen können, würden die Hyksos sicher das ganze Land nach der Königin absuchen.

Doch es gab keinen Zwischenfall, und der kleine Zug gelangte an die Küste des Mittelmeers, ohne auf einen einzigen feindlichen Spähtrupp zu treffen. Die letzten zweihundert Kilometer waren am schwierigsten gewesen, und alle waren dankbar, dass Wildkatze ihnen Arzneien mitgegeben hatte, die die ärgsten Wunden heilten und ihnen über Schwächephasen hinweghalfen.

Als sie den Sumpfgürtel im Delta erreichten, dachten die Reisenden mit Wehmut an die raue Wüste zurück. Sie mussten fauliges Brackwasser durchwaten, Schlangen wanden sich um ihre Knöchel, und die Mücken zerstachen ihre Gesichter. Aber nie wurden sie wankend in ihrer Überzeugung, dass die magischen Kräfte der Gottesgemahlin, die auch während der schlimmsten Etappen der Reise an ihrer Seite blieb und alle Strapazen mit ihnen teilte, sie vor dem Tod bewahrten.

Und dann entdeckten die Ägypter eine Welt, die ihnen unbekannt gewesen war: Sandstrand, die Brandung, bewegtes, salziges Wasser, so weit das Auge reichte. Die Kreter schlugen vor, in diesem Wasser zu baden, und sie wagten es und fanden es unerwartet schwer und klebrig. Aber es war besser als die trüben Tümpel, die sie so lange durchwatet hatten, und ihre Körper gewöhnten sich schnell daran.

Ahotep erholte sich ein wenig beim Anblick der im Wasser herumtollenden, einander übermütig nass spritzenden Matrosen. Sie waren überglücklich, die Reise bis hierher unbeschadet überstanden zu haben. War das nicht das Zeichen, dass ihre Entscheidung richtig gewesen war?

Doch sie ließ in ihrer Wachsamkeit nicht nach. »Die Dämonen des Meeres sind schrecklicher als die der Wüste«, rief sie ihren Männern während des Essens unter dem Sternenhimmel in Erinnerung. »Wir kennen die Launen des Nils, doch in dieser Unermesslichkeit der grauen Wogen ist mit Überraschungen zu rechnen. Trotzdem – wir werden alle Schwierigkeiten meistern.«

Skeptisch beobachtet von den beiden Kretern, setzten die Matrosen Stück für Stück ihr Schiff zusammen. Es war robust und stabil und sollte für eine lange Reise geeignet sein. Mit seinem doppelten Mast, der Kabine mit flachem Dach, den neuen Segeln, den soliden Riemen und Steuerrudern sah es für ägyptische Augen absolut Vertrauen erweckend aus.

»Wollt ihr wirklich nach Kreta segeln… Mit diesem Ding da?«

»Unsere Vorfahren haben es getan«, erwiderte Ahotep.

»Ihr wisst nicht, was uns auf dem Meer alles erwartet, Majestät! Mit gutem Wind braucht man nicht mehr als drei Tage, um von Kreta bis zur ägyptischen Küste zu gelangen*; aber für den umgekehrten Weg braucht man fast doppelt so lang. Dauernd dreht der Wind, der Wellengang ist hoch, ganz zu schweigen von unerwarteten Stürmen! Der Kiel unseres Schiffs muss den Druck der Wellen wie auch von starken Winden aushalten!«

---

* Etwa fünfhundert Kilometer.

»Unser Kiel ist fest genug.«

»Und… Es wird schlechtes Wetter geben, die Wolken verbergen die Sterne, und dann sind wir verloren!«

»Nicht mit der Karte, die ich habe. Unsere Vorfahren sind oft in Kreta gewesen, sie haben uns wertvolle Schriften über die Schifffahrt hinterlassen. Sie hatten sehr gute seemännische Kenntnisse, die wir uns jetzt zunutze machen. Wisst ihr zum Beispiel, warum die Länge der *duat*, der Welt zwischen dem Himmel und dem Ozean der Unterwelt, genau 3814 *iteru* beträgt, der Maßeinheit, die die früheren Landvermesser benutzten? Weil diese Länge genau dem Umfang der Erde entspricht.* Auch wenn das Meer die meisten Ägypter in Angst und Schrecken versetzt, hatten wir einst große Seefahrer, und wir verstehen durchaus, mit den Tücken dieses großen Gewässers umzugehen.«

»Aber diese Leute hier sind ungeübt!«

»Sie werden genug Gelegenheit haben, sich die notwendige Übung anzueignen!«

Als sie sahen, wie geschickt Ahoteps Matrosen ihr Schiff zu manövrieren verstanden, beruhigten sich die beiden Kreter ein wenig. Doch sie wussten, welche Gefahren sie im Fall eines Sturmes auf dem Mittelmeer erwarteten, und fürchteten, dass die Männer dann in Panik gerieten. In der Nacht kam der Wind immer wieder aus einer anderen Richtung, und am Morgen des dritten Tages war das Meer stark aufgewühlt. Der Kapitän jedoch verlor keineswegs die Ruhe. Er ließ die Segel reffen und veränderte seinen Kurs ein wenig. Die Wendigkeit des Schiffs erwies sich bei allen Manövern als äußerst nützlich, und die

---

* 3814 *iteru* = 39 894,48 Kilometer. Diese Distanz, die in den Gräbern des Tals der Könige aufgezeichnet ist, war wahrscheinlich damals bekannt. (Weiteres zu diesem Thema bei J. Zeidler, »Die Länge der Unterwelt nach ägyptischer Vorstellung«, in: *Göttinger Miszellen*, *156*, 1997.)

Matrosen gewöhnten sich erstaunlich schnell an die veränderten Bedingungen des Segelns auf offenem Meer.

Königin Ahotep sprach Nacht für Nacht mit dem Mondgott, um ihn um eine glückliche Überfahrt zu bitten.

Als der vierte Tag anbrach, trauten die beiden Kreter ihren Augen nicht.

»Unsere Insel, dort… Unsere schöne Heimat!«

»Danken wir Amun, dem Herrn des Windes, und Hathor, der Herrin der Sterne und der Schifffahrt«, sagte Ahotep. »Ohne ihre Hilfe wären wir niemals ans Ziel gelangt.«

Die Königin legte Brot, Wein und ein Fläschchen mit Duftöl auf einen kleinen Opferaltar, vor dem sich alle versammelten.

»Ein Schiff kommt uns entgegen!«, rief der Kapitän.

Vier Kriegsschiffe segelten in schneller Fahrt auf die Ägypter zu.

»Sie glauben, wir kommen in feindlicher Absicht, und wollen uns rammen!«, rief einer der Kreter.

Tatsächlich ließ die rasche Fahrt der Schiffe keinen anderen Gedanken zu.

Ahotep gab Befehl, die Segel einzuholen, und stellte sich an den Bug. Sie stand genau im Schussfeld der Bogenschützen von Minos dem Großen.

27

Khamudi lief in seiner Villa herum wie ein Tiger im Käfig. Er hatte die Zahl der Wachen verstärkt, die für seine Sicherheit sorgen sollten, und doch wagte er sich nicht mehr ins Freie.

»Warum bist du in letzter Zeit so ängstlich?«, fragte Yima,

seine Frau. »Admiral Jannas wird schließlich nicht so weit gehen, unser Haus anzugreifen.«

»Du kennst ihn nicht! Dieser Mann geht über Leichen! Zwischen der Macht und ihm selbst gibt es jetzt nur noch ein Hindernis: mich. Wir beide, er und ich, sind uns dessen nur zu gut bewusst, das kannst du mir glauben.«

»Aber du bist noch immer die rechte Hand des Königs.«

Der Großschatzmeister ließ sich in einen Sessel fallen und stürzte entnervt eine Schale Weißwein hinunter.

»Apophis wird alt. Man kann zusehen, wie er jeden Tag schwächer wird. Seine Gedanken sind nicht mehr klar.«

Yima zeigte sich schockiert. »Zum ersten Mal höre ich dich am König zweifeln!«

»Das sind keine Zweifel, das ist nur eine Feststellung. Wenn wir die Macht der Hyksos, die Macht des Reiches behalten wollen, müssen wir Apophis zur Hand gehen. Und zwar auf eine Weise, wie es bisher noch nicht geschehen ist.«

Yima gab sich am liebsten ihren abartigen Spielen hin; von den Geschäften des Reichs verstand sie nichts. Doch der Missmut ihres Gatten ließ sie befürchten, dass Gefahr drohte. Und das bedeutete, dass man ein paar Dinge verlieren konnte.

»Sind wir… ist unser Besitz… gefährdet?«

»Nein. Der König schenkt mir immer noch sein uneingeschränktes Vertrauen.«

»Aber es kann sein, dass er… es dir entzieht?«

»Jannas hat ihn auf diese verrückte Idee gebracht. Es gibt zwischen uns zu viele Meinungsverschiedenheiten, und der Admiral erträgt es nicht, dass mein Einfluss auf die höheren Beamten so groß ist. Das heißt, er will mich wirklich loswerden.«

Yima fühlte Schwäche in den Knien. »Weißt du das sicher? Oder ist das nur ein Gerücht, das irgendjemand in die Welt gesetzt hat, um dich einzuschüchtern?«

»Ich bin der Sache nachgegangen, habe mich umgehört, und alle Hinweise sprechen dafür, dass Jannas versuchen wird, mich auszuschalten, sobald er aus Asien zurückgekehrt ist.« Yima setzte sich ihrem Mann auf den Schoß und bedeckte sein Gesicht mit nervösen Küssen. »Aber das ist unmöglich, Liebster, das wirst du doch nicht zulassen, dass dieser Mann unsere Zukunft stiehlt!«

»Ich versuche es. Du könntest mir helfen.«

»Wie?«

»Du bist doch mit Tany befreundet, oder nicht?«

»Sie ist eine bösartige alte Frau, verrückt und krank!«

»Immerhin ist sie es gewesen, die veranlasst hat, den Maler Minos zu töten.«

»Ja… aber Jannas ist ein größerer Brocken.«

»Natürlich, aber du könntest Tany davon überzeugen, dass er das Reich in den Untergang treiben wird. Ist nicht die Unfähigkeit des Admirals daran schuld gewesen, dass unsere Hauptstadt von den Ägyptern angegriffen wurde und die Königin ihre Gesundheit verlor? Dieser Admiral ist die Wurzel aller unserer Übel. Wenn wir ihn nicht töten, wird er uns töten. Glaub mir.«

Es dauerte eine Weile, bis Yima begriff. Doch schließlich hatte sie den Gedanken erfasst. »Und wenn Jannas schon längst tot ist? Vielleicht ist er bei den Kämpfen in Asien gestorben…«

»Wir haben gerade eine Nachricht von ihm erhalten. Er wird in einer Woche hier sein und als großer Sieger mit allen militärischen Ehren empfangen werden.«

Gekleidet wie ein gewöhnlicher Soldat und mit seiner alten gestreiften Haube auf dem Kopf, schien Jannas taub zu sein für den Beifall der Menge, die seinen Weg zur Festung säumte. Ohne es zu wissen, feierten die Soldaten und Einwohner von

Auaris einen zweifelhaften Sieg, doch das wusste außer Jannas selbst nur der König.

Wie es der Brauch vorsah, empfing Khamudi, als Sicherheitschef der Stadt, den Admiral mit großem Gepränge. Nach dem offiziellen Teil des Empfangs trat er am Palasttor auf Jannas zu: »Habt Ihr eine gute Reise gehabt?«

»Kann ich sofort den König sprechen?«

»Er hält gerade seine Mittagsruhe und hat mich beauftragt, Euren Bericht entgegenzunehmen und ihn ihm zu übermitteln.«

»Das kommt nicht in Frage.«

»Admiral! Der Brauch will es, dass…«

»Der Brauch? Ich lache über Eure Bräuche, Großschatzmeister. Jetzt bin ich wieder da, und ich werde mich wieder selbst um die Sicherheit der Hauptstadt und des Königs kümmern. Kehrt zurück in Eure Schreibstube, in die Schatzmeisterei und zu Eurem Drogenhandel! Und versucht vor allem nicht, mich am Zutritt zur Festung zu hindern. Ich werde im Empfangssaal warten, bis der König seine Mittagsruhe beendet hat.«

Schäumend vor Wut, entfernte sich Khamudi.

Trotz seiner quälenden Sorgen döste Jannas ein, während er auf den König wartete. Ein eisiger Hauch weckte ihn aus seiner Benommenheit. Vor ihm stand der König.

»Du bist lange fortgewesen, mein Freund. Fehlt es unseren Truppen an Kampfgeist? Haben sie den Geschmack am Siegen verloren?«

»Die Lage ist ernst, Herr.«

»Folge mir.«

Die beiden Männer schlossen sich in dem kleinen Gemach im Inneren der Festung ein, wo sie sicher sein konnten, dass niemand sie belauschte.

»Wie steht es in Asien, Jannas? Sind unsere Provinzen befriedet?«

»Ich habe Tausende von Aufständischen mit ihren Familien getötet, habe ihre Dörfer niederbrennen lassen, ihre Herden geschlachtet. Überall, wo wir hinkamen, haben wir Furcht und Schrecken verbreitet. Jeder weiß jetzt, dass Beleidigungen des Herrschers der Hyksos unbarmherzige Strafen nach sich ziehen.«

»Du hast auf meine Frage noch nicht geantwortet.«

»Keiner wagt es, uns offen anzugreifen, weil es nirgends eine Waffe gibt, die es mit unseren Streitwagen aufnehmen könnte. Leider gibt es die Partisanen. Ich hätte sie ausrotten können mit Stumpf und Stiel, wenn nicht plötzlich diese Krieger aufgetaucht wären, denen es gelungen ist, alle Aufständischen zusammenzufassen, die örtlichen Machthaber hinwegzufegen und eine neue Macht zu festigen. Man nennt sie Hethiter.«

»Warum bist du nicht mit ihnen fertig geworden, Jannas?«

»Weil sie jeden Schlupfwinkel in den Bergen kennen und in der Lage sind, auch unter den widrigsten Umständen zu überleben. Auch wenn sie halb verhungert sind und vor Kälte mit den Zähnen klappern, können sie noch kämpfen wie die Berglöwen, und immer wieder gelingt es ihnen, uns in einen Hinterhalt zu locken. Ich habe ihre Frauen aufgehängt, ihre Kinder zerschmettert, ihre Häuser geschleift… und sie haben sich nicht ergeben. Wenn ich meine Männer in die Schluchten und Höhlen ihrer Berge geschickt hätte, wären sie von vornherein verloren gewesen.«

Die eisige Stimme des Königs senkte sich zu einem bedrohlichen Flüstern: »Also, was schlägst du vor?«

»Ich habe so viele Streitkräfte im Bergland gelassen, dass wir sicher sein können, dass die Hethiter außerhalb ihrer Gebiete nicht übermächtig werden. Auf absehbare Zeit stellen sie keine ernsthafte Gefahr für uns dar. Aber auf meinem Rückweg habe ich noch einmal über die Sache nachgedacht. In Asien die Hethiter – in Ägypten Königin Ahotep; diese beiden Gegner haben manches gemeinsam. Es sind zwei Herde eines Aufstands, der jeden Tag von neuem aufflammen kann. Wir müssen alles daransetzen, den Widerstand zu vernichten, sonst laufen wir Gefahr, dass er noch stärkeren Zulauf gewinnt und am Ende bis in unser Stammgebiet vordringt.«

»Habe ich dich nicht damit beauftragt, genau das zu tun, um das Verhängnis, das du selbst beschreibst, zu verhindern?«

»Mit den mir zur Verfügung stehenden Mitteln habe ich getan, was ich konnte. Mehr war unter den bestehenden Umständen nicht möglich.«

»Das zu beurteilen steht dir nicht zu, Admiral.«

»Ihr könnt mich in Euer Labyrinth werfen oder dem Stier ausliefern, aber durch meinen Tod werden die Schwierigkeiten nicht gelöst werden, vor denen das Reich steht.«

Jannas' Ton gefiel dem König ganz und gar nicht, doch die Stichhaltigkeit seiner Worte musste er anerkennen.

»Was wünschst du also, Admiral?«

»Die volle Befehlsgewalt.«

Apophis verharrte einige endlose Augenblicke lang völlig bewegungslos. »Das musst du mir erklären, Jannas«, sagte er schließlich.

»Der Großschatzmeister hat meine Unternehmungen mehrmals auf die offensichtlichste Weise zu verhindern versucht. Sein Verhalten wird uns schwächen. Khamudi soll sich mit seinem Platz in der Schatzmeisterei zufrieden geben und aufhören, die höheren Offiziere zu bestechen und mit Vergünstigungen und Geschenken auf seine Seite zu ziehen. Ich selbst habe mir folgenden Plan ausgedacht: Wir müssen den größten Teil unserer Streitkräfte – außer einem einzigen Regiment zur Sicherung der Hauptstadt – aufbieten, um so schnell wie möglich drei Ziele zu erreichen: erstens, Memphis vollständig zu zerstören; zweitens, die ägyptische Front zu durchbrechen, Theben zu vernichten und Königin Ahotep samt ihrem Sohn nach Auaris zu bringen – tot oder lebendig; und zum Schluss: die Hethiter auszulöschen und wenn nötig ganz Anatolien dem Erdboden gleichzumachen. Meine Erfolge sind nicht so groß gewesen, wie sie hätten sein sollen, weil Khamudi unter meinen Offizieren Unruhe stiftete. Von nun an darf es keinen Zwist mehr unter uns geben, wir müssen alle Kräfte darauf verwenden, den Feind zu vernichten. Bei allem, was wir tun, müssen wir unsere gesamte militärische Kraft einsetzen. So haben die Hyksos einst ihr Reich erobert, so werden sie es künftig entwickeln und vergrößern.«

Es war dem Admiral klar, dass er mit dieser Rede ein großes Wagnis eingegangen war. Doch als Oberbefehlshaber der Armee konnte er sich nicht länger mit Halbheiten zufrieden geben.

»War das alles, Jannas?«

»Ich habe nichts hinzuzufügen, Herr. Nur das noch: Größe und Ruhm unseres Reiches sind alles, was ich begehre.«

28

Die Kapitäne der kretischen Kriegsschiffe waren bereit, das feindliche Schiff zu rammen und den Bogenschützen den Befehl zum Schießen zu geben, aber der Anblick Ahoteps ließ sie innehalten.

Mit dem goldenen Diadem auf dem Haupt und dem langen roten Gewand, das sie trug, wirkte sie wahrhaft königlich. War das jene Ägypterin, von der man sich erzählte, sie habe dem Vormarsch der Hyksos Einhalt geboten?

Keiner der Matrosen, die mit ihr an Deck erschienen waren, machte irgendeine feindliche Bewegung. Und schließlich erkannte einer der Kapitäne die beiden Landsleute, die mit Winken und Schreien auf sich aufmerksam machten.

Der Angriff wurde gestoppt, und man begnügte sich damit, das ägyptische Schiff bei seiner Einfahrt in den Hafen zu begleiten.

Die beiden Kreter waren die Ersten, die das Schiff verließen. Sie waren glücklich, den festen Boden ihrer Heimat wieder unter den Füßen zu haben, und erklärten einem herbeigeeilten Offizier, dass sie von einem offiziellen Auftrag zurückkehrten und dass Königin Ahotep König Minos zu sprechen wünsche.

Es folgte eine langwierige Auseinandersetzung, deren Ergebnis war, dass die anderen Mitglieder der Mannschaft an Bord bleiben mussten. Das Schiff blieb unter Bewachung in dem kleinen Hafen, in dem Ölkrüge verladen wurden.

Die Königin durfte einen von Ochsen gezogenen Wagen besteigen.

»Nur noch einen Augenblick«, sagte sie.

Dann kehrte sie zum Kai zurück und rief dem Kapitän ihres Schiffs zu, nichts zu unternehmen und geduldig ihre Rückkehr abzuwarten. Sie wandte sich an die beiden Kreter.

»Ich verlange, dass mir die Sicherheit meiner Matrosen gewährleistet wird. Gebt mir euer Wort darauf, dass sie in meiner Abwesenheit gut behandelt und ausreichend ernährt werden. Wenn ihr das nicht tun könnt, reise ich sofort ab.«

Wieder gab es Palaver unter den Kretern, aber am Ende bekam die Königin den Bescheid, dass ihren Männern nichts geschehen werde. In der Zwischenzeit nahm sie die massiven Räder des Wagens in Augenschein. Schon in der ersten Dynastie hatte Ägypten Räder hergestellt, besonders um in unwegsamem Gelände militärisches Gerät zu transportieren, das man brauchte, um libysche Festungswälle zu attackieren. Doch in den Sandwüsten hatte sich diese Transportweise als ungünstig herausgestellt; zur Beförderung von Menschen und Material erwies sich der Weg zu Wasser, auf dem Nil, immer noch als der bequemste und unaufwendigste, und so war das Rad in Ägypten in Vergessenheit geraten. Der Einfall der Hyksos bewies allerdings, dass man daran denken musste, das alte Verfahren wiederzubeleben, und die Königin dachte schon daran, zu diesem Zweck eine besondere Werkstatt in Theben einzurichten – vorausgesetzt natürlich, sie kehrte nach Theben zurück und Minos der Große warf sie nicht ins Gefängnis.

Behaglich zurückgelehnt, entdeckte Ahotep von dem rollenden Wagen aus die Schönheiten der großen Insel. Pinien- und Eichenwälder bedeckten die lieblichen Hügel des Landes. Entlang der Straße, die vom Hafen zur Hauptstadt Knossos führte, standen in regelmäßigen Abständen Wachposten, und kleine Schenken und Herbergen luden die Reisenden zum Verweilen ein.

Nach der Durchquerung eines Viadukts betrachtete Ahotep staunend die majestätische Anhöhe, die das Tal von Kairatos mit seinen vielen Zypressen überragte. In der Ferne erblickte sie einen noch höheren Berg, wellige Hügel und steile Hänge. Wie verschieden war dieses Land von allem, was sie kannte, und wie sehnte sie sich schon nach Ägypten!

Die Stadt Knossos war frei zugänglich. Es gab keine Befestigungen, keine Türme, keine Mauern, nur Gassen, in denen Kaufleute und Handwerker ihren Geschäften nachgingen. Viele Schaulustige liefen zusammen, um die schöne Fremde zu bewundern, die ihnen zulächelte und mit ihrer ganzen Haltung Freundlichkeit ausstrahlte. Die Stimmung wurde bald heiter, und Frauen und Kinder liefen herbei, die die Königin aus jener anderen Welt berühren wollten, weil es hieß, dass sie Glück bringe.

Ordnungskräfte versuchten, die Menge im Zaum zu halten. Ahotep stieg aus ihrem Wagen und zeigte sich allen, die sie sehen wollten. Und sogleich wurden die Leute wieder ruhig, und sie umringten voller Hochachtung diese so schöne und leidenschaftliche Herrscherin.

Zu Fuß, mit Lilien bekränzt und von lächelnden Kindern begleitet, betrat die Königin der Freiheit den Königspalast zu Knossos, und die Wachsoldaten wagten nicht, sie aufzuhalten.

Das imposante Gebäude war von dicken Schutzmauern umringt. Vom Fluss aus sah man nur die allmählich ansteigenden Terrassen, die den großen, etwa sechzig Meter langen und dreißig Meter breiten Hof verbargen. Die Seiten des Vierecks wiesen genau in die vier Himmelsrichtungen. Zu diesem Innenraum hin, wo es während der heißen Jahreszeit angenehm kühl war, öffneten sich längliche Fenster mit hölzernen, rot bemalten Sprossen.

Ein Offizier führte die Königin einen Gang entlang. Die Mauern waren hier mit Beilen und Stierköpfen bemalt.

Der Thronsaal sah weniger kriegerisch aus. Die kretischen Hofmaler, die über eine bemerkenswerte Farbpalette verfügten, hatten die Wände mit bezaubernden Szenen bedeckt. Man sah Blumen pflückende Jünglinge und junge Mädchen, Frauen, die kostbare Gefäße trugen, Katzen, Vögel, Delphine und fliegende Fische. Spiralen und Palmetten zierten die Decken.

Keiner der hohen Würdenträger Kretas fehlte, als die Königin den Saal betrat, und aller Augen richteten sich auf sie.

Die Männer waren bartlos und trugen kurze, bunte und gewickelte Schurze. Ihre Frisuren waren äußerst gepflegt; sie bestanden aus langen, gewellten Strähnen, die sich mit kürzeren Locken abwechselten; über der Stirn prangten spiralig gedrehte Locken. Manche von ihnen trugen Knöpfstiefel aus Leder oder Wadenstrümpfe.

Die Frauen trugen die elegantesten Kleider nach der allerneuesten Mode. Man sah lange und kurze Röcke, Röcke mit farbigen Einfassungen, durchsichtige Oberteile, Goldschmuck,

Ketten aus Achat oder Karneol, kurz: überall zeigte sich der Geschmack der Kreter an Pracht und Raffinesse.

Doch Ahotep stellte sie alle in den Schatten. Sie trug ein schlichtes Gewand aus blütenweißem Leinen und ihr traditionelles Golddiadem und hatte sich nur leicht geschminkt, doch alle waren geblendet von der Vollkommenheit ihrer Gestalt.

Sie erblickte den Thron aus behauenem Stein mit hoher Rückenlehne, von zwei gemalten Greifen flankiert, und den Ehrfurcht gebietenden bärtigen alten Mann, der darauf saß. In seiner Rechten hielt er ein Zepter; in der Linken die Doppelaxt, Symbol des Blitzes, der seine Gegner zerschmetterte.

»Majestät! Pharao Ahmose übermittelt Euch seinen Gruß! Er wünscht Euch und Eurem Land Gesundheit und Wohlergehen auf immer.«

Minos der Große sah Ahotep prüfend an.

Also gab es sie tatsächlich, und sie war hier, in seinem Palast, allein und ohne Armee, ihm ausgeliefert. Er konnte sie festnehmen lassen und sie Apophis übergeben, er konnte sie hinrichten lassen und ihren Kopf den Hyksos schicken.

Die Entscheidung des Königs überraschte den Hof. »Kommt und nehmt Platz zu meiner Rechten, Königin von Ägypten!«, forderte er Ahotep auf.

Seit seine Gemahlin gestorben war, interessierte sich Minos nicht mehr für Frauen. Es entsprach ganz und gar nicht dem Brauch, dass er einer fremden Herrscherin eine solche Ehre einräumte, und er wusste, dass er mit seinem Verhalten gewisse Leute des Hofes schockierte. Doch als Ahotep sich setzte – auf einen hölzernen, mit geometrischen Figuren verzierten Thronsessel –, vergaßen all diese Leute, dass sie eben noch den Kopf geschüttelt hatten.

Leutselig beugte sich der König zu ihr. »Kann sich dieser Palast mit dem von Theben messen?«

»Euer Palast ist viel größer, stabiler gebaut, und die Malereien sind schöner.«

»Aber es heißt, die Ägypter seien unvergleichliche Baumeister«, sagte der König erstaunt.

»Unsere Vorfahren bauten tatsächlich die wunderbarsten Gebäude. Verglichen mit ihnen, sind wir Heutigen nur Zwerge. Aber wir führen Krieg, und was jetzt zählt, ist einzig die Befreiung meines Landes. Wenn das Schicksal es so will, werden wir später alles neu bauen, nach dem Vorbild dessen, was uns die Vorfahren hinterlassen haben. Möge das Unglück, das unser Land getroffen hat, Eurer Insel erspart bleiben.«

Für diesen einfachen Satz hätte Minos der Große, Vasall des Königs der Hyksos, die Aufwieglerin ins Gefängnis werfen lassen können.

»Was haltet Ihr von meinem Hof?«, fragte er sie.

»Es ist ein Hof voller Glanz, voller Schönheit und Anmut. Und ich sehe nirgends einen Hyksos.«

Nach Meinung der meisten anwesenden Würdenträger überschritt Königin Ahotep die ihr gesetzte Grenze. Doch Minos der Große blieb gelassen.

»Eure Reise war nicht allzu anstrengend, hoffe ich?«

»Glücklicherweise ist das Meer ruhig gewesen.«

»Mein Volk liebt Musik, Tanz und Spiele. Ich lade Euch zu einem Festmahl ein, das zu Euren Ehren abgehalten werden soll.«

Der König erhob sich, und Ahotep folgte seinem Beispiel. Seite an Seite verließen die beiden Monarchen den Thronsaal und begaben sich in einen Garten, wo lange Tische auf sie warteten, beladen mit Blumen, Obst und Speisen aller Art.

29

Nach dem Ende des verschwenderischen Mahls begab sich der Hof zu der Arena, wo Akrobaten und Tänzer ihre Künste vorführten, um die Gäste auf den Höhepunkt des Abend einzustimmen: das Spiel mit dem Stier.

In dem weiten, steinernen Halbrund war ein schwarzes Ungetüm aufgetaucht, nicht unähnlich jenen Wildstieren Ägyptens, die von erfahrenen Jägern als die fürchterlichsten Wesen der Schöpfung angesehen wurden.

Die leichtfüßigen und geschickten Athleten mussten zunächst den Zorn des Tieres anfachen, das sich mit gesenkten Hörnern auf sie stürzte. Im letzten Moment ergriffen sie beherzt die Hörner, sprangen federnd ab, schwangen sich über seinen Rücken und trafen leichtfüßig hinter ihm wieder auf der Erde auf.

Bei jedem Sprung ging ein Schauder durch das Publikum, doch die jungen Männer waren äußerst geschickt – keiner von ihnen bekam auch nur eine Schramme ab.

»Was passiert mit dem Stier, wenn das Schauspiel zu Ende ist?«, fragte Ahotep Minos den Großen, der neben ihr saß.

»Wir lassen ihn frei. Ein so edles Tier – die Verkörperung der königlichen Macht – zu töten, wäre grausam.«

»Was bedeutet die seltsame Zeichnung auf der Mauer dort?«

»Das ist das Labyrinth. Das Zeichen steht mit dem Stier in engem Zusammenhang. Es wurde einst in der Nähe von Knossos gebaut und war die Wohnung eines schrecklichen Ungeheuers, des Minotaurus. Dank eines Fadens, der ihm von Ariadne geschenkt wurde, betrat der große Theseus das Labyrinth, tötete den Minotaurus und fand den Weg zurück, ohne sich zu verirren.«

»Glaubt Ihr, Majestät, dass ein solcher Ariadnefaden auch zu einer Verbindung zwischen unseren beiden Ländern führen könnte?«

Minos der Große kratzte sich den Bart. »Wenn ich Euch recht verstehe, seid Ihr der Zerstreuungen müde und wollt Euch den wirklich wichtigen Fragen widmen.«

»Ägypten befindet sich im Krieg. Der Empfang, den Ihr mir bereitet habt, ist großartig, doch ich habe keine Zeit, lange um den heißen Brei herumzureden.«

Das Zögern des Königs von Kreta wirkte bedrohlich. »Wie Ihr wollt«, sagte er schließlich. »Lassen wir dem Hof sein Vergnügen und ziehen uns in meine Gemächer zurück.«

Der alte Mann hinkte etwas, doch seine Lebenskraft schien ungebrochen. Ahotep war froh, mit einem echten Herrscher verhandeln zu können.

Er begab sich mit der Königin in einen Arbeitsraum, der mit ländlichen Szenen ausgemalt war. Auf Regalen waren beschriftete Holztafeln gestapelt.

»Wie schwer es ist, ein Land zu verwalten!«, seufzte Minos. »Wenn man nur einen Augenblick nachlässt, droht schon das Durcheinander.«

»Ist es nicht noch viel schwieriger, wenn man einem Gewaltherrscher wie Apophis Rechenschaft schuldig ist?«

Der König goss roten Wein in zwei silberne Schalen, gab eine davon Ahotep und setzte sich in einen bequemen Sessel, während Ahotep auf einer mit einem farbig gemusterten Stoff gepolsterten Bank Platz nahm.

»Wie geht es meinem Sohn Linas?«

»Als ich Theben verließ, war er wohlauf. Er schien an unserer bescheidenen Hauptstadt Gefallen zu finden. Wohlgemerkt: Er ist es selbst gewesen, der entschieden hat, in Ägypten zu bleiben, bis ich zurückkehre.«

»Das hatten wir so abgesprochen. Wenn ich Euch keine

gleichwertige Sicherheit gegeben hätte – wärt Ihr dann zu mir nach Kreta gekommen?«

»Er ist nicht Euer Sohn – habe ich Recht?«

Der König wagte nicht, seiner Gesprächspartnerin ins Gesicht zu sehen.

»Nein... Ja, Ihr habt Recht.«

»Darf ich jetzt den Grund für Eure Einladung erfahren?«

»Ich, ein treuer Vasall der Hyksos – ich empfange auf meiner Insel ihre geschworene Feindin... Warum seid Ihr vor einer so plumpen Falle nicht zurückgeschreckt?«

»Weil es keine Falle ist. Ihr wisst, dass die Hyksos Euch vernichten wollen und dass Ihr nicht allein gegen sie zu Felde ziehen könnt. So seid Ihr auf den Gedanken gekommen, Euch mit Ägypten zu verbünden.«

Minos der Große bedachte Ahotep mit einem langen, nachdenklichen Blick. »Welche übermächtige Kraft verleitet Euch dazu, dem König der Hyksos die Stirn zu bieten?«

»Nur der Wunsch, frei zu sein.«

»Und Ihr gebt niemals auf?«

»Mein Mann ist im Kampf gefallen, ebenso mein ältester Sohn, und heute ist mein jüngerer Sohn Pharao. Er ist entschlossen, den Kampf fortzusetzen, auch wenn die Aussicht auf Erfolg nicht besser steht als eins zu zehn. Unsere Zimmerleute verstehen ihr Handwerk, deshalb kann unsere Kriegsmarine sich heute mit der der Hyksos messen.«

»Auf dem Festland wird Eure Armee von ihren Streitwagen überrannt!«

»Gegen diese Waffe haben wir bis heute noch kein Gegenmittel gefunden, so viel ist wahr, aber ich bin überzeugt, dass wir es noch finden werden.«

Der König sank tiefer in seinen Sessel.

»Tjarudjet, die Schwester des Königs, ist nach Knossos gekommen, um mich wissen zu lassen, dass ihr Geliebter, ein kretischer Maler, den ich sehr hoch schätzte, auf Apophis' Befehl hin ermordet wurde. Aus Rache hat sie mir zwei Geheimnisse enthüllt. Zuerst versicherte sie mir, dass es Euch wirklich gibt und dass es stimmt, was man sich über Eure Erfolge auf dem Schlachtfeld erzählt.«

»Mein Sohn Kamose hat Auaris angegriffen, die Hauptstadt der Hyksos, und unseren vereinten Streitkräften ist es gelungen, einen von Admiral Jannas persönlich geführten Angriff gegen uns zurückzuschlagen. Heute halten wir Oberägypten, was König Apophis der Welt mit allen Mitteln zu verheimlichen sucht.«

»Unsere Handelsmarine könnte dazu beitragen, die Wahrheit in zahlreichen Ländern zu verbreiten.«

»Dann würden Apophis' Vasallen erfahren, dass er nicht unbesiegbar ist, und der Geist des Aufstands würde sich überall verbreiten.«

»Seid nicht allzu zuversichtlich, Ahotep! Denn nicht jedermann verfügt über Euren Wagemut. Trotzdem – die Nachricht könnte zu einer Erschütterung des ganzen Reiches führen.«

»Seid Ihr entschlossen zu handeln, Minos?«

»Zunächst muss ich Euch das zweite Geheimnis verraten: Zwischen den beiden wichtigsten Vertretern von König Apophis im Reich, Admiral Jannas und Großschatzmeister Khamudi, herrscht eine tiefe Feindschaft. Die beiden Männer hassen einander. Früher oder später wird ihr Zwist ans Tageslicht kommen, und das wird zu einer Schwächung der Herrschaft führen. Apophis wird allmählich älter, der Kampf um die Nachfolge zeichnet sich ab. Wer wird ihn gewinnen?«

»Das soll uns nicht kümmern«, sagte die Königin. »Wichtig ist, dass wir uns den Umstand zunutze machen. Sobald einer von ihnen die Oberhand gewonnen hat, wird er noch gewalttätiger auftreten als Apophis. Wir müssen also eingreifen, bevor er die Macht ergreift.«

»Kreta ist sehr weit von Ägypten entfernt. Ich muss zuallererst an mein eigenes Land denken.«

»Wenn Ihr nicht an meiner Seite kämpft, kann ich dann wenigstens darauf zählen, dass Ihr Euch still verhaltet?«

»So etwas erfordert reifliches Nachdenken. Wie auch immer ich mich entscheide – die Folgen werden einschneidend sein.«

»Es bleibt Euch nur noch eine Möglichkeit, Minos: Ihr müsst meine Herrschaft über die Inseln des Mittelmeerraums, namentlich die Eure, anerkennen. Als Königin schulde ich Euch Schutz – und Apophis' Zorn wird sich gegen mich, mich allein, richten.«

Minos lächelte flüchtig. »Werdet Ihr nicht noch größere Forderungen stellen als der König der Hyksos?«

»Meine einzige Forderung wird sein, dass Ihr mir Euer Wort darauf gebt, mich nicht zu verraten. Ihr bleibt König von Kreta, Euer Land wird seine Unabhängigkeit bewahren, wir tauschen Gesandte und Geschenke aus.«

»Es gibt eine andere Lösung, Ahotep. Ich bin Witwer, mein Land hat keine Königin. Hier werdet Ihr in Sicherheit sein, und mein Volk wird Euch hoch verehren.«

»Ich bin und bleibe einem einzigen Mann in Treue verbunden, Pharao Seqen. Als Gottesgemahlin muss es mein Bestreben sein, die Macht des Königs von Ägypten zu vergrößern und dafür zu sorgen, dass der Segen Amuns auf ihm ruht. Mein Platz ist im Herzen meiner Armee. Wenn ich hier bliebe und es mir bei Euch bequem machte, wäre das eine Handlung von unverzeihlicher Feigheit. Ich bitte Euch daher, Minos, meine Herrschaft anzuerkennen. Ihr müsst ferner sicherstellen, dass sich die Wahrheit im ganzen Mittelmeer verbreitet, Ihr dürft den Hyksos keine Unterstützung mehr gewähren, und Ihr müsst Eure Insel auf einen Angriff von Jannas' Flotte vorbereiten.«

»Das sind wahrlich keine einfachen Maßregeln, Ahotep!«

»Es sind die Maßregeln, die erforderlich sind. Es sind Eure eigenen Maßregeln – nicht wahr?«

Minos der Große antwortete nicht.

»Was ist aus Tjarudjet geworden?«, fragte die Königin.

»Sie hat sich ertränkt. Ein unglücklicher Zufall. Es ist Zeit, dass Ihr Euch zur Ruhe begebt, Ahotep.«

»Wann kann ich mit einer Antwort rechnen?«

»Wenn es Zeit ist.«

Die Gemächer, die man für die Königin von Ägypten vorbereitet hatte, waren prunkvoll. Es gab schön gearbeitete Möbel aus Holz, einen Baderaum und Toiletten mit Holzsitz, die mit der unter dem Palast angelegten Abwasserleitung verbunden waren. Auf einem Marmortisch standen kunstvoll verzierte Gefäße, Vasen mit Blumen und Krüge mit Wasser, Wein und Bier. Das Bett war weich gepolstert.

Ahotep streckte sich aus und fragte sich dabei, ob sie aus dieser höchst komfortablen Gefängniszelle je wieder freikommen würde.

30

Tut mir Leid«, sagte der Kommandant der Wache. »Der König ist krank und wird heute niemanden empfangen.«

»Nicht einmal mich?«, fragte Khamudi verblüfft.

»Ich habe strengste Anweisungen, Großschatzmeister: niemanden.«

Es war das erste Mal, dass Khamudi so vor den Kopf gestoßen wurde. Natürlich würde auch Jannas nicht beim König vorgelassen werden, doch die langjährige bevorzugte Behandlung des Großschatzmeisters schien es plötzlich nicht mehr zu geben.

Verunsichert befragte Khamudi einige Vertraute: Wie lange hatte die letzte Unterredung zwischen Apophis und Jannas gedauert? Über eine Stunde! Gewöhnlich gab der König kurze Befehle. Diesmal hatte es offenbar ein längeres Gespräch zwischen den beiden Männern gegeben.

Als Khamudi nachfragte, hieß es, der Admiral habe die höchsten Offiziere zu sich gerufen. Das bedeutete: Er hatte den Generalstab einberufen, ohne den Großschatzmeister dazu einzuladen.

Khamudi befand sich am Rand einer Nervenkrise, als er wieder zu Hause eintraf.

»Du bist schon zurück?«, sagte Yima kokett. »Wegen mir? Dann komm, Liebling, ich werde...«

»Wir sind in Gefahr.«

Yima sank in einen Sessel. »Wer... Von wem werden wir bedroht?«

»Ich bin davon überzeugt, dass Jannas den König gebeten hat, ihm in allem freie Hand zu lassen.«

»Bestimmt hat Apophis diese Bitte zurückgewiesen!«

»Ich fürchte, nein. Er weigert sich, mich vorzulassen, während der Admiral sich mit seinen Generälen bespricht.«

»Du wirst über alles unterrichtet werden.«

»Ja, aber es wird zu spät sein. Ich denke, ich weiß, worum es diesmal geht: um den Krieg in ganz Ägypten und in Asien. Er will alles auf eine Karte setzen, alle unsere Kräfte einsetzen. Wenn ich Recht habe, heißt das, dass die Rolle, die ich zu spielen habe, auf ein Mindestmaß beschränkt werden wird; oder dass man mich zu töten versucht, weil ich den Plänen des Admirals nicht zugestimmt habe. Sehr bald werden seine Häscher kommen und uns festnehmen.«

»Wir müssen fliehen!«

»Das ist völlig nutzlos. Jannas hat sicher seine Männer an allen Toren von Auaris aufgestellt. Und wohin sollten wir uns wenden?«

»Du musst dir gewaltsam beim König Zugang verschaffen!«

»Unmöglich.«

»Aber… was sollen wir denn machen?«

»Wir müssen mit den Waffen kämpfen, die uns gemäß sind. Hast du Tany davon überzeugt, dass Admiral Jannas nicht fähig gewesen ist, die Hauptstadt zu verteidigen, dass er also schuld ist an ihrem schlechten Gesundheitszustand?«

»Ja, ja!«

»Geh zur ihr. Erkläre ihr, dass dieser Wahnsinnige an allen Fronten Krieg führen will, ohne an die Hauptstadt zu denken. Zur Bewachung von Auaris ist nur die königliche Wache vorgesehen. Wenn die Ägypter zurückkommen, werden sie ohne große Mühe die Festung erobern. Tany wird gefangen genommen und gefoltert.«

Ohne sich Zeit zu nehmen, ihre Schminke zu erneuern, und ohne die Kleider zu wechseln, eilte Yima zur Königin.

Die Generäle hatten der von Jannas vorgeschlagenen Vorgehensweise vorbehaltlos zugestimmt. Man durfte es den Aufständischen, Asiaten wie Ägyptern, nicht länger erlauben, dem Reich solche Schläge zu versetzen. Man musste sie aufs Haupt schlagen, um zu zeigen, dass die Armee der Hyksos nichts von ihrer Schlagkraft verloren hatte.

Selbst jene Offiziere, die von Khamudi gekauft worden waren, hatten sich der Sache des Admirals angeschlossen.

Man kam überein, den Großschatzmeister in den nächsten Tagen festzunehmen. Er sollte in eines der beiden Lager geschickt werden, auf die er so stolz war.

Als Jannas an die unabwendbare Verkettung der Ereignisse dachte, verfinsterte sich seine Miene. Ja, er handelte jetzt als rechtmäßiger Oberbefehlshaber der Streitkräfte, doch Apophis' ausdrückliche Zustimmung fehlte noch immer. Als Soldat hatte er ihm immer gehorcht, und jetzt störte es ihn, dass er sich auf schwankendem Grund bewegte. Er musste Apophis' ausdrücklichen Befehl erhalten! Und er würde ihn so lange bestürmen, bis er ihn hatte. Der König wusste sehr wohl, dass er ihm diesen Gefallen nicht mehr allzu lange verweigern konnte.

Und doch wehrt sich der alte Mann offensichtlich immer noch, die Lage so zu sehen, wie sie ist, dachte Jannas. Sein Schweigen würde dem Reich der Hyksos noch schweren Schaden zufügen... er musste es retten! Wenn Apophis sich noch länger sträubte, würde er nicht umhin können, sich seiner zu entledigen.

Sein Adjutant trat ein und störte ihn in seinen finsteren Gedanken.

»Admiral, draußen ist alles in Aufruhr! Man behauptet, Ihr hättet Eure Dienerschaft enthaupten und ihre Leichen im Tempel Seths opfern lassen, um im Krieg siegreich zu sein!«

»Das ist völlig abwegig!«

»Großschatzmeister Khamudi hat Euch des Mordes angeklagt.«

»Wir gehen sofort in mein Haus, um mit diesen Verdächtigungen aufzuräumen.«

Flankiert von seiner Leibwache, begab sich Jannas unverzüglich in seine Diensträume.

Der Soldat, der die Aufgabe hatte, den Eingang zu bewachen, war verschwunden.

Gemäß den Anweisungen des Königs hatte Jannas seinen Garten durch einen mit Sand bestreuten leeren Raum ersetzen lassen. Gärten, so hatte Apophis verfügt, verweichlichten die Soldaten.

»Verteilt euch rund um das Haus«, befahl Jannas seinen Männern.

Der Adjutant blieb in der Nähe.

Die Vordertür stand sperrangelweit offen.

Der Admiral rief seinen Verwalter. Keine Antwort. Als er die Vorhalle betrat, sah Jannas, was geschehen war: Der Verwalter lag erstochen auf dem Boden. Die Blutlache war noch warm.

»Die Mörder haben eben erst das Haus verlassen«, stellte der Adjutant fest.

Jannas, der schon so viele Menschen grausam niedergemetzelt hatte, war entsetzt und hilflos. Nie hatte er damit gerechnet, dass man ihn und seine Leute in seinem eigenen Haus angreifen konnte.

Unsicheren Schrittes durchquerte er die Vorhalle und betrat den Empfangssaal. Auf einem Stuhl lag in seltsam verkrümmter Haltung eine Zofe. Zu ihren Füßen ihr abgeschnittener Kopf. Nicht weit davon die entkleideten Leichen seiner Köchin und eines Leibdieners. Die blutigen Köpfe auf ihren nackten Bäuchen.

Der Adjutant übergab sich.

Wie betäubt und zitternd öffnete Jannas die Tür zu seinem Arbeitsgemach. Sein Sekretär war mit Axthieben getötet worden, sein Kopf thronte auf einem hölzernen Gestell. »Ich suche das Haus ab«, sagte Jannas zu seinem Adjutanten. »Du siehst nach, ob die Leute draußen irgendjemanden gefunden haben. Wenn nicht, sollen sie hierher kommen.«

Im Gemach des Admirals lagen die Leichen der drei letzten Dienerinnen. Auch sie waren enthauptet worden. Bett, Stühle und Mauern waren blutbespritzt.

Kein Mitglied seines Haushalts war verschont worden.

Jannas griff nach einem Gefäß mit frischem Wasser und goss es sich über den Kopf. Dann verließ er das Haus und rief seinen Adjutanten. Da er keine Antwort erhielt, machte er ein paar Schritte in Richtung der Rückseite des Hauses und stieß gegen einen seiner Soldaten, dem ein Pfeil im Nacken steckte. Nach ein paar weiteren Schritten entdeckte er den Adjutanten, der auf dieselbe Weise getötet worden war. Etwas weiter entfernt, der Rest seiner Leibwachen.

Endlich begriff Jannas, dass er fliehen musste, doch schon legten sich zwei riesige Hände um seinen Hals. Er holte aus und stieß seine Ellbogen tief in den Bauch des Gegners hinter ihm – doch Aberia ertrug den Schlag, ohne ihren Griff auch nur einen Millimeter zu lockern.

»Niemand ist stärker als der König«, flüsterte sie ihm ins Ohr, während sie ihn langsam grausam erwürgte. »Du hast es gewagt, mit ihm zu wetteifern, Jannas! Deshalb verdienst du den Tod.«

Der Admiral bot seine letzten Kräfte auf, um sich aus Aberias eisernem Griff zu befreien – umsonst. Mit zerdrücktem Kehlkopf starb er. Seine letzten Worte galten Apophis, den er verfluchte.

»Das wäre geschafft«, sagte Aberia zum Großschatzmeister. Für die Morde an der Dienerschaft des Admirals hatte Khamudi zypriotische Seeräuber angeheuert.

»Du musst ihm ein Fleischmesser in den Bauch rammen«, sagte Khamudi. »Nach außen hin wird es einer der Küchenhelfer gewesen sein, der ihn ermordet hat, um ihn zu berauben.«

31

Ahotep war gerade eingeschlafen, als ihr Bett so stark zu schwanken anfing, dass sie fast herausgefallen wäre. Die Möbel wackelten, eine Vase fiel zu Boden und zerbrach. Es wurde einen Moment still – dann gab es eine zweite Erschütterung, noch stärker als die erste. Es gelang der Königin, auf die Füße zu kommen. In der Decke ihres Zimmers klafften breite Risse. Draußen hörte sie Schreie.

Sie versuchte, die Tür zu öffnen – doch sie war von außen verschlossen.

»Macht die Tür auf! Sofort!«

»Majestät, wir haben Befehl…«, war ein Mann mit verlegener Stimme zu hören.

»Öffnet diese Tür, oder ich trete sie ein!«

Der Mann, der sie schließlich befreite, war kein gewöhnlicher Wachsoldat. Als persönlicher Schreiber von Minos dem Großen sprach er, wie der König selbst, ein ausgezeichnetes Ägyptisch.

»Bin ich Eure Gefangene?«

»Nein, ganz und gar nicht, aber Eure Sicherheit…«

»Ich bitte Euch – macht Euch nicht über mich lustig! Sagt mir die Wahrheit!«

Der Mann gab auf. »König Minos ist zum heiligen Berg gegangen«, sagte er. »Dort will er das Stierorakel in der Grotte der Mysterien befragen. Normalerweise sucht er es nur alle neun Jahre auf. Jetzt steht er aber vor einer so schwierigen Entscheidung, dass er sich über den Brauch hinweggesetzt hat – was sehr große Gefahren mit sich bringt. Manchmal kehrt ein Herrscher aus der Grotte nicht zurück, und wir müssen uns einen neuen König suchen. Bei Hof glauben viele Leute, dass Minos einem doppelten Irrtum erlegen sei: indem er Euch nach Knossos einlud und indem er sich jetzt auch noch dem Orakel ausliefert.«

»Die Mehrzahl der kretischen Würdenträger steht auf Seiten der Hyksos, nicht wahr?«

»Sagen wir lieber, dass sie den Zorn Apophis' fürchten. Euer Erscheinen hat mehr als einen von uns davon überzeugt, dass wir umdenken müssen, doch es gibt immer noch ein paar Unbelehrbare, die eine nicht geringe Gefährdung darstellen. Der

König hat mich beauftragt, in seiner Abwesenheit über Euch zu wachen, und ich glaube, die beste Lösung besteht darin, Euch in Eurem Gemach einzuschließen. Tag und Nacht steht ein Soldat vor der Tür.«

»Wann wird Minos der Große zurück sein?«

»Das Befragen des Orakels dauert neun Tage.«

»Und... wenn er nicht zurückkehrt?«

Dem Schreiber war diese Frage offensichtlich ein wenig peinlich. »Das würde eine Tragödie für Kreta bedeuten. Sicher würde es schreckliche Kämpfe um seine Nachfolge geben, und ich fürchte, dass die besten Erfolgsaussichten bei den Anhängern der Hyksos liegen.«

»Gut. Dann dürft Ihr mich nicht länger einsperren. Ich muss mich frei bewegen können.«

»Wie Ihr wollt. Aber ich bitte Euch, diesen Flügel des Palasts nicht zu verlassen. Hier sind alle Leute auf unserer Seite.«

»Einverstanden.«

»Eure Nahrung und Eure Getränke werden von meinem eigenen Koch geprüft. Ihr könnt also ohne Angst essen und trinken. Außerdem sollt Ihr wissen, dass ich nichts sehnlicher wünsche als Minos' baldige Rückkehr und die Verwirklichung Eurer Pläne.«

»Gibt es oft solche Erdbeben bei Euch?«

»In den letzten beiden Jahren traten sie häufig auf. Es gibt Leute, die sie auf den Zorn eines Vulkans zurückführen, dessen Heiligkeit die Hyksos verletzt haben, indem sie in der Gegend dort zypriotische Seeräuber niedermetzelten. Die Erdstöße sind gewaltig, aber sie verursachen keine großen Schäden. Der Palast von Knossos ist so sicher, dass Ihr ganz beruhigt sein könnt.«

»Ich würde mich gern täglich mit Euch über die Entwicklung der Lage unterhalten.«

»Wie Ihr wünscht, Majestät.«

Unter den ägyptischen Matrosen, die sich immer noch in dem kleinen kretischen Hafen aufhielten, wo hauptsächlich Krüge mit Öl und Oliven gelagert wurden, herrschte keineswegs Zuversicht. Zwischen ihnen und den Bewohnern des Hafenorts gab es keinerlei Berührung. Soldaten brachten ihnen zweimal am Tag das Essen und Krüge mit frischem Wasser. Weder Wein noch Bier.

Sie durften keine größeren Landausflüge machen. Einmal versuchte der Kapitän, den Hafen zu verlassen, und wurde am Ende einer Gasse von lanzenbewehrten Männern aufgehalten. Er musste unverzüglich zu seinem Schiff zurück.

»Mit diesen Leuten kann man sich einfach nicht verstehen«, sagte der Bootsmann.

»Früher, vor dem Einfall der Hyksos, haben wir mit ihnen Handel getrieben«, erwiderte der Kapitän.

»Heute sind es unsere Feinde!«

»Königin Ahotep wird es vielleicht gelingen, dass sie sich mit uns verbünden. Es wäre nicht das erste Wunder, das sie wirkt.«

»Träum nicht, Kapitän: Kreta ist und bleibt ein treuer Vasall der Hyksos. Wenn die Insel von ihm abfällt, wird Admiral Jannas kommen und all ihre schönen Dörfer und Paläste dem Erdboden gleichmachen.«

»Lass mich doch ein wenig träumen!«

»Du solltest dich an die Tatsachen halten. Jetzt liegen wir schon zehn Tage hier vor Anker, dürfen nicht an Land und haben von der Königin noch kein Wort gehört. *Das* ist die Lage!«

»Worauf willst du hinaus?«

»Ich glaube, Ahotep ist tot oder gefangen genommen worden. Sehr bald werden die Kreter kommen und uns zeigen, wie gut sie mit dem Schwert umgehen können. Wir müssen so schnell wie möglich absegeln!«

»Was ist mit den Tauen, die uns hier festhalten?«

»Wir haben zwei sehr gute Taucher, die sie in der Nacht kappen können. Sobald es Tag wird, lichten wir den Anker und verziehen uns!«

»Du hast die Bogenschützen vergessen.«

»Die aufgehende Sonne scheint ihnen genau in die Augen. Sie sind geblendet und sehen nichts mehr. Und wir können uns wehren.«

»Die kretischen Schiffe werden uns verfolgen.«

»Das glaube ich nicht. Sie wissen, dass wir wenig Erfahrung auf dem offenen Meer haben, und rechnen damit, dass wir schnell kentern. Außerdem sind wir schneller als sie. Mit unseren Karten und ein bisschen Glück werden wir Ägypten heil erreichen.«

»Ich habe nicht das Recht, die Königin allein zu lassen.«

»Ihr Schicksal ist besiegelt, Kapitän. Du solltest daran denken, wie du wenigstens die Mannschaft retten kannst.«

Es folgten bittere Stunden des Grübelns; doch am Ende sah auch der Kapitän keine andere Möglichkeit mehr.

»Gut, Bootsmann. Sag den Männern Bescheid. Wir segeln im Morgengrauen ab.«

Zehn Tage.

Minos der Große war aus der Orakelgrotte nicht zurückgekehrt. Das bedeutete, dass der König von Kreta dort den Tod gefunden und der Krieg um seine Nachfolge begonnen hatte. Ahotep war ein Teil der Kämpfe, ohne dass sie eingreifen konnte. Der neue Herrscher würde sie entweder hinrichten und ihren Leichnam verschwinden lassen, oder er würde sie Apophis ausliefern. Was Ahotep von dem Schreiber erfahren hatte, verhieß nichts Gutes: Wer auch immer den Thron bestieg, würde davon überzeugt sein, dass die Königin Ägyptens eine Gefahr darstellte, die man ausschalten musste.

Wenn es ihr nicht gelang, den Palast in den nächsten Stunden zu verlassen, würde sie ihr Land nie wieder sehen. Doch die Soldaten, die den Teil des Palasts bewachten, in dem sie sich aufhielt, waren ausgewechselt worden. Sie würden sie nicht gehen lassen.

Konnte die Flucht gelingen, wenn sie sich die Kleider einer Zofe anzog und sich unter die Bediensteten des Palasts schmuggelte? Aber dann musste sie auch noch aus der Stadt hinausgelangen. Und wie kam sie zum Hafen? Und würde ihr Schiff noch da sein?

Ahotep vergaß schließlich alle Hindernisse, die eine Flucht unmöglich erscheinen ließen. Sobald die Zofe hereinkam, um die Bettlaken zu wechseln, würde sie sie niederschlagen.

Jemand klopfte an ihre Tür.

»Ich bin's«, flüsterte der Schreiber Minos' des Großen. »Schnell, macht die Tür auf!«

Würden ihn Soldaten begleiten? Was konnte sie dann noch tun?

Sie öffnete. Er war allein.

»Jetzt ist es ganz sicher, dass Minos der Große in der Grotte der Mysterien den Tod gefunden hat«, gab er zu. »Die Priester verlangen einen Aufschub, bevor sie den Nachfolger bestimmen. Ihr müsst fliehen, Majestät, und zwar sofort. Steigt in meinen Wagen, ich begleite Euch bis zum Hafen.«

»Warum nehmt Ihr diese Gefahr auf Euch?«

»Weil ich an das Bündnis zwischen Ägypten und Kreta glaube. Für mein Land wie für das Eure gibt es kein anderes Mittel, um der Gewaltherrschaft der Hyksos zu entkommen. Diese Ansicht werde ich auch bei Hof verfechten, vor dem neuen Herrscher, auch wenn ich nur wenig Hoffnung habe, dass man mir folgt.«

Der Wagen schlug den Weg zum Hafen ein. Jeden Moment erwartete die Königin, von einem Spähtrupp entdeckt und festgenommen zu werden. Der Schreiber sprach mit den Soldaten, die entlang der Straße Posten standen, und sie hatten Glück – niemand untersuchte sein Fahrzeug.

Die Ägypter lagen noch immer im Hafen vor Anker. Etwa zwanzig Fußsoldaten sperrten den Weg zwischen Dorf und Schiff.

Der Schreiber befahl einem von ihnen in strengem Ton, die Königin durchzulassen.

Der Soldat gehorchte zögernd.

Der Kapitän beobachtete die Szene vom Bug aus. Seine Nerven waren aufs Äußerste gespannt, und er wagte nicht, seine Freude offen zu zeigen.

»Wir waren überzeugt, dass wir Euch niemals wieder sehen würden, Majestät, und hatten uns schon zur Rückkehr entschlossen.«

»Das war völlig richtig. Lichtet jetzt den Anker, macht die Leinen los und setzt die Segel. Wenn die kretischen Bogenschützen uns beschießen, schießen wir zurück.«

Während die Matrosen in Windeseile die Befehle des Kapitäns ausführten, sprach der Schreiber des Königs hitzig auf die Fußsoldaten ein, um sie an feindlichen Handlungen zu hindern. Es gelang ihm schließlich, sie davon zu überzeugen, dass Minos der Große die Abreise von Königin Ahotep wünschte. Ihr Aufenthalt auf der Insel müsse ein Geheimnis bleiben.

Es regte sich keine Hand unter den Soldaten, als die Segel des ägyptischen Schiffs sich im Wind blähten und es rasch an Fahrt hinaus auf das offene Meer gewann.

32

Unter dem Kommando von Pharao Ahmose sah die Armee, deren Truppenteile sich bei Hafen-des-Kamose vereinigt hatten, wahrhaft imponierend aus. Jeder achtete die Autorität des Monarchen, der seinerseits die Nähe zu seinen Männern suchte. Er überwachte nicht nur die täglichen Übungen und handwerklichen Arbeiten, sondern auch die Verwaltung, bei der er nicht die kleinste Unregelmäßigkeit zuließ. In den Truppenunterkünften herrschten strenge Hygieneregeln, und das Essen war ausgezeichnet.

Doch trotz dieser guten Bedingungen konnte niemand vergessen, dass die Hyksos früher oder später zum Angriff übergehen würden. Jederzeit konnte Alarm geschlagen werden. Es waren Späher ausgesandt worden, die die Aufgabe hatten, den Pharao Tag und Nacht über noch die kleinsten Anzeichen einer möglichen Gefahr zu unterrichten.

Dank Graukopf und seiner Mannschaft von geschulten Brieftauben blieb Ahmose in stetigem Kontakt mit dem Schnauzbart und dem Afghanen, die versuchten, dem Widerstand in Memphis neue Kräfte zuzuführen. Die Hyksos lagen immer noch vor der Stadt; doch sie machten keinen Versuch, jene Stadtviertel zu erobern, die sich von der Belagerung unabhängig gemacht hatten.

Ahmose dachte oft an Nefertari. Die junge Frau war in Theben geblieben, wo sie Aufgaben wahrnahm, die früher zum Verantwortungsbereich von Teti der Kleinen gehört hatten. Heray und Qaris standen ihr zur Seite. Die Große königliche Gemahlin sorgte dafür, dass die wohlhabenden Provinzen Oberägyptens genügend Lebensmittel zur Versorgung der Truppen bereitstellten. Jeden Morgen bei Sonnenaufgang begab sie sich in den Tempel von Karnak, wo sie die Wiederkehr Amuns feierte und ihn um Schutz für die Sache der Ägypter anflehte.

Das Volk hatte diese Herrscherin bereits in ihr Herz geschlossen, denn sie war so unverbildet und großherzig und hatte die schwere Verantwortung wie selbstverständlich geschultert.

»Es gibt nichts zu melden, Majestät«, sagte Fürst Emheb, dessen robuste Konstitution ihm geholfen hatte, seine vorübergehende Schwäche zu überwinden.

»Sag es mir geradeheraus: Gibt es an unserer Wachordnung irgendetwas auszusetzen?«

»Nicht dass ich wüsste, Majestät. Natürlich hat jede Ordnung ihre Fehler, aber ich habe noch einmal alle Posten verstärkt. Welchen Weg der Feind auch wählt, ob er zu Wasser oder über Land, über die bebauten Felder oder die Wüste kommt – wir werden ihn rechtzeitig ausmachen.«

»Wie verhält sich der Kreter?«

»Er nimmt, glaube ich, Euer Verbot, sich frei zu bewegen, hin, ohne zu murren.«

Ahmose hatte es für günstiger gehalten, Linas nach Hafendes-Kamose mitzunehmen; aber er zwang ihn dazu, in seinem Zelt zu bleiben, damit er von der Stärke und der Ordnung der ägyptischen Armee so wenig wie möglich erfuhr. Zweifellos würde es Linas Leid tun, dass er Theben hatte verlassen müssen, aber er war nun einmal ein besonderer Gast, der nicht allzu viele Ansprüche stellen durfte.

»Warum versucht Jannas nicht einfach, uns ein für alle Mal zu zermalmen?«, fragte Ahmose den Fürsten Emheb.

»Weil es nicht auf ihn allein ankommt, Majestät. Vielleicht hat ihn Apophis in irgendein weit entferntes Land geschickt, damit er dort Angst und Schrecken verbreitet; vielleicht ist der Admiral jetzt auch für die Sicherheit des Deltas verantwortlich, und er plant dort einen großen Angriff. Jannas hat ganz bestimmt aus seiner Niederlage gelernt.«

»Und wenn die Hyksos von inneren Streitigkeiten zerrissen werden? Der König ist alt, sehr lange wird er nicht mehr auf dem Thron sitzen.«

»Ich habe Angst, dass dieser böse Alte uns noch alle begraben wird!«

In diesem Moment erkannte Ahmose den typischen Flügelschlag von Graukopf, der aus der Oase Sioua, in der Nähe der Grenze zu Libyen, zurückkehrte. Der Anführer der ägyptischen Nachrichtentruppe ließ sich auf seinem gewohnten Platz nieder. Seine wachen, schwarzen Augen hatten einen freudigen Glanz.

Der König entfaltete den Papyrus, las ihn und begriff sofort, warum Graukopf so heiter wirkte.

»Meine Mutter ist zurück«, berichtete er dem Fürsten Emheb. »Sie hat mit ihrer Mannschaft schon die Sumpfgebiete des Deltas durchquert; nachdem sie die Wüste hinter sich gelassen haben, sind sie jetzt in der Oase eingetroffen.«

»Der Weg durch die Wüste wird von uns überwacht«, sagte der Fürst, dessen Gesicht ein breites Lächeln erhellte, »aber trotzdem werde ich zur Sicherheit Leute hinschicken, die sie abholen.«

Sobald Lächler der Jüngere und Nordwind nach einer ungestümen Begrüßung die Königin wieder zu Atem kommen ließen, trat Ahmose vor und umarmte seine Mutter.

»Seid Ihr gesund, Mutter?«

»Gesund und munter, wie schon lange nicht mehr. Während dieses Spaziergangs übers Meer habe ich mich von meiner überstürzten Abreise aus Kreta nach Herzenslust erholen können.«

»Es ist also doch eine Falle gewesen!«

»Eigentlich nicht. Minos der Große hat begriffen, dass die Hyksos am Ende auch sein Land verwüsten würden, aber seine

Angst vor einem Bestrafungsfeldzug gegen ein Bündnis zwischen ihm und Ägypten war zu groß. Ich habe ihm vorgeschlagen, dass er sich unter meinen Schutz stellt.«

»Und ... hat er es getan?«

»Er hat sich nach altem kretischen Brauch in die Grotte der Mysterien zurückgezogen, um über die richtige Entscheidung nachzudenken. Von dort ist er nicht zurückgekehrt, und seine voraussichtlichen Nachfolger haben begonnen, sich um den Thron zu streiten. Ohne die Hilfe von Minos' Schreiber, einem Verfechter des kretisch-ägyptischen Bündnisses, hätten sie mich festgenommen und in den Kerker geworfen.«

»Eure Rückkehr ist ein neues Wunder!«

»Das Glück hat mich noch nicht verlassen, Ahmose.«

»Wir können also nicht mit Kreta rechnen«, sagte der Pharao seufzend.

»Es wird große Umwälzungen auf dieser Insel geben. Was das Ergebnis der kommenden Veränderungen sein wird, wissen wir noch nicht. Wenn der kommende Herrscher Minos' Schreiber nicht des Hochverrats beschuldigt, wird er ihn vielleicht anhören. Die Hoffnung ist winzig, aber es gibt sie immerhin. Und meine Reise ist nicht umsonst gewesen, denn der König von Kreta hat mir erzählt, dass Admiral Jannas und Großschatzmeister Khamudi, die beiden wichtigsten Hyksos nach Apophis, einander hassen! Sie sind in einem gnadenlosen Kampf um die Macht verwickelt, und zweifellos wird einer von ihnen sehr bald den alten König ersetzen.«

»Also das ist der Grund, warum Jannas uns noch nicht angegriffen hat! Was wäre, wenn wir uns seine Abwesenheit zunutze machen, um Memphis wiederzuerobern und bis zum Delta vorzudringen?«

»Ja, das sollten wir tun, Ahmose, aber vorher müssen wir die Sache mit den Streitwagen lösen. Wir haben bis jetzt nichts, was wir gegen sie ins Feld führen können.«

»Aber Ihr habt Euch bereits ein paar Gedanken dazu gemacht, stimmt's?«

»Bevor wir davon reden – lass den Kreter kommen!«

Kommandant Linas war an reichliche Mahlzeiten und ausgiebiges Trinken gewöhnt; hier im Feldlager war er zur Untätigkeit verurteilt und wurde täglich dicker.

»Majestät, wie wohl es mir tut, Euch wieder zu sehen!«, rief er aus, nachdem er Ahotep geziemend begrüßt hatte. »Ich wage zu hoffen, dass Ihr mir erlauben werdet, in meine Heimat zurückzusegeln.«

»Wer seid Ihr?«

Linas begann zu stammeln. »Das wisst Ihr doch, Majestät, der Sohn von Minos dem Großen, sein ältester!«

»Er hat mir selbst gestanden, dass Ihr auf seinen Befehl hin gelogen habt, damit ich Ägypten ohne allzu viel Argwohn verlasse. Ein König hätte seinen Sohn nicht geopfert. Deine Geschichte hat mich nie überzeugt, Linas, und doch bin ich nach Kreta gereist.«

Der Kreter warf sich auf die Knie. »Ich habe getan, was Minos mir auftrug, Majestät, aber ich bin trotzdem nicht irgendwer! In Kreta weiß man, dass ich zu den besten Seeleuten des Landes zähle; im Fall einer Schlacht wird mein Schiff an vorderster Front kämpfen.«

»Du kannst heimkehren«, sagte die Königin.

»Ich danke Euch, aber… Wie soll ich nach Hause gelangen?«

»Du wirst zu einem kleinen Hafen reisen, der unter der Aufsicht der Hyksos steht, und dich von ihnen anheuern lassen. Du wirst auf einem ihrer Handelsschiffe Kreta erreichen. Wenn dein neuer König mir eine Botschaft zu übermitteln wünscht, soll er sie dir anvertrauen. Auch beim nächsten Mal werden wir dich angemessen zu empfangen wissen.«

Warum hatte der Hyksosspitzel Ahotep nicht an der Reise nach Kreta gehindert? Es gab zwei Gründe dafür: zuerst, weil er die Hoffnung hegte, dass sie die Insel nicht erreichen und bei einem der zahlreichen Seestürme ums Leben kommen würde; dann, weil er sicher war, dass Minos der Große es nicht wagen würde, sich fest mit Ägypten zu verbünden. Andererseits wusste er nicht, dass Tjarudjet sich gegen Apophis gewandt und Minos gegenüber bedeutende Geheimnisse ausgeplaudert hatte.

Während Ahoteps Abwesenheit gab es keinen Versuch eines Anschlags auf Ahmose. In Theben blieb alles ruhig.

Dass der Spitzel seine schädlichen Ziele nicht weiter verfolgte, daran wagten weder Ahotep noch der Pharao zu glauben.

»Ist in letzter Zeit irgendein hoher Offizier gestorben?«, fragte die Königin.

»Ein sehr fähiger alter General hat das Zeitliche gesegnet«, erwiderte Ahmose, »aber er ist bestimmt kein Anhänger der Hyksos gewesen.«

»Wäre das nicht das Erste, was Apophis von seinem Spitzel verlangt: dass er bestimmt nicht wie ein Anhänger der Hyksos aussieht?«

»Das würde bedeuten – dieser unheimliche Mann ist vielleicht tot, und Apophis hat keinen Mann mehr in Theben, der ihm Botschaften zukommen lassen kann.«

»Das ist nicht sehr wahrscheinlich, Ahmose, und am besten vergessen wir es gleich wieder. Aber du solltest doch nach Theben zurückkehren und dich eingehender nach diesem General erkundigen. So wirst du auch Gelegenheit haben, Nefertari wieder zu sehen.«

»Ihr könnt immer noch meine geheimsten Gedanken lesen, Mutter. Aber ich weiß noch nichts von den Maßnahmen, die Ihr Euch gegen die Streitwagen der Hyksos ausgedacht habt.«

»Diese Maßnahmen bestehen ganz einfach darin, dass wir

uns unserer eigenen alten handwerklichen Verfahren erinnern; erst dann können wir uns auch die Verfahren des Gegners zunutze machen. Und genau das habe ich vor.«

33

Graukopf persönlich lieferte Ahoteps Botschaft beim Afghanen und beim Schnauzbart ab, die sich beide im Hauptquartier des Widerstands von Memphis befanden, einem halb zerstörten und offenbar verlassenen Bauernhof. An diesem Ort, der die Hyksos längst nicht mehr interessierte, lagerten Lebensmittel und Waffen aus dem Süden, bevor sie in die belagerte Stadt eingeschleust wurden.

Die Ägypter kannten alle Gewohnheiten und zeitlichen Abläufe ihres Feindes genau, und sie verstanden es meisterlich, die Blockade an gewissen Stellen zu umgehen. Der Befehlshaber der Streitwagen verzichtete inzwischen fast völlig auf ernsthafte Angriffe; er begnügte sich mit Demonstrationen der Stärke, womit er hoffte, die Belagerten so zu beeindrucken, dass sie allmählich aufhörten, Widerstand zu leisten.

Der Schnauzbart entzifferte die Nachricht.

»Nein – das kann nicht...! Unmöglich! Das wird uns Leib und Leben kosten.«

»Befiehlt uns die Königin, Auaris anzugreifen?«

»Du hast es fast erraten.«

»Sag endlich, was sie verlangt!«

»Wir sollen einen Streitwagen und mehrere Pferde rauben.«

Dem Afghanen war ganz und gar nicht nach Scherzen zumute. »Also, das kann doch nicht...«, murmelte er.

Die beiden Männer waren so entsetzt, dass sie einen ganzen

Krug Rotwein leerten, einen sauren Tropfen, der ihnen Mut einflößte.

»Ich nehme an, sie lässt uns keine Wahl«, sagte der Afghane.

»Du kennst sie«, erwiderte der Schnauzbart.

»Die Überlegung ist großartig, aber sie zu verwirklichen ist ein tollkühner Akt. Wir wissen weder, wie man mit diesen Wagen fährt, noch können wir mit Pferden umgehen. Wie können wir überhaupt daran denken …?«

»Wir sollten wenigstens versuchen, die Sache zu planen, Afghane. Im ersten Teil des Unternehmens werden wir uns um diese sonderbaren Tiere kümmern, im zweiten um den Wagen, den wir irgendwie bis zum Fluss ziehen müssen. Und dann bringen wir die beiden Sachen auf ein Schiff.«

»Wie du das sagst, klingt es fast, als wäre so etwas möglich. Aber glaubst du im Ernst, wir könnten einen von den Hyksosoffizieren ganz höflich bitten, dass er uns erlaubt, seinen Streitwagen zu untersuchen? Du hattest ganz Recht, als du meintest: Wir werden bei dem Unternehmen Leib und Leben lassen.«

»Aber Befehl ist nun mal Befehl. Und wir können doch unsere Königin der Freiheit nicht enttäuschen!«

»In diesem Punkt muss ich dir allerdings zustimmen. Das können wir nicht, und das werden wir nicht.«

Die beiden Freunde suchten sich die besten Männer aus und bildeten ein Kommando von dreißig Soldaten. Wenn sie zahlreicher wären, würden sie Gefahr laufen, entdeckt zu werden, und sie würden weniger wendig und schlagkräftig sein. Als sie ihnen erklärten, was sie vorhatten, weckte das unter den Freiwilligen keinerlei Begeisterung. Jeder begriff, dass es kaum Aussichten gab, eine solche Wahnsinnsunternehmung zu überleben.

»Ich stelle mir die Sache folgendermaßen vor«, sagte der Afghane. »Von Memphis aus werden die Hyksos durch einen Angriff auf ihr Lager in nächster Nähe der weißen Mauer abgelenkt. Gleichzeitig treiben fünfundzwanzig Männer von uns so viele Pferde wie möglich aus dem Stall. Und zu guter Letzt stehlen die fünf anderen einen Streitwagen.«

Tausend Fragen schwirrten durch die Luft, die Einzelheiten des Vorhabens betreffend. Zugleich machte der saure Tropfen die Runde. Und so redete man, bis es allen so vorkam, als handelte es sich um ganz normale Schwierigkeiten, die man durch etwas Mut und etwas Draufgängertum beheben könnte.

Nefertari wandelte auf den Spuren Tetis der Kleinen, der sie jeden Tag ehrfürchtig gedachte. Durch ihr Wirken wurde Theben immer schöner. Sie hatte alle Herzen erobert, einschließlich die der ältesten Priester und der traditionsbewusstesten Handwerker. Haushofmeister Qaris war ihr ergebener Mitarbeiter, und Heray ließ es sich zu einer besonderen Ehre gereichen, ihr die Beweise einer hervorragenden Haushaltsführung, einer aufs Beste geordneten Verwaltung zu Füßen zu legen.

Die junge Königin begnügte sich nicht mit ihrem Platz im Palast. Sie fuhr oft über Land, besuchte die Bauernhöfe und die Häuser der Vorstädte wie der Hauptstadt, ließ sich von Arm und Reich über die Kümmernisse des Volkes Bericht erstatten, setzte sich für Familien ein, in denen es Kranke und Arbeitsunfähige gab. Ihre Tage waren lang, manchmal ermüdend, aber sie dachte keine Sekunde daran, sich zu beklagen, weil sie oft an Ahotep dachte, die seit so vielen Jahren all ihre Kräfte für die Befreiung des Vaterlands einsetzte.

Nur dass Ahmose nicht bei ihr war, machte ihr ernstlich zu schaffen. Ohne seine friedensstiftende Kraft fühlte sie sich oft sehr verletzlich.

Und jetzt war er endlich wieder da!

Schon lange vor seinem Eintreffen war Nefertari im Hafen, wo man sich mit festlichem Aufwand darauf vorbereitete, den Pharao gebührend zu empfangen.

Weder Nefertari noch Ahmose hörten den brausenden Beifall, der sich erhob, als sie aufeinander zugingen. In ihrem Blick lag ein so tiefes und unwandelbares Glück, dass sie allein zu sein schienen inmitten der ausgelassenen Menge.

Nefertari gelang es fast, ihren Mann den Krieg vergessen zu lassen, so leidenschaftlich, so freudvoll waren ihre gemeinsamen Nächte. Doch Ahmose war der Pharao, und tagsüber musste er sich den Pflichten widmen, die er seinem Volk schuldete. Die erste dieser Pflichten bestand darin, dass er nach Karnak ging, um Amun zu ehren und damit das Band zwischen Himmel und Erde zu festigen. Danach berief er den Thronrat ein, in dem auch Nefertari Sitz und Stimme hatte. Als echte Kennerin der Stärken und Schwächen der Region Theben hatte die Große königliche Gemahlin immer etwas Gewichtiges mitzuteilen.

»Wie lange wirst du in Theben bleiben?« fragte sie den Pharao, als sie nach einem schwülen Tag auf der Terrasse des Palasts die Kühle des Abends genossen.

»Ich bleibe nur so lange, bis ich herausgefunden habe, was es mit dem Tod eines alten Generals auf sich hat; er könnte der Spitzel der Hyksos gewesen sein, den wir schon so lange suchen.«

»Ein Spitzel der Hyksos...«

»Ja. Meine Mutter glaubt, dass er für den Tod meines Vaters und meines Bruders verantwortlich ist.«

»So ein Ungeheuer... Und er hat wirklich zwei Pharaonen ermordet? Und du könntest sein nächstes Opfer sein!«

»Sei bitte äußerst wachsam, Nefertari, und achte auf jedes verdächtige Verhalten!«

Der König empfing Heray in seinem Arbeitsgemach. Der Minister wachte immer noch über die Ernten und das rechtzeitige Füllen der Getreidespeicher – was sich während des Krieges als ebenso wichtig erwies wie die Versorgung der Truppen mit Waffen –, doch sein Verantwortungsbereich erstreckte sich mittlerweile auf die gesamte thebanische Wirtschaft. Heray war ein Mann, der gern mit Menschen umging und sich für alles interessierte; er kannte sehr viele Leute. Hatte er nicht einst in Theben die Parteigänger der Hyksos ausfindig gemacht? Er bewegte sich gewandt, obwohl er mittlerweile schwerer geworden war, und unterhielt ein Netz von Leuten, die ihm Botschaften aller Art zukommen ließen. So hoffte er, rechtzeitig gewarnt zu werden, falls irgendein heimlicher Angriff die Sicherheit der Stadt bedrohte.

»Hast du den Fall des Generals überprüft?«, fragte Ahmose.

»Ich habe jede Einzelheit untersucht, Majestät. Der Mann stammte aus Theben und ist sehr rasch aufgestiegen, weil er sich bei der Ausbildung der jungen Soldaten hervortat. Den Hauptteil seines Lebens hat er auf dem geheimen Stützpunkt verbracht, und er ist stets als glühender Anhänger des Kampfes gegen die Hyksos hervorgetreten. Als er im Sterben lag, hat er seinen Angehörigen eingeschärft, sie müssten der Königin der Freiheit immer treu bleiben.«

»Verbirgt sich gar nichts hinter dieser schönen Oberfläche?«

»Nichts, Majestät. Dieser alte Soldat lebte in der Kaserne und kümmerte sich nur um seine Soldaten.«

»Er ist nie in den Norden gereist?«

»Nie.«

»Und in seiner Umgebung hat nie jemand Zweifel an ihm geäußert?«

»Nicht dass ich wüsste, Majestät.«

»Er ist also ein anständiger und ehrlicher Offizier gewesen, der seinem Land treu diente.«

»So ist es.«

»Und deine Zuträger haben dir nichts gemeldet, was auf einen Verdächtigen unter unseren Offizieren hinweisen könnte?«

»Nein, Majestät.«

»Bleib weiter wachsam, Heray.«

»Wenn es noch einen einzigen Anhänger der Hyksos in unserer schönen Stadt gibt, werde ich ihn entdecken!«

Wie es Königin Ahotep gewünscht hatte, begab sich der Pharao zu dem geheimen Stützpunkt, wo er ein großes Stück Land eingrenzen ließ und Ställe abteilte, in denen die Pferde der Hyksos untergebracht werden sollten. Wenn das Schicksal es gut mit den Ägyptern meinte und das gefährliche Unternehmen glückte, würden die Pferde samt Wagen bald in Theben eintreffen.

34

Endlich Neumond! Und glücklicherweise war der Himmel bedeckt.

»Es geht los«, entschied der Afghane.

»Was nimmst du, die Pferde oder den Wagen?«, fragte ihn der Schnauzbart.

»Die Pferde sind bestimmt gefährlicher.«

»Also übernehme ich sie.«

»Warum?«

»Darum.«

»Wir lassen das Los entscheiden.«

»Dafür ist jetzt keine Zeit. Ich kenne mich mit Eseln aus, und diese Hyksosbestien sind eigentlich nur ein bisschen länger und größer. Sorge du nur dafür, dass bei dir alles glatt geht. Wenn wir den Wagen nicht kriegen, ist das ganze Unternehmen umsonst gewesen.«

»Denk lieber daran, dass so ein Wagen ohne Pferde auch nichts nützen wird!«

»Seltsam, nicht? Als wir angefangen haben im Widerstand, war ich mir sicher, nicht alt zu werden. Aber heute werden wir wirklich etwas Großes vollbringen!«

»Wenn wir unterwegs sind, wirst du genug Zeit haben, deine Gedanken schweifen zu lassen.«

Während sie ständig Gefahr liefen, von den Hyksoswachen bemerkt zu werden, hatten zwei Männer Streitwagen entdeckt, die offenbar repariert werden sollten und ebenso wie einige Pferde abseits der Hauptställe standen. Vielleicht handelte es sich um kranke oder erschöpfte Tiere. Aber der Ort, wo sie waren, bot den unschätzbaren Vorteil, dass er weniger bewacht war als jeder andere.

Mitternacht rückte heran, und es waren nur ein Dutzend Wachen übrig; drei von ihnen standen bei den Streitwagen.

Während sie sich flach an den grasbewachsenen Boden drückten, ließen die Ägypter die feindlichen Soldaten nicht aus den Augen.

»Wenn auch nur einer von ihnen Alarm schlägt, sind wir verloren«, flüsterte der Afghane. »Wir müssen sie alle gleichzeitig töten, und keiner von ihnen darf dabei einen Laut von sich geben.«

»Ich habe Angst, dass ihre vierbeinigen Kameraden sich nicht so leicht zum Schweigen bringen lassen«, sagte der Schnauzbart. »Bevor wir sie losbinden, müssen wir in den Schlafsaal gelangen und die anderen Hyksos erledigen.«

Die beiden Männer wussten, dass die kleinste Ungenauigkeit in der Ausführung ihres Vorhabens schreckliche Folgen haben würde. Doch es war zu spät, um sich unentschlossen zu zeigen, und so sprang auf einen geflüsterten Befehl hin jeder von ihnen auf, zückte seinen Dolch und bewegte sich auf das Ziel zu, das ihm angegeben worden war.

Ein einziger Wächter hatte die Zeit, einen Schrei auszustoßen, der schnell erstickt wurde.

Mit laut pochenden Herzen verharrten die Mitglieder des Unternehmens ein paar Augenblicke unbeweglich auf der Stelle. Doch kein Hyksos war aufmerksam geworden.

Die Ägypter strebten auf den Schlafsaal der Soldaten zu und stießen geräuschlos die Tür auf.

Nur die beiden Offiziere, die am hinteren Ende der Baracke schliefen, versuchten ernsthaft, sich zu verteidigen; aber die Ägypter handelten rasch und entschlossen, und die beiden Kämpfer hatten bald ihr Leben ausgehaucht.

Ohne ein weiteres Wort zu verlieren, gingen sie zum zweiten Teil des Vorhabens über.

Auf der Seite des Afghanen gab es keine Schwierigkeiten. Er wählte einen Wagen, dessen beide Räder noch intakt waren, und zog ihn mit seinen vier Mitstreitern in Richtung Fluss.

Auf der Seite des Schnauzbarts erwies sich die Aufgabe als bedeutend schwieriger. Der erste Ägypter, der sich einem grauen Pferd von hinten näherte, wurde von einem Huf in den Bauch getroffen und fiel auf den Rücken.

Der Schnauzbart half ihm, wieder auf die Beine zu kommen.

»Kannst du laufen?«

»Ich fühle gar nichts mehr, aber es geht schon. Nehmt euch in Acht vor diesen Ungeheuern!«

»Wir legen ihnen Stricke um den Hals und ziehen sie.«

Die meisten der Vierbeiner ließen sich das mehr oder weniger gutwillig gefallen, aber einer von ihnen wieherte und bleckte die Zähne, als ob er beißen wollte, und ein anderer entfloh in vollem Galopp.

»Wir dürfen uns hier nicht länger aufhalten«, befahl der Schnauzbart, der weitere, schrecklichere Reaktionen der Tiere befürchtete.

Doch die Pferde ließen sich den unerwarteten Ausflug am Ende gefallen und friedlich zum Wasser führen.

Am Ufer beglückwünschten sich die Ägypter zu ihrem Erfolg. Nur ein Verwundeter, und sie hatten, was sie wollten!

»Noch steht uns die Beförderung bevor«, rief ihnen der Afghane ins Gedächtnis.

Für den Wagen war die Laufplanke zu schmal. Man musste ein zweites Brett daneben legen, dann das Gefährt vorsichtig weiterschieben, damit es nicht in den Fluss fiel.

»Jetzt die Pferde«, sagte der Schnauzbart.

Das erste weigerte sich, den Steg zu betreten. Das zweite ebenfalls.

»Wir stechen sie in den Hintern«, empfahl der Verwundete, der diese wilden Tiere gar nicht mochte.

»Viel zu gefährlich«, widersprach der Schnauzbart.

»Willst du sie etwa hier lassen?«

»Mir ist da etwas eingefallen.« Der Schnauzbart wählte das größte und robusteste der Pferde aus, ein männliches Tier mit weißem Fell und sicherem Blick, weniger nervös als seine Genossen. »Wir nehmen euch nach Theben mit«, erklärte er ihm. »Ihr kennt diese schöne Stadt nicht, aber ich sage euch: Man wird euch gut behandeln. Es gibt nur ein kleines Hindernis. Die einzige Art, wie wir dort hinkommen können, ist mit diesem Schiff. Wie wär's, wenn du den anderen ein gutes Vorbild geben und ganz brav die Laufplanke hinaufklettern würdest? Einverstanden?«

Der Ägypter streichelte den Kopf des Tieres und ließ ihn seinen menschlichen Geruch einatmen. Nach einer Weile nahm das Pferd seine Einladung an. Eine Stute folgte ihm ruhigen Schritts, und bald waren alle auf dem Schiff.

»Du kannst wirklich mit Pferden sprechen«, bemerkte der Afghane.

»In mir schlummern so viele verborgene Fähigkeiten, dass ein einziges Leben nicht ausreichen wird, um sie alle unter Beweis zu stellen.«

Als der Morgen über Memphis graute, kam im riesigen Heerlager der Hyksos der Zeitpunkt der Wachablösung. Wieder eine langweilige Nacht, in der nicht das Geringste passiert war, wieder ein langweiliger Tag, an dem sich Belagerer und Belagerte unbeweglich gegenüberstehen würden, dachte der Posten. Vielleicht würde der Befehlshaber eine Wagenparade anordnen, um das Volk von Memphis zu beeindrucken und ihnen die Überlegenheit der Hyksos vor Augen zu führen?

Der Mann gähnte. Er war froh, dass die Nacht vorbei war. Er würde seine Milch trinken, sein Brot essen und dann bis mittags schlafen. Danach wieder eine Mahlzeit und ein langer Nachmittagsschlaf.

Was er vor sich sah, musste ein Traumbild sein: Ein Pferd, ganz allein, irrte über das Gelände!

Der Kanaanäer alarmierte seinen Vorgesetzten, dessen Augen noch nicht ganz offen waren.

»Seht, dort!«

»Das … das kann doch nicht wahr sein! Wer soll denn ein einzelnes Pferd freigelassen haben? Ich werde sofort dem Befehlshaber Bescheid geben.«

Aus dem Schlaf gerissen, wollte der Kommandant die Sache mit eigenen Augen sehen, bevor er eine Entscheidung fällte. Als er das Pferd sah, ergriff ihn unbändiger Zorn. »Holt mir auf der Stelle die Männer her, die für diese unglaubliche Schlamperei verantwortlich sind! Und schafft das Pferd zurück in den Stall!«

Eine gute halbe Stunde später stand ein Stallbursche vor ihm, aschfahl im Gesicht. »Die Soldaten, tot … Der Stall, leer …«

»Was redest du denn da für einen Unsinn?«

»Der Stall und der Schlafsaal im Westen … Kein Einziger hat überlebt!«

Von seinem Adjutanten begleitet, begab sich der Kommandant an Ort und Stelle.

Der Stallbursche hatte die Wahrheit gesagt.

»Die Aufständischen haben gewagt, unsere Pferde zu stehlen!«, rief der Adjutant aus. »Wir müssen es nach Auaris melden!«

»Das wäre ein schwerer Fehler, glaube ich.«

»Aber so will es die Dienstvorschrift, Kommandant! Ein
Zwischenfall dieser Größenordnung…«

»Man wird uns der völligen Unfähigkeit und der Vernach-
lässigung unserer Dienstpflichten beschuldigen, dich, mich
und unsere Untergebenen. Wenn wir Glück haben, kommen wir ins Gefängnis. Im schlimmsten Fall erwarten uns das
Labyrinth und der Stier.«

Dieser Hinweis erschütterte den Adjutanten. Gerüchte von
grässlichen Qualen, die die Verurteilten in den Folterarenen
des Königs Apophis erwarteten, waren mittlerweile in fast alle
Winkel des Hyksosreiches vorgedrungen.

»Was… was schlagt Ihr vor?«

»Stillschweigen. Wir beerdigen die Leichen und sorgen dafür, dass auch der Stallbursche den Mund hält. Dann vergessen
wir die Sache.«

35

Stolz und robust waren die Pferde der Hyksos, und sie machten die Ägypter staunen. Nordwind und Lächler der Jüngere
beobachteten die großen Tiere aufmerksam. Der Esel wusste
nach kurzer Zeit, dass sie nicht fähig sein würden, schwere
Lasten zu tragen; und bald flog ein ägyptisches Wort, das die
Fremden bezeichnete, an sein Ohr: »Die Schönen an Gestalt«.

Auf dem geheimen Stützpunkt von Theben hatten Ahotep
und Pharao Ahmose den Generalstab einberufen, der den Af-

ghanen und den Schnauzbart mit Lob überhäufte; auch Emheb bekam Glückwünsche ab. Dem Fürsten war erlaubt worden, Hafen-des-Kamose für kurze Zeit zu verlassen, und er hatte die Befehlsgewalt in die Hand des Admirals Mondauge gelegt. Beim geringsten Anzeichen von Gefahr würde dieser der Hauptstadt Meldung machen.

»Es sind schöne Geschöpfe, das ist wahr«, sagte Haushofmeister Qaris. »Ich kann mich glücklich schätzen, so lange gelebt zu haben, dass ich sie jetzt einmal aus der Nähe sehe.«

»Aber Ihr dürft nicht in ihre Nähe kommen!«, empfahl Neshi. »Ein paar von ihnen schlagen aus. Ich traue mir nicht zu, ihr Wesen einzuschätzen.«

»Es ist nicht so leicht zu bestimmen wie das der Esel«, sagte Heray. »Wir sollten einfach Geduld haben und aufmerksam sein, um ihr Vertrauen zu gewinnen.«

»Vor allem müssen sie uns Junge bringen«, sagte Emheb. »Wenn es uns wirklich gelingen sollte, diese Tiere zu beherrschen, brauchen wir viele von ihnen, um es mit den Hyksos und ihren Streitwagen aufnehmen zu können.«

»Was das betrifft, ist schon einiges passiert«, beruhigte ihn der Schnauzbart. »Und wie ich festgestellt habe, liebt das Pferd seinen Befehlshaber. Heray sagt ganz richtig, dass der Herr eine freundschaftliche Beziehung mit ihm herstellen muss. Die Regel muss also sein: ein Pferd und ein Mann. Sie werden einander kennen lernen und schließlich unzertrennlich sein.«

»Hast du dir ein Pferd ausgesucht?«, fragte die Königin.

»Der große weiße Hengst, der uns mit solch klugen Augen musterte, Majestät. Er hat ermöglicht, dass wir ohne größere Schwierigkeiten absegeln konnten; ihm sind die anderen auch wieder an Land gefolgt.«

»Bei den Hyksos sind diese Pferde daran gewöhnt, Wagen zu ziehen. Können wir sie auch besteigen? Und können wir sie dazu bringen, unsere Wagen zu ziehen?«

»Was den ersten Teil der Fragen betrifft«, sagte der Afghane, »so bin ich zuversichtlich.« Er schmunzelte und wandte sich seinem Freund zu. »Der Schnauzbart wird ganz bestimmt der erste Reiter der ägyptischen Armee sein. Los, versuch es!«

»Wie – ich? Ich soll auf dieses Tier da klettern?«

»Du bist schon mal auf einem Esel gesessen, oder?«

»Falls du das bis jetzt noch nicht gemerkt haben solltest: So ein Pferd ist viel höher und größer!«

»Der Hengst hat dich ins Herz geschlossen, Schnauzbart. Er weiß, was du willst. Du wirst doch Königin Ahotep nicht enttäuschen!«

Das gab wieder einmal den Ausschlag. Mit einem kühnen Sprung schwang sich der Schnauzbart über den Hals des Pferdes.

Doch dieses weigerte sich nicht nur, einen Schritt zu machen, es bäumte sich auch auf! Der Schnauzbart landete unverzüglich auf dem sandigen Boden des Ausbildungsgeländes, beobachtet von Hunderten von schadenfrohen Blicken.

Mit grimmigem Blick erhob er sich.

»Zum Donnerwetter, du Großer Weißer, sind wir etwa keine Freunde, du und ich? Du hast überhaupt keinen Grund, solche Possen mit mir zu veranstalten.«

»Du solltest dir einen bequemeren Sitz suchen«, riet Ahotep.

»Näher am Kopf?«

»Eher in der Mitte des Rückens.«

Diesmal gelang es dem Schnauzbart, sich auf dem Pferd zu halten. »Los, Großer Weißer! Vorwärts!«

Das Pferd wieherte und galoppierte los.

Erschrocken versuchte der Schnauzbart, sich krampfhaft an der Mähne des Tieres festzuhalten, dessen Anmut und Schnelligkeit die Zuschauer bewunderten, bevor sie die Ehre hatten, einen weiteren kühnen Sturz des ersten Reiters der ägyptischen Armee mitzuerleben.

»Au! Diesmal tut es wirklich weh«, klagte der Schnauzbart, der auf dem Bauch lag.

»Benimm dich wie ein Held«, sagte Wildkatze, die ihn sanft massierte. »Diese Salbe wird dir rasch Linderung verschaffen.«

»Dieses verfluchte Pferd hat mir alle Knochen gebrochen.«

»Du bist gestürzt, nicht das Pferd. Und so weit ich sehe, sind alle deine Knochen noch heil. Keinerlei ernste Verletzung.«

»Ich steige nie mehr auf diese Bestie.«

»Der Große Weiße ist wunderschön. Er langweilt sich eben mit dir. Du beginnst gerade eine neue Ausbildung, Liebling. In zwei Tagen wirst du wieder fröhlich über das Gelände reiten.«

»Du willst meinen Tod, Wildkatze.«

Der zärtliche Druck ihrer Hände auf seinem Körper bewies, dass das Gegenteil der Fall war.

»Trotz einiger kleiner Unvollkommenheiten sind deine Erlebnisse mit diesem Pferd sehr lehrreich gewesen. Königin Ahotep plant Verbesserungen, die dir gefallen werden.«

Wildkatze war zum Heilen ebenso begabt wie zum Lieben. Kaum wiederhergestellt, fand sich der Schnauzbart wieder bei seinem Lieblingspferd ein.

Auf seinen Rücken hatte Ahotep ein Stück Stoff gelegt. Und das Pferd hatte jetzt Zaumzeug und Zügel aus Leder.

»Das hat er hingenommen?«, fragte der Schnauzbart überrascht.

»Wir haben viel geredet«, sagte die Königin, »und versucht, eine Lösung zu finden, die es dem Reiter erlaubt, die Bewegungen des Tieres zu steuern, ohne es zu verletzen. Ich glaube, wir haben etwas Gutes gefunden, aber du musst versuchen, die Handhabung noch zu verbessern.«*

Als es dem Schnauzbart gelang, dem Tier mit Hilfe der le-

---

* Die ägyptischen Pferde waren nicht beschlagen, und die Reiter benutzten weder Sattel noch Steigbügel.

dernen Riemen seine Befehle zu übermitteln, war er ganz atemlos vor Freude. Er konnte es schneller und langsamer gehen lassen und konnte es durch eine kleine Bewegung seiner Hand dazu bringen, sich nach rechts und nach links zu wenden. Das Pferd reagierte sofort und gewöhnte sich sehr schnell an alles.

»Ich staune«, sagte der Afghane. »Wirklich, ich hätte es nicht für möglich gehalten, dass du lernst, diese neue Waffe zu beherrschen.«

»Während ich meine Wunden pflegen ließ, habe ich nachgedacht.«

»Ach, ja? Worüber?«

»Ein einziger Reiter genügt nicht. Wir brauchen noch mehr.«

»Das könnte stimmen«, sagte der Afghane in düsterem Ton.

»Ich habe da ein graues Pferd im Auge, das dich die ganze Zeit interessiert anblickt.«

»Ich liebe den festen Boden unter meinen Füßen. Wenn meine Sohlen nur noch Luft spüren, kriecht die nackte Angst in mein Herz.«

»Ganz einfach, Afghane. Fürst Emheb und Heray werden dich hochheben, du kletterst auf den Rücken und hältst dich fest.«

Die beiden hünenhaften Männer kamen ihrer Aufgabe mit Vergnügen nach.

Und nach einigen Stürzen war der Afghane der zweite Reiter der ägyptischen Armee.

Da sich in Hafen-des-Kamose nichts rührte, blieb der Generalstab in Theben, wo er sich weiterhin den Pferden widmete. Wildkatze war es gelungen, eine Stute zu heilen, die unter einer Augenentzündung litt. Ihre Arzneien bewährten sich auch bei diesen Tieren, die nach kurzer Zeit kaum jemandem bei Hofe mehr fremd vorkamen.

Auch Lächler der Jüngere gewöhnte sich an sie. Er begleitete Ahotep oft in ihre neue Unterkunft. Die Königin beruhigte die Tiere, die manchmal nervös und ängstlich waren. Sie gab ihnen Futter und sprach lange mit ihnen.

Der Schnauzbart und der Afghane waren ausgezeichnete Reiter geworden, und sie hatten es fertig gebracht, ihre Tiere, den Großen Weißen und den Grauen, Hindernisse überspringen zu lassen, die sie von Mal zu Mal höher machten. Oft ritten sie in die Wüste hinaus, denn die Pferde liebten den fliegenden Galopp über offenes Gelände.

Doch die beiden Männer und ihre Tiere stellten längst noch keine schlagkräftige Einheit dar, die in der Lage gewesen wäre, den Streitwagen der Hyksos die Stirn zu bieten. Es galt jetzt herauszubekommen, ob es den ägyptischen Zimmerleuten gelingen konnte, einen Wagen herzustellen wie den, der bei Memphis geraubt worden war.

36

Der entseelte Körper von Admiral Jannas wurde zusammen mit den Leichen seines Adjutanten, seiner Leibwachen und der Bediensteten in einen Abwassergraben geworfen. Hastig wurde sein Haus ausgeräumt und gesäubert, und bald diente es dem neuen Flottenbefehlshaber, der von Khamudi vorgeschlagen und vom König ernannt wurde, als Amtssitz. Der neue Kommandant war ein alter Matrose und langjähriger Drogenabnehmer. Die unerwartete Beförderung überraschte und entzückte ihn. Er würde dem Großschatzmeister nicht in die Quere kommen.

Die hohen Beamten in der Hyksosverwaltung glaubten kein Wort der Version, die man ihnen erzählte, doch niemand von ihnen wagte, die Wahrheit auszusprechen, die auf der Hand lag: Da er fürchtete, von Jannas ausgestochen zu werden, hatte Khamudi sich seines Gegenspielers entledigt.

Im Augenblick stellte sich nur die Frage: Hatte er auf Befehl von Apophis gehandelt oder nicht? Und warum ließ sich der König seit einigen Tagen nicht sehen?

Viele glaubten, dass Apophis im Sterben lag. Einige schlugen vor, dass man sich jetzt auf Khamudis Seite schlagen müsse; andere sagten, es sei besser, ihn zu töten; doch wer sollte später auf dem Thron sitzen? Keiner der hohen Offiziere genoss den Ruf eines Jannas. Schon begannen sich die Familienverbände zu formieren, die bereit schienen, sich in einem endlosen Kleinkrieg gegenseitig zu zerfleischen, als sich die Nachricht verbreitete: Alle Amtsträger der Armee sollten sich in der Festung versammeln.

Ein General der Streitwagentruppen, der als Jannas' rechte Hand gegolten hatte, versuchte, Auaris auf einem Handelsschiff zu verlassen. Wohin das Schiff segelte, war ihm gleich. Er würde am ersten Hafen von Bord gehen und verschwinden.

Doch der Kapitän weigerte sich, den unerwarteten Passagier mitzunehmen, und rief die Ordnungshüter, die den General unverzüglich zu Khamudi führten.

»Du bist ein Verräter, und du verdienst den Tod«, sagte der Großschatzmeister. »Ich lasse dir die Wahl: Entweder du nennst mir die Mitstreiter, die für Jannas gearbeitet haben – dann schlägt man dir den Kopf ab; oder du weigerst dich zu reden – dann wirst du gefoltert.«

»Ich werde nichts sagen.«

»Dummkopf! Du wirst sehr bald deine Meinung ändern.«

Khamudi irrte sich nicht.

Mit verbranntem Gesicht und gemarterten Gliedmaßen nannte der General die Namen der Parteigänger des ermordeten Admirals.

Man nahm sie in ihren Wohnungen und in der Kaserne fest und schlug ihnen vor ihren Soldaten die Köpfe ab.

Im Besprechungssaal der Festung herrschte immer dieselbe frostige Temperatur.

»Mit den eingeleiteten Säuberungen haben wir einige schwarze Schafe erledigen können«, verkündete Apophis. »Denkt aber nicht, dass meine Wachsamkeit jetzt nachlässt. Sollte es weitere Parteigänger von Jannas geben, werden sie sehr bald entdeckt und bestraft werden. Wer sich selbst beschuldigt, kann auf meine Nachsicht zählen.«

Ein junger Hauptmann der Fußsoldaten erhob sich und sagte: »Majestät, ich habe Unrecht daran getan, den Worten von General Jannas Glauben zu schenken. Er gab vor, die volle Befehlsgewalt zu haben, und ich hatte Lust, in den Krieg zu ziehen und für die Allmacht des Reiches zu kämpfen.«

»Deine Aufrichtigkeit erspart dir die schändliche öffentliche Hinrichtung. Du wirst vor dem Tempel Seths erwürgt werden.«

»Majestät, ich flehe Euch an …«

»Schneidet diesem Verräter die Zunge heraus und führt ihn ab!«

Das Blut des Hauptmanns tränkte den Boden des Empfangssaals.

»Großschatzmeister Khamudi ist zum Anführer der Streitkräfte der Hyksos ernannt worden«, sagte Apophis feierlich. »Er handelt ausschließlich auf meinen Befehl. Wer sich weigert, ihm Gehorsam zu leisten, unter welchem Vorwand auch immer, wird dem Henker ausgeliefert.«

Sinnlos betrunken lag Khamudi auf seinem Ruhelager und versuchte mühsam, wieder zu Atem zu kommen. Noch nie war er dem Abgrund so nah gewesen. Wenn Jannas sich als weniger ehrerbietig seinem Herrscher gegenüber gezeigt hätte, wenn er sich rücksichtsloser und schneller die volle Befehlsgewalt angemaßt hätte, würde der Großschatzmeister jetzt in einem der Lager schmachten.

Zum Glück war der Admiral viel weniger hinterlistig und verschlagen gewesen, als Khamudi geglaubt hatte. Vor allem hatte er den tödlichen Fehler begangen, den König über seine wahren Absichten ins Bild zu setzen. Und da Apophis sich bedroht fühlte, hatte er mit besonderer Härte gehandelt.

Der König wollte vor allem, dass die Streitkräfte sich nicht zu weit im Land verteilten. Zahlreiche Regimenter sollten im Delta und in der Nähe von Auaris zusammengezogen werden. Der neue Oberbefehlshaber verlängerte also den herrschenden Zustand. Die Lage bei Memphis würde sich dadurch vielleicht verschlechtern, aber der Krieg in Asien würde neuen Auftrieb bekommen. Man musste den Aufstand der Hethiter im Keim ersticken. Man musste noch mehr Wälder, noch mehr bebautes Land und noch mehr Dörfer verbrennen. Man musste noch mehr Menschen töten, Frauen, Kinder und Greise, weil all diese Leute möglicherweise mit den Aufständischen zusammenarbeiteten.

Übrig blieben Ahotep und ihr kleiner Pharao! Befanden sie sich nicht auf dem gleichen Weg wie dieser Fürst von Kerma, dieser Nubier, der sich in seiner weit entfernten Provinz schlafen gelegt hatte, sich mit seinem Harem, dem guten Essen und reichlichen Trinken zufrieden gab? Wenn sie wirklich so klug war, wie man sagte, hatte Ahotep längst begriffen, dass sie die Grenze zum Kernland der Hyksos nicht überschreiten durfte und sich mit dem Gebiet begnügen musste, das die Ägypter inzwischen zurückerobert hatten.

Doch was der alte König, erschüttert von Jannas' Niederlage, dieser Ahotep durchgehen ließ, würde Khamudi nicht mehr sehr lange mit ansehen! Er wollte diese Unverschämte zu seinen Füßen sehen, machtlos und um Gnade winselnd.

Natürlich gab es andere Dinge, die vielleicht wichtiger waren, angefangen bei der Entwicklung des Drogengeschäfts. Khamudi stand kurz davor, zwei neue Stoffe auf den Markt zu bringen, einen wertlosen, billigen, den sich jedermann leisten konnte, und einen weiteren, selten und teuer, der den hohen Würdenträgern vorbehalten wäre. Die Gewinnspannen waren so groß, dass der Großschatzmeister in Kürze sein riesiges Vermögen noch einmal verdoppeln konnte.

Jannas hatte er also los, und der König alterte schnell – die Zukunftsaussichten waren mehr als glänzend! Es blieb eine Bedrohung, die man nicht vernachlässigen durfte… Darüber wollte Khamudi vertraulich mit Yima, seiner treuen Gattin, sprechen.

»Was für eine entsetzliche Nacht!« Tany war wieder einmal von Albträumen heimgesucht worden, einer schrecklicher als der andere, und sie hatte mehrmals ihr Bett durchnässt. Ständig standen Dienerinnen bereit, die die Laken wechselten. Auch jetzt, wo sie aufgewacht war, zitterte Apophis' Gattin noch immer an allen Gliedern, wenn sie an die Feuersbrünste dachte, die in ihren Träumen die Stadt Auaris verschlangen.

Am frühen Morgen hatte sie einen Teller mit gebratenem Wildbret verspeist und dazu einen Krug Starkbier getrunken. Danach war sie, von Magenschmerzen gequält, wieder zu Bett gegangen.

»Yima wünscht, Euch zu besuchen«, teilte ihr die Kammerzofe mit.

»Meine gute und liebe Herzensfreundin… Sie soll hereinkommen!«

Noch stärker geschminkt als gewöhnlich, sprach Yima in gekünsteltem Ton: »Ihr wirkt ein wenig frischer heute Morgen, meine Liebe.«

»Das sieht leider nur so aus. Du hattest Recht, Yima: Dieser verfluchte Admiral Jannas hat mir nur Unglück gebracht. Wie froh ich bin, dass er endlich tot ist! Jetzt steht dein Mann an der Spitze unserer Truppen, und die Hauptstadt hat nichts mehr zu befürchten.«

»Ihr könnt auf Khamudi zählen, Majestät. Solange er lebt, wird sich kein Ägypter unserer Stadt zu nähern wagen.«

»Wie gut es mir tut, dir zuzuhören! Der König gibt euch keinen Anlass zu irgendwelchen Ungelegenheiten, hoffe ich?«

»Jetzt, da er diesen Jannas mit seinem unmäßigen Ehrgeiz erledigt hat, ist er wieder so ausgeglichen und wohlwollend wie eh und je.«

»Das freut mich zu hören. Doch wir müssen unser kleines Geheimnis für uns behalten. Niemand darf wissen, welche Rolle unsere liebe Aberia bei der Sache gespielt hat.«

»Seid ganz beruhigt, Majestät. Überall ist nur die offizielle Lesart zu hören, dass Jannas von einem seiner Küchenhelfer umgebracht worden ist.«

»Hat Aberia ihren Lohn erhalten?«

»Mein Mann war wirklich sehr großzügig. Aber ich habe noch eine weitere gute Nachricht für Euch: Ich habe als Eure treue Dienerin eine Arznei mitgebracht, die Eure Heilung beschleunigen wird.«

»Gib sie mir, schnell!«

Die massige Gestalt Aberias betrat das Zimmer der Königin.

»Du, Aberia… Hast du die Arznei bei dir, die mich wieder gesund machen wird?«

»Es ist keine Arznei, Majestät.«

»Was ist es denn?«

»Ein wesentlich wirkungsvolleres Heilmittel, fürchte ich.« Aberia streckte ihre riesigen Hände vor.

»Ich… ich verstehe nicht…«

»Das beste Mittel, um Euer Geheimnis zu bewahren, Majestät, wird sein, Euch endgültig zum Schweigen zu bringen. Es scheint, Ihr redet im Schlaf. Das ist zu gefährlich.«

Die Königin versuchte vergeblich, ihren schlaffen Körper aus dem Bett zu heben. Sie hatte nicht einmal mehr Zeit, einen Schrei auszustoßen. Erbarmungslos schlossen sich Aberias Hände um ihre Kehle.

Tany wurde auf dem Palastfriedhof beigesetzt, ohne dass der König ihr die Ehre gab, an ihrer Beerdigung teilzunehmen. Er war mit den Rechnungen beschäftigt, die Khamudi ihm zur Prüfung vorlegte.

»Erlaubt mir, Herr, Euch mein Beileid auszusprechen.«

»Kein Mensch, am wenigsten ich selbst, trauert um diese alte Vettel.«

Khamudi war höchst zufrieden. Mit der Ermordung der Königin, deren verderblichen Einfluss er bis zuletzt gefürchtet hatte, hatte er dem König einen Gefallen getan! Es war ein weiterer Schritt in Richtung der unumschränkten Macht, die er so ungeduldig und glühend herbeisehnte, wie jene die Hauptstadt in immer größerer Zahl bevölkernden Unglücklichen den Genuss ihrer Drogen.

Über Aberia sprach Khamudi nicht mit dem König. Sie war dank seiner Großzügigkeit reich geworden und würde von nun an nur noch für ihn arbeiten. Der Weg war frei …

Doch Khamudi untersagte sich in Gegenwart des Königs, an sein großes Ziel zu denken. Er wusste, dass der Herrscher der Finsternis Gedanken lesen konnte.

37

Fürst Emheb teilte Königin Ahotep sein Urteil mit: »Bevor ich die Ehre hatte, der Vorsteher meiner Stadt Edfu zu werden«, sagte er, »habe ich mich mit der Herstellung von Möbeln und anderen Gegenständen aus Holz beschäftigt und eine gewisse Meisterschaft in diesem Handwerk erlangt. Da Ihr nicht wolltet, dass ich Theben verlasse, Majestät, habe ich mich ein wenig mit dem Streitwagen der Hyksos beschäftigt. Ein bemerkenswertes Stück Arbeit, das muss man sagen, doch von erheblichem Gewicht! Der Wagen kann sicher vier Soldaten tragen.«

»Wir könnten das Ganze leichter machen und es für nur zwei Soldaten auslegen«, sagte die Königin nachdenklich. »Damit würden wir an Beweglichkeit gewinnen.«

»Das ja, aber die Wagen wären weniger widerstandsfähig. Ganz zu schweigen von der Art des Holzes, das gleichzeitig leicht und sehr feinporig sein muss! Drei Hölzer scheinen mir geeignet zu sein: die Tamariske, die Ulme und die Birke.* Von der ersten Art haben wir mehr als genug; die beiden anderen sind bei uns eher selten. Ich werde sehen, dass ich genug Holz auftreibe, um ungefähr hundert Räder zu fertigen, doch die beiden anderen Hölzer müssen wir im Delta oder in Asien auftreiben.«

Das entwaffnende Lächeln der Königin zeigte, dass sie die Sache mit ihrer gewöhnlichen Zuversicht anpackte. Emheb ließ sich von ihrer Stimmung anstecken und zeigte ihr, wie er das Holz erst anfeuchten und dann erhitzen würde, um es in die geeignete Form zu biegen.

---

* Die technischen Einzelheiten zur Herstellung der ägyptischen Streitwagen sind von J. Spruytte in der Zeitschrift *Kyphi*, 2, S. 77 ff. erläutert worden.

Und binnen kurzem waren die beiden ersten Räder vollendet. Sie maßen einen Meter im Durchmesser und hatten vier Speichen.

»Das Verfahren der Hyksos hat mich angeregt«, sagte Emheb, »aber ich habe es verbessert. Die Speichen ihrer Räder bestehen aus zwei Holzteilen, das habe ich anders gemacht. Vor allem sind die Teile bei mir auf andere Weise verzahnt, wodurch die Steifigkeit verbessert wird, und ich habe Leim und Lacke benutzt, um das Holz zu härten.«

Stolz strich Emheb über eine lange Achse, die den Wagenkorb trug, und über eine Deichsel, die, je nach Größe des Zugpferds, bis zu einer Höhe von zweieinhalb Metern eingestellt werden konnte.

»Wie soll der Boden aussehen?«, fragte Ahotep.

»Er besteht aus straff gespannten Kupferstreifen auf einem Holzrahmen. Das Ganze wird sehr leicht sein und sich den Unregelmäßigkeiten des Geländes sehr gut anpassen.«

Es kam der Augenblick der ersten Probefahrt.

Zwei Pferde wurden angeschirrt, und es fehlten nur noch die zwei Mann Besatzung.

»Wo sollen wir zwei Wahnsinnige hernehmen, die es auf sich nehmen würden, diesen Wagen zu besteigen und auf volle Fahrt zu bringen?«, fragte der Schnauzbart.

»Die Königin will keinen Außenstehenden in diese Sache einweihen«, erwiderte Emheb. »Von all denen, die bereits davon wissen, ist zunächst natürlich der Pharao selbst ausgeschlossen, denn ihm darf nicht das Geringste zustoßen. Neshi ist ein Gebildeter, der körperliche Übungen wie diese nicht gewöhnt ist, Haushofmeister Qaris ist zu alt, Heray ist zu schwer. Und ich – ich bin für die Herstellungsweise zuständig. Also …«

»Etwa der Afghane und ich?«

»Ihr habt weit gefährlichere Prüfungen gemeistert!«

»Da bin ich mir gar nicht so sicher«, sagte der Afghane.
»Los, steigt schon auf! Der Schnauzbart lenkt, der Afghane
spielt die Rolle des Bogenschützen und zielt auf eine Scheibe
aus Stroh. Das Ziel ist einfach: Die Scheibe soll getroffen wer-
den, während ihr so schnell wie möglich daran vorbeifahrt.«
»Die Zukunft des Krieges hängt von euch ab«, bekräftigte
Ahotep, und der Pharao senkte zustimmend den Kopf.
Der Schnauzbart und der Afghane nahmen ihre Plätze ein.
In solchen Situationen neigten sie beide dazu, sich über alle
Ängste hinwegzusetzen und die Sache bei den Hörnern zu packen. Auf der geraden Strecke gab es keinerlei Schwierigkeiten.
Doch in der ersten Kurve, die sie angegangen waren, ohne zu
bremsen, neigte sich der Wagen und fiel um. Und die beiden
tollkühnen Passagiere fanden sich auf dem Boden wieder.

»Ich habe gar keine Schmerzen mehr«, sagte der Afghane.
»Wildkatze, du bist eine richtige Zauberin.«
»Meine Frau leitet die Sanitätstruppe«, sagte der Schnauz-
bart in gewichtigem Ton, »und du bist nur einer von vielen, die
sie hier täglich verarztet.«
»Wann ist die nächste Probefahrt?«, fragte die hübsche Nu-
bierin.
»Es gibt überhaupt keine Eile, Liebling, und…«
»Ganz im Gegenteil! Wir dürfen keine Zeit verlieren. Damit
wir einen Streitwagen herstellen können, der den Wagen der
Hyksos überlegen ist, brauchen wir noch viel Erfahrung, und
ihr könnt euch nicht einfach auf die faule Haut legen.«
»Wir sind verletzt worden, wir…«
»Einfache Prellungen, nichts Schlimmes. Ihr seid völlig ge-
sund und könnt durchaus noch ein paar Stürze verkraften.«
Diese Voraussage Wildkatzes sollte sich bewahrheiten.
Im Lauf der nächsten Monate gelang es Emheb, verschiedene

Vorrichtungen zu bauen, die zur Wirksamkeit des neuen ägyptischen Streitwagens entscheidend beitrugen. Er benutzte besseren Leim und besseren Lack, verstärkte die Befestigung der Deichsel, stellte ein verbessertes Geschirr her, bestehend aus einem breiten, langen Stoffriemen, der als Zuggurt über den Widerrist der Tiere lief, und zwei schmaleren, mit Leder verstärkten Riemen, die unter ihrem Bauch, beziehungsweise unter ihrer Brust hindurchliefen, damit sie nicht verletzt wurden. Dazu gab es einen Kopfzaum aus zwei Backenstücken, Kehl- und Stirnriemen. Die Führung der Pferde war damit verbessert worden; Pferd und Lenker brauchten keine langen Gewöhnungszeiten mehr, um sich aufeinander einzustellen, und die Gespanne wären früher einsetzbar, als zunächst angenommen.

Auch der hinten offene Wagenkorb wurde noch leichter. Das Gestell bestand aus mehreren gebogenen Holzlatten, und die Wände waren mit Leder überzogen. Alle der Reibung ausgesetzten Teile wurden ebenfalls mit Leder verstärkt.

Ahotep fürchtete jeden Tag, schlechte Nachrichten aus Hafen-des-Kamose zu erhalten. Doch die Brieftauben brachten immer denselben Satz: »Nichts zu melden.«

Die Aufständischen von Memphis schickten einen erstaunlichen Brief. Sie hatten Gerüchte aus Auaris gehört, nach denen Admiral Jannas von einem seiner Dienstboten umgebracht und Großschatzmeister Khamudi zum Oberbefehlshaber ernannt worden sei. Es seien große Säuberungen im Gang, und die Armee der Hyksos werde neu ausgerichtet.

Wenn die Botschaft nicht falsch war, konnte das bedeuten, dass sich in der feindlichen Hauptstadt wieder eine Gruppe von Aufständischen gebildet hatte, der es gelungen war, mit dem belagerten Memphis in Verbindung zu treten.

»Jannas' Tod würde das abwartende Verhalten der Hyksos erklären«, sagte Ahmose.

»Umso wichtiger ist es, dass wir mit unseren Streitwagen

weiterkommen«, erwiderte Ahotep. »Die Pferde vermehren sich nur langsam, und wir verfügen nur über wenige Paare. Es wird uns nichts anderes übrig bleiben, als dem Gegner noch mehr Pferde zu rauben, damit wir unsere Streitwagen überhaupt einsetzen können.«

»Ich werde demnächst weitere Probeläufe durchführen«, sagte Emheb.

Der Schnauzbart und der Afghane hatten unzählige Versuchsfahrten hinter sich, von denen einige weniger schlimm endeten als andere. Vor allem hatten sie während dieser Fahrten gelernt, die Zügel so gut wie nur irgend möglich zu handhaben. Sie schlangen sie um ihre Taille und konnten mit einer kleinen Körperdrehung die Pferde nach rechts und links dirigieren. Spannten sie die Zügel straffer, konnten sie sie bremsen oder zum Anhalten bringen.

Im Inneren des Wagens hatte der Schnauzbart Taschen anbringen lassen, in denen Pfeile, Wurfspieße und Dolche für den Angriff, aber auch Lederriemen für Reparaturen steckten.

»Dieses Mal«, sagte der Schnauzbart zum Afghanen, »wird die Fahrt gelingen. Das spüre ich.«

»Das hast du schon oft gesagt!«

»Gut. Versuchen wir es! Auf geht's, im Galopp!«

Die Pferde setzten sich mit einem Satz in Bewegung.

Trotz des holperigen Bodens behielt der Wagen seine Geschwindigkeit bei.

Und schon kam die erste Kurve, um eine Markierung aus Steinbrocken herum. Und dann die zweite, die man äußerst vorsichtig nehmen musste, weil sie schon tief von Wagenspuren zerfurcht war. Der Wagen hielt sich im Gleichgewicht.

Der Afghane schoss fünf Pfeile auf die Strohscheibe ab. Alle blieben stecken.

Der Schnauzbart machte eine zweite Runde, die sich als ebenso erfolgreich erwies.

»Wir haben es geschafft«, sagte die Königin zu Emheb. Vor
Freude traten ihr Tränen in die Augen. »Unverzüglich beginnen
wir mit der Herstellung weiterer Streitwagen und der
Ausbildung der Wagenlenker!«

38

Nachdem er seine gewöhnliche Menge Opium geraucht
hatte, ließ der Offizier, der für die Sicherheit des Handelshafens
von Auaris zuständig war, eine junge Ägypterin kommen.
Er schlug sie zuerst so heftig ins Gesicht, dass sie ohnmächtig
wurde. Dann legte er sich mit seinem ganzen Gewicht auf sie.
»Wach auf, du kleine Schlampe! Mit einer Toten macht's mir
keinen Spaß!«
Er ohrfeigte sie mehrere Male, ohne dass sie die Augen aufschlug.
»Was soll's«, murmelte er endlich, »es ist schließlich nicht
schade um sie. Man wirft sie mit anderen von ihrer Sorte in ein
Massengrab, und damit Schluss.«
Dann verließ er seine Unterkunft, um zu urinieren. Als er
am Kai stand, schwankte er heftig und musste aufpassen, dass
er nicht ins Wasser fiel. Plötzlich sah er sich von einem Dutzend
Piraten aus der Leibwache Khamudis umringt und
glaubte an einen bösen Traum.
»Folge uns«, befahl einer von ihnen.
»Ihr habt den Falschen erwischt, glaubt mir.«
»Du bist für die Sicherheit des Hafens zuständig, oder?«
»Ja, aber…«
»Also folge uns. Der Großschatzmeister wünscht dich zu
sehen.«

»Ich hatte einen sehr harten Tag. Ich bin … ich bin wirklich furchtbar müde …«

»Wir helfen dir. Keine Angst, du wirst schon nicht umfallen.«

Khamudi hatte sich in einem der Diensträume von Admiral Jannas eingerichtet, im Mittelteil der größten Kaserne von Auaris. Er hatte neue Möbel angeschafft und die Wände rot streichen lassen. Auf seinem Arbeitstisch lag ein Packen Papyri: Verrat um Verrat, mit genauen Namensangaben der Parteigänger von Jannas, vom höchsten Offizier bis zum gemeinen Soldaten, in allen Truppenteilen. Khamudi prüfte jeden einzelnen Fall und drückte das Siegel des Anklägers auf fast alle Schriftstücke. Nur wenn die Säuberung der Armee rücksichtslos durchgeführt wurde, würde er den Oberbefehl ausüben können, ohne ständig Verrat wittern zu müssen.

Der Verdächtige wurde gebracht.

»Ich bin sicher, du hast eine Erklärung abzugeben.«

»Ich habe meine Arbeit gut gemacht, Großschatzmeister! Für mich geht die Sicherheit des Hafens über alles!«

»Du bist ein Freund von Jannas, nicht wahr?«

»Ich? Ich habe diesen Admiral gehasst!«

»Man hat dich oft mit ihm gesehen.«

»Er hat mir Befehle gegeben, sonst nichts!«

»Na gut.«

Der Verdächtige entspannte sich.

»Ich habe dich aus einem anderen Grund kommen lassen«, sagte Khamudi. »Einem nicht weniger schwer wiegenden Grund allerdings. In deinem Bett lag eine junge Ägypterin.«

»Das stimmt, Herr, aber …«

»Gestern war es eine andere. Und vorgestern wieder eine andere.«

»Das stimmt, ich bin ein Mann, der viel Abwechslung braucht, und deshalb …«

»Woher kommen diese Mädchen?«

»Es sind ... Zufallsbekanntschaften ...«

»Hör auf zu lügen!«

Der Beklagte wand sich.

»Nachdem der Harem geschlossen wurde, muss man sich eben mit dem behelfen, was kommt. Das habe ich getan.«

»Du hast deinen eigenen kleinen Harem eingerichtet und leihst deine Mädchen an verschiedene Kunden aus, ist es nicht so?«

»Ich habe verschiedene ... na ja, aber nur wegen der Schließung, versteht Ihr? Ich leiste der Allgemeinheit einen Dienst ... ja, so könnte man es sagen.«

»Ich bin der Großschatzmeister. Auf dem Gebiet der Hyksos darf kein Geschäft eröffnet werden ohne meine Kenntnis. Das Reich zu betrügen, das ist ein sehr ernsthaftes Vergehen!«

»Ich werde zahlen, was ich schuldig bin, Herr!«

»Ich will wissen, wie du deine Geschäfte abwickelst, und ich will wissen, wo sich jedes einzelne Hurenhaus in Auaris befindet.«

Der für die Sicherheit des Handelshafens verantwortliche Offizier erzählte alles, was er wusste.

Khamudi war begeistert. In Zukunft würde er sich am Geschäft der käuflichen Liebe beteiligen und hohe Gewinne einstreichen.

»Du hast sehr gut mit uns zusammengearbeitet«, sagte er schließlich zu dem Offizier, »und du hast eine Belohnung verdient.«

»Ihr ... werdet mich nicht länger als Verdächtigen behandeln?«

»Nein. Jetzt haben wir keinen Grund mehr dazu. Komm mit!«

Der Offizier begriff nicht, was der Großschatzmeister vorhatte, und folgte ihm, ohne zu zögern.

Beim Ausgang der Kaserne legte Aberia all jene Soldaten, die Jannas unterstützt hatten, eigenhändig in Ketten.

»Tröste dich, du bist nicht der Einzige«, sagte Khamudi höhnisch. »Aber du hast dich des Hochverrats schuldig gemacht, und dafür wirst du ins Lager wandern. Gute Reise!« Der Beschuldigte versuchte zu fliehen, doch Aberia ergriff ihn bei den Haaren. Der Mann taumelte und stieß einen Schmerzensschrei aus. Sie warf ihn zu Boden und brach ihm ein Bein.

»Es bleibt dir noch ein Bein, um zu gehen. Und lass es dir nicht einfallen, auf dem Weg herumzutrödeln.«

Im Waffenlager am Hafen wurde schon die dritte Säuberung in diesem Monat durchgeführt. Fünfzig Mitglieder des Personals wurden festgenommen, und niemand wusste, was mit ihnen geschehen würde.

Arek, ein junger, kräftiger Mann mit kaukasischem Vater und ägyptischer Mutter, hatte mit ansehen müssen, wie sein älterer Bruder in einem langen Zug von Männern, Frauen und Kindern weggeführt wurde. Sie alle waren der Mittäterschaft bei einer Verschwörung von Admiral Jannas beschuldigt worden. Gerüchte wollten wissen, dass diejenigen, die den Zwangsmarsch überlebten, in ein Lager eingewiesen wurden, aus dem kein Mensch lebend wiederkam.

Arek war überzeugt davon, dass der König sich zu täglich neuen Wahnsinnstaten hinreißen ließ, die viele Menschen das Leben kostete; deshalb war er in eine Widerstandsgruppe eingetreten und übermittelte nun alles, was er wusste, an einen Sandalenmacher, der oft nach Memphis fuhr, wo er die Soldaten der Hyksos mit neuem Schuhwerk ausrüstete. Dort setzte er sich – unter genauer Einhaltung vieler Vorsichtsmaßregeln – mit den Ägyptern in Verbindung.

Arek fühlte sich oft einsam. Doch in ihm lebte eine einzige Gewissheit, die ihm Hoffnung gab: Der Sandalenmacher hatte ihm versichert, dass Königin Ahotep keine bloße Legende war. Es gab sie wirklich. Und hinter ihr stand eine ganze Armee, die die Hyksos bis jetzt nicht hatten schlagen können. Dank dieser Frau würde Ägypten sich eines Tages von Apophis' finsteren Machenschaften befreien.

Außer den wenigen Botschaften, die er dem Sandalenmacher übermitteln konnte, widmete sich der junge Mann einer weiteren schwierigen und heiklen Aufgabe: Er übte Sabotage. Er schnitt die Radspeichen der ihm anvertrauten Streitwagen an und bedeckte sie anschließend mit einer Lackschicht, um die Kerben zu verbergen. Wenn die Wagen schnell fuhren, würden sich durch die gebrochenen Speichen unvermeidlich Unfälle ereignen.

Plötzlich hörte er das Geräusch schneller Schritte und Schreie.

»Militär!«, rief ihm ein Kollege zu.

»Bleibt, wo ihr seid, und versucht nicht zu fliehen!«, befahl die donnernde Stimme Aberias, die von einer Hundertschaft ihrer Häscher begleitet war.

Im Waffenlager am Hafen verharrte alles unbeweglich.

Mit Schlägen in den Bauch trieben Aberias Männer die Arbeiter auseinander.

Ein Verwalter blieb blutüberströmt und mit tiefen Wunden zu Aberias Füßen liegen.

»Dieser Verbrecher hat mit Jannas zusammengearbeitet!«, rief sie. »Er muss einen Helfershelfer haben, hier, unter euch. Wenn er ihn mir nicht sofort nennt, werde ich seine gesamte Familie hinrichten lassen.«

Sie zwang den Unglücklichen, sich zu erheben.

»Er hat keine Augen mehr! Sie haben ihm die Augen ausgestochen!«, rief einer der Arbeiter entsetzt, doch das letzte Wort blieb ihm im Hals stecken.

Ein Häscher tötete ihn mit einem gezielten Hieb seines schweren Stocks und zog seinen Leichnam hinter sich her in den Hof, während der Beschuldigte sich mit blutenden Augenhöhlen seinen Arbeitskameraden näherte.

»Ich schwöre Euch… Ich habe keinen Helfershelfer!«

»Berühre den Schuldigen mit der Hand, und wir werden deine Familie verschonen«, versprach Aberia.

Der Blinde streckte die Hand aus. Seine Fingerspitzen strichen über Areks Gesicht. Arek hielt den Atem an. Die Hand des Sterbenden streckte sich weiter und krümmte sich um die Schulter des Nebenmanns, eines jungen Syrers, der vor Entsetzen laut aufschrie.

39

Zwei frohe Ereignisse geschahen am gleichen Tag: Nefertari brachte einen Sohn zur Welt, der den gleichen Namen wie sein Vater erhielt, auf dass die Dynastie des Mondgottes in ihm weiterlebte und er den Kampf gegen die Eroberer fortsetzte; und Fürst Emheb teilte Königin Ahotep mit, dass das erste ägyptische Streitwagenregiment einsatzbereit sei.

Pharao Ahmose übte mit dem Schnauzbart und dem Afghanen, damit er mit dem neuen Kriegsgerät bestens umzugehen lernte. Ahmose war ebenso hartnäckig, ernsthaft und genau wie seine Ausbilder. Letzte Probefahrten in der Wüste hatten ihm Sicherheit gegeben.

Ahotep wiegte den Säugling, der von seiner Mutter drei Monate lang gestillt würde, bevor man ihn einer Amme übergab.

»Majestät«, sagte Nefertari, »ich bitte um die Ehre, meinem Sohn den geheimen Namen geben zu dürfen, dessen er sich in seinem künftigen Leben würdig erweisen soll. Er soll der Gründer einer neuen Dynastie werden, die die Vereinigung der Zwei Reiche erleben wird, die Wiedereinsetzung der Herrschaft Maats über Ägypten. Sein geheimer Name soll Amunhotep sein, ›Amun ist im Frieden‹.«

Die Königin stimmte gerührt zu. Sie hatte nicht mehr viel Zeit, um ihrem Enkel Zärtlichkeiten zu erweisen, denn Graukopf war aus Memphis eingetroffen und erwartete sie auf dem Fensterbrett ihres Arbeitsgemachs.

Nachdem sie seine Nachricht gelesen hatte, rief die Königin ihre Generäle zu sich.

»Wir erhalten neuerdings Nachrichten aus Auaris selbst«, verkündete die Königin. »Die Botschaften kommen über die Widerstandsgruppe in Memphis.«

»Seid Ihr sicher, dass es keine gefälschten Nachrichten sind?«, fragte Neshi zweifelnd. »Wir sollten aufpassen, dass wir nicht in einen Hinterhalt gelockt werden!«

»Vorsicht ist immer geboten«, bestätigte die Königin, »aber ich neige dazu, diesmal zu glauben, was man uns mitteilt: dass Admiral Jannas tot ist, dass der Großschatzmeister zum Oberbefehlshaber der Streitkräfte der Hyksos ernannt worden ist und dass in Auaris Angst und Schrecken herrschen. Die Anhänger von Jannas werden gejagt, festgenommen und ohne weitere Prüfung ihres Falles hingerichtet.«

»Hat Khamudi vor, uns anzugreifen?«, fragte Fürst Emheb.

»Ich habe nur Nachricht von den schrecklichen Säuberungen, die gerade im Gang sind. Nicht einmal die höchsten Würdenträger werden verschont.«

»Man könnte wirklich meinen, die Eroberer ziehen sich auf sich selbst zurück«, bemerkte Haushofmeister Qaris. »Ihre Gräueltaten werden sie von innen her zerstören!«

»Ist das nicht ein Zeichen des Schicksals?«, fragte Heray. »Die Stunde ist gekommen, um zum Angriff überzugehen.«

Der Schnauzbart und der Afghane nickten.

»Ist einer von euch anderer Meinung?«, wollte Ahotep wissen.

Die beiden Freunde verharrten in ernstem Schweigen.

»Die Mitglieder des Generalstabs sind also einer Meinung«, sagte die Königin. »Aber die Entscheidung gebührt allein dem Pharao.«

»Bereiten wir uns darauf vor, Theben zu verlassen«, erklärte Ahmose feierlich.

Schön und ausgeruht, voller Glück, wenn sie an ihr Kind dachte, und voller Furcht, wenn ihre Gedanken sich dem wiederaufflammenden Krieg zuwandten, ging Nefertari im Palastgarten spazieren. Ahotep war an ihrer Seite.

»Jetzt liegt auf deinen Schultern die ganze Verantwortung für unsere Hauptstadt, Nefertari«, sagte sie. »Der Kampf wird fürchterlich sein, und niemand kann sagen, wie er ausgeht. Wie sein Vater und sein Bruder vor ihm, wird Ahmose jetzt ins Feld ziehen und in der vordersten Linie kämpfen; er wird unseren Männern ein leuchtendes Beispiel geben, und er wird ihre Angst im Zaum halten. Wir werden ausziehen, um die Finsternis in die Schranken zu weisen und dem Licht zum Durchbruch zu verhelfen. Vielleicht werden weder ich noch mein Sohn von der Front zurückkehren. Deshalb will ich einige Vorkehrungen treffen, die dich angehen.«

Die Große königliche Gemahlin sagte kein überflüssiges Wort. Es war ihr bewusst, dass sie die Wirklichkeit mit demselben klaren und nüchternen Blick betrachten musste wie Ahotep.

»Ich habe kaum Zeit gehabt, jung zu sein, Nefertari, und ich hoffe, für dich wird das anders sein. Doch wenn das Schicksal es von uns verlangt, müssen wir stark sein; wir haben nicht das Recht, uns unseren Pflichten zu verweigern.«

Auf einem von Königin Ahotep gelenkten Wagen begaben

sich die beiden Frauen vom Palast in den Tempel von Karnak, wo sie von Pharao Ahmose und dem Hohepriester Tjehuty erwartet wurden. Trotz der ernsten Lage hatte Nefertari die überraschende Fahrt und die damit verbundene neuartige Empfindung des schnellen Dahineilens genossen.

Nachdem sie die notwendigen Reinigungszeremonien vollzogen hatten, überquerten die vier den offenen Hof und betraten das Heiligtum, in dem der Pharao gekrönt worden war. Erstaunt entdeckte Nefertari dort eine Stele, deren Bedeutung ihr von Ahmose erklärt wurde.

»Auf die Bitte von Königin Ahotep hin schenke ich der Großen königlichen Gemahlin Nefertari den Titel Gottesgemahlin und das Amt der Zweiten Dienerin Amuns. Sie wird von nun an zusammen mit dem Hohepriester über den Tempel von Karnak herrschen. Dafür erhält sie Gold, Silber, Kleidung, Salbgefäße, Ländereien und Diener. Möge ihr Amt wachsen und gedeihen, möge sie den Geist Amuns mit Leben erfüllen, möge sie gewährleisten, dass er wohlwollend über das Land wacht, das die Götter lieben.«

Nefertari verbeugte sich vor dem König. »Du hast mich bekleidet, als ich nichts besaß, du machtest mich reich, als ich arm war. Aller Reichtum gehört dem Tempel, aller Reichtum steht im Dienst der schöpferischen Kraft, die uns das Leben spendet.«

Ahotep umarmte die neue Gottesgemahlin feierlich. Wenn sie selbst die große Schlacht gegen die Hyksos nicht überlebte, würde Nefertari sie ersetzen und ihr Werk fortführen.

Am nächsten Morgen bei Tagesanbruch, als es noch nicht sehr heiß war, überquerten Ahotep, Ahmose und seine Frau in Begleitung einiger Leibwachen den Nil. Gerade fanden die letzten Probeläufe der Streitwagen statt, die ihre Kriegstauglichkeit bewiesen.

Ahotep begab sich zielstrebig zu einem hinter Hügeln versteckten kleinen Tal. »Der wahre Reichtum Ägyptens«, sagte sie, während sie ihren Blick über die bebauten Felder ringsum schweifen ließ, »sind die Ahnen und Gründer unseres Landes. Während ich mit Ahmose gegen die Hyksos in den Krieg ziehe, sollst du, Nefertari, an diesem Ort ein Dorf gründen, das ›Ort der Wahrheit‹ heißen soll. Die Handwerker, die hier leben, werden im Geheimen arbeiten, weit von den Augen und Ohren der Thebaner entfernt. Sie sollen die rituellen Gegenstände herstellen, die wir bis jetzt haben entbehren müssen. Maat wird sich in sie einschreiben, die Gerechtigkeit, die Rechtschaffenheit des Werks unserer Hände. Versammle all jene, die dir der Aufgabe würdig erscheinen, stelle sie auf die Probe, weihe sie nach den alten Riten ein in das, was sie zu tun haben. Der älteste Goldschmied unserer Stadt soll dir zur Hand gehen. Hier ist die Gabe, die er für den Pharao gemacht hat.«

Die Königin legte Ahmose einen Kragen aus Gold, Karneol, Lapislazuli und Türkisen um den Hals. In figürlicher Darstellung sah man den König in einer Barke, flankiert von den Göttern Amun und Re. Sie hielten Gefäße in Händen, denen die himmlische Kraft entsprang. Von ihr benetzt, konnte der menschliche Herrscher sein göttliches Amt erfüllen.*

»Jetzt können wir nach Hafen-des-Kamose aufbrechen«, sagte Ahotep schließlich.

Haushofmeister Qaris suchte die Königin auf. Er schien aufgeregt. »Majestät, der Mann ist vor einer Stunde hier eingetroffen. Ich habe es für das Beste gehalten, ihm ein Zimmer im Palast anzuweisen, aber unter Bewachung. Ich habe ihm Wein und einen Teller mit Hasenpfeffer bringen lassen, und er verlangt noch mehr.«

---

* Der hier beschriebene Halsschmuck wurde in der Grabkammer Ahoteps gefunden, im Westen von Theben.

»Von wem sprichst du?«

»Von dem Kreter, der zurückgekehrt ist.«

Es war Linas. Er hatte sich nicht verändert.

»Hast du eine gute Reise gehabt, Kommandant?«

»Leider nicht, Majestät. Das Meer war launisch, und wir haben einen Sturm gehabt. Wenn ich nicht ein so guter Matrose wäre, wären wir zweifellos gekentert. Und das wäre schade gewesen, nicht nur für mich, sondern auch für Euch.«

»Heißt das, du bringst gute Nachrichten?«

»Erlaubt mir zunächst, Euch zwei Geschenke zu überreichen: dieses Beil, mit Greifen verziert, und diesen Dolch, auf dem man einen jagenden Löwen erkennt. Der Knauf in Form eines Stierkopfs soll unseren König Minos den Großen darstellen.*«

»Du willst doch nicht etwa sagen, dass er noch am Leben ist?«

»Doch. Er ist aus der Grotte der Mysterien zurückgekehrt. Das Orakel hat ihm eine Antwort gegeben. Mit all denen, die sich seines Throns bemächtigen wollten, hat er gnadenlos aufgeräumt. Er wünscht Euch die Kraft eines Löwen und die Magie der Greife, damit Ihr über Eure Feinde, die Hyksos, obsiegt.«

»Soll ich das so verstehen, dass es sich nicht um *unsere* Feinde handelt?«

»Die Kreter werden überall, wo sie hinkommen, verkünden, dass die Königin der Freiheit gegen Apophis Krieg führt und dass Apophis nicht fähig ist, sie zu vernichten. Kreta erkennt Euch an als Herrscherin über die Gefilde der Fremde. Es unterstellt sich Eurem Schutz. Es wird den Hyksos künftig keinen Tribut mehr entrichten. Es verweigert Apophis den Vasallendienst.«

---

* Auch diese Gegenstände wurden in Ahoteps Grabkammer gefunden.

40

Er war der letzte hohe Offizier, der an Jannas' Seite in allen Provinzen des Reichs gekämpft hatte. Mit siebenundfünfzig Jahren war der Konteradmiral mit Ehren überhäuft, doch er lebte eher kümmerlich in seiner Dienstwohnung mit zwei Dienern.

Seine Waffenbrüder waren samt und sonders hingerichtet oder in die Lager verschleppt worden. Gerade eben hatte der Konteradmiral von diesen Einrichtungen erfahren. Entsetzt und erschüttert hatte er sich in einem Zimmer eingeschlossen, um sich dort zu betrinken.

Das hieß also, die Gerüchte bewahrheiteten sich, die man im Lauf der Zeit immer wieder gehört hatte. Der Großschatzmeister schickte treue Hyksoskrieger in Lager, wo sie ihr Leben auf die jämmerlichste Weise beenden mussten!

Warum ließ das der König zu? Warum tat er, was dieser Geisteskranke von ihm verlangte, der von nichts anderem getrieben wurde als seiner Habgier?

Zweifellos hatte man ihn wegen seines hohen Alters vergessen; doch hatte der Konteradmiral jetzt nicht die Pflicht, Jannas und seine Kampfgenossen zu rächen? Er würde um eine Besprechung bei Khamudi bitten, unter dem Vorwand, ihm Verräter zu nennen, die noch nicht aufgespürt worden waren. Sobald er diesem Ungeheuer gegenüberstand, würde er zuschlagen.

Der Plan war nicht ausgereift, aber er konnte gelingen.

Der Konteradmiral rief nach seiner Dienerin. Sie sollte ihm gewürzten Wein bringen.

Als er keine Antwort erhielt, verließ er sein Gemach und fand sie im Gang, auf dem Rücken liegend und mit heraushängender Zunge. Daneben ihr Mann, der ebenfalls erdrosselt worden war.

Aberia trat aus dem Schatten.

»Du denkst, ich habe dich vergessen«, sagte sie mit einem bösen Grinsen. »Dem ist nicht so. Du wirst sehen.«

Der alte König verbrachte seine hellsten Stunden in dem geheimen Gemach im Inneren der Festung, wo Kälte und Dunkelheit herrschten. Jeden Morgen erschien Khamudi dort vor seinem Angesicht, um ihm seinen Bericht und die Liste der Beförderungen zu überbringen.

»Hast du alle Anhänger von Jannas ausgeschaltet?«

»Die Säuberung schreitet unaufhaltsam voran, Majestät. Pausenlos entdecken wir neue Verräter.«

»Das ist gut, Khamudi. Sehr gut. Lass nur nicht nach in deinen Bemühungen. Wenn ich mir vorstelle, dass dieser Jannas es tatsächlich gewagt hat, die volle Befehlsgewalt zu fordern! Er hat vergessen, dass er mir wie jeder gewöhnliche Hyksos völligen Gehorsam schuldet.«

»Dank Aberia konnten wir auch jene Verschwörer verhaften, die sich in Sicherheit wähnten.«

»Wunderbar, Großschatzmeister. Säubern und verschleppen, das sind unsere beiden vornehmsten Ziele. Erst wenn in Auaris und im Delta nur noch treue Diener von Apophis leben, wird die Ordnung wiederhergestellt sein.«

»Ich habe einige gute Neuigkeiten aus Memphis, wo sich Eure Vorgehensweise bezahlt macht. Der Befehlshaber, der die Stadt belagert, hat uns berichtet, dass die Bewohner am Ende ihrer Kräfte sind. Er lässt Euch fragen, ob Ihr einen neuen Angriff wünscht.«

»Er soll sie weiter zermürben und langsam verfaulen lassen. Ich will, dass diese Aufständischen in ihrem eigenen Dreck verrotten. Dann werden wir die Stadt niederbrennen. Verfaulen, verrotten, Khamudi, das ist das wahre Gesetz des Lebens.«

»Auch aus Asien kommen sehr schöne Neuigkeiten. Gemäß

Eurem Befehl metzelt unsere Armee normale Leute aus der Bevölkerung und Aufständische gleichermaßen nieder, und so gewinnen sie Dorf um Dorf zurück. In den Bergen geht es etwas langsamer voran, doch wir haben nichts zu befürchten. Bald wird es in Anatolien keine lebende Seele mehr geben, und die Hethiter werden mit Stumpf und Stiel ausgerottet sein.«

»Jannas hatte Unrecht, als er einen umfassenden Angriff vorschlug. Im Erfolgsfall wären unsere Soldaten faul geworden. Es ist gut, wenn sie kämpfen und töten.«

»Wer noch bleibt, ist Ahotep, Majestät. Offensichtlich hat sie darauf verzichtet, weiter in unser Gebiet vorzustoßen, und das ist sicher auch der Grund, warum unser Spitzel uns keine Nachrichten mehr übermittelt.«

»Unser Spitzel übermittelt uns keine Nachrichten mehr? Du irrst dich, Khamudi. Hier ist seine letzte Botschaft. Sie lautet: ›Was auch immer geschieht, ich werde meine Aufgabe erfüllen.‹« Unvermittelt wurde Apophis' raue Stimme noch düsterer als sonst, als ob sie gerade jetzt aus finstersten Tiefen aufgetaucht wäre, wo außer dem König selbst kein Sterblicher Zugang fand. »Ahotep kommt näher, das spüre ich. Sie kommt auf uns zu, weil sie sich fähig glaubt, uns zu besiegen. Die Leiden, die sie schon ertragen musste, haben nicht genügt, um sie aufzuhalten. Sie wird noch mehr Enttäuschungen, noch größere Schmerzen kennen lernen.« Und mit bebender Stimme fügte er hinzu: »Komm her, Ahotep, komm, ich warte auf dich!«

»Was wir aus Elephantine erfahren, klingt erfreulich«, berichtete Qaris der Königin. »Die Flut wird etwa sechzehn Ellen* hoch steigen.«

Es war die letzte, doch äußerst wichtige Kleinigkeit, die Ahotep noch brauchte, um das Zeichen zum Aufbruch zu ge-

---

* 8,32 Meter

ben. Mit Hilfe der Strömung würde die ägyptische Flotte, die sich aus den neuesten, gerade fertig gestellten Kriegsschiffen zusammensetzte, sehr schnell Hafen-des-Kamose erreichen, wo sie sich mit dem Hauptteil der Truppen vereinigen würde. Dann würden die Schiffe auf dem anschwellenden Fluss an Fahrt gewinnen und nach Norden segeln, in feindliches Gebiet.

Gerührt beugte sich die Königin über Qaris' Holzmodell. »Unser erstes großes Geheimnis«, sagte sie. »Weißt du noch? Ich war bloß ein schwärmerisches junges Mädchen, und du, der weise und ausgeglichene Haushofmeister eines Palasts, der im Begriff stand zu zerfallen, du hast alle Nachrichten über die Feinde zusammengetragen, die du über die wenigen Widerstandsgruppen, die es damals gab, nur bekommen konntest. Und dann hast du mir dieses Modell gezeigt, wo der letzte Ort der Freiheit die Stadt Amuns war.«

»Das hätte Euch entmutigen müssen, Majestät. Aber ganz im Gegenteil! Es hat Euch herausgefordert und Eure Kräfte verdoppelt! Dank Euch haben wir hoffnungsvoll und würdig gelebt all diese Jahre.«

Ahotep dachte wehmütig an ihren Mann Seqen, an ihren älteren Sohn Kamose, an ihre Mutter Teti die Kleine. Es waren für sie keine bloßen Schatten, sondern lebendige Verbündete, die weiterhin an ihrer Seite kämpften.

»Mein Modell hat sich sehr verändert«, bemerkte Qaris. »Ihr habt den Süden befreit, Majestät, und einen guten Teil von Mittelägypten.«

»Du weißt genauso gut wie ich, dass das noch viel zu wenig ist. Die nächste Schlacht wird entscheidend sein.«

»Heute verfügt Ihr über Streitwagen und Pferde!«

»Nicht genug, Qaris. Längst nicht genug. Und wir haben noch keinerlei Erfahrung, was eine Auseinandersetzung auf ebenem Gelände betrifft, Armee gegen Armee.«

»Gebt nicht auf, Majestät. Selbst wenn Ihr besiegt seid,

selbst wenn Theben zerstört werden sollte, selbst wenn wir alle sterben – Ihr werdet im Recht sein. Der Pharao soll über die Zwei Reiche herrschen, die Einheit von Ober- und Unterägypten feiern. Außerhalb dieser Eintracht, außerhalb der Verbrüderung von Seth und Horus, ist Glück nicht möglich.« Der Haushofmeister hatte sich selten in so klaren Worten geäußert. Sein leidenschaftliches Eintreten für den Kampf zerstreute Ahoteps letzte Bedenken.

Im Palast und im Hafen von Theben war alles in Aufruhr. Mit überwältigender Zähigkeit wachte Qaris trotz seines hohen Alters darüber, dass es Königin Ahotep und Pharao Ahmose an nichts mangelte. Vom Zustand der Betttücher bis zur Schärfe der Rasiermesser – nichts entging seinem prüfenden Blick.

Neshi vertraute keinem seiner Helfer. Von einigen war er wegen seiner geistigen Schärfe »der Stern der Zwei Reiche« genannt worden, doch gerade jetzt gab der Schreiber nicht das Geringste auf seinen guten Ruf, weil er voll und ganz mit den Vorbereitungen zur Abfahrt beschäftigt war. Er überprüfte jeden Schild, jeden Wurfspieß, jedes Schwert, und er vergaß auch die Bohnen und Erbsen nicht, die die Soldaten als Nahrung erhielten. Und im Gepäck durften weder Matten noch Schurze fehlen. Wildkatze untersuchte noch einmal jeden Mann und gab Salben und Arzneien an alle aus, die etwas brauchten.

Weit weg von der ganzen Aufregung betrachteten Pharao Ahmose und die Große königliche Gemahlin Nefertari die schnell dahineilenden Wellen des Nils, die allmählich höher stiegen und eine rötliche Farbe annahmen. Ahmose hatte seinen Sohn lange umarmt gehalten, bevor er mit seiner Frau den Schatten einer Tamariske aufsuchte, wo er einen letzten Augenblick der Zärtlichkeit mit ihr erlebte, bevor er sich in ein Abenteuer stürzte, aus dem er womöglich nicht lebend zurückkehrte. In einem Papyrusdickicht versteckt, wollte der Spitzel der

Hyksos sich diesen Augenblick zunutze machen. Der König war unbewaffnet, die Wachen hielten einen beträchtlichen Abstand, um das verliebte Paar nicht zu stören.

Der Mann hatte vor, vom Ufer kommend, blitzschnell zuzuschlagen. Sorgfältig ging er im Geist noch einmal jede Bewegung durch. Er würde seinen Opfern nicht die geringste Möglichkeit einer Gegenwehr geben. Und er wusste, dass es darauf ankam, genau und ohne Zögern zu handeln. Ein letztes Mal ließ er seinen Blick über das dicht bewachsene Ufer schweifen. Und wieder einmal rettete ihn seine Vorsicht vor der schrecklichen Entdeckung.

Ein gut versteckter Soldat, wachsamer und fürchterlicher als alle anderen, hielt ihn von seinem Vorhaben ab. Flach auf dem Boden liegend, getarnt von Tamariskenzweigen, mit hellwachem Blick, schützte Lächler der Jüngere das königliche Paar vor dem heimtückischen Anschlag.

41

Das Sternbild des Orion ist aufgegangen«, verkündete Hohepriester Tjehuty. »Osiris ist wiedererstanden im himmlischen Licht.«

Zwanzig nagelneue Kriegsschiffe – darunter die »Glanz von Memphis«, die »Gabe«, »Kämpfender Stier« – lichteten ihre Anker, gefolgt von der »Nordland«, die am meisten Neugier auf sich zog, denn sie hatte die Pferde an Bord. Alle Schiffe hatten ihre Flagge in den Farben Ahoteps gehisst, mit der vollen Mondscheibe in der Barke.

Am Bug der »Nordland« hielt die Königin das Zepter mit dem Sethkopf in der Hand. Der Pharao stand neben ihr. Er trug die weiße Krone Oberägyptens und einen Brustharnisch aus Leder. Als er das Schwert des Amun aus der Scheide zog, stimmten die Priester von Karnak das Loblied an, das für Amun geschaffen worden war:

»Wenn er sich zeigt, gleicht der Pharao dem Mondgott inmitten der Sterne. Sein Arm ist gestählt, um zu herrschen, sein Schritt ist glückselig, seine Haltung unerschütterlich. Seine Sandalen sollen geheiligt sein. Er ist das heilige Zeichen, auf das sich das göttliche Licht senkt.«

Ahmose übergab sein Schwert der Königin der Freiheit und nahm dann selbst das Steuerruder in die Hand, das aus Elephantine stammte. Und so segelte die Flotte, von auffrischendem Rückenwind getrieben, in rascher Fahrt auf Hafen-des-Kamose zu.

»Da sind wir«, sagte Fürst Emheb.

Die Pferde waren während der Fahrt in großen, von frischer Luft durchwehten halb offenen Ställen untergebracht gewesen und hatten bis jetzt keinerlei Nervosität an den Tag gelegt. Als sie im Hafen ankamen, konnten sie endlich wieder in Trab verfallen. Die zweifelnden Blicke von Admiral Mondauge und von Ahmas, Sohn des Abana, begleiteten sie.

»Seid ihr sicher, dass ihr diese Ungeheuer im Griff habt?«, fragte der Admiral den Schnauzbart und den Afghanen.

»Wir haben viel mit ihnen geübt«, erwiderte der Schnauzbart. »Es wird keine Schwierigkeiten geben.«

Mondauge wollte die Streitwagen sehen, die auf einem anderen Schiff vertäut worden waren. Bogenschützen bewachten sie.

»Sind sie genauso gut wie die der Hyksos?«

»Weit mehr«, antwortete der Afghane. »Fürst Emheb hat das Modell, das wir von ihnen kannten, verbessert.«

Es gab für die Schiffe nur einen kurzen Halt, denn man durfte die Flut nicht übermäßig ansteigen lassen.

Als sich alle Einheiten zum Auslaufen bereitmachten, erhob sich ein seltsamer Wind. Er schien sich ständig zu drehen und war eiskalt wie der frostige Nordostwind.

»Wir werden ernsthafte Schwierigkeiten mit dem Steuer bekommen«, sagte Admiral Mondauge.

»Das ist Apophis«, sagte Ahotep. »Er versucht, uns aufzuhalten, indem er uns alle üblen Winde des sterbenden Jahres* auf den Hals schickt. Wir müssen uns an Amun wenden, er ist der Herr der Winde, und die Schiffe so gut wie möglich schützen.«

Auf jeder Brücke wurden Dutzende von Opferbeuteln aufgehängt, die Räucherwerk, Bleiglanzpulver, Datteln und Brot enthielten. Dann erhob Ahotep ihr Zepter hoch über ihren Kopf in Richtung des dunkel gewordenen Himmels, um Seth versöhnlich zu stimmen.

Und wirklich – der Wind legte sich, und die Wolken verschwanden.

Im siebzehnten Jahr seiner Herrschaft gab Ahmose der Befreiungsarmee das Zeichen für die Abfahrt in den Norden.

Diejenigen unter den thebanischen Soldaten, die an dem Feldzug gegen Auaris unter dem Oberbefehl von Pharao Kamose teilgenommen hatten, erkannten die Landschaft wieder, die sich ihnen tief eingeprägt hatte. Die anderen stießen voller Bewegung in diese unbekannte Welt vor, die doch die Heimat ihrer Vorfahren gewesen war.

Dank der mächtigen Strömung kam die Flotte schnell vorwärts. In jedem Moment erwartete Ahotep einen Zusammenstoß mit dem Feind. Doch Apophis hatte sich aus dieser Gegend zwischen der ägyptischen Front und der Umgebung von

---

* Das neue Jahr begann mit der alljährlichen Überschwemmung, Anfang Juli.

Memphis vollständig zurückgezogen. Es fanden sich nur vereinzelte Ordnungstruppen, die die Dörfer in Angst und Schrecken versetzten und den Hauptteil der Ernten nach Auaris verfrachteten. Also vertraute Ahotep Graukopf eine Botschaft an: Die letzten drei Schiffe der Flotte würden anlegen, und ihre Fußsoldaten würden einige Dörfer befreien. Wenn die Hyksos erst einmal beseitigt wären, würden an die Bauern Waffen verteilt werden, und unter der Führung eines thebanischen Offiziers würde der Aufstand sich in ganz Mittelägypten verbreiten.

Neshi überprüfte noch einmal die Bewaffnung: Kurzschwerter und Krummschwerter, wie sie auch die Hyksos besaßen, für den Kampf Mann gegen Mann, Spieße mit Bronzespitzen, leichte und sehr scharfe Dolche, Keulen, Streitäxte mit gut in der Hand liegenden Stielen, Bögen in verschiedenen Größen, Schilde aus Holz, mit Bronze verstärkt, Harnische und Helme. Diese Waffen waren besser als je zuvor, und doch stellte sich jeder die bange Frage: Würden sie gegen den übermächtigen Feind ausreichen?

Wenn sie an den kommenden Kampf dachten, schnürte sich manchen Ägyptern die Kehle zu. Selbst diejenigen, die schon viele blutige Schlachten erlebt hatten, wie Fürst Emheb oder Ahmas, Sohn des Abana, wussten, dass das, was jetzt auf sie zukam, schlimmer als alles vorherige wäre, schlimmer als alles, was sie sich vorstellen konnten.

Wenn sie verloren, würde es Ägypten bald nicht mehr geben.

Der Befehlshaber der Belagerung von Memphis auf Seiten der Hyksos war von grimmigem Humor. Die Hitze bekam ihm nicht, und er wusste, dass er seine Vorgehensweise ändern musste, wenn die Flut weiter stieg. Bald würde der Nil über seine Ufer treten, und ganz Ägypten würde sich in eine Art Meer verwandeln.

Schon hatte er mehrere Ställe räumen lassen. Die Pferde waren an einem Punkt zusammengetrieben worden und würden in den Norden verfrachtet werden. Es blieb ihm nicht mehr als eine Streitwageneinheit, die noch einsatzfähig war. Zu ihrem Schutz würde er sie zur Festung Leontopolis schicken, in die Nähe der heiligen Stadt Heliopolis.

»Pionieroffizier meldet sich zum Bericht, Kommandant!«

»Was gibt's?«

Der Mann war sehr aufgeregt: »Wir könnten die Flut benutzen, um bis an die Mauern von Memphis vorzudringen. Wir stellen die Bogenschützen auf schwimmende Plattformen, der Fluss hebt sie in die Höhe, und sie werden keine Mühe mehr haben, die Aufständischen auszuschalten. Meine Männer stoßen nach, zerstören einen Teil der Mauern, und die Fußsoldaten können in die Stadt eindringen.«

»Das ist alles sehr heikel … Und es entspricht nicht den Befehlen, die ich erhalten habe.«

»Ich weiß, Kommandant, aber die Belagerten sind völlig erschöpft! Und König Apophis wird Euch nichts vorwerfen, wenn es Euch gelingt, Memphis zu erobern. Unsere Leute wollen endlich einmal einen Sieg erleben, und Euch wird das eine schöne Beförderung einbringen!«

Dieses Rattenloch plündern und niederbrennen und endlich den Ort verlassen, wo sich seit Wochen und Monaten nichts Entscheidendes getan hatte, einen vollständigen Sieg erringen… Der Kommandant ließ sich mitreißen. Er würde Khamudi, dem neuen Oberbefehlshaber, einfach erklären, dass die Belagerten einen tödlichen Fehler begangen hatten, indem sie einen Ausfall versucht hatten.

So gab er den Befehl, dass die Schiffe sich nebeneinander legten, um in dem Memphis am nächsten gelegenen Kanal eine Art Mauer zu bilden. Dann würde man die schwimmenden Plattformen zu Wasser lassen.

Der letzte Streifen Erde, den die Streitwagen noch befahren konnten, würde in den nächsten Tagen überschwemmt sein. Man hatte sie alle auf einem trockenen Flecken zusammengezogen, wo sie darauf warteten, nach Leontopolis gebracht zu werden.

Der Kommandant rief seine Untergebenen zusammen und eröffnete ihnen seine Absichten.

Eine Wache unterbrach die Versammlung.

»Wie kannst du es wagen, hier hereinzuplatzen, Soldat!«

»Kommandant, es sind Streitwagen gesichtet worden!«

»Du redest irre!«

»Nein, ich bin ganz sicher!«

Also schickte Khamudi endlich Verstärkung. Aber wozu konnten sie jetzt dienen, wo die Flut stieg und stieg? Ein wenig beunruhigt, verließ der Kommandant sein Zelt, um den Verantwortlichen des nutzlosen Regiments willkommen zu heißen.

Der Wachposten hatte vergessen anzugeben, dass die Fahrzeuge nicht aus dem Norden, sondern aus dem Süden kamen.

Wie betäubt und unfähig zu handeln, starrte der Kommandant in Richtung der Ankömmlinge. Er war der erste Tote der Schlacht von Memphis. Der Pfeil schnellte von der Bogensehne des Schnauzbarts, der ruhig und sicher in dem vom Afghanen gelenkten Wagen stand, und bohrte sich in die Stirn des Hyksos.

42

Bessere Bedingungen für den Kampf hätten sich die Ägypter nicht erträumen können. Die feindlichen Pferde standen auf einer Seite zusammen, die Wagen auf der anderen, die Schiffe, unfähig zu manövrieren, kamen nicht weiter, die Soldaten waren hilflos ... Das vom Schnauzbart und vom Afghanen befehligte Streitwagenregiment machte das Beste aus der Situation: Es gelang ihren geschickten Bogenschützen, zahlreiche Hyksos zu töten.

Nachdem die Streitwagen eine Bresche geschlagen hatten, folgten ihnen die von Emheb befehligten Fußsoldaten, während die Matrosen unter Mondauge und Ahmas die feindlichen Kriegsschiffe angriffen. Als sie sich von der Überraschung erholt hatten, versuchten Apophis' Soldaten, die Ordnung wiederherzustellen, doch es gelang den einzelnen Truppenteilen nicht durchgängig, sich miteinander zu vereinigen.

Auf dem Höhepunkt der Auseinandersetzungen, in denen der Pharao das Schwert Amuns viele Male hob und niedersausen ließ, verließen die Aufständischen von Memphis ihre Stadt und unterstützten die Thebaner.

Die Hyksos begriffen, dass keiner von ihnen mit heiler Haut davonkommen würde, und sie verkauften sie teuer. Doch am Ende fielen sie doch, einer nach dem anderen, und die Begeisterung der Ägypter kannte keine Grenzen mehr.

»Memphis ist befreit!«, verkündete Pharao Ahmose seinen Truppen. »Und es ist uns gelungen, eine beträchtliche Zahl von Streitwagen und Pferden zu erbeuten! Aber bevor wir unseren großen Erfolg feiern, werden wir unserer Toten gedenken, all jener Soldaten, die für Ägypten ihr Leben ließen.«

Als sie die zahllosen Leichen sah, die das Schlachtfeld bedeckten oder in den Kanälen trieben, empfand Ahotep eine so tiefe Traurigkeit, als hätte sie eine Niederlage erlitten.

Der Krieg war eines der schlimmsten Übel der Menschheit – doch wie anders als durch den Krieg konnte der Herrscher der Finsternis besiegt werden?

Ahotep erlaubte sich nicht, diese Gedanken allzu weit auszuspinnen, sondern begab sich auf die Suche nach ihren Getreuen, von denen glücklicherweise kein Einziger im gegnerischen Sturm gefallen war. Nur Mondauge hatte eine Verwundung am Arm. Gepflegt von Wildkatze, die kaum wusste, was sie zuerst tun sollte, gönnte sich der Admiral keinen Augenblick Erholung, sondern versuchte sich als Erstes über die Höhe seiner Verluste klar zu werden.

Fürst Emheb versammelte die am wenigsten geschwächten Soldaten und die Streitwagen um sich und bildete eine neue Verteidigungslinie im Norden von Memphis. Er fürchtete einen Gegenangriff der Reservetruppen der Hyksos. Wenn das geschah, konnte sich der errungene Sieg sehr schnell in eine schmähliche Niederlage verwandeln.

Der Schnauzbart, der Afghane, ihre Soldaten und Pferde ruhten sich aus und versuchten, wieder zu Atem zu kommen. Auch sie wussten, dass sie nicht in der Lage waren, einen erneuten Vorstoß der Hyksos aufzuhalten.

Es wurde Abend. Über der Ebene vor Memphis herrschte eine lastende Stille.

»Dieses Gelände ist sehr schwer zu halten«, sagte Ahotep.

»Die weiße Mauer von Memphis könnte uns sehr zupass kommen«, meinte Neshi. »Wir sollten sie als Schutz für Wagen und Pferde benutzen.«

»Genau das tun wir«, pflichtete Pharao Ahmose ihm bei. »Wagen und Pferde werden in der Altstadt abgestellt. Und wir gehen erst schlafen, wenn das erledigt ist.«

Die Ägypter befestigten ihre neuen Stellungen an der Grenze des Gebiets, das die Hyksos als ihr unantastbares Kernland ansahen. Es lag jetzt fast unmittelbar vor ihren Augen und war doch noch immer unerreichbar.

Die von allen begrüßte Waffenruhe würde nur von kurzer Dauer sein. Jedermann dachte bereits an das nächste Ziel: Auaris, die Hauptstadt der Hyksos.

Die Schlacht um Auaris musste gewonnen werden. Wenn sie sie verloren, wären alle Opfer, die sie schon gebracht hatten, umsonst.

»Unsere Männer sind bereit«, sagte der Pharao zu Königin Ahotep. »Sie schlottern vor Angst, aber sie sind bereit, Apophis' Zufluchtsort anzugreifen. Sie wissen, was für eine riesige Aufgabe vor ihnen liegt, doch niemand schreckt vor ihr zurück.«

»Es wäre verrückt, sich jetzt sofort auf Auaris zu werfen«, sagte Ahotep.

»Aber Mutter! ... Wir können doch jetzt nicht aufgeben!«

»Wer spricht denn davon? Wenn Apophis keine Verstärkungstruppen nach Memphis geschickt hat, so deshalb, weil er wissen will, wie stark wir wirklich sind und was wir können. Seit langem will er nichts anderes, als uns auf sein Gebiet zu locken, in der Hoffnung, dass unsere gesamte Streitmacht ihm in die Falle geht. Nein, Ahmose, dazu sind wir noch nicht bereit.«

»Aber wir müssen ins Delta vorstoßen!«

»Sicher, aber dann, wenn wir – wir allein – es für richtig halten. Die Hyksos haben nach dem Feldzug deines Bruders ganz bestimmt Vorkehrungen getroffen, um einen Angriff zu Wasser aufzuhalten. Und unsere Streitwagen können es mit den ihren noch nicht aufnehmen. Wir müssen noch weiter an ihrer Verbesserung arbeiten und Wagenlenker ausbilden. Außerdem werden wir den König nicht nur mit sichtbaren Waffen schlagen können. Wir müssen nach Sakkara gehen. Dort werden die Götter deine Macht als Pharao bestätigen.«

Unter dem aufmerksamen Blick von Lächler dem Jüngeren, der den Ausflug im Wagen zur Totenstadt Sakkara im Übrigen sehr genossen hatte, betrachteten Königin Ahotep und Pharao Ahmose voller Staunen die riesigen Gebäude, die den verklärten Ahnen geweiht waren. Pyramiden und andere Bauten für die Ewigkeit bezeugten ihre Anwesenheit, und durch Hieroglyphen, Bilder und Bauwerke wurde ihr Wort den Lebenden immer aufs Neue vermittelt.

Die Stufenpyramide von Djoser, erbaut von Baumeister Imhotep, dessen Ansehen die Zeit überdauert hatte, schien auch die Wächterin über das gesamte Gebiet zu sein. Sie war eine Treppe, die in den Himmel führte und dem Pharao erlaubte, mit den Sternen in Verbindung zu treten, um dann wieder zur Erde zurückzukehren und allen Menschen die himmlische Harmonie zu übermitteln.

Die Stufenpyramide thronte in der Mitte eines ausgedehnten ummauerten Geländes. Der Pharao und seine Mutter stellten fest, dass es in der Mauer nur einen Eingang gab. In Stein eingelassen, stand die Tür augenscheinlich ewig offen.

»Sonderbar«, bemerkte Ahmose. »Warum haben die Hyksos dieses Heiligtum nicht zerstört? Sie müssen gewusst haben, dass die königliche Seele sich hier, weit von den Blicken der Menschen entfernt, immer wieder erneuert.«

»Ich bin davon überzeugt, dass sie es versucht haben«, sagte Ahotep, »aber Apophis stand hier einer so gewaltigen Macht gegenüber, dass seine zerstörerische Kraft davor versagte.«

Als der Pharao sich dem Eingang zuwandte, hielt sie ihn zurück.

»Apophis hat sicher nicht darauf verzichtet, seine Spuren hier zu hinterlassen. Wenn er den Bau unversehrt gelassen hat, ohne auch nur den Eingang niederzureißen, so hat er sicher ein Mittel entdeckt, um der Kraft zu schaden, die hier überall spürbar ist.«

»Vielleicht hat er die Kraft der Erneuerung im Inneren eingeschlossen?«

»Ja, das glaube ich. Er hat den Eingang hier durch einen Zauber unpassierbar gemacht. So kann kein Pharao sich mehr vom Erbe seiner Vorfahren nähren.« Die Königin sammelte sich und bat in einem langen Gebet ihren Mann Seqen und ihren Sohn Kahmose um Beistand. »Wir müssen den bösen Zauber brechen«, sagte sie dann zu Ahmose. »Ich werde es versuchen, denn ich glaube, ich weiß den Namen dieser Tür.«

»Mutter, Ihr ...«

»Mein Tod hat keine Bedeutung. Du bist es, der die weiße und die rote Krone wieder vereinigen muss!« Ahotep trat ganz langsam näher. Als sie die Schwelle erreichte, ließ ein eisiger Windhauch sie erstarren. Dann schien es ihr, als würden die Säulen zu glühen beginnen und auf sie zukommen, um sie zu zermalmen. Sie konnte ihren Fuß nicht mehr heben, kam keinen Schritt mehr vorwärts. »Tür, ich kenne deinen Namen! Du heißt ›Rechtschaffenheit gibt Leben‹. Da ich dich kenne – öffne dich!«

Der schöne weiße Stein erstrahlte in gleißendem Licht, und der eisige Wind verschwand.

Ahotep rief Ahmose zu, ihr zu folgen. Dann durchquerte sie den schmalen Durchgang zwischen den gediegenen Säulen.

Lächler der Jüngere legte sich auf die Schwelle, in der Haltung des Anubis, und bewachte den Eingang des Unsichtbaren.

Geführt vom Geist Seqens und Kamoses, spürte die Königin, dass der böse Zauber ihres Feindes noch nicht völlig beseitigt war. Als sie aus dem Schatten der Säulen trat, erblickte sie mehrere aufgerichtete Kobras auf einer Mauer. Es war, als würden sie sich jeden Moment aus dem Stein, in den sie gebannt waren, lösen, um sich auf Ahmose zu stürzen.

»Eure Rolle besteht darin, den Weg des Pharaos zu öffnen und Euer Feuer den Feinden entgegenzuschleudern! Habt Ihr den Geist vergessen, der Euch schuf, und die Hand, die Euch meißelte? Ihr, die Schlangen der königlichen Würde – ich kenne Euren Namen: Ihr seid die Flamme des Ursprungs!«

Die Blicke der Schlangen und der Blick Ahoteps maßen einander, und endlich schienen sich die bedrohlichen Geschöpfe wieder mit ihrer steinernen Gestalt zufrieden zu geben.

Erschöpft, doch mit feierlichem, königlichem Schritt betrat Ahotep nun mit ihrem Sohn den großen offenen Hof vor der Stufenpyramide. Er symbolisierte – wie die rote und weiße Doppelkrone, die Ahmose bald wieder tragen sollte – das ewige, vereinigte Ägypten.

43

Apophis übte nur noch zwei Tätigkeiten aus: Entweder er belustigte sich bei dem Schauspiel der Folterqualen, die die Verurteilten in seinem Labyrinth oder in der Stierarena erlitten, oder er schloss sich in die geheime Kammer in der Festung ein, wo er eine Lampe entzündete.

Im Schein der Flamme eines beunruhigenden grünlichen Lichts betrachtete er Darstellungen, die nur er zu sehen vermochte.

Der Großschatzmeister musste eine Zeit lang warten, bis er endlich vorgelassen wurde, um dem König die beunruhigenden Neuigkeiten mitzuteilen, die er gerade erhalten hatte. »Herr, die Aufständischen haben Memphis wiedererobert! Unser Regiment, das die Stadt so lange belagert hatte, ist völlig aufgerieben!«

»Ich weiß.«

»Unsere mittelägyptischen Truppen sind vernichtet!«

»Ich weiß.«

»Herr, wir müssen eingestehen, dass Ahotep und ihr Sohn an der Spitze einer echten Armee stehen!«

»Ja, Khamudi. Es ist der Königin sogar gelungen, den Bann zu brechen, den ich über Sakkara verhängte. Jetzt ist Ahmose also ein echter Heerführer.«

»Wie lauten Eure Befehle, Herr?«

»Wir warten ab. Noch zögert sie, aber einmal wird sie doch zu uns kommen.«

»Sollten wir sie nicht angreifen, bevor sie in die Nähe von Auaris gelangt?«

»Ganz bestimmt nicht!«

»Verzeiht mir, Herr, dass ich mich damit nicht zufrieden gebe, aber wir sollten die Ägypter nicht mehr auf die leichte Schulter nehmen!«

Apophis durchbohrte den Großschatzmeister mit einem eisigen Blick. »Glaubst du wirklich, dass ich mir so einen Fehler erlauben würde? Ahotep ist eine Gegnerin, die mir ebenbürtig ist, weil ich es ihr erlaubt habe zu wachsen. In ihr lebt eine Macht – *die* Macht, die ich zerstören muss. Wenn ich ihr früher Einhalt geboten hätte, hätte diese Aufständische die Grenzen von Theben nie überschritten. Heute glaubt sie, sie wäre genauso stark wie ich. Die Flamme hier zeigt mir, dass ihre Hoffnung auf Freiheit nie so glühend war wie jetzt, und genau diese Hoffnung wird die Ägypter in den Abgrund führen. Ich werde ihnen eine Niederlage beibringen, von der sie sich nie erholen werden. Und zwar hier in Auaris, am Fuß meiner Festung. Wenn Ahotep nicht mehr da ist, wird keiner ihrer Landsleute es mehr wagen, eine Waffe gegen mich in die Hand zu nehmen!«

Wutentbrannt zerbrach Khamudi ein niedriges Tischchen und trampelte darauf herum.

»Beruhige dich doch, mein Liebling!«, flehte händeringend Yima, seine Frau.

Der Oberbefehlshaber warf die Einzelteile des Tischchens aus dem Fenster, biss die Zähne zusammen und ballte die Fäuste. »Der König ist viel zu alt, um noch regieren zu können«, erklärte er schließlich ein wenig beherrschter.

»Sag das nicht laut, ich bitte dich! Wenn jemand dich hört…«

»Du bist die Einzige, die mich hören kann, Yima. Und du bist nicht Manns genug, mich zu verraten, oder?«

Die falsche Blondine schüttelte heftig den Kopf. »Aber natürlich nicht, mein Liebling! Ich verheimliche dir nichts, nicht einmal meinen geheimsten Gedanken. Du kennst ihn… Du hast dich von Jannas befreit, jetzt solltest du entschlossen weitermachen.«

Der scharfe Ton seiner Gattin überraschte Khamudi.

»Was willst du damit sagen?«

»Das weißt du genauso gut wie ich.«

Memphis erwachte wieder zum Leben.

Die Überlebenden mussten sich erst wieder daran gewöhnen, dass sie nun keine Angst mehr zu haben brauchten vor den Angriffen der Hyksos, dass sie die Stadt verlassen konnten, ohne ständig vor Pfeilen und Lanzen auf der Hut sein zu müssen, dass sie sich satt essen und wieder von der Zukunft reden konnten. Priester und Steinmetze begannen, mit Hilfe der Fußsoldaten die Schäden an den Tempeln auszubessern.

Die Soldaten der Befreiungsarmee genossen erleichtert die Aussicht, dass sie nicht sofort nach Auaris weitermarschieren mussten, und warteten auf die Befehle des Kriegsrats, der sich in dem zum größten Teil verwüsteten Palast zusammengefunden hatte.

»In Sakkara ist die königliche Macht bestätigt worden«, verkündete Ahotep den anwesenden Mitgliedern des Generalstabs. »Doch eine Gefahr lauert noch: der Mangel an *heka*. Ohne diese magische Kraft, die uns schon so oft geholfen hat, Hindernisse zu überwinden, werden wir keine Möglichkeit haben, die im Delta zusammengezogenen Hyksos zu schlagen. Wir müssen daher das *heka* sammeln – und zwar dort, wo es in der reinsten Form vorhanden ist, in der heiligen Stadt Heliopolis.«

»Nach den Botschaften der Leute von Memphis«, sagte Neshi, »ist Heliopolis leider für uns unerreichbar.«

»Warum?«

»Weil es sich auf dem Gebiet befindet, das von der Festung Leontopolis überwacht wird. Die wichtigste Festung des Deltas, außer Auaris selbst.«

»Wir haben es schon des Öfteren mit Festungen der Hyksos aufgenommen«, rief ihm Ahotep in Erinnerung.

»Diese ist ganz anders als die im Süden, Majestät: Ihre Mauern sind sehr breit und zehn Meter hoch und die Tore so gut befestigt, dass sie von keinem Rammbock der Welt zertrümmert werden können.«

»Sind die Gebäude von Heliopolis in Ordnung?«

»König Apophis hat seinen Namen dem Laub des heiligen Baumes eingeschrieben«, meldete sich der Vorsteher der Stadt Memphis zu Wort. »Das heißt, er hat sich in eine Reihe mit den Pharaonen gestellt. Deshalb steht das Heiligtum von Atum noch, aber es wird von den Hyksos sehr streng bewacht.«

»Der Baum gewährt Apophis gewissermaßen Unsterblichkeit«, sagte Neshi traurig. »Zudem hat Apophis wahrscheinlich auch die Quelle des *heka* zerstört.«

»Bevor wir den Mut verlieren«, empfahl Ahotep, »sollten wir uns diese Sache einmal genauer ansehen.«

Nachdem sie von ihrem Erkundungsauftrag zurückgekehrt waren – sie hatten den Großen Weißen und den Grauen dafür benutzt –, blieben der Schnauzbart und der Afghane voller Zweifel. Leontopolis, zum Schutz vor Überschwemmungen auf einer Anhöhe gebaut, war offensichtlich uneinnehmbar. Zwei Kriegsschiffe blockierten den Kanal, über den die Festung in ständiger Verbindung mit Heliopolis stand.

»Unsere Taucher könnten sie aufschlitzen und zum Sinken bringen«, sagte der Schnauzbart.

»Und gegen die Fußsoldaten von Heliopolis könnten wir die Streitwagen einsetzen«, ergänzte der Afghane.

Aber sie wussten beide, dass das nicht genügte.

»Leontopolis wird Verstärkung schicken«, sagte Fürst Emheb. »Apophis wird benachrichtigt, und Tausende von Hyksos setzen sich in Marsch, auf Heliopolis zu. Und damit sind wir geliefert! Und wir können nichts machen, wenn wir diese Festung nicht erobern.«

»Eben deshalb müssen unsere Zimmerleute ihre Anstrengungen verdoppeln«, sagte Königin Ahotep. »Wir können uns nur auf unsere eigene Kraft besinnen.«

Der Befehlshaber von Leontopolis war von dem Sieg der Ägypter bei Memphis unterrichtet worden, doch er hatte noch genug andere Sorgen, die ihn beschäftigten, so dass er sich über Memphis nicht weiter den Kopf zerbrach. Die Festung beherbergte zahlreiche Pferde, die er ernähren musste, und zwei Streitwagenregimenter, deren Besatzungen untergebracht und verpflegt werden wollten. Glücklicherweise ging das Wasser des Nils schon zurück. In einigen Tagen würden seine Gäste Leontopolis verlassen können.

»Kommandant!«, rief ein Wachposten ihm in diesem Moment zu. »Feindliche Kriegsschiffe in Sicht!«

Überrascht erklomm der Befehlshaber die Treppen zum höchsten Wachturm der Festung.

Tatsächlich: Dutzende von Kriegsschiffen mit der aufgezogenen Flagge der Königin der Freiheit fuhren den Kanal entlang und näherten sich dem Kai von Leontopolis.

Die Aufständischen hatten also die Schiffe, die wie eine Schutzwehr den Kanal blockierten, außer Gefecht gesetzt! Doch das würde ihnen nichts nützen. Sie würden nicht weiterfahren können, denn sie gaben ein hervorragendes Ziel ab für seine gut ausgebildeten Bogenschützen. Und etwas später würde er das große Tor öffnen lassen, und die Streitwagen würden alle, die zu fliehen versuchten, vollends erledigen.

Der Befehlshaber von Leontopolis würde also die Ehre haben, Apophis den Kopf von Königin Ahotep zu bringen.

44

Die ägyptischen Schiffe hielten außerhalb der Reichweite des Gegners. Zur größten Überraschung des Befehlshabers von Leontopolis benutzten die Bogenschützen der Befreiungsarmee große, stabile Bögen, die es ihnen erlaubten, eine stolze Anzahl von auf den Wällen in Stellung gebrachten Hyksos zu töten.

Pioniersoldaten tauchten auf, die mächtige Balken auf den Schultern trugen. Die Bogenschützen gaben ihnen Deckung, und sie kamen nahezu ohne Verluste bis zum Haupttor.

Der Kommandant lächelte. Keiner dieser Balken würde dem Tor mehr beibringen als eine kleine Schramme.

Doch die Ägypter versuchten es nicht einmal! Im Gegenteil – sie verkanteten die Balken vor den Toren, so dass sie wie große Riegel wirkten, die die Hyksos im Inneren einschlossen!

Dann kamen weitere Fußsoldaten mit sehr langen, auf Rädern befestigten Leitern! Es hagelte Pfeile von ihren Bogenschützen, während sie die Leitern aufstellten und in Windeseile an die Mauern lehnten.

Fassungslos befahl der Kommandant, die Wälle mit so vielen Männern wie möglich zu besetzen. Doch der Wehrgang war eng, und schon hatten die ersten ägyptischen Sturmsoldaten die letzten Sprossen der fahrbaren Leitern erklommen.

Großfuß, die Nummer 1790, war der älteste Überlebende im Lager von Sharuhen. Einzig der Wille, sich zu rächen, hielt ihn noch am Leben. Da der Tod ihn nicht gewollt hatte, würde er den Hyksos den Diebstahl seiner Kühe heimzahlen.

Seit mehreren Wochen kamen ununterbrochen Verschleppte an. Unter ihnen befanden sich viele Ägypter des Deltas, aber auch eine neue Art von Verdammten, die den Schrecken des Lagers kennen lernen sollten: Militärs der Hyksos!

Sie hielten sich zu ihresgleichen und vermieden die Blicke der Frauen, Kinder und Greise, die seit langem hungerten und die Misshandlungen ihrer Folterer über sich ergehen lassen mussten. Wie sie trugen auch die verschleppten Soldaten und Offiziere der Hyksos jetzt eine tätowierte Nummer auf der Haut.

Eines Nachts kam ein aus dem Kaukasus stammender Offizier zu Großfuß, der nicht auf dem nackten Boden schlief, wie so viele andere, sondern auf einigen Brettern, die ihm Schutz boten vor dem Schmutz.

»He, 1790… Du bist nicht erst seit gestern hier, oder? Sag mir, wie hast du es geschafft, in dieser Hölle zu überleben?«

»Ich kann die Ungerechtigkeit nicht hinnehmen. Du und deinesgleichen, ihr habt mir meine Kühe gestohlen.«

»Mir hat man die Ehre und den Zweck meines Lebens gestohlen.«

»Warum bist du hier?«

»Wegen der Säuberungen. Ich habe wie meine Kameraden an die Zukunft von Admiral Jannas geglaubt. Der König hat ihn umbringen lassen.«

»Ein Hyksos weniger… Das höre ich gern.«

»Es gibt noch viel mehr zu berichten, das dich freuen wird: Königin Ahotep hat Memphis befreit und die Festung Leontopolis erobert. Bald wird sie auch Auaris angreifen.«

Großfuß fragte sich ernstlich, ob er wohl träume. Dann begriff er. »Du lügst – du erfindest das alles, um mich zu quälen!

Du Dreckskerl! Es macht dir Spaß, mir erst Hoffnung zu geben und sie dann grausam zu zerstören!«

»Reg dich nicht auf, mein Freund. Was ich sage, ist die reine Wahrheit. König Apophis will meinen Tod, aber deine Königin auch. Mir bleibt nur noch eins: Ich muss aus diesem Lager fliehen!«

Großfuß konnte noch immer nicht fassen, was er da hörte.

»Niemand kommt lebend von hier weg.«

»Alle Hyksos, die hier sind, halten zusammen. Wir werden die Wachen töten und uns davonmachen. Ich mag dich irgendwie, deshalb vertraue ich dir das Geheimnis an. Entweder du machst mit, oder du wirst hier verrotten.«

Großfuß glaubte schließlich, dass der Kaukasier nicht log.

Doch als Jannas' Anhänger versuchten, das Tor des Lagers aufzubrechen, war er nicht unter ihnen. Er war sicher, dass sie ihr Ziel nicht erreichen würden.

Und er hatte Recht.

Blutig und zerstückelt, wurden die Leichen der Flüchtlinge bald darauf den Schweinen vorgeworfen.

Nach der Einnahme von Leontopolis konnte das ägyptische Streitwagenregiment seinen Bestand an Wagen und Pferden verdoppeln. Allerdings gab es längst noch nicht genügend ausgebildete Wagenlenker und Bogenschützen für die Wagen, die es mit den Hyksos hätten aufnehmen können.

Die Ausbilder hatten das Glück, dass die Flut ihren Höhepunkt schon überschritten hatte. Das Wasser ließ eine weite Ebene zurück, wo sich die Wagen gut bewegen konnten. Indessen begaben sich Ahotep und der Pharao nach Heliopolis, das inzwischen auch befreit worden war.

In der Stadt war von den Priestern und Handwerkern, die einst die uralten Tempel mit Leben erfüllt hatten, nichts zu sehen. Die Stadt schien ausgelöscht auf immer, erstickt in ewig lastendem Schweigen. Wie konnte man hier *heka* finden?

Mit wachsam gespitzten Ohren lief Lächler der Jüngere vor der Königin und dem Pharao her. Sie gingen einen von Bäumen gesäumten Weg entlang, der zum großen Tempel von Amun und Re führte. Das große Tor des Tempels war verschlossen, aber ein Stück weiter an der Mauer entlang fanden sie die kleine »Pforte der Reinigung«, die offenbar hastig zugemauert worden war. Ein Soldat brach die Mauer auf.

Ahotep und ihr Sohn gingen auf einen Obelisken mit vergoldeter Spitze zu, erbaut auf dem Urhügel in der Urflut, dem Ozean der Energie, als die Welt geboren worden war.

Dann entdeckten sie den heiligen Baum von Heliopolis, den dicht belaubten Lorbeerbaum mit den pfeilförmigen Blättern, auf denen die Namen der Pharaonen verewigt waren.

Ahmose kniete ehrfürchtig nieder, das linke Bein angezogen, das rechte ausgestreckt hinter sich – wie schon seine Vorfahren es gemacht hatten –, und präsentierte dem Lorbeerbaum das Schwert Amuns, auf dass das Unsichtbare es mit seiner magischen Kraft tränke.

Die Gottesgemahlin untersuchte die Blätter. Sie wollte ganz sicher sein, dass sie sich beim ersten, flüchtigen Betrachten nicht getäuscht hatte. Doch es gab keinen Zweifel. »Apophis hat gelogen: Sein Thronname ist auf den Blättern des Sonnenbaums nirgends zu finden! Der Lorbeer hat sich geweigert, den Gewaltherrscher in sein Gedächtnis aufzunehmen, das *heka* von Heliopolis ist nicht verunreinigt worden!«

Als Ahotep aber die Thronnamen des Pharaos Ahmose in den Lorbeerbaum einritzte, verwandelte sich das Amunschwert in einen so gleißend hellen Lichtstrahl, dass ihr Sohn die Augen schließen musste.

»Komm zu mir«, bat seine Mutter.

Sie erfüllte das Amt der Sechat, die die Worte der Götter mit

Leben erfüllt, und Ahmose das des Thoth, der den Menschen die göttlichen Weisungen übermittelt. Und einer nach dem anderen verwandelten sich die Namen des jungen Pharaos in Glanz und Licht.

Er erkannte die Stimme Amuns, Sein und Nichtsein unauflöslich miteinander verbunden, die Ganzheit, die Zeit und Raum vorausgeht, den Urstoff, dem alles Leben entstammt. Und er fügte sich ein in die lange Reihe seiner Vorfahren, deren Macht auf ihn überging und in seinem Atem lebte.

»Unsere Aufgabe ist noch nicht erfüllt«, sagte Ahotep. »Noch fehlt diesem Tempel etwas, noch spüre ich nichts von der Kraft, die hier herrschen sollte.«

Sie streifte durch die Höfe und betrat schließlich ein weitläufiges Heiligtum, wo sie Teile zweier großer Barken aus Akazienholz erblickte.

»Die Barken von Tag und Nacht«, flüsterte sie. »Solange sie ihre kreisförmige Fahrt nicht aufgenommen haben, ist der Fluss des Kosmos gestört, und die Schatten der großen Finsternis erobern die Erde. Also deshalb ist es Apophis gelungen, Ägypten sein Gesetz aufzuzwingen!«

Geduldig sammelten sie die Teile der Barken und setzten sie wieder zusammen.

Am Bug der Barke des Tages war Isis aus vergoldetem Holz; am Bug der Barke der Nacht erhob sich Nephtys. Einander gegenüberstehend, sollten die Göttinnen sich die Hände reichen und die goldene Scheibe übergeben, in der sich das wiederauferstandene Licht verkörperte.

Diese Scheibe war von Apophis geraubt und zerstört worden. Doch auf dem Boden glänzte das Amulett des Wissens[*], das die Königin ihrem Sohn um den Hals hängte.

---

[*] Das *siat*, das der Wurzel *sia*, »intuitiv wissen, weise sein«, entstammt.

»Stell dich zwischen Isis und Nephtys«, gebot sie ihm. »Wie jeder Herrscher Ägyptens bist du der Sohn des Lichts, der mit der Abendsonne in den Ozean der Energie zurückkehrt und mit dem Morgen im Osten wiederaufersteht.«

Ein friedvolles Lächeln erhellte das Gesicht der Göttinnen, die dem Geist des Pharaos das *heka* zurückgaben.

Als Ahotep und Ahmose den Ort verlassen hatten, erschien eine goldene Scheibe in den Händen der Nephtys, die sie im geheimnisvollen Dämmer des Tempels der lichten Göttin Isis übergab.

Der ewige Kreislauf der Barken von Tag und Nacht hatte wieder begonnen.

45

Weit, sehr weit von Ägypten entfernt lebte das nubische Königreich Kerma in Prunk und Wohlleben. Vor allem Fürst Nedjeh ließ sich das süße Leben gefallen; täglich fielen ihm neue Genüsse ein, die er noch nicht probiert hatte. Zunächst hatte er versucht, die Hyksos im Süden auszustechen, indem er sich scheinbar mit ihnen verbündete, dann war er gegen Königin Ahotep zu Felde gezogen; und schließlich hatte er sich in sein prachtvolles Dasein zurückgezogen.

Er hatte sich an den Schätzen der Erde seiner reich gesegneten Provinz gelabt und war fett geworden, weil er sich täglich üppigen Festgelagen hingab. Das Kämpfen – gegen wen auch immer – hatte er völlig aufgegeben. Sehr selten verließ er überhaupt noch seinen Palast, den er nach ägyptischem Vorbild hatte ausschmücken lassen und in dem eine ausgeklügelte Anlage von Belüftungsschlitzen immer für frische Luft sorgte. Fünf Mahlzeiten pro Tag, gewürzt von den Zärtlichkeiten der schönsten Frauen seines Harems, genügten ihm zu seinem Glück. Und wenn eine der Frauen sich von ihm abgestoßen fühlen sollte, so wagte sie es jedenfalls nicht, ihren Ekel zu zeigen, denn der Zorn des alten Machthabers ließ seine Untertanen noch immer zittern. Wer ihm missfiel, endete mit zerschmettertem Schädel in der Grabkammer des Fürsten, die größer war als ein Königsgrab in Theben und deren Boden schon zu Nedjehs Lebzeiten übersät war mit Menschenknochen.

»Du schon wieder!«, grummelte der Fettwanst, als er sah, dass Ata, der Führer seiner Ordnungskräfte, sich seinem Ruhebett näherte, auf dem er sich gerade ausgestreckt hatte.

»Fürst, die Lage ist unhaltbar geworden! Die Soldaten Ahoteps, zusammen mit den nubischen Stämmen, die uns verraten haben, verurteilen uns zu völliger Untätigkeit!«

»Das weiß ich. Was regst du dich so darüber auf?«

Ata war hochgewachsen, schlank und nervös. Nedjeh ärgerte ihn gern, indem er sagte, er werde beim geringsten Windstoß umfallen, aber er war ein guter Soldat, und bis jetzt war es ihm noch immer gelungen, die Ordnung in der Stadt aufrechtzuerhalten.

»Kerma ist ein Fürstentum von Kriegern, es muss seine Würde wiedergewinnen!«, sagte er störrisch.

»Vergiss diese gefährlichen Träumereien und genieße das Leben! Ich denke da an ein paar Frauen, die anfangen, mich zu langweilen; ich würde mich unter Umständen dazu breitschlagen lassen, sie dir abzugeben. Sie werden deine Nerven beruhigen.«

»Wir sind schon viel zu lange von der Außenwelt abgeschlossen gewesen«, erklärte Ata, ohne auf den Vorschlag einzugehen. »Und wir haben viel zu lange keinerlei Nachrichten mehr von draußen erhalten. Deshalb habe ich mich entschlossen, etwas zu tun, um diesen Zustand zu beenden.«

Der dicke Fürst runzelte die Stirn. »Was sagst du da?«

»Meine besten Männer haben ihr Leben aufs Spiel gesetzt, und das unter ägyptischer Überwachung stehende Gebiet durchquert. Sie sind über Wüstenwege nach Auaris gelangt.«

»Ich erlaube niemandem, solche Dinge zu tun, ohne mich zu fragen!«, donnerte der Fürst von Kerma.

»Sehr bald werdet Ihr meine Handlungsweise billigen, Herr. Ohne Zweifel tatet Ihr recht daran, erst einmal Zeit zu gewinnen, doch jetzt gilt es, unsere Verbindung mit den Hyksos zu stärken und das verlorene Gebiet zurückzuerobern.«

»Du bist verrückt geworden, Ata!«

»Meine Botschafter haben dem König in Auaris mitgeteilt, dass Kerma den Kampf gegen Ägypten wieder aufnimmt.«

Der Fettwanst war völlig verdattert. »Wie hast du es wagen können…?«

»Ihr werdet meine Handlungsweise billigen«, wiederholte der Führer der Ordnungskräfte.

»Du irrst dich gewaltig!«

»Dann umso schlimmer für Euch!«

Ata zog sein Schwert und stach es in den dicken Bauch seines Herrn, der ob dieser wahnwitzigen Majestätsbeleidigung bleich wurde vor unterdrücktem Zorn.

Mit unheimlicher Langsamkeit kam er auf Ata zu. »Ich werde dich zertreten wie einen Wurm!« Ungeachtet dessen, dass aus seiner tiefen Bauchwunde das Blut schoss, machte Nedjeh einen unheimlich langsamen Schritt nach dem anderen auf Ata zu, der sich mit ungläubigem Staunen zurückzog. Wie konnte dieser Fettkloß sich überhaupt noch auf den Beinen halten?

Ata griff nach einem bronzenen Lampenfuß und versetzte seinem Herrn einen Schlag auf den Kopf.

Der Fürst wankte. Doch er fiel nicht. Blutüberströmt setzte er unbeirrt einen Fuß vor den anderen.

Ata schlug noch einmal zu und hatte endlich Erfolg. Nedjehs Kopf fiel nach hinten, und seine Beine knickten ein. Er fiel auf sein Gesicht und hauchte seine Seele aus.

Der ehemalige Führer der Ordnungskräfte konnte dem Volk von Kerma verkünden, dass es einen neuen Fürsten hatte.

»Die Festung Leontopolis ist gefallen«, teilte Khamudi dem König mit, der in einem Sessel mit gepolsterten Armlehnen saß.

»Unwichtig.«

Apophis litt unter den Schmerzen in seinen geschwollenen Knöcheln. Sein Gesicht war aufgedunsen, seine Stimme kraftlos, und er hatte seit Tagen die geheime Kammer im Herzen der Festung nicht mehr verlassen. Einzig Oberbefehlshaber Khamudi hatte dort Zutritt.

»Der Fall von Leontopolis hat den Fall von Heliopolis nach sich gezogen«, präzisierte er.

Apophis dachte, dass Ahotep jetzt wissen musste, dass der heilige Baum seinen Namen nicht angenommen hatte und er sich in die Linie der Pharaonen nicht hatte einschreiben können. Ein Grund mehr, sie sterben zu lassen.

»Wir dürfen nicht untätig bleiben, Majestät«, fuhr Khamudi fort. »Diese Königin hat viel zu viel Erfolg. Ich schlage vor, unverzüglich anzugreifen. In den Ebenen des Deltas werden unsere Streitwagen die ägyptische Armee vernichtend schlagen.«

»Lass sie bis zur Hauptstadt kommen!«, befahl Apophis. »Mein Plan wird Punkt für Punkt ausgeführt! Genau hier wird Ahotep in meine Hände fallen. Hier, und nirgendwo sonst. Je mehr sie sich mit ihren nutzlosen Siegen voll stopft, desto verletzlicher wird sie sein.«

»Majestät, ich…«

»Das genügt, Khamudi. Ich muss mich ausruhen. Gib mir Bescheid, wenn Ahotep die Tore meiner Hauptstadt durchschreitet.«

Khamudi war immer noch rasend vor Wut. Wie konnte man diesem hinfälligen alten Mann Vernunft beibringen, der sich weigerte, die Augen zu öffnen und die Wirklichkeit so zu sehen, wie sie war? Sicher, der Großschatzmeister selbst hätte sich noch vor einiger Zeit dagegen gewehrt, alle Kräfte für den Angriff zusammenzuziehen. Doch die Lage hatte sich inzwischen von Grund auf geändert. Heute standen Ahotep und Pharao Ahmose an der Spitze einer echten Armee, die eine als uneinnehmbar geltende Festung erobert hatte und sich daranmachte, in das Kernland der Hyksos vorzudringen.

Ihre Vorgehensweise war klar: Sie wollten alle befestigten Städte des Deltas nach und nach zerstören und Auaris erst herausfordern, nachdem es völlig alleine stand.

Es käme einem Selbstmord gleich, wenn man einfach auf sie warten würde, ohne etwas zu tun. Und da sie schon einmal den Fehler begangen hatten, sich in die Ebenen vorzuwagen, würde der Oberbefehlshaber der Hyksos sie umso leichter vernichten können.

Doch es war unmöglich, die Streitwagen angreifen zu lassen, ohne dass man den ausdrücklichen Befehl des Königs dafür hatte!

Khamudi dachte an die Worte seiner Frau Yima, drehte sie um, nahm sie auseinander und fand doch weder Fehl noch Tadel an ihnen; und in diesem Moment wurde ihm mitgeteilt, dass die Abgesandten des Fürsten von Kerma in Auaris eingetroffen seien. Eine gute Gelegenheit, sich abzureagieren. Diese Neger, die sich von Ahotep zu Schafen machen ließen, hatten es wahrhaftig nicht besser verdient!

»Herr«, sagte ein junger, kriegerisch aussehender Mann, »wir übermitteln Euch die guten Wünsche des Fürsten von Kerma.«

»Des Fürsten von Kerma? Dieser Feigling! Was tut er anderes, als zu fressen und herumzuhuren?«

»Nedjeh ist tot, und der neue Fürst, Ata, gleicht ihm in keiner Weise. An der Spitze der ruhmreichen Krieger von Kerma wird er den Ring sprengen, den die Ägypter um unsere Brust legten, und wir werden wieder frei atmen können!«

»Ata will gegen die Ägypter kämpfen?«

»Zunächst wird er Nubien zurückerobern. Dann gewinnt er den Süden Ägyptens – unter der Bedingung, dass Ihr Euch damit einverstanden erklärt, seinem Vormarsch keine Hindernisse in den Weg zu legen.«

Khamudi musste nicht lange überlegen. »Ihr habt mein Wort«, sagte er erleichtert.

»Majestät, es sind Kundschafter der ägyptischen Armee gesichtet worden«, sagte Khamudi.

»Gut! Sie kommt also endlich. Komm, Ahotep, komm zu mir!« Der Hass, der in den kalten Augen des Königs glitzerte, machte seinen Blick unerträglich.

»Solltet Ihr Euch nicht in den Tempel Seths begeben, um seine Wut auf den Feind zu lenken?«, schlug der Oberbefehlshaber der Armee vor.

»Ahotep versteht es, den göttlichen Zorn abzuwenden, aber du hast Recht: Wir dürfen unseren Verbündeten keinesfalls vernachlässigen. Ein gewaltiges Unwetter wird sich über den Ägyptern entladen, und die Blitze werden einen Teil ihrer Kriegsflotte vernichten.«

Khamudi half dem König, sich zu erheben, und führte ihn aus der Kammer.

Kurz darauf nahm Apophis in einer Sänfte Platz. Er bemerkte die verstohlene Geste nicht, mit der sich der Großschatzmeister mit dem Führer der zypriotischen Seeräuber verständigte.

Unterwürfig nahte sich Khamudi seinem Herrn, als er eine Barke bestieg, die ihn zu der kleinen Insel im Fluss brachte, auf der der Seth-Tempel stand.

»Diese Ruderer gehören nicht zu meiner Leibwache«, bemerkte der König.

»Ganz richtig, Herr, es sind meine Leute.«

»Was soll das bedeuten, Khamudi?«

»Es bedeutet ganz einfach, dass ich die Macht übernehme.«

»Du verlierst den Kopf, genau wie Jannas!«

»Jannas hat versucht, Zeit zu gewinnen. Diesen Fehler werde ich nicht machen.«

»Du bist ein Zwerg, mein Lieber, und wirst immer ein Zwerg bleiben, trotz deiner ungeheuren Eitelkeit, trotz deines Vermögens und deiner finsteren Geschäfte.«

Die Stimme, der Blick des Königs, ließen Khamudis Blut gefrieren. Er spürte eine Lähmung in allen Gliedern. Rot glühende, plötzlich aufflammende Wut gab ihm jedoch die Kraft, den Arm zu heben und Apophis mit der geballten Faust ins Gesicht zu schlagen.

Aus der Nase des Königs spritzte Blut.

Mit ungebremstem Hass stieß Khamudi seinen Dolch ins Herz seines Herrn. Als der alte Mann wankte und zur Seite fiel, entriss der Großschatzmeister ihm den eigenen Dolch und trieb ihn mit aller Kraft in seinen Rücken.

Wie benommen löste er sich dann von dem Toten. »Rudert, Männer! Los, schneller!«, rief er den Soldaten zu.

Die Barke legte an.

»Tragt die Leiche zum Altar von Seth und verbrennt sie dort!«

»Er bewegt sich!«, rief ein Matrose entsetzt.

Khamudi nahm ein Ruder und schlug blindwütig auf den König ein, zehnmal, zwanzigmal, hundertmal, bis nur noch eine blutige, gesichtslose Masse vor ihm auf dem Boden lag.

Apophis' zerschmetterte rechte Hand hob sich leicht.

Halb wahnsinnig in seiner Angst, begriff Khamudi endlich, dass der alte Mann ein Amulett bei sich tragen musste, das ihn schützte.

Um seinen Hals hing das *anch*-Kreuz, das Zeichen des Lebens, an einer Goldkette, und am kleinen Finger der linken Hand war ein Skarabäus aus Ametyhst auf einem Ring aus Gold. Der Großschatzmeister riss die Schmuckstücke ab und zertrampelte sie.

Die Hand des Alten fiel leblos zu Boden.

»Schnell, verbrennt ihn!«

Der Rauch, der aus dem Tempel des Seth aufstieg, verbreitete einen Ekel erregenden Gestank.

46

Es ist vollbracht«, verkündete Khamudi seiner Frau.

»Also bist du nun… der König der Hyksos!«, sagte Yima voller Stolz.

»Von jetzt an schulden mir alle Menschen uneingeschränkt Gehorsam.«

»Das ist… es ist wunderbar, einfach wunderbar! Aber… du riechst ganz schrecklich! Und überall dieser schwarze Ruß an dir… Schnell, du musst dich gründlich waschen. Ich werde gleich unseren besten Wein für dich kommen lassen. Und ich… Ich bin jetzt Königin!«

Yima befand sich in einem Taumel des Glücks. Endlich waren all ihre Träume Wirklichkeit geworden! Khamudi überließ sie sich selbst und versammelte unverzüglich die hohen Offiziere und Beamten im Besprechungssaal der Festung um sich.

»König Apophis hat das Zeitliche gesegnet«, sagte er in feierlichem Ton. »Mir kommt das traurige Vorrecht zu, seinen letzten Willen zu erfüllen. Er hat verfügt, dass sein Leichnam auf dem Opferaltar des Seth-Tempels verbrannt wird und dass ich ihm nachfolge, um Ruhm und Größe unseres unsterblichen Reichs zu mehren.«

Wer hätte gewagt, sich der Machtübernahme des Oberbefehlshabers und Großschatzmeisters Khamudi zu widersetzen? Nach den großen Säuberungen in den letzten Jahren und dem Beweis seiner Härte als Schatzmeister gab es für ihn keinen Widersacher mehr.

Jeder verneigte sich also vor dem neuen König, der von seiner neuen Würde wie aufgebläht schien. Das hier war berauschender als alle Drogen der Welt!

Mit leicht schwankendem Schritt, wie betrunken, betrat Khamudi Apophis' Gemächer, dessen Wachen an diesem Morgen von zypriotischen Seeräubern ermordet worden waren. Aberia hatte bereits Weisung erhalten, die gesamte Dienerschaft des Palasts in ein Lager verschleppen zu lassen. Dieser Ort musste von Grund auf erneuert werden. Nicht nur die Menschen, die hier Dienst taten, auch die Möbel und Kunstgegenstände mussten ausgewechselt werden. Jede Erinnerung an den alten Herrscher musste ausgelöscht werden – mit Ausnahme der kretischen Malereien, die Khamudi immer schon besonders gut gefallen hatten.

Yima lief von einem Gemach zum anderen, weinend, lachend, ausgelassen; einmal umarmte sie eine Zofe, das nächste Mal ohrfeigte sie einen Küchenjungen; sie warf sich auf ein Ruhelager, erhob sich wieder, schrie, dass jemand ihr zu trinken bringen solle, vergaß das Glas, als es ihr gebracht wurde, nahm ein wenig Opium und begann endlich, unter Ausstoßung spitzer Schreie ihre alten Gewänder zu zerreißen. »Wir sind am Ziel! Ich bin Königin! Königin, ich, kannst du dir das vorstellen!«

Sie warf sich ihrem Mann an den Hals, doch er stieß sie mürrisch von sich.

»Es wartet Arbeit auf uns, Yima. Wir müssen mit den Säuberungen weitermachen. Du musst jedes einzelne Mitglied der

Dienerschaft einer eingehenden Prüfung unterziehen. Sobald der geringste Verdacht aufkommt, muss Aberia ihr Handwerk ausüben.«

Nachdem er seine Gattin genügend ermahnt hatte, rief Khamudi die Generäle und Admirale zusammen, um den großen Gegenangriff vorzubereiten. Sie würden Leontopolis und Heliopolis wiedererobern, während die Nubier mit ihrem neuen Fürsten an der Spitze von Süden her auf Oberägypten zumarschieren sollten. So würde man Ahotep zwingen, sich nach Theben zurückzuziehen, um sie dort in die Zange zu nehmen.

Khamudi legte Wert darauf, sie lebend in seine Gewalt zu bekommen. Er würde sich unerhörte Qualen für sie ausdenken und dafür sorgen, dass sie so langsam und schmerzvoll wie möglich starb.

Gedankenverloren stand er an einem Fenster, als er die Stimme des alten Admirals hörte, den er vor kurzem an die Spitze der Flotte berufen hatte.

»Herr, die Ägypter!«

»Was heißt das – die Ägypter?«

»Sie sind da!«

Wie konnte es dieser dumme Alte wagen, ihm dasselbe Lügenmärchen aufzutischen, das er schon Apophis erzählt hatte, um ihn dazu zu bewegen, die Festung zu verlassen!

»Geh auf deinen Posten zurück!«

»Ihr versteht nicht, Herr! Die Ägypter sind dabei, Auaris anzugreifen!«

»Du träumst wohl! Wenn das wahr wäre, hätten unsere Wachen sie längst ausgemacht!«

»Nein, das hätten sie nicht. Denn sie sind nicht aus dem Süden gekommen.«

»Das kann nicht sein!«

»Wir erwarten Eure Befehle, Herr!«

260

Was erwarteten die Hyksos? Zweifellos einen Angriff zu Wasser wie den, den Kamose einst so erfolgreich angeführt hatte. Deshalb hatte Ahotep beschlossen, diesmal alles anders zu machen: Sie wollte Auaris auf verschiedene Weise und von verschiedenen Punkten zugleich angreifen. Das hieß, dass sich die gesamte ägyptische Streitmacht beteiligen musste und man vorher alle Wachposten der Hyksos auszuschalten hatte.

Mit dieser Aufgabe hatte die Königin den Schnauzbart und den Afghanen betraut, während sie selbst sich darum kümmerte, dass die Maßnahmen zur Sicherung des Pharaos verstärkt wurden. Falls der Spitzel der Hyksos noch sein Unwesen trieb, würde er versuchen, Ahmose zu töten, um den Vormarsch der Ägypter aufzuhalten. Mehr als je zuvor musste auch sein persönlicher Bewacher, Lächler der Jüngere, auf dem Posten sein.

»Da ist Auaris«, sagte Fürst Emheb bewegt.

Und Ahotep erblickte zum ersten Mal die Hauptstadt des Reiches der Finsternis.

Wie seine Mutter war auch Ahmose beeindruckt von der Größe der Stadt, dem weitläufigen und gut ausgebauten Kriegs- und Handelshafen und vor allem von jener weithin sichtbaren, stolzen Trutzburg, der berühmten Festung.

Ein Angstschauer lief durch die Reihen der Ägypter, als sie die Kriegsschiffe und die am östlichen Ufer aufgereihten Streitwagen erblickten, deren Zahl sie nicht einmal schätzen konnten.

Alle waren auf diesen Moment vorbereitet, doch keiner hatte sich vorstellen können, wie fürchterlich dieser Feind tatsächlich war.

»Wir gehen einem Gemetzel entgegen«, prophezeite Neshi, der bleich geworden war.

»Was sagen meine kühnsten Offiziere dazu?«, fragte Ahotep.

»Neshi hat Recht«, bestätigte der Schnauzbart.

»Dieses eine Mal«, sagte der Afghane, »teile ich die Ansicht meines Kameraden.«

»Besser, wir leiten den Rückzug ein. Wenn wir unterliegen, wird es eine schreckliche Niederlage sein«, sagte Fürst Emheb. »Ich weiß, dass Ihr noch nie vor etwas davongelaufen seid, Majestät, aber diesmal wird es Euch niemand übel nehmen, wenn Ihr es tut.«

Das Schweigen von Admiral Mondauge bewies, dass er derselben Meinung war wie seine Waffenbrüder.

Im lebhaften Blick ihres Sohns erkannte die Königin etwas ganz anderes.

»Seht euch die Hyksos nur einmal genauer an!«, sagte Ahmose gelassen. »Sie laufen in alle Richtungen, wie aufgescheuchtes Wild. Unsere Vorgehensweise ist ausgezeichnet, damit können wir unseren Mangel an Soldaten und an Waffen und Gerät am besten ausgleichen. Jeder soll unverzüglich seine Stellung einnehmen! Sobald ihr die Trommeln hört, werden sich alle unsere Einheiten genau so verhalten, wie wir es geplant haben!«

Khamudi war nicht zusammengebrochen. Im Gegenteil: Die bevorstehende Auseinandersetzung mit den Ägyptern hatte eine rasende Wut in ihm hervorgebracht, und mit kalter und schneidender Stimme hatte er die höheren Offiziere dazu gebracht, ihre erregten Soldaten zu beruhigen und sie zu besonderer Ordnung zu mahnen. Waren die Hyksos nicht all ihren Feinden haushoch überlegen, war Auaris nicht eine uneinnehmbare Stadt?

Die Schlacht würde endlich beginnen, und sie würden sie gewinnen!

Der Eifer ihres neuen Führers steckte die ganze Armee an. Die Soldaten bezogen Stellung. Die Lenker der Streitwagen hielten mit Mühe ihre sich aufbäumenden Pferde zurück, die

Matrosen stürzten an ihre Plätze, die Bogenschützen erklommen in aller Eile die Treppen, die zu den Wachtürmen der Festung führten.

Von anderen Schiffen gefolgt, segelte das Admiralsschiff der ägyptischen Flotte, die »Goldfalke«, in den Kanal, der zum Kai der Festungsanlage führte.

Das war der schwere Fehler, den Khamudi vorausgesehen, auf den er gehofft hatte!

Wie sein älterer Bruder versuchte auch Ahmose, sich der Hafenanlagen zu bemächtigen – und genau dort würde der Tod auf die Ägypter warten.

Doch die »Goldfalke« hielt auf halbem Weg unvermittelt inne, während weitere Schiffe von Norden her in den Kanal eindrangen und sich den Hyksosschiffen von der entgegengesetzten Seite her näherten. Dazu erscholl unaufhörlich der dumpfe, erregende Klang der Trommeln.

Es war eine böse Überraschung, die sich noch steigern sollte: Denn aus dem Bauch des Admiralsschiffs kam ein Streitwagen, von zwei Pferden gezogen und vom Pharao selbst gelenkt, einer strahlenden Gestalt mit der weißen Krone Oberägyptens auf dem jugendlichen Haupt. Auf den Seiten seines Wagens waren Malereien angebracht, die kniende und gefesselte Hyksos darstellten.

»Sie haben es tatsächlich geschafft, einen Streitwagen zu bauen!«, rief Khamudi fassungslos.

»Nicht einen Streitwagen«, verbesserte ihn knurrend der General, »sondern Hunderte davon!«

Und all diese Streitwagen befanden sich bereits in voller Fahrt und waren dabei, sich auf die Regimenter der Hyksos zu stürzen.

47

Ahotep glaubte, dass die Befreiungsarmee nur siegen konnte, wenn sie sich vollständig auf ihre Vorgehensweise der vielfältigen Vorstöße mit unterschiedlichen Mitteln, der überraschenden Ausfälle, der unerwarteten Handstreiche verließ.

Das Admiralsschiff diente mit seinem gesamten Gefolge nur als Köder für die feindliche Flotte, die es zu Unrecht als leichte Beute betrachtete. Die Schlacht begann, aber die übrigen ägyptischen Schiffe, die unvermittelt aus dem Norden in den Kanal vorstießen, teilten die Schiffsmacht der Hyksos in zwei Hälften.

Und die von Fürst Emheb und Ahmas, Sohn des Abana, befehligten Fußtruppen benutzten die eigenen Schiffsrümpfe als Deckung, als sie die schwerfälligen Boote der völlig überraschten Gegner zu entern begannen.

Die Begeisterung und die Beweglichkeit der gut trainierten ägyptischen Soldaten machten ihren Mangel an Waffen und Gerät wett.

Doch der Ausgang der Schlacht von Auaris würde von den Streitwagen abhängen: Welches Regiment würde siegreich sein?

Der Befehlshaber der Streitwagen der Hyksos war zunächst ebenso überrascht wie der Kommandant der Flotte. Nie hatte er erwartet, von den Ägyptern mit Wagen angegriffen zu werden, die nur zwei Mann Besatzung hatten. Er stellte zunächst ein Regiment auf, das in einer Linie langsam vordringen sollte, um auf seinem Weg alles niederzumachen, was sich ihm entgegenstellte.

Auf Befehl Ahmoses verteilten sich die Ägypter daraufhin sehr rasch in seitliche Richtung, um den Gegner von den Flanken her anzugreifen. Die Mehrzahl der von ihnen abgeschossenen Pfeile erreichte ihr Ziel. Zahlreiche Pferde der Hyksos überschlugen sich und blieben tot liegen, was ein Durcheinander verursachte, in dem sehr viele Soldaten schwer verletzt oder getötet wurden.

Wie ein Hornissenschwarm fielen die Streitwagen des Pharaos sodann über ihre langsameren und schwerfälligeren Feinde her. Die Bogenschützen zielten auf die Lenker, worauf die Pferde sich losrissen und verängstigt in der Ebene herumgaloppierten, die hilflose Besatzung ihrer Wagen im Schlepptau.

Die Ägypter befolgten die Faustregel, nach der sie jeglichen unmittelbaren Zusammenstoß mit dem Feind vermeiden mussten; stattdessen hatten sie ihn, wenn möglich, seitlich anzugreifen oder ihm in den Rücken zu fallen. Der Schnauzbart und der Afghane erwiesen sich als wahre Meister dieses Verfahrens.

Umkreist von mehreren Streitwagen, die ihm Deckung gaben, wie Ahotep es befohlen hatte, gab Pharao Ahmose im Feuer des Kampfs Pfeil auf Pfeil ab.

Die Soldaten der Hyksos fanden sich bald eingeschlossen in einem wahren Hexenkessel aus verzweifeltem Wirrwarr und lauten Schmerzensschreien aus Hunderten von Kehlen. Die sie umkreisenden Ägypter ließen ihnen keinen Augenblick Ruhe.

Als eine neue Welle feindlicher Streitwagen zum Angriff überging, fürchtete Ahotep das Schlimmste. Ihre Soldaten waren sämtlich am Rand der Erschöpfung – wie sollten sie einem solchen Angriff noch einmal standhalten?

Doch es stellte sich heraus, dass die Streitwagen, die nun auf das Schlachtfeld rollten, von Arek, dem Saboteur, bearbeitet worden waren: Ihre Räder kamen mit der Geschwindigkeit der Pferde nicht mit, blockierten oder sprangen ab, wodurch die neuen Streitwagen, statt den Lauf der Schlacht günstig zu beeinflussen, nur das herrschende Chaos vergrößerten.

Von Ahmose ständig angefeuert, ließen die Ägypter keinen Augenblick locker; sie verlangten nicht nur von sich, sondern auch von ihren Pferden Höchstleistungen und gingen in vielen

Fällen über das hinaus, was sie sich selbst zugetraut hatten. Unaufhörlich wurden Lanzen und Wurfspieße geschleudert und tödliche Pfeile abgeschossen.

Die Lage auf dem Kanal sah anders aus. Die Matrosen des Pharaos hatten zwei Enterversuche erfolgreich abgewehrt, doch dann mussten sie vor der schieren Übermacht der Feinde doch zurückweichen. Admiral Mondauge versuchte durch einen tollkühnen Ausfall, das Schlimmste zu verhindern. Doch er musste den nördlichen Kanal aufgeben, und dadurch konnten sich mehrere gegnerische Kriegsschiffe neu formieren und die Kontrolle über diesen Zugang zur Hauptstadt wiedergewinnen.

Wildkatze erhitzte eine Metallspitze über dem offenen Feuer und brannte damit die tiefe Wunde aus, die ein Schwert in die linke Flanke des Afghanen gerissen hatte. So wenig schmerzempfindlich er sich bis jetzt auch gezeigt hatte – in diesem Moment konnte er ein Stöhnen nicht unterdrücken.

»Du hast Glück gehabt«, sagte sie zu ihm. »Die Wunde sieht schlimmer aus, als sie ist.«

»Und ich?«, beklagte sich der Schnauzbart. »Kriege ich keine Behandlung?«

»Du hast nur ein paar Kratzer.«

»Ich bin am ganzen Körper voller Blut, und ich wäre viele Male um ein Haar getötet worden!«

»Ich muss mich zuerst um die schweren Fälle kümmern. Du und die anderen Leichtverwundeten, helft mir!«

Es gab ungezählte Verwundete, und Wildkatze und ihre Helfer hatten alle Hände voll zu tun. Doch das ägyptische Streitwagenregiment hatte soeben seinen ersten großen Sieg errungen.

Und doch erhob sich kein Jubel unter den Soldaten, denn die Festung war völlig unversehrt geblieben und schien in stummem Trotz auf sie herabzublicken.

Zur festgesetzten Stunde nahmen die Königin und der Pharao in einer Kabine des Admiralsschiffs die Berichte entgegen.

»Ein Viertel unserer Streitwagen ist zerstört«, erklärte Neshi, »doch wir haben auch viele Waffen erbeutet. Unsere Männer haben sich vorbildlich verhalten. Von morgen an müssen wir neue Lenker ausbilden, um die Toten zu ersetzen. Die Weiden hier herum sind fett und fruchtbar, so werden unsere Pferde genug zu fressen bekommen.«

»Mehr haben wir auch nicht zu sagen«, sagte der Schnauzbart unter bestätigendem Nicken des Afghanen.

»Was ist mit deiner Verwundung?«, fragte die Königin.

»In den nächsten paar Tagen wird sie mir ziemlich hinderlich sein, Majestät, aber sie wird mich doch nicht davon abhalten können, die neuen Wagenlenker anzulernen.«

»Zehn Schiffe versenkt oder schwer beschädigt«, berichtete Admiral Mondauge, »außerdem schwere Verluste unter den Bootsleuten und den Fußsoldaten der Marine. Zum Glück hat die Flotte der Hyksos wesentlich mehr abbekommen als unsere, aber sie ist noch längst nicht geschlagen. Ihre Schiffe liegen jetzt im Nordkanal. Ich rate von einem baldigen Angriff ab, denn unsere Leute sind erschöpft.«

»Ich brauche auch Zeit, um die Versorgung mit Nahrungsmitteln zu sichern«, sagte Neshi. »Es wird nicht leicht sein. Wir müssen unbedingt darauf achten, dass unsere tapferen Männer ausreichend zu essen und zu trinken haben und dass sie sich durch guten Schlaf erholen können.«

»Unsere fahrbaren Leitern sind unbrauchbar«, sagte Fürst Emheb. »Die Mauern der Festung sind zu hoch, und anders als in Leontopolis, können sich die Bogenschützen hier jederzeit hinter Zinnen und Schießscharten zurückziehen. Wir erreichen sie nicht, und sie werden ungehindert jeden töten, der versucht, sich der Mauer zu nähern.«

Ahotep lobte die Weitsicht der Befehlshaber.

Doch trotz ihrer Wachsamkeit und Klugheit, fügte sie hinzu, hätten die ägyptischen Truppen nicht mehr als einen halben Erfolg errungen.

»Ich mache mir die größten Sorgen«, meldete sich Neshi noch einmal zu Wort. »Es sind bestimmt noch eine Menge Hyksos im Osten des Deltas und im Gebiet von Syrien und Palästina. Der König wird sie zweifellos zu Hilfe rufen. Sie werden uns einfach überrennen.«

»Wenn du sagen willst, dass wir den Rückzug einleiten sollen, so bin ich unbedingt dagegen«, sagte Pharao Ahmose. »Wir müssen Auaris um jeden Preis einnehmen.«

»Das wünscht sich sicher jeder von uns«, sagte Emheb, »aber es würde eine sehr, sehr lange Belagerung werden.«

»Wir alle brauchen jetzt zunächst einmal Ruhe und Zeit, um nachzudenken«, entschied Ahotep und beendete für diesen Tag die Beratung.

Was für eine sonderbare Nacht! Der gestirnte Himmel war der Himmel Unterägyptens, doch die schwarze Erde, die Kanäle und Felder gehörten noch immer dem Herrscher der Finsternis.

Ahotep dachte an ihren Sohn Kamose, der fast nichts in der Hand gehabt hatte, als er Auaris zum ersten Mal angegriffen und seinen Handelshafen geplündert hatte. Wenn der Spitzel der Hyksos nicht im letzten Moment eingegriffen hätte, hätte der junge König dem Feind noch viel größere Schäden beigebracht. Doch auch er würde jetzt ohnmächtig vor dieser Festung stehen, die die Armee Ahmoses zu verhöhnen schien.

Bei jedem Hindernis, das sich vor ihr auftürmte, hatte die Königin bis jetzt irgendeinen Einfall gehabt, wie man es überwinden oder umgehen konnte. Diesmal war das Hindernis zu groß! Und doch wusste Ahotep seit ihrer Jugend, dass es keine ausweglose Lage gab. Wenn man sich wirklich anstrengte, fand man immer einen Weg.

Ihre Gedanken stiegen zu den Sternen auf, wo die Pharaonen Seqen und Kamose auf ewig verherrlicht waren. Dann näherte sie sich dem Zelt Ahmoses, wo sie die Sicherheitsvorkehrungen überprüfen wollte.

Während die Kämpfe tobten, hatte der Spitzel der Hyksos nichts unternehmen können. Die Leibwache des Königs bestand aus seinen allertreuesten Soldaten, sie würden ihm den besten Schutz gewähren. Und Lächler der Jüngere, der auf der Schwelle lag, hatte einen so leichten Schlummer, dass er bei jeder kleinsten Störung sofort hellwach war.

Alles, was der Pharao zu sich nahm, wurde von zwei freiwilligen Köchen vorgekostet, so dass der Spitzel auch mit Gift nicht zu seinem Ziel gelangen würde.

Die Barken von Tag und Nacht hatten ihren Kreislauf wieder aufgenommen. Ahotep erlebte den Übergang von der alten zur neuen Sonne, ihre Wiedergeburt im Osten, nachdem sie die Schlange der Finsternis im See des Feuers überwunden hatte.

Als die Morgendämmerung heraufzog, war der Beschluss der Königin gefasst: Entweder würde die Befreiungsarmee Auaris erobern, oder sie würde vernichtet werden.

48

Dank der Drogen, die man ihnen verabreicht hatte, fürchtete keiner der Hyksossoldaten die Ägypter. All ihre Ängste verschwanden, und manche unter ihnen glaubten, es mit zehn Gegnern auf einmal aufnehmen zu können. Khamudi hatte auch Drogen an die Bevölkerung verteilen lassen, damit die Menschen nicht in Panik gerieten.

Offensichtlich interessierten sich Königin Ahotep und ihr

Sohn Ahmose für nichts anderes als die Festung. Doch sie besaßen nichts, was es ihnen erlaubt hätte, sie einzunehmen. Die Belagerung würde in einem Fiasko enden, und die Verstärkungstruppen aus dem Delta und aus Kanaan würden den Ägyptern schließlich den Todesstoß versetzen.

Vom höchsten Wachturm aus beobachtete Khamudi den Gegner, dessen Verhalten ihm merkwürdig vorkam. Bogenschützen und Fußsoldaten gingen an Bord von Kriegsschiffen, die sich langsam, eines nach dem anderen, in die Kanäle einfädelten und auf dem Binnensee von Auaris Anker warfen.

Am Bug des Admiralsschiffes stand Pharao Ahmose, leicht erkennbar an seiner weißen Krone.

»Sie wollen meine Flotte zerstören«, sagte sich der neue König, »und dann wollen sie Auaris einkreisen.«

»Hol den besten Bogenschützen her, den du finden kannst«, befahl er einem Offizier in der Nähe. »Er soll sich auf einer leichten Barke mit zwei Ruderern diesem lächerlichen König bis auf Schussweite nähern.«

Ahmas, Sohn des Abana, war Kommandant des Schiffes namens »Ruhm und Herrlichkeit von Memphis« seit der Befreiung jener berühmten Stadt. Mit die besten Bogenschützen standen ihm zur Seite, die seit Stunden die Reihen der Feinde in Unordnung brachten. Es gelang ihnen, so viele Gegner zu töten, dass der Befehl zum Entern gegeben werden konnte. Bald wurden zwei feindliche Kriegsschiffe von den Ägyptern versenkt.

Ahmas sah eine leichte Barke in einiger Entfernung. Darin befanden sich drei Männer mit nacktem Oberkörper, zwei davon Ruderer, die dafür sorgten, dass das Boot sich rasch näherte. Plötzlich drosselten die Ruderer ihre rasend schnellen Schläge. Als der dritte Mann aufstand und einen Pfeil aus seinem Köcher nahm, bemerkte Ahmas, dass er in Richtung des Admiralsschiffs blickte.

Der Pharao…! Dieser Hyksos hatte die Absicht, den Pharao zu töten, dessen weiße Krone im Sonnenlicht schimmerte!

Ahmas nahm sich kaum Zeit zu zielen, als er seinen Bogen spannte. Sein Pfeil schnellte hart am Kopf des Hyksos vorbei, der vor Schreck seine Waffe fallen ließ.

Ohne an seine Kameraden zu denken, sprang er ins Wasser, um sich zu retten.

Vorsichtshalber tötete Ahmas noch die beiden Ruderer. Dann, voller Wut bei dem Gedanken, dass diese hinterlistige Ratte den König hätte verletzen können, sprang auch er in den Kanal.

Da er ein ausgezeichneter Schwimmer* war, hatte er den Hyksos bald erreicht. Er betäubte ihn mit einem Faustschlag auf den Nacken, bevor er ihn ans Ufer zog und ihn sich dann wie einen schweren Sack auf den Rücken lud.

Noch nicht ganz wieder bei Bewusstsein, versuchte der Gefangene, sich des Dolchs seines Gegners zu bemächtigen. Daraufhin warf ihn Ahmas zu Boden, schnitt ihm die Hand ab und schlug ihn noch einmal nieder. Diesmal sank der Mann in eine tiefe Ohnmacht.

»Kommandant Ahmas, Sohn des Abana, ich verleihe dir das Ehrengold der Wachsamkeit«, erklärte Pharao Ahmose und legte eine schön gearbeitete Goldkette um den Hals des Offiziers.

Der Ruhm dieses Helden hatte sich sehr bald überall verbreitet und die Soldaten zu noch größerer Tapferkeit angespornt. In den letzten Tagen hatten sie mehrere Hyksosschiffe zerstören können.

Ahmas verneigte sich ehrfurchtsvoll vor dem Pharao. »Darf ich um eine Gunst bitten, Majestät?«

---

* Seit dem Alten Reich wurde in Ägypten vorwiegend im Kraulstil geschwommen.

»Sprich!«

»Ich bitte um die Ehre, Eure Leibwache befehligen zu dürfen. Ich will der Erste sein, der Euch beschützt, egal, unter welchen Umständen.«

»Nach deiner heldenhaften Tat gewähre ich dir diese Bitte sehr gern!«

Königin Ahotep zog nachdenklich die Brauen zusammen. Und wenn Ahmas der Spion der Hyksos wäre? Wenn seine tapfere Tat nur eine Finte gewesen wäre, um das Vertrauen des Pharaos zu gewinnen? Von nun an wäre er ihm sehr nah, und er könnte Ahmose töten!

Doch dieser Verdacht war vollkommen abwegig. Ahmas, Sohn des Abana, diente seit seiner frühesten Jugend in der Befreiungsarmee, und er hatte hundertmal im Kampf gegen die Hyksos sein Leben aufs Spiel gesetzt. Trotzdem... Die Königin beschloss, ihren Sohn zu warnen.

»Wir werden den Gefangenen befragen«, sagte Ahmose.

Der Hyksos, dem man den Arm versorgt und verbunden hatte, wagte nicht, zum Pharao aufzusehen.

»Dein Dienstgrad und dein Auftrag!«

»Ich bin Erster Bogenschütze im Regiment unterhalb der Festung.«

»Beschreibe uns, wie es in der Festung aussieht«, verlangte Ahotep.

»Ich bin dort nie gewesen. Ich weiß nur, dass viele Soldaten darin sind und so viele Lebensmittel, dass man eine jahrelange Belagerung ohne weiteres überstehen kann.«

»Wer hat dir den Befehl gegeben, auf den Pharao zu zielen?«

»Khamudi... König Khamudi.«

»Du meinst Apophis.«

»Nein, Apophis ist tot. Das heißt, der Großschatzmeister hat ihn umgebracht, und seine Leiche ist verbrannt worden. Jetzt ist Khamudi König.«

»Wenn du dein Leben behalten willst, kannst du zurückgehen und ihm sagen, dass der Pharao schwer verwundet ist.«

»O nein, Majestät!«, rief der Hyksos. »Khamudi wird mir niemals glauben! Ich werde ins Labyrinth geworfen werden, oder ich muss gegen den Stier antreten!«

Der Gefangene erzählte dann ausführlich von den Folterungen, die dem alten wie dem neuen König so viel Vergnügen bereiteten.

»Tötet mich!«, flehte er die Ägypter an.

»Wenn wir diesen Krieg gewinnen«, erklärte Ahotep, »wirst du der Diener von Ahmas, Sohn des Abana, werden.«

Alle Wächter des Waffenlagers von Auaris hatten billige Drogen eingenommen und träumten in ihrem Rausch von ägyptischen Lanzen und Pfeilen, die niemanden verwundeten.

Alle, außer Arek.

Der junge Mann, der schon so lange Mitglied des Widerstands war, hatte jede Verbindung zur Außenwelt verloren. Doch jetzt konnte er seine Freude nur mit Mühe zügeln. Endlich griffen die Ägypter Auaris an! Auch wenn sich Khamudi so grausam zeigte wie nie zuvor – Apophis' Tod hatte die Hyksos geschwächt.

Nachdem er sich heimlich an den Rädern der Streitwagen zu schaffen gemacht hatte, wollte er nun die Bögen der Bogenschützen manipulieren, die durch seine Behandlung brechen mussten, sobald man sie spannte.

Diese Arbeit war besonders gefährlich, denn Arek war es nicht erlaubt, den Raum zu betreten, wo die Bögen lagerten. Er hatte warten müssen, bis seine Kameraden eingeschlafen waren, um es wagen zu können, die Riegel zurückzuschieben und sich an sein nächtliches Werk zu machen.

»Was machst du da, Kleiner?«

Arek erstarrte vor Schreck.

Er hatte die raue Stimme seines Vorgesetzten gehört, eines Asiaten, dem die Wirkung der Drogen nichts auszumachen schien.

»Ich habe heute Abend bemerkt, dass du nichts von unseren süßen Speisen genommen hast, mein Kleiner, und das hat mich beunruhigt. Es ist dir nicht erlaubt, dich hier aufzuhalten!«

»Ich … Ich wollte einen Bogen!«

»Das ist Diebstahl. Und mitten im Krieg eine Waffe zu rauben, ist ein schweres Vergehen.«

»Bitte, sieh noch einmal darüber hinweg. Ich werde dich reich dafür belohnen!«

»Ich bin nicht bestechlich! Du wirst mich zur Festung begleiten und unserem neuen König erklären, was du hier getan hast. Er wird schon dafür sorgen, dass du alles gestehst, das kannst du mir glauben! Und mir wird er dankbar sein.«

Arek kam auf die Beine, versetzte dem Asiaten einen Stoß, dass er taumelte, und rannte aus dem Lagerraum.

Der Asiate benachrichtigte die Wachen, die im Hafen auf und ab gingen.

Ein Blitz fuhr durch Areks Schulter. Eine Lanze war nach ihm geworfen worden. Aber er überwand den Schmerz und stürzte sich kopfüber in den Kanal.

Ein sanfter Tod ereilte ihn. Denn der tapfere junge Mann, der so vieles konnte – er konnte nicht schwimmen.

49

Schwankend und mit unstetem Blick hängte sich Yima bei ihrem Gatten ein. »Sind wir wirklich in Sicherheit, mein Herr und König?«, fragte sie.

»Du hast zu viele Drogen genommen!«, erwiderte Khamudi knapp und lieblos.

»Man muss doch irgendwie gegen die Angst ankämpfen! Hier bei uns fürchtet sich niemand mehr vor den Ägyptern, weil du viel stärker bist – du bist der wahre Herrscher im Land. Und ich, ich helfe dir… Mit meiner Freundin Aberia zusammen werde ich dafür sorgen, dass den bösen Verrätern der Garaus gemacht wird.«

»Das ist ein ausgezeichneter Einfall. Wenn ihr keine Beweise auftreiben könnt, wählt ihr irgendjemanden aus, der euch passend erscheint; ihr ruft seine Angehörigen zusammen und tötet ihn vor ihren Augen. So wird jedermann begreifen, dass Khamudi sich nichts gefallen lässt!«

Die Königin war begeistert von dieser neuen Aufgabe und beeilte sich, ihre Freundin mit den grausamen Händen von den neuen Freuden, die sie erwarteten, zu unterrichten, während Khamudi seine Generäle zu sich rief.

»Auf allen Kanälen und auf dem See tobt die Schlacht«, berichtete einer von ihnen. »Entgegen unseren Erwartungen haben es Ahotep und Ahmose offenbar nicht auf die Festung abgesehen. Ihr einziges Ziel scheint es zu sein, unsere Flotte zu zerstören. Aber das wird ihnen nicht so bald gelingen, wenigstens nicht bevor unsere Verstärkungstruppen eingetroffen sind. Leider können die Trupps, die wir ausgeschickt haben, um den Pharao zu töten, gar nichts tun; vielleicht hat er Wind davon bekommen und zeigt sich deshalb nicht mehr vor aller Augen.«

»Wir müssen alle drei Stunden die Wachen auswechseln«, ordnete Khamudi an. »Und alle Wachtürme und Zinnen müssen mit Bogenschützen besetzt werden.«

Während Ahotep, Fürst Emheb und Admiral Mondauge den Kampf zu Wasser weiterführten und dafür sorgten, dass er sich in die Länge zog, befand sich Pharao Ahmose weit von Auaris entfernt, auf dem Wüstenweg des Wadi Tumilat, den gewöhnlich die Versorgungskarawanen benutzten. Beschützt von Lächler dem Jüngeren und Ahmas setzte der Pharao den von seiner Mutter entworfenen Plan in die Tat um: Er hatte vor, die Handelsstraße durch die Wüste zu blockieren, über die Waren und Soldaten von Kanaan und dem Delta nach Auaris gelangten.

Eine Karawane mit Lebensmitteln war schon aufgehalten und geplündert worden, und die Soldaten hatten tüchtig geschlemmt, bevor sie nun unter Führung des Schnauzbarts mit ihren Streitwagen das kanaanäische Streitwagenregiment angreifen würden, während der Afghane sich mit seinen Truppen den Hyksos des Deltas widmete.

Pharao Ahmose stand dank Graukopf und seiner unermüdlichen gefiederten Truppe ständig mit seinen Befehlshabern in Verbindung und konnte ohne große Vorbereitung überallhin eilen, wo sich seine Soldaten in Schwierigkeiten befanden.

Zahlenmäßig unterlegen, nutzten die Ägypter geschickt ihre größere Beweglichkeit; oft heimsten sie durch eine überraschende Wendung unerwartete Siege ein. Unter der sengenden Sonne strahlte das Schwert Amuns in einem so hellen Glanz, dass jeder Soldat sich beseelt fühlte von einem wahrhaft unerschöpflichen Kraftfluss.

Es zählten weder Jahreszeiten noch Monate, noch Tage, noch Nächte, noch Stunden – nichts, außer der Schlacht von Auaris, in der ganz allmählich die ägyptische Seite die Oberhand gewann.

Wildkatze hatte inzwischen viele andere junge Frauen in der Kunst zu heilen unterwiesen, und alle Verwundeten bekamen ausreichend Hilfe und Pflege. Auch Ahotep kümmerte sich um die Verwundeten, von denen die meisten nach der ersten, notdürftigen Versorgung in die Schlacht zurückwollten. Sie sahen sich nah am Ziel und wollten nicht aufgeben, obwohl die Festungsanlage sich immer noch trotzig und anmaßend über ihnen erhob und jedem Eroberungsversuch standhielt.

»Wir haben ihre größten Schiffe versenkt«, sagte Emheb. »Das Glück ist jetzt eindeutig auf unserer Seite.«

In diesem Moment flatterte Graukopf herbei und setzte sich Ahotep auf die Schulter, die ihn, wie üblich, zum Dank für seine Leistungen lange und zärtlich streichelte. Dann entfaltete sie die Botschaft, die er ihr gebracht hatte.

Die Königin dachte unaufhörlich an ihren Sohn. In ihre Gewissheit, dass sie bestens für seine Sicherheit gesorgt hatte, mischte sich jedoch immer wieder ein leiser Zweifel. Wie hätte sie auch jenen Kampf vergessen können, in dessen Verlauf Seqen, ihr Gemahl, verraten und ermordet worden war? Und doch gab es keinen anderen Weg: Wenn es Ahmose nicht gelang, den Verstärkungstruppen den Weg abzuschneiden, würde die Befreiungsarmee ihrer sicheren Vernichtung entgegengehen. Bis jetzt hatte sich Ahoteps Vorgehen als richtig erwiesen: Es war ihnen gelungen, Khamudi glauben zu machen, dass die Ägypter all ihre Kräfte in Auaris zusammenzogen, einzig bestrebt, die gegnerische Flotte zu vernichten. Doch wer weiß, wie lange sich dieses Bild noch aufrechterhalten ließ?

Fürst Emheb konnte seine Ungeduld nicht länger verhehlen.

»Was gibt es Neues, Majestät?«

»Die Truppen aus Kanaan haben den Rückzug antreten müssen.«

»Und die Hyksos aus dem Delta?«

»Sie sind ebenfalls in die Flucht geschlagen worden, aber unsere Streitwagenregimenter haben herbe Verluste hinnehmen müssen. Der Pharao bittet uns, ihm Soldaten und Güter zu schicken.«

»Das ist möglich, aber es wird uns schwächen. Wenn die Hyksos, die noch in der Festung sind, sich zu einem plötzlichen Ausfall sammeln, wird das für uns schwer wiegende Folgen haben!«

»Zunächst geht es darum, ihre Flotte kampfunfähig zu machen.«

Ahotep zeigte sich ihren Soldaten. Beim Anblick ihres Zepters, das die Macht von Theben darstellte, vergaßen die Ägypter ihre Müdigkeit und ihre Wunden. Auf dem See und in den Kanälen warfen sie sich mit unerhörtem Druck dem Feind entgegen. Admiral Mondauge spürte, dass eine Lanze ihn ins Bein traf; und doch hatte er noch die Kraft, dem letzten Kapitän der Hyksos, der verzweifelt um sein Leben kämpfte, mit seinem Dolch die tödliche Wunde zuzufügen.

»Herr, sollten wir nicht einen Ausfall wagen?«, lautete der Vorschlag eines Generals der Hyksos.

»Auf keinen Fall!«, rief Khamudi ungewöhnlich erregt. »Verstehst du denn nicht, dass es genau das ist, was die Ägypter von uns erwarten? Wir haben nur noch ein einziges Schiff. Ahotep hat alle Kanäle blockiert, Auaris ist umzingelt! Unsere Streitwagen können nichts mehr für uns tun. Wir sind nur im Inneren der Festung sicher.«

Insgeheim fragten sich alle Generäle, wo Seths großer Blitz blieb, der ihnen bei diesem Krieg zu Hilfe kommen sollte.

»Gibt es endlich Nachrichten von unseren Truppen aus Kanaan und aus dem Delta?«, fragte der neue König, indem er seine Männer mit finsterer Miene anstarrte.

»Nein, aber sie werden bestimmt bald eintreffen.«

»Ist vielleicht unsere Verbindung mit dem Norden gekappt?«

»Offensichtlich, Herr. Wir haben schon so lange nichts mehr von dort gehört. Aber dennoch können wir sicher sein, dass sich unsere Männer wie ein Heuschreckenschwarm auf die Ägypter stürzen werden.«

Um seine Nerven zu beruhigen, wohnte Khamudi einer Hinrichtung bei.

Wieder einmal – und mit wachsendem Vergnügen – hatte Aberia die Aufgabe, all jene Unglücklichen zu erwürgen, die als Verräter gebrandmarkt worden waren.

Die Königin der Freiheit teilte das tägliche Mahl mit ihren Soldaten. Es bestand aus getrocknetem Fisch oder aus Streifen getrockneten Schweinefleischs, gewürzt mit Knoblauch und Zwiebeln, aus Brot und Rosinen. Dazu gab es leichtes Bier. Die Männer empfanden es als eine große Ehre, Seite an Seite mit ihrer Königin zu essen, und alle schöpften daraus frischen Mut.

»Die Hyksos können nur davon träumen, so etwas zu essen!«, sagte einer der Fußsoldaten genüsslich. »Bei ihnen ist Schweinefleisch ja verboten. Ach, wenn ich so an einen guten Braten mit Linsen denke…«

»Danke, Soldat. Du bringst mich auf eine ausgezeichnete Idee, wie ich König Khamudi meine Botschaft übermitteln kann.«

Der Fußsoldat hatte keine Ahnung, wovon die Rede war, und seine Kameraden zogen ihn mit seiner Ahnungslosigkeit auf, während die Königin einen Schlauch aus Schweinehaut nahm und ein beschriebenes Täfelchen hineinsteckte.

»Ein Schiff kommt auf uns zu!«, schrie ein Wachsoldat der Hyksos.

Sofort spannten die Bogenschützen ihre eindrucksvollen

Waffen, und ein Hagel von Pfeilen prasselte auf das Kriegsschiff nieder, das dennoch seine Fahrt nicht unterbrach.

»Hört auf zu schießen!«, befahl Khamudi.

Das Schiff rammte eine Befestigung am nördlichen Ufer der Festung und blieb stehen.

»Es ist eines von uns!«, bemerkte ein Bogenschütze. »Aber es ist kein Mensch an Bord!«

»Seht mal, oben am Mast!«, rief ein anderer Soldat.

Am Mast war eine Gestalt aus Holz angebracht. Sie trug einen schwarzen Harnisch und einen Schlauch auf dem Kopf.

»Das muss eine Botschaft des Feindes sein«, sagte ein Offizier.

»Hol das Ding her!«, verlangte der König.

»Ich? Aber…«

»Du wagst es zu widersprechen?«

Entweder er wurde wegen Befehlsverweigerung hingerichtet, oder er wurde von ägyptischen Pfeilen durchbohrt. Der Offizier bevorzugte die zweite Lösung. Mit Hilfe eines langen Taus kletterte er die Mauer hinunter und ging an Bord des Schiffes. Dort erklomm er den Mast und wunderte sich, dass er noch lebte, als er die seltsame Holzpuppe abnahm.

Ohne einen Kratzer erschien er vor Khamudi.

»Ihr dürft diesen Schlauch nicht berühren, Majestät, er ist widerwärtig, ekelhaft… aus Schweinehaut!«

»Öffnet den Schlauch!«

Der Offizier schnitt den Schlauch auf und holte das Schreibtäfelchen hervor, das er vorsichtig auf eine Schießscharte legte.

Die von Ahotep geschriebene Botschaft an Khamudi lautete, dass er auf keinerlei Hilfe mehr rechnen könne, da Pharao Ahmose seinen Truppen den Weg abgeschnitten habe.

»Wirf das sofort weg!«

Der Offizier tat, wie ihm geheißen.

»Du stinkst nach Schwein, du bist unrein. Hol schnell ein Tuch, damit ich mir die Hände abwische!«

Khamudi nahm vorsichtig den Schlauch und wickelte ihn wieder um den Kopf der Holzpuppe. Angeekelt warf er die Puppe dann von seinem Turm in die Tiefe.

50

Wieder einmal war die Lage wie festgefahren. Im Inneren der Zitadelle eingeschlossen, verhöhnte und verfluchte Khamudi lauthals die ägyptische Königin samt dem Pharao, der offenbar nicht fähig war, den Angriff fortzusetzen. In den nächsten Monaten, vielleicht sogar Jahren, würde er sich damit begnügen müssen, die neue Frontlinie zu befestigen und die von den Hyksos herbeigesehnten Verstärkungstruppen aufzuhalten.

Die Königin saß auf einem bequemen Stuhl neben Nordwind und betrachtete die untergehende Sonne. Bevor sie hinter dem Horizont versank, leuchtete der Himmel noch einmal in prächtigen Farben auf. Auch der Esel, der einen langen Tag hinter sich hatte und viele Stunden lang Güter für die Soldaten getragen hatte, genoss diesen Augenblick einer feierlichen Stille.

Von diesem treuen Gefährten war keinerlei Verrat zu befürchten, und Ahotep konnte sich ganz dem Anblick des herrlichen Himmelsschauspiels hingeben. Und auf einmal wusste sie, was zu tun war.

Als das Lager zur Ruhe gekommen war, rief sie Admiral Mondauge, Fürst Emheb und Neshi zu sich.

»Die Festung von Auaris ist uneinnehmbar, weil Apophis' Zauber immer noch wirkt«, erklärte die Königin. »Solange dieser Zauber nicht zerstört ist, werden unsere Anstrengungen völlig umsonst sein. Ich werde alles daransetzen, zu tun, was getan werden muss, im Verein mit und zu Ehren unserer Vorfahren. Ohne ihren Beistand wird Ahmose den Krieg nicht gewinnen, die rote und die weiße Krone unserer beiden Länder wird nicht vereinigt werden können. Ich muss mich sofort ans Werk machen. Morgen schon werde ich abreisen.«

Der Admiral war fassungslos: »Abreisen… Ich verstehe nicht, Majestät…«

»Ich werde mich zur Insel des Feuers begeben, um dort die Ahnen zu bitten, dem Pharao zu Hilfe zu kommen. Während ich fort bin, werdet ihr die Belagerung von Auaris fortsetzen.«

»Wie viele Soldaten werdet Ihr brauchen?«, fragte Neshi.

»Zwei Ruderer.«

»Das ist viel zu gefährlich!«, sagte Emheb, der seine Erregung nur mühsam zügelte.

Ahotep aber lächelte nur.

»Sollen wir den König über Eure Reise ins Bild setzen?«, wollte Neshi wissen.

»Selbstverständlich. Wenn ich nach achtundzwanzig Tagen nicht zurück bin, müsst ihr ihn dazu bringen, dass er sich nach Theben zurückzieht. Amun ist dann unsere letzte Rettung.«

Ahoteps leichte Barke glitt lautlos die Flussarme entlang, vorbei an Feldern und Weiden, auf denen Ziegen und Wollschafe grasten. Luchse, die im Ufergesträuch gejagt hatten, ergriffen beim Anblick der Menschen die Flucht, und Wildstiere verzogen sich in dichtes Gras. Die Ruderer mussten wachsam sein, um rechtzeitig Nilpferde zu entdecken, die sich womöglich im Wasser tummelten und mit denen ebenso wenig zu spaßen war wie mit den Krokodilen, die man durch Schläge der Ruderhölzer auf die Wasseroberfläche vertreiben konnte.

Die Barke durchquerte einen flachen See, in dem es von Barschen, Äschen und Welsen wimmelte. Dank wirksamer Salben, die sie in Tiegeln mit sich führten, blieben die Königin und ihre beiden Ruderer von den Stichen der zahllosen Mücken verschont.

Allmählich wurde das Papyrusdickicht immer wilder und dichter, und die Barke fand kein Durchkommen mehr.

»Mit diesem Gefährt kommen wir nicht weiter«, stellte einer der Männer fest. »Wir sollten ein Floß bauen.«

Sie breiteten Papyrusstängel auf einem Gerüst aus gekreuzten Zweigen aus und verflochten das Ganze mit festen Stricken.

»Wartet hier auf mich«, sagte die Königin.

Ganz allein drang sie in das dunkle, feindselige Dickicht vor. Mit einer langen Stange stakte sie, auf dem Floß sitzend, langsam vorwärts. Hunderte von Vögeln und anderen Tierarten lebten hier, auf einem Gelände, das in regelmäßigen Abständen überflutet wurde und mit Pflanzen von über sechs Metern Höhe dicht bedeckt war. Trotz der Nachbarschaft von Luchsen und Wildkatzen, die hier reiche Beute fanden, erfüllten die Stimmen von Ibissen, Schnepfen, Wiedehopfen und Kiebitzen ständig die Luft. Plötzlich erblickte Ahotep ein unerwartetes Hindernis: ein Netz, das zwischen Pflöcken aufgespannt war.

Regungslos verharrte sie auf ihrem Floß.

Sie wurde beobachtet.

»Zeigt euch!«, rief Ahotep beherzt.

Sie waren zu viert. Vier nackte, bärtige Fischer.

»Ist das zu fassen!«, rief der Älteste von ihnen aus. »Eine Frau! Eine Frau, hier!«

»Es muss eine Göttin sein«, sagte ein Rothaariger. »Oder … Oder Ihr seid diese Königin der Freiheit, die alle Hyksos unbedingt töten wollen …«

»Und wenn ich sie wäre – wärt ihr auf meiner Seite, oder seid ihr für die Hyksos?«, fragte die Monarchin.

»Für die Hyksos – bestimmt nicht! Ihretwegen hungern wir jetzt schon seit Monaten!«

»Nun gut, dann führt mich nach Buto.«

Einer der Fischer verzog das Gesicht. »Das ist heiliges Gebiet, niemand darf dorthin. Es gibt böse Geister, die die Neugierigen verschlingen.«

»Bringt mich in die Nähe, dann werde ich sehen, dass ich allein weiterkomme.«

»Wie Ihr wollt, aber es ist wirklich sehr gefährlich. Es gibt in dieser Ecke jede Menge Krokodile.«

»Mein Karneolstab wird sie von uns fern halten.«

Die vier Männer beugten sich schließlich dem Wunsch dieser Frau, deren königliche Haltung sie beeindruckte. Sie ließen sie in ein Papyrusboot einsteigen und ruderten sie in einem Gewirr von kleinen Wasserstraßen, in denen nur Einheimische sich zurechtfinden konnten, in Richtung der heiligen Insel. Einmal machten sie Halt auf einem trockenen, grasbewachsenen Hügel und boten der Königin an, ihr Mahl aus gegrilltem Fisch und leicht bitter schmeckender Zuckerwurzel mit ihnen zu teilen.

»Ein paar Hyksos haben versucht, diesen Sumpf zu erforschen und urbar zu machen«, sagte der Rothaarige, »aber keiner von ihnen ist lebend wiedergekommen. Wir werden jetzt schlafen gehen. Morgen zeigen wir Euch den Weg nach Buto.«

Im Morgengrauen stellte es sich heraus, dass einer der Fischer sich abgesetzt hatte.

»Es war der, den wir ›Schreier‹ nennen«, erklärte der Rothaarige. »Ein merkwürdiger Mann, halb verrückt. Er hat uns schon einmal Fische gestohlen. Gut, dass er weg ist!«

Nach mehreren Stunden einer weiteren anstrengenden Bootsfahrt lichtete sich das Dickicht, und die hohen Bäume und Sträucher verschwanden. Vor ihnen lag ein See, der von einem langen Erdwall durchschnitten wurde.

»Ihr müsst nur diesem Damm folgen und werdet unweigerlich auf die Insel Buto stoßen. Wir bleiben noch einige Zeit hier und warten auf Euch. Doch die Hoffnung, Euch jemals lebend wieder zu sehen, ist, ehrlich gestanden, bei uns allen gering.«

Nur mit ihrem Stab aus Karneol bewaffnet, machte sich Ahotep auf den Weg zu dem Ort, wo die Seelen der Könige der Ersten Dynastie ruhten, zusammen mit den Geistern ihrer göttlichen Ahnen, in den beiden mythischen Städten, die zu ihren Ehren auf der Insel des ersten Morgens der Welt erbaut worden waren.

Die Königin ging mit leichtem Schritt. Man hörte jetzt keinen Vogelgesang mehr, und das Wasser des Sees war von unglaublicher Klarheit und Reinheit.

Plötzlich sah sie sie: eine mit hohen Palmen bestandene Insel. Zwei Heiligtümer, bewacht von Statuen. Eine Statue stellte einen Menschen mit Falkenkopf dar, die andere einen Menschen mit dem Kopf eines Schakals.

In dem Moment, als Ahotep die heilige Insel betrat, loderte eine Flamme auf. Die Königin blieb stehen. Die Flamme verwandelte sich in eine Kobra, die eine Goldscheibe auf dem Haupt trug.

Ahotep sah das Auge des Re, das göttliche Licht.

Hier, an diesem Ort, vollzog sich immer aufs Neue die mythische Hochzeit von Wasser und Feuer, Erde und Himmel, Zeit und Ewigkeit.

»Ich bin gekommen, um die Hilfe der Seelen zu erflehen«, sagte die Königin laut und feierlich. »Ihr, die Ihr vereinigt habt, was verstreut war, Ihr, die Ihr die große Schöpfung vollbracht habt, ich bitte Euch: Erlaubt, dass Pharao Ahmose die Doppelkrone trägt, auf der das Auge des Re ruht, auf dass sein Weg erleuchtet werde!«

Es folgte ein langes Schweigen.

Als das Schweigen so tief geworden war wie Nun, die Urflut oder der Urozean der Energie, erhob sich die Stimme der Ahnen im Herzen der Königin.

An der Spitze des Stabs aus Karneol zeigte sich eine kleine Uräusschlange aus Gold. Sie trug die Doppelkrone.

Ahotep wäre gern länger auf der Insel geblieben, hätte gern länger den Frieden genossen, der hier herrschte. Doch sie wusste, dass ihr noch ein harter Kampf bevorstand.

Über den langen Damm aus aufgeworfener Erde ging sie zurück. Als das Papyrusdickicht in Sicht kam, hörte sie Schreie und kriegerischen Lärm.

Das Blut der drei Fischer machte das klare Wasser blutig rot.

Der Mann, den sie »Schreier« genannt hatten, tauchte auf, an der Spitze einer Abordnung von Hyksos in schwarzen Harnischen und mit schwarzen Helmen auf dem Kopf. Er hatte sie durch das Labyrinth der Wasserwege geführt.

Ahotep sah keine Möglichkeit zu fliehen.

51

Wie ein aufgeschrecktes Reh in Richtung der Insel zu laufen, die sie doch nie erreichen würde, zu Boden gestreckt zu werden von Pfeilen, die sich in den Rücken einer Flüchtenden bohren würden – all das war einer Königin unwürdig. So beschloss Ahotep, es mit den Hyksos aufzunehmen.

»Sie ist es!«, brüllte der Schreier mit einer tatsächlich weit tragenden, doch unschönen Stimme. »Sie ist es wirklich, die Königin der Freiheit!«

Sie warf ihm einen so vernichtenden Blick zu, dass der Verräter sich hinter dem Rücken eines Soldaten verkroch.

Als die Hyksos die schöne Königin feierlich auf sich zukommen sahen, machten sie unwillkürlich einen Schritt zurück. Verriet die sichere Haltung dieser Frau nicht, dass sie irgendeinen bösen Zauber im Schilde führte, gegen den ihre Schwerter nichts würden ausrichten können?

»Sie hat keine Waffen!«, stieß der Schreier hervor. »Und sie ist nur eine Frau! Nehmt sie fest, fesselt sie!«

Die Soldaten rissen sich zusammen. Sie dachten an die Belohnung, die ihnen dieser wunderbare Fang einbringen würde.

Als sie bis auf wenige Meter an sie herangekommen waren, tauchte ein Delphin aus dem Wasser auf und schwamm auf den Damm zu.

In seinen großen Augen stand etwas wie eine Aufforderung.

Ahotep gehorchte – und sprang.

»Ihr müsst hinter ihr her! Ihr müsst sie zurückholen!«, brüllte der Schreier.

Aber die Hyksossoldaten wagten es nicht, ins Wasser zu springen, weil sie wussten, dass das Gewicht ihrer Harnische sie in die Tiefe ziehen würde. So sprang nur der Schreier in den See und machte sich an die Verfolgung der Königin.

Mit einer eleganten Bewegung seiner Rückenflosse zerfetzte der Delphin dem Schwimmer das Gesicht.

Die Hyksos zogen ihre Schwerter und Dolche und warfen sie dorthin, wo das Wasser zu brodeln begann. Doch die Königin klammerte sich an dem Delphin fest und wurde von ihm fortgetragen in Richtung Süden.

Ohne Führer würden die Hyksossoldaten den ausgedehnten Sumpf nicht lebend verlassen.

Der König der Fische, auch »Sonnenscheibe« genannt, war der Freund der Fischer und sorgte dafür, dass ihnen reichlich Fang ins Netz ging. Seinen königlichen Schützling trug er bis zu der Stelle, wo die beiden ägyptischen Ruderer auf Ahotep warteten.

Wie die Frau des Apophis, die sie von Aberia hatte ermorden lassen, hasste auch Yima, die neue Königin, die Kunst und das

Kunsthandwerk der Ägypter, ganz besonders die Töpferei. In der Hauptstadt duldete sie nur Krüge, die aus Werkstätten der Hyksos stammten, plumpe, ovale Krüge mit zwei Henkeln. Jedes Jahr wurden über achttausend solcher Krüge nach Auaris geschickt. Die schönsten waren von einer rosafarbenen Glasur überzogen und der militärischen Oberschicht vorbehalten.

Trotz des Verbots der Herstellung traditioneller Töpferwaren hatte ein alter Töpfer gewagt, seine Scheibe und seinen Ofen zu benutzen. Er war von der Frau eines syrischen Offiziers verraten und vor seinen Kollegen von Aberia erdrosselt worden.

Die Töpfer waren allesamt Sklaven geworden. Sie begriffen, dass das Schicksal des Alten auch auf sie wartete.

»Morgen früh versammeln wir uns alle bei dem Hinkenden«, verkündete der Sohn des letzten Opfers von Aberia.

In den meisten Hyksoshäusern, wo die Töpfer zu den niedrigsten Diensten herangezogen wurden, wohnten nur noch die Frauen und Kinder jener Offiziere, die sich in der Festung eingeschlossen hatten oder nach Asien gezogen waren, um dort gegen Aufständische zu kämpfen. »Sich bei dem Hinkenden versammeln« – der Hinkende war der Vater Areks, der lieber ertrunken war, als sich von seinen Feinden töten zu lassen –, das hieß: Man wollte die ständigen Demütigungen nicht mehr dulden, sich gegen die Folterer endlich zur Wehr setzen.

Khamudis Frau hatte alle ehemaligen Töpfer auf einem kleinen Platz von Auaris zusammengerufen.

»Ihr habt eure Mahnung immer noch nicht beherzigt, ihr störrischen Idioten! Wer von euch ist so verrückt gewesen, eines von euren alten Gefäßen vor das Haus des alten Töpfers zu stellen? Wenn sich der Schuldige nicht meldet, werdet ihr alle sterben!«

Die Macht, die sie jetzt besaß, berauschte Yima über alle Maßen. Nach diesen dummen Leuten hier würde sie andere finden, die sie töten konnte. Denn das Töten gefiel ihr, es vertrieb ihr die Zeit, es ließ ihr einen angenehmen Schauder den Rücken hinunterrieseln.

»Ich war das«, sagte der Sohn des Alten.

»Tritt vor!«

Mit gesenktem Kopf gehorchte der Angesprochene zögernd.

»Du weißt, was das bedeutet.«

»Habt Erbarmen, Majestät!«

»Ihr Feiglinge, ihr brecht mir wirklich das Herz! Glaubt ihr vielleicht, diese Königin der Freiheit wird irgendetwas für euch tun? Da irrt ihr euch gewaltig! Sehr bald werden unsere Truppen Verstärkung bekommen, wir werden sie gefangen nehmen, und ich werde sie eigenhändig foltern. Was wird dann wohl aus ihr? Was glaubt ihr?«

Der Töpfer warf sich ihr zu Füßen. »Ich bedaure, was ich getan habe, Erbarmen!«

Yima spuckte ihm ins Gesicht. »Du und deine Komplizen, ihr seid Untermenschen! Ihr seid es nicht wert zu leben und euch fortzupflanzen, ihr seid…«

Plötzlich sprang der Töpfer auf und schnitt der Königin mit einem Stück Glas, das er in seiner rechten Faust versteckt hatte, die Kehle durch.

Während der Königin das Blut aus dem Hals sprudelte, stürzten sich seine Kollegen auf die Wachsoldaten. Diese waren so überrascht davon, dass Menschen, die sie für gehorsame Schafe gehalten hatten, zu kämpfen begannen, dass sie nicht schnell genug ihre Waffen zogen. Und die Töpfer, die nichts zu verlieren hatten, zeigten, was in ihnen steckte. Mit ihren Fäusten und den Steinen, die sie in ihren Taschen verborgen gehalten hatten, schlugen sie auf die Hyksos ein.

Aberia war es zu verdanken, dass weitere Soldaten herbeieilten, die schließlich alle Ägypter niedermetzelten.

Als es wieder still geworden war auf dem kleinen Platz, sah Aberia kalt auf Yimas Leichnam herab. »Tot siehst du genauso dumm aus wie lebendig«, sagte sie.

Als Ahotep zurückgekehrt war, vertraute Emheb die frohe Botschaft sofort Graukopf an; der Pharao sollte es gleich erfahren. Die Soldaten spendeten ihrer Königin begeistert Beifall. Die Legende, die sich um sie spann, bereicherte sich um ein weiteres Kapitel.

»Die Seelen unserer Ahnen beschützen und bestärken uns«, verkündete sie. »Von jetzt an steht Ahmose in ihrer unmittelbaren Nachfolge. Damit ihr mir glaubt und damit König Khamudi erfährt, was für eine schreckliche Strafe ihm bevorsteht, werden wir uns nun die Festung vornehmen.«

Fürst Emheb wurde bleich. »Majestät... Was genau habt Ihr vor?«, wollte er wissen.

»Wir werden eine höhere Plattform bauen.«

Pioniersoldaten führten ihren Befehl aus, doch die Königin schien mit dem Werk nicht zufrieden zu sein.

»Nicht hier!«, sagte sie. »Sondern ganz nah bei der Festung.«

»Das ist unmöglich, Majestät! Wir sind dann im Bereich ihrer Bogenschützen!«

»Khamudi muss verstehen, was ich ihm zu sagen habe.«

Um auf dem kleinen Palastfriedhof kein neues Grab ausheben lassen zu müssen, ließ Khamudi das Grab von Tany öffnen. Darin wurde Yima in ihrem blutbefleckten Gewand ohne viel Aufhebens verscharrt.

Einst war sie Khamudi nützlich gewesen, und er hatte sich gern mit ihr vergnügt. Sie waren beide Liebhaber gewisser abartiger Spielereien gewesen, und sie hatte ihm immer wieder Sklavinnen zugeführt, die er quälte und schließlich töten ließ. Doch heute war er der oberste Führer der Hyksos, und es war ihm nicht unlieb, dass er sie endlich losgeworden war. Hundert Töpfer würden enthauptet werden, um ihren Tod zu rächen, und er würde Aberia bitten, nicht mehr von seiner Seite zu weichen. Sie war die Einzige, die seine Sicherheit gewährleisten konnte.

»Herr, die Ägypter versuchen offenbar einen Sturm auf die Festung«, meldete ihm ein Offizier.

Khamudi erkletterte mühsam die Treppe, die zum höchsten Wachturm führte.

Tatsächlich hatten sich die Ägypter gesammelt. Aber der Abstand zur Festung war noch weit.

Nur Ahotep – sie stand aufrecht auf einer gezimmerten Plattform. Und sie hielt ihren Stab aus Karneol hoch, schwenkte ihn hin und her.

»Sieh her, Khamudi, sieh die göttliche Kobra aus Buto, die die Doppelkrone trägt! Du willst sie nicht sehen! Du willst die Augen verschließen, doch deine Herrschaft ist schon zu Ende. Wenn du klug bist, ergibst du dich und flehst Pharao Ahmose um Gnade an. Wenn du es nicht tust, wird dich der Zorn des göttlichen Auges zermalmen!«

»Gebt mir einen Bogen!«, rief der König wutentbrannt.

Ahotep ließ ihn nicht aus den Augen.

»Majestät, zieht Euch zurück!«, sagte Fürst Emheb.

Die Königin schwenkte immer noch den Stab aus Karneol.

Als der Bogen aufs Äußerste gespannt war, splitterte das Holz, und er zerbrach.

Jetzt wussten Ägypter wie Hyksos, dass das Auge des Re Ahotep und den Pharao beschützte.

52

Der Afghane und der Schnauzbart sahen einander an. Sie waren vor Erschöpfung wie benommen. Das war jetzt der dritte Angriff der kanaanäischen Streitwagen, den sie in einer Woche zurückgeschlagen hatten. Sie fragten sich, wie sie und ihre Soldaten die Kraft dazu finden konnten, weiterzukämpfen. Die Pferde hielten sich tadellos und reagierten immer noch auf den kleinsten Wink ihrer Lenker. Zwischen ihnen und den Männern hatte sich eine erstaunliche Kameradschaft gebildet, die es ihnen erlaubte, noch die verzweifeltsten Situationen zusammen durchzustehen.

»Wie hoch sind unsere Verluste?«, fragte Pharao Ahmose voller Sorge.

»Es ist ein Wunder«, erwiderte der Afghane. »Nur sieben von uns sind gefallen. Und wir haben dreißig von ihren Streitwagen kampfunfähig gemacht.«

»Bei aller Hochachtung, Majestät«, wagte sich der Schnauzbart vor, »aber Ihr dürft Euch in Zukunft der Gefahr nicht mehr in dieser Weise aussetzen.«

»Wenn mich ein so guter Soldat wie Ahmas, Sohn des Abana, beschützt, fürchte ich nichts«, sagte Ahmose. »Und wenn ich am Kampf nicht selbst teilnehmen würde, würden die Männer mich für feige halten und nicht einsehen, warum sie ihr Leben für mich aufs Spiel setzen sollten.«

Bei Sonnenuntergang überbrachte ihnen ein Späher aus dem Osten des Deltas eine ausgezeichnete Nachricht. Mehrere Ortschaften hatten sich gegen die Hyksos erhoben, und überall gab es Saboteure, die die Streitwagen willentlich beschädigten und Pferde stahlen. Der Feind hatte alle Hände voll damit zu tun, die Ordnung notdürftig wiederherzustellen, und würde kaum in der Lage sein, noch einmal anzugreifen.

»Wir müssen diejenigen unterstützen, die hinter der Front für uns arbeiten«, sagte der König. »Zweihundert Männer werden dafür abgestellt. Sie sorgen dafür, dass bald überall in den Hyksosstädten Verwirrung herrscht.«

Seit Ahotep unversehrt aus Buto zurückgekehrt war und bald darauf Khamudi der Lächerlichkeit preisgegeben hatte, hielt sie jeder Soldat der Befreiungsarmee für eine Göttin, die ihnen dank des Re-Auges aus jedem Unglück heraushelfen würde. Doch der Gegner verfügte noch über erhebliche Mittel, und die Festung von Auaris blieb uneinnehmbar.

»Wir alle sind am Ende unserer Kraft«, sagte Wildkatze, die im Lauf vieler schlafloser Nächte im Dienst der Pflege von Verwundeten abgemagert war bis auf die Knochen. »Wenn wir nicht bald eine Ruhepause einlegen, wird auch der stärkste Mann binnen kurzem zusammenbrechen.«

»Nach der Tracht Prügel, die wir den Kanaanäern verabreicht haben«, entgegnete der Schnauzbart, »nehme ich an, dass es um sie nicht viel besser steht als um uns.«

Ahotep empfing Neshi, der gerade von der Front im Norden zurückkehrte.

»Sag mir deine Meinung geradeheraus«, verlangte die Königin.

»Es steht nicht zum Besten, Majestät. Wir haben die Karawanen abgefangen und deshalb gutes und reichliches Essen für alle Soldaten. Aber die Truppen sind erschöpft. Man munkelt überall von einem Aufstand im Osten des Deltas – das klingt verheißungsvoll. Und das Streitwagenregiment aus Palästina ist geschwächt worden. Doch die Zeit arbeitet nicht für uns, im Gegenteil: Der Glaube an die Uneinnehmbarkeit der Festung von Auaris schweißt den Gegner zusammen, und solange nichts Gegenteiliges bekannt ist, werden die Hyksos mit dem Mut der Verzweiflung weiterkämpfen.«

Die Königin wusste, dass der Kanzler Recht hatte.

Und die Nachrichten, die sie aus Elephantine erhalten hatte, verdüsterten die Lage noch mehr. Ata, der neue Fürst von Kerma, hatte sich mehrerer Dörfer bemächtigen können, die den Ägyptern unterstanden hatten, und war auf dem Weg flussabwärts. Allerdings hatten sich die Bewohner und Soldaten der Festung Buhen mit jenen nubischen Stämmen zusammengeschlossen, die Ahotep weiterhin treu ergeben waren, und sie würden alles tun, um Ata aufzuhalten. Zwischen dem Zweiten und dem Ersten Nilkatarakt tobte schon der Krieg.

Wenn Ata den Sieg davontragen sollte, wäre Elephantine bedroht, und danach auch Edfu und Theben. Und im Augenblick war es unmöglich, auch nur ein Regiment nach Süden zu schicken, das den Ägyptern dort helfen konnte.

»Was hast du zu berichten?«, fragte Ahotep den Fürsten Emheb, der gerade in den Besprechungsraum getreten war.

»Wir haben Freiwillige vorgeschickt«, sagte Emheb. »Sie sind bis zu den Mauern gekommen und dann von Pfeilen oder Steinen getötet worden. Es wäre selbstmörderisch, jetzt anzugreifen. Wir sind machtlos, Majestät.«

»Das heißt, wir müssen warten, bis sich ihre Vorräte an Wasser und Lebensmitteln erschöpft haben.«

»Möglicherweise gelingt es ihnen vorher, die Front im Norden zu durchbrechen«, sagte Emheb in düsterem Ton.

»Dann müssen wir eine andere Lösung finden!«

Die beiden Männer schüttelten nur müde den Kopf und zogen sich in ihre Zelte zurück.

Der ägyptische Späher hatte schwere Verletzungen am Kopf und am Bauch; er lag im Sterben. Wenn Wildkatze nicht gewesen wäre, die ihm ein starkes Schmerzmittel eingeflößt hatte, hätte er entsetzlich leiden müssen und wäre unfähig gewesen zu sprechen. So aber konnte er – leise, doch mit entspanntem Gesicht –, seinem König den letzten Bericht überbringen, und man sah, dass er stolz darauf war.

»Die Götter haben mich beschützt, Majestät. Es ist mir gelungen, die Linien der Kanaanäer zu überwinden. Die Lage ist ernst, sehr ernst… Tausende von Hyksossoldaten aus Asien stehen bereit, um sich mit den Kanaanäern zu vereinigen. Der ganze Horizont ist dunkel von ihren Streitwagen und von den schwarzen Harnischen der Fußsoldaten, die sich auf uns stürzen werden…«

Die Stimme des Spähers erstarb. Seine Hand krampfte sich um den Arm des Pharaos, und er hauchte seine Seele aus.

Der Pharao irrte lange im Lager umher, nachdem er Graukopf eine Botschaft an Ahotep anvertraut hatte. Sie musste es so schnell wie möglich erfahren.

Das also war das Ende.

All diese Toten, all dieses Leiden und so viel Heldenmut – um endlich doch von den Rädern der Eindringlinge zermalmt zu werden. Ihre Rache würde fürchterlich sein. Von Theben würde nichts übrig bleiben, buchstäblich nichts. Khamudi würde das Zerstörungswerk des Apophis fortsetzen und vollenden.

Der Pharao versammelte seine Getreuen um sich und enthüllte ihnen die Wahrheit.

»Wünscht Ihr, dass das Lager morgen aufgelöst wird, Majestät?«, fragte der Afghane.

»Nein… Wir bleiben«, erklärte Ahmose.

»Majestät! Keiner von uns wird dem Gemetzel entgehen«, protestierte der Schnauzbart.

»Es ist besser, aufrecht und als Krieger zu sterben, als davonzulaufen!«

Graukopf sah traurig aus; das sah Ahotep sofort. Er wusste, dass er schlechte Nachrichten überbrachte, aber erst als Ahotep vergaß, ihn mit den üblichen Liebkosungen zu belohnen, begriff er, wie schlecht sie tatsächlich waren.

»Es ist aus«, sagte sie zu Fürst Emheb, Neshi und Admiral Mondauge, die sich um sie versammelt hatten. »Die Truppen aus Asien werden sich mit dem kanaanäischen Streitwagenregiment vereinigen und Ahmose überrollen, und dann fallen sie über uns her. Der Pharao hält stand, solange es geht, um unseren Rückzug nach Theben zu decken.«

»Wenn uns die Hyksos schon aus allen Richtungen bedrohen«, sagte Admiral Mondauge, »warum werfen wir uns dann nicht wenigstens mit allen Kräften, die wir noch haben, auf die Festung? Wenn es schon ans Sterben geht, Majestät, dann will ich wenigstens ohne Bedauern sterben.«

»Besser, wir versuchen, Theben zu schützen«, sagte Emheb.

»Solltet Ihr den Pharao nicht davon zu überzeugen versuchen, sich wieder mit uns zu vereinigen?«, appellierte Neshi an die Königin. »Gemeinsam werden wir stärker sein.«

Die Königin schwieg. Endlich sagte sie: »Ich werde euch morgen früh mitteilen, wie meine Entscheidung lautet.«

Wie auch immer ihre Entscheidung lautete, die Befreiungsarmee würde vernichtet werden. Und doch – Ahotep war nach Buto gegangen, sie hatte die Stimme der Ahnen vernommen, und das schützende Auge des Re ruhte auf ihr!

Die Königin hob ihre Augen zum Himmel und flehte ihren Schutzgott, den Mond, um Hilfe an.

Es war der vierzehnte Tag des Neumonds, die Zeit, in der sich das Auge vollendete, dessen zerstreute Teile von den Göttern Thoth und Horus eingesammelt und wieder zusammengesetzt worden waren. Das vollendete Auge war das Symbol für alles Wachstum, und es strahlte hell in seiner Barke.

Nein, ihr himmlischer Gefährte konnte sie nicht einfach einem so elenden Schicksal überlassen!

Die Königin weigerte sich, an eine endgültige Niederlage zu glauben; die ganze Nacht hindurch dachte sie an die Anstrengungen all jener, die sich für die Freiheit eingesetzt und ihr Leben für sie gelassen hatten.

Als der Morgen graute, hatte sie die Stimme der Ahnen noch immer nicht gehört.

Doch plötzlich war ein entsetzliches Grollen in der Ferne zu vernehmen. Die Sonne war, kaum aufgegangen, schon wieder im Dunst verschwunden. Der Himmel wurde schwärzer als Tinte, und ein Wind von unerhörter Kraft erhob sich, riss die Zelte weg und wandte sich gegen die Mauern der Festung.

Auaris wurde von einem Ascheregen bedeckt, während riesige Wogen sich an der Küste des Mittelmeers brachen.

Die ganze Natur war in Aufruhr – und dann bebte die Erde.

Neunhundert Kilometer entfernt, in den Kykladen, war der Vulkan von Thera* ausgebrochen.

53

Majestät, es regnet Steine!«, rief Neshi aus.

Und wirklich fielen Brocken von Bimsstein, vom Wind herübergewehte Überreste der Lava jenes Vulkans, über der Hauptstadt der Hyksos vom Himmel.

In heller Aufregung liefen die Ägypter auseinander.

»Beruhigt die Pferde!«, forderte Ahotep sie auf.

---

* Auch unter dem Namen Santorin bekannt.

Nordwind stieß gebieterische Schreie aus, um die Esel im Lager zu beruhigen.

Nach und nach hörte der Steinhagel auf, der Wind legte sich, und die dunkle Wolke löste sich auf. Als die Sonne wieder am Himmel stand, stellte Ahotep fest, dass das Lager verwüstet war und dass es zahlreiche Verletzte gab. Und doch zeigte sich ein strahlendes Lächeln auf ihrem Gesicht. Was die Ägypter hier ausgestanden hatten, war nichts im Vergleich zu dem, was mit der Festung geschehen sein musste!

Tiefe Risse zeigten sich in den Mauern, und die höchsten Zinnen der Türme waren eingestürzt und hatten Hunderte von Bogenschützen unter sich begraben. Dort, wo sich das große Tor befunden hatte, klaffte ein tiefes Loch.

»Ruf die Soldaten zusammen, lass die Streitwagen Aufstellung nehmen!«, befahl Ahotep dem Fürsten Emheb.

Eine ganze Mauer wankte; Steine und Ziegel lösten sich und stürzten polternd und dröhnend in die Tiefe.

Alle Soldaten der Befreiungsarmee sahen mit weit aufgerissenen Augen diesem unglaublichen Schauspiel zu. Vor ihren Augen verwandelte sich die siegreiche Festung in eine Ruine.

»Seth sei Dank für seine Hilfe!«, verkündete Ahotep. »Er hat seine Macht und seinen Zorn in den Dienst der Freiheit gestellt. Wir greifen an!«

Von Staub und Asche bedeckt, stürzten sich Fußsoldaten und Bogenschützen mit lautem Geschrei auf das Ungeheuer, das schon halb verendet am Boden lag.

König Khamudi verfolgte mit blankem Entsetzen die Katastrophe. Ganze Zimmer waren verschwunden, Dächer und Böden, Balkone und Fenster zerbrochen; im Innenhof lagen Berge von Leichen.

»Wir müssen überlegen, wie wir uns am besten verteidigen«, sagte Aberia, die eine leichte Kopfwunde davongetragen hatte.

»Das ist nutzlos. Wir müssen fliehen.«

»Und unsere letzten Soldaten im Stich lassen?«

»Sie werden nicht mehr lange standhalten.«

Sie liefen in Richtung des geheimen Gemachs im Inneren der Festung. Dort hoffte Khamudi, Apophis' Schatz an sich zu bringen, vor allem die rote Krone Unterägyptens. Doch Steinbrocken verwehrten ihm den Durchgang.

Er rief den Führer seiner Leibwache zu sich, einen schnurrbärtigen Zyprioten. »Ich schlage die Angreifer im Norden der Festung zurück«, sagte er. »Du sammelst die Überlebenden um dich und kümmerst dich um die Südseite. Noch haben die Ägypter nicht gewonnen. Wenn es uns gelingt, den ersten Ansturm abzuwehren, werden sie den Mut verlieren und zurückweichen.«

Überall wurden blutige Zweikämpfe ausgetragen. Die letzten Hyksos, entschlossen, bis zum Äußersten zu kämpfen, fanden Winkel und Nischen in der Festung, wo sie sich verschanzten und hartnäckig Widerstand leisteten.

Stundenlang spornte Ahotep ihre Männer an, nicht nachzulassen und wachsam zu bleiben. Die Umstände waren günstig, doch den Sieg hatten sie noch längst nicht in der Tasche!

»Majestät – der Pharao!«, rief Fürst Emheb aus.

Wie angenehm klang ihnen das mahlende Geräusch der Räder in den Ohren! Wirklich, es waren ihre Streitwagen!

Die Naturkatastrophe hatte die kanaanäischen und asiatischen Truppen viel härter getroffen als die Ägypter. Ahmose hatte gehofft, dass der Zorn des Himmels und der Erde auch die Festung von Auaris erschütterte, und war kurz entschlossen in die Hauptstadt aufgebrochen.

Was er sah, erfüllte ihn mit tiefer Befriedigung. Er setzte sich an die Spitze seiner Truppen, und bald gelang es ihm, die Verteidigungslinien der Hyksos eine nach der anderen zu durchbrechen.

Ein einziger Raum war noch nicht erobert, ein Waffenlager in einem wenig beschädigten Teil der Festung. Als er vorstürmte, übersah der Herrscher den schnauzbärtigen Zyprioten, der hinter ihm auftauchte und seine Axt zückte, um sie ihm in den Rücken zu schleudern.

Doch der Pfeil des Ahmas war schneller. Er traf den Führer der königlichen Leibwache in den Nacken, genau dort, wo der Harnisch ein Stück Haut freiließ.

Erneut erhielt Ahmas als Zeichen der Dankbarkeit des Pharaos das Ehrengold der Wachsamkeit sowie drei Gefangene, die in seinem künftigen Haushalt als Bedienstete arbeiten würden. Und voller Stolz las er den Hieroglyphentext, den Neshi auf dem goldenen Orden hatte eingravieren lassen:

Im Namen des Pharaos Ahmose, des Lebendigen: zum Gedenken an den Fall von Auaris, der besiegten Stadt.

Denn im Jahre achtzehn der Herrschaft von Ahoteps Sohn gab die Hauptstadt des Hyksosreichs ihren Geist auf.

Mehrere Brieftauben brachen zu der langen Reise in den Süden auf, um die außerordentliche Nachricht dort zu verbreiten, und ägyptische Späher wurden ausgesandt, die die frohe Kunde den Städten des Deltas überbringen sollten, wo der Widerstand täglich stärker wurde.

»Von Khamudi noch immer keine Spur«, sagte Fürst Emheb.

»Er ist geflohen, dieser Feigling!«, sagte Admiral Mondauge erregt.

»Solange der Herrscher der Hyksos lebt«, sagte Pharao Ahmose, »wird der Krieg weitergehen. Khamudi verfügt immer noch über genügend schlagkräftige Truppen, und er denkt sicher an nichts anderes als an blutige Rache.«

»Seine Soldaten werden bald erfahren, dass Auaris gefallen ist«, sagte Ahotep, »und diese Niederlage wird ihnen zu schaffen machen. Unsere vordringlichste Aufgabe ist jetzt, das ganze Delta zu befreien und neue Soldaten auszuheben. Doch zuvor müssen wir tun, was die Ahnen von uns verlangen. Ich bin davon überzeugt, dass die rote Krone irgendwo hier versteckt ist, in der Festung. Wenn nötig, müssen wir jeden Stein umdrehen, um sie zu finden.«

Zahlreiche Soldaten machten sich daran, den Befehl der Königin auszuführen, als der Afghane, sichtlich bestürzt, den Pharao und Ahotep beiseite nahm.

»Bitte, kommt mit...«

Er führte sie zu einem sonderbaren Garten, der zum Teil von herabgefallenen Steinen übersät war. Vor einem mit Schlingpflanzen überwucherten Tor standen etwa fünfzig sehr große Tonkrüge.

»Ich habe von vielen den Deckel abgenommen«, berichtete der Afghane. »In den Krügen befinden sich Kinderleichen und erstochene Säuglinge.«

Hunderte weiterer Tonkrüge waren in diesem Garten vergraben worden.

Während der Belagerung von Auaris hatte Khamudi jeden unnötigen Esser umbringen lassen.

»Dort, vor dem Tamariskenwäldchen, liegt eine Männerleiche, die in der Mitte entzweigeschnitten worden ist«, lautete der Bericht des Schnauzbarts über eine weitere grauenvolle Entdeckung.

»Und hier ist das berüchtigte Labyrinth«, sagte die Königin. Mit einem Schauder dachte sie daran, dass der König sie ohne Zweifel selbst gern – nach einem guten Essen und zum Vergnügen seiner Gäste – in seinem Irrgarten zu Tode hätte quälen lassen. »Brennt es nieder!«, befahl sie.

Nicht weit davon entfernt hörte man den Klagelaut eines wilden Tiers.

Fürst Emheb entdeckte den Stier. Er war in einem Verschlag eingesperrt, dessen Eingang durch Schutt versperrt war.

301

»Befreit ihn!«, ordnete Ahotep an.

»Die Bestie ist gefährlich«, sagte Admiral Mondauge.

»Der Stier ist das Symbol der Macht des Pharaos. Apophis hat diesen hier verhext und zum Mörder gemacht. Wir müssen ihn zurückführen in den Herrschaftsbereich der Maat.«

Als der Verschlag sich öffnete, richteten sich Lanzen, Schwerter und Pfeile auf das riesige Untier, das seinen Blick fest auf die Königin richtete.

»Keinen Schritt weiter, Majestät!«, empfahl ihr der Fürst. »Er ist fähig, Euch aufzuspießen und zu durchbohren.«

Der Stier scharrte den Boden mit seinen Hufen.

»Beruhige dich«, sagte Ahotep mit leiser, sanfter Stimme. »Hier ist niemand mehr, der dich zum Töten zwingt. Ich möchte dir den Frieden anbieten.«

Der Stier schien kurz davor anzugreifen.

»Senkt alle Waffen!«, befahl die Königin.

»Das ist Wahnsinn, Majestät!«, rief Mondauge.

Mit einer raschen und genauen Bewegung legte Ahotep das Auge des Re auf die Stirn des Stiers, dessen Blick sich sofort milderte und tiefe Dankbarkeit ausdrückte.

»Jetzt bist du wirklich frei«, sagte sie. »Du kannst gehen.«

Ohne zu zögern, trabte der Stier von der Festung fort. Sein Weg führte in die Nilsümpfe.

»Es sind noch Hyksos in der Nähe!«, rief Neshi. »Einer unserer Fußsoldaten ist in der Ruine des Thronsaals schwer verwundet worden.«

Der Afghane und der Schnauzbart waren als Erste dort. Mit gezückten Dolchen standen sie auf der Schwelle. Aus dem hinteren Ende des Saals schlug ihnen eine Flamme entgegen, die den Afghanen am Handgelenk verbrannte.

»Da drin muss jemand sein, der magische Kräfte hat!«, sagte der Schnauzbart.

»Das Auge des Re wird ihn außer Gefecht setzen«, versprach

Ahotep, die an ihnen vorbei in das Innere des Saals trat. Ihren Stab aus Karneol hatte sie vorgestreckt. Langsam näherte sie sich dem schattigen Winkel, aus dem die Flamme gekommen war.

Im Durcheinander der Steine und heruntergefallenen Ziegel konnte man die unversehrten Gesichter zweier Greife unterscheiden. Sie schlugen jeden, der sich ihnen zu nähern wagte, vom Thron des Königs zurück.

Vom Auge des Re geschützt, verband Ahotep ihnen die Augen mit einem Tuch. Dann überzog Emheb sie mit feuchtem Gips, um sie unschädlich zu machen.

»Zerbrecht den Thron in tausend Stücke, und verstopft die Nasen aller Statuen, die noch unbeschädigt sind!«, befahl die Königin. »Apophis hat sie bestimmt verhext, damit sie ihren bösen Geist über uns bringen.«

»Majestät!«, rief Neshi. »Wir haben ein geheimes Gemach gefunden! Es ist durch mehrere Riegel gesichert.«

Weil sie einen letzten Hinterhalt Apophis' fürchtete, ließ Ahotep ein Feuer entzünden. Es dauerte lange, bis die Riegel endlich schmolzen. Doch dann öffnete sich die schwere Tür mit einem lauten Ächzen.

Im Innern erblickte die Königin die rote Krone Unterägyptens, deren Glanz sie überwältigte.

54

Großfuß wusste nicht, was er davon halten sollte: Seit über einem Monat war kein Zug von Verschleppten mehr angekommen.

Um ihn herum starben die Leute weiterhin wie die Fliegen. Großkopf war zum Totengräber des Lagers ernannt worden und bekam als solcher eine zusätzliche Essensration in der Woche. Außerdem verstand er sich darauf, Sandalen zu richten, und die Wachen brachten ihm ihre Schuhe, ohne sich vor diesem wandelnden Skelett zu fürchten, das auf wunderbare Weise so lange überlebt hatte.

»Heute habe ich zwei kleine Jungen und einen Greis zu beerdigen«, sagte Großfuß zum Führer der Wachtruppe, einem bärtigen Perser. »Seht her, meine Schaufel ist stumpf. Kann ich eine andere nehmen?«

»Für dich gibt es keine andere Schaufel! Du kannst mit den Händen graben!«

Gleichmütig trottete Großfuß davon. Aber dann rief ihn der Perser zurück.

»Na gut, na gut… such dir dort im Schuppen eine Schaufel aus.«

Unter den Werkzeugen befanden sich mehrere Bronzestempel, mit denen die Gefangenen ihre Nummern auf die Haut gebrannt bekamen. Großfuß nahm einen davon mit. Er würde ihn irgendwo verstecken. Wenn er lebend aus dieser Hölle entkam, hätte er damit einen Beweis seiner Leiden und würde ihn jeden Tag betrachten und in der Hand wiegen, um sich an seine Befreiung zu erinnern.

Nachdem er seine schreckliche Pflicht als Totengräber erfüllt hatte, gab er dem Wachmann die Schaufel zurück.

»Es sind schon lange keine Neuen mehr gekommen«, bemerkte er.

»Stört dich das, 1790?«

»Nein, aber…«

»Wisch die Schaufel ab und verschwinde!«

Dem schlecht gelaunten Ton des Mannes entnahm Großfuß, dass bei den Hyksos nicht mehr alles zum Besten stand. Hatte die Königin der Freiheit etwa einen entscheidenden Sieg errungen? Begann das Reich zu wanken?

Unter solchen Gedanken fiel es Großfuß heute leichter, seine Verzweiflung nicht die Oberhand gewinnen zu lassen. Er stellte fest, dass das trockene, halb verschimmelte Brot ihm besser schmeckte als je zuvor.

Im ehemaligen Thronsaal des Herrschers über die Hyksos trat der Pharao zum ersten Mal mit der rot-weißen Doppelkrone auf dem Haupt vor seine Männer, dem Symbol der Einheit von Ober- und Unterägypten. Beifall brandete auf.

Ahotep stand im Schatten. Sie hatte sich in eine Nische zurückgezogen, um ihre Freudentränen nicht zu zeigen. Doch ihr Sohn bat sie, mit ihm vorzutreten.

»Wir verdanken unseren großen Sieg der Königin der Freiheit. Der Name Ahoteps möge unsterblich werden! Sie wird die gütige Mutter unseres wiedererstandenen vereinigten Ägyptens sein.«

Die Königin dachte an Seqen und an Kamose. Sie waren hier, ganz in ihrer Nähe, und teilten diesen Augenblick eines unerhörten Glücks mit ihr.

Und doch durften sie noch nicht daran denken, sich auszuruhen, denn die Hauptstadt der Hyksos musste so bald wie möglich umgewandelt werden in einen ägyptischen Truppenstützpunkt. Die erste Arbeit der Kriegsgefangenen, einschließlich der Frauen, würde darin bestehen, die Häuser, die unversehrt geblieben waren, auszuräuchern und gründlich zu reinigen. Danach kamen die Gefangenen in den Dienst von höheren Offizieren – mit der Zusicherung, dass sie, wenn sie sich gut führten, eines Tages freigelassen werden konnten.

Männer der Pioniertruppen rissen jene Teile der Festung nieder, die die größten Schäden erlitten hatten, und bauten diejenigen wieder auf, die noch verwendbar waren. Währenddessen ließ die Königin die in der Schlacht gefallenen Soldaten würdig bestatten. Empört stellte sie fest, dass die Hyksos ihre

Toten in den Höfen ihrer Häuser oder sogar in den Häusern selbst begraben hatten und dass die Grabkammern des Palastfriedhofs als Lager für Drogen verwendet worden waren. Hier gab es weder Stelen noch Opfergaben, und es fehlten auch die Inschriften für die Ewigkeit, die das *ka* eines Frommen beschworen. So lange waren die Ägypter von Auaris von all ihren Traditionen abgeschnitten gewesen, so lange hatten sie die alten Riten nicht mehr vollziehen dürfen! Es mussten fürchterliche Jahre für sie gewesen sein.

Bevor man daran denken konnte, ein Heer zur Befreiung der nördlichen Städte des Deltas aufzustellen, musste der Tempel des Seth gereinigt werden. Ahotep bestieg mit dem Pharao, Ahmas und Lächler dem Jüngeren eine Barke, um zu der Insel zu fahren. Bis jetzt hatte es bei den zahlreichen Kämpfen, die der Pharao geführt hatte, keinerlei Zwischenfälle gegeben, so dass es geboten schien, die strengen Sicherheitsvorkehrungen ein wenig zu lockern. Doch der Krieg war noch nicht zu Ende, und Ahotep wollte nicht das geringste Wagnis eingehen. Dieser junge Monarch würde schließlich eine neue Dynastie begründen.

»Nach den letzten Nachrichten unserer Späher«, sagte Ahmose, »kommen die Truppen des Fürsten von Kerma nicht voran. Es wird also nicht notwendig sein, unsere Regimenter nach Buhen zu schicken, um die Festung zu schützen und unseren nubischen Verbündeten zu Hilfe zu kommen.«

Der Pharao und seine Mutter staunten nicht schlecht, als sie am seichten Ufer der Insel anlegten. Der Tempel Seths war ein recht armseliges Gebäude aus Ziegelsteinen, unwürdig eines Gottes.

Auf dem eichenumstandenen Altar erkannten sie die Überreste des Leichnams Apophis', an dem sich die Geier gütlich getan hatten. In den Gräben daneben lagen die Skelette geopferter Esel.

»Was für ein finsterer, unfroher Ort«, sagte der Pharao. »Ein wahres Heiligtum des Bösen. Wir sollten es niederreißen und nichts davon übrig lassen.«

»Wir werden stattdessen einen neuen, großen Tempel für Seth erbauen lassen«, fügte Ahotep hinzu. »Apophis ist es nicht gelungen, sich diesen Gott dienstbar zu machen, der uns, den Ägyptern, seine Kraft verliehen hat, als wir sie brauchten. Horus und Seth sollen sich künftig in der Person des Pharao friedlich vereinen.«

Kaum hatte der von Aberia gelenkte Wagen die Festung Sharuhen erreicht, stürzten die Pferde, zu Tode erschöpft, zu Boden. König Khamudi war froh, endlich aus dem engen Gefährt steigen zu können, nach einer langen Reise, bei der er jeden Moment fürchtete, von feindlichen Soldaten aufgehalten zu werden.

Überall auf dem Weg sah man Zeichen der Naturkatastrophe: entwurzelte Bäume, zerstörte Höfe, zerwühlte Äcker und Weiden; und Hunderte von Hyksos waren der Wut der Elemente zum Opfer gefallen. Doch zur größten Erleichterung Khamudis war die Festung Sharuhen offenbar von größeren Schäden verschont geblieben.

»Wir haben nur ein paar Risse in einer Mauer, Majestät«, sagte der Befehlshaber auf die Frage des Königs. »Wir sind dabei, sie zu richten. Ein paar Pferde sind wild geworden und haben Soldaten totgetrampelt. Und ein paar Wachen, die auf den Türmen standen, sind vom Sturm weggeweht worden und haben sich zu Tode gestürzt.«

»Ich werde Sharuhen eine große Ehre erweisen«, erklärte Khamudi. »Es wird die neue Hauptstadt meines Reiches sein. Ruf alle Offiziere zusammen. Sie sollen in meinen Thronsaal kommen.«

Vom Prunk des Palasts von Auaris war man hier weit entfernt, doch der Herrscher der Hyksos konnte warten: Sehr bald, das wusste er, würde er wieder in Umständen leben, die seiner Stellung würdig waren.

Ausgehungert verschlang er das Essen, das man ihm vorsetzte: gegrillten Hammel, gebratene Ente und eine halbe Gans. Dazu trank er einen Krug Weißwein. War er nicht unbesiegbar? War es ihm nicht gelungen, Apophis aus dem Weg zu räumen und die höchste Macht an sich zu reißen?

»Die Ägypter können sich keines einzigen Sieges rühmen«, verkündete er seinem neuen Generalstab. »Die Festung von Auaris hat aufgrund von schweren Baumängeln einem Erdbeben und dem darauf folgenden Sturm nicht widerstanden. Der Feind hat eine Ruine erobert. Ihr könnt dessen gewiss sein, dass ich nicht dieselben Fehler machen werde wie mein Vorgänger. Unsere Armee ist noch immer die beste, die es gibt. Sie wird alle Aufständischen vernichten. Ahotep und der Pharao wissen nicht, dass wir über erhebliche Reserven an Soldaten und Gütern verfügen. Ich werde unseren Truppen in Asien unverzüglich den Marschbefehl übermitteln, und sie werden uns zu Hilfe kommen. Wir werden zuerst das Delta zurückerobern, dann Theben auslöschen. Meine Herrschaft wird ruhmvoll sein wie keine zuvor im Reich der Hyksos, mein Name wird den von Apophis überstrahlen. Bereitet eure Männer auf den Kampf vor und zweifelt nicht an unserem endgültigen Sieg!«

Die Offiziere zogen sich zurück; nur fünf von ihnen blieben im Raum.

»Was wollt ihr noch?«, fragte Khamudi.

»Wir kommen gerade aus Anatolien«, erwiderte ein syrischer General, »und haben sehr schlechte Nachrichten zu überbringen. Deshalb haben ich und die anderen, die entkommen sind, es vorgezogen, Euch allein zu sprechen…«

»Entkommen… wovon entkommen?«

»In Asien gehört uns nichts mehr. Alle Gebiete, die unter unserer Herrschaft standen, sind verloren. König Hattusil I.

hat sich an die Spitze einer riesigen hethitischen Armee gestellt, und sie haben uns überrannt. Unsere Stützpunkte im Norden Syriens sind zerstört, Aleppo ist gefallen. Die wenigen Regimenter, die standhielten, sind umzingelt; keiner dieser Männer wird überleben.«

Khamudi blieb lange schweigend stehen. »Du bist unfähig, General«, stieß er schließlich hervor.

»Alle unsere Provinzen in Asien haben sich gegen uns erhoben, Herr. Selbst die normalen Bewohner haben zu den Waffen gegriffen. Die hethitischen Partisanen haben sich als äußerst schlagkräftig erwiesen. König Hattusil ist genau zum richtigen Zeitpunkt gekommen. Er hat die verschiedenen Stämme vereinigt und…«

»Ein geschlagener Hyksos ist nicht würdig, in meinem Dienst zu stehen. Wie alle eure untauglichen Mitstreiter werdet ihr den Ort kennen lernen, der euch zukommt: das Lager.«

55

Der König hatte sie sich selbst überlassen. Hyksossoldaten und Ordnungskräfte des Deltas erhielten keine klaren Befehle mehr. Ohne Verbindung miteinander, konnten sie ihre Kräfte nicht mehr wirksam einsetzen und wurden von den Widerstandsgruppen Ahmoses aufgerieben.

Als die ägyptische Armee von Auaris in nördliche Richtung zog, stieß sie nur auf schwache Gegenwehr eines entmutigten Gegners. Eine nach der anderen wurden die Städte Unterägyptens befreit, unter dem begeisterten Jubel ihrer Bewohner.

In der uralten Stadt Sais, wo die Göttin Neith die sieben Schöpferworte gesprochen hatte, brach nicht weit von Ahotep entfernt, mitten in der Menge, die sich um sie drängte, eine runzlige Greisin zusammen. Die Königin veranlasste, dass man sie in ein Gemach des Palasts brachte, wo Wildkatze sich um sie kümmerte.

Durch einen einzigen Blick gab die Nubierin Ahotep zu verstehen, dass sie nicht mehr lange durchhalten würde.

Doch die alte Frau öffnete die Augen und erhob noch einmal – mit so viel Mühe, dass es Ahotep im Innersten rührte – ihre Stimme. »Die Hyksos haben meinen Mann mitgenommen und meine Kinder und Kindeskinder, um sie zu foltern und zu quälen...«

»Wo sind sie jetzt?«

»In einem Lager, in Tjaru. Wer gewagt hat, laut davon zu sprechen, wurde auch verschleppt. Rettet sie, Majestät! Vielleicht ist es noch nicht zu spät...«

»Ich gebe dir mein Wort darauf.«

Daraufhin schloss die Greisin ruhig die Augen und entschlummerte friedlich.

Der Pharao war ebenso gerührt wie seine Mutter.

»Ein Lager... was bedeutet das?«

»Apophis ist den Weg des Bösen weiter gegangen als alle Dämonen der Wüste; ich befürchte sehr schlimme Dinge. Ich werde unverzüglich nach Tjaru aufbrechen.«

»Es gibt dort eine Festung, und sie steht mitten in einem Gebiet, das noch immer den Hyksos untersteht. Sicher ist, dass Khamudi starke Kräfte im Gebiet von Syrien und Palästina zusammenzieht; wahrscheinlich steht uns noch eine Schlacht von nicht geringem Ausmaß bevor. Wir müssen uns gut darauf vorbereiten.«

»Du wirst sie vorbereiten, Ahmose. Aber ich habe mein Wort gegeben, dass ich die Eingeschlossenen dort so bald wie möglich retten werde.«

»Mutter! Hört auf mich, nur dieses eine Mal! Die Gefahr ist sehr groß, und Ägypten braucht Euch dringend! Ägypten… und Euer Sohn.«

Ahotep umarmte ihn zärtlich. Dann machte sie sich entschlossen von ihm los. »Tjaru liegt an der Grenze des feindlichen Einflussgebiets. Der Schnauzbart und der Afghane werden mich mit zwei Streitwagenregimentern begleiten. Wenn diese Festung sich als zu stark für uns erweist, werden wir abwarten, bis du uns zu Hilfe kommst.«

»Standhalten, standhalten, das sagt sich so leicht!«, sagte der kanaanäische Befehlshaber der Festung von Tjaru zornig. »Aber mit wem und womit soll ich standhalten? Khamudi hat völlig vergessen, dass wir nach dem Fall von Auaris hier an einer äußerst gefährdeten Stelle sitzen!«

Der Kanaanäer, daran gewöhnt, die Verschleppten in das Lager am Rand der Sümpfe zu führen und ansonsten behaglich im Schutz der Festung zu leben, hatte nicht die mindeste Lust, sich auf eine Belagerung einzurichten.

»Wir sollten noch nicht verzweifeln«, sagte sein Adjutant. »Der König ist dabei, ein neues Heer aufzustellen, und der Gegenangriff wird nicht auf sich warten lassen.«

»Aber bis es so weit ist, sind wir diejenigen, die in der ersten Reihe stehen und die volle Wut des Gegners abbekommen werden! Was gibt es Neues aus dem Delta?«

»Leider nichts Gutes. Ich fürchte, dass der Pharao und Königin Ahotep das ganze Gebiet schon erobert haben.«

»Von einer Frau besiegt zu werden – was für eine Schande für die Hyksos!« Der Befehlshaber stampfte so heftig mit dem Fuß auf, dass er sich an der Ferse verletzte. »Ständige Alarmbereitschaft für alle Truppen«, befahl er. »Und Bogenschützen auf die Wälle, Tag und Nacht!«

Am Endpunkt der Handelsstraße aus Kanaan und in unmittelbarer Nähe zahlreicher Kanäle gelegen, die das Delta zum Niltal hin durchquerten, war die Festung Tjaru sowohl Zollstation wie Zwischenlager für die Waren, die hier umgeschlagen wurden. Sie lag an der Landenge zwischen dem Ballah-See und dem Menzala-See und überragte eine ausgedehnte, teils trockene, teils sattgrüne, bewirtschaftete Ebene.

Der Befehlshaber war nervös. Er ließ seine Männer Aufstellung nehmen und nahm die Reserven an Waffen und Nahrung, die in den Kellern der Festung bereitlagen, gründlich in Augenschein. Sie konnten bestimmt mehrere Wochen durchhalten, aber wozu sollten sie durchhalten, wenn es keine Aussicht auf Hilfe von außen gab? Apophis hatte der Kanaanäer einst blind Gefolgschaft geleistet, doch Khamudi, der so viele anrüchige Geschäfte mit Geld und mit Drogen machte und keinerlei militärische Erfahrung besaß, misstraute er zutiefst.

»Da sind die Ägypter«, sagte der Adjutant mit einem leisen Beben in der Stimme.

»Sind es viele?«

»Sie haben Streitwagen, sehr viele Streitwagen, und Leitern!«

»Alle Mann auf ihre Posten!«

»Nicht von schlechten Eltern«, sagte der Afghane beim Anblick der Festung von Tjaru. »Aber neben Auaris sieht sie doch eher aus wie eine kleine Vorspeise.«

»Keine Angst«, antwortete der Schnauzbart. »Sie wird schon zeigen, dass sie sich nicht so leicht von uns vertilgen lässt.«

»Haben wir irgendwo in der Gegend Hyksostruppen ausmachen können?«

»Nein, Majestät. Allem Anschein nach wird Khamudi die Festung sich selbst überlassen, in der Hoffnung, dass sie uns auf dem Weg nach Nordosten ein paar Tage oder Wochen aufhalten kann. In Tjaru haben sie wahrscheinlich genug Lebensmittel, um auch einer längeren Belagerung standzuhalten.«

»Wir müssen den Verschleppten so schnell wie möglich zu Hilfe kommen«, rief die Königin ihnen allen ins Gedächtnis.

»Wir können versuchen zu stürmen, aber dabei werden wir viele Leute verlieren«, sagte der Afghane. »Zunächst sollten wir einmal alles gründlich untersuchen und die Schwachpunkte der Festung herausbekommen.«

»Dazu habe ich keine Zeit«, schnitt ihm die Königin das Wort ab.

Das Vorhaben, das die Königin nun dem Schnauzbart und dem Afghanen enthüllte, ließ sie erschauern. Aber wie sollten sie die Königin daran hindern, das in die Tat umzusetzen, was sie sich vorgenommen hatte?

»Was heißt das – allein?«, fragte der Befehlshaber erstaunt.

»Königin Ahotep steht allein vor dem großen Tor der Festung«, bestätigte der Adjutant, »und sie wünscht, Euch zu sprechen.«

»Diese Frau ist wahnsinnig! Warum haben die Bogenschützen sie nicht getötet?«

»Eine Königin allein und ohne Waffen… Das haben sie einfach nicht über sich gebracht.«

»Aber sie ist unsere schlimmste Feindin!« Der Befehlshaber schüttelte ungläubig den Kopf. Seine Hyksos hatten völlig den Kopf verloren! Und jetzt würde es ihm zukommen, diese Teufelin eigenhändig zu fesseln, um sie davon abzuhalten, den gesamten Stützpunkt zu verhexen.

Das große Tor war schon einen Spaltbreit geöffnet worden, und Ahotep war hereingeschlüpft.

Ein zartes Golddiadem auf dem Kopf, ein rotes Gewand, und ihr Blick war durchdringend und offen… Der Kommandant spürte plötzlich, dass er seinen Willen verlor.

»Majestät, ich…«

»Die einzige Möglichkeit, die dir noch bleibt, ist, dich zu er-

geben. Dein König hat dich im Stich gelassen, die Befreiungsarmee steht hinter mir. Im ganzen Delta, vom Süden bis zum
Norden, hat keine Festung ihr widerstehen können.«

Der Kanaanäer konnte Ahotep festnehmen lassen und sie
Khamudi ausliefern – dafür würde er Reichtümer erhalten und
in den Generalsrang erhoben. Da stand sie und war in seiner
Hand – es genügte, einen einzigen Befehl zu geben.

Doch der Blick der Königin der Freiheit zwang ihn, den
Vorschlag anzunehmen, den sie unterbreitet hatte.

»Mir ist zu Ohren gekommen, dass es in Tjaru ein Lager
gibt, in das Menschen von überallher verschleppt wurden.«

Der Kommandant senkte die Augen. »Aberia hat das Lager
errichtet, auf Befehl von Khamudi... Ich habe nichts damit zu
tun.«

»Was geschieht in diesem Lager?«

»Ich weiß es nicht. Ich bin Soldat, kein Wachhund.«

»Deine Soldaten werden zu Kriegsgefangenen gemacht und
für den Wiederaufbau Ägyptens eingesetzt«, verkündete Ahotep. »Allerdings nicht die Henker und Folterknechte unter
ihnen. Du kennst sie. Lass sie alle hier zusammenkommen –
und nicht dass du einen Einzigen von ihnen vergisst! Wenn
doch, werde ich dich selbst als einen Folterknecht betrachten
und dich der entsprechenden Behandlung zuführen.«

56

Die Königin konnte nicht einmal mehr weinen. Nach so vielen Jahren unaufhörlichen Kampfes hatte sie geglaubt, jegliches
Leiden kennen gelernt zu haben. Doch das, was sie in Tjaru entdeckte, überstieg alles Frühere. Es zerriss ihr das Herz.

Sie hatte nur etwa fünfzig Verschleppte retten können, unter ihnen zehn Frauen und fünf Kinder, von denen die Hälfte ihre Verletzungen und die körperlichen Folgen jahrelangen Hungerns nicht überstehen würden.

Ein kleines Mädchen war in ihren Armen gestorben. Auf dem Boden um sie herum lagen Leichen, angefressen von Raubtieren und Ratten.

Es gab nur zwei Menschen, die fähig waren zu erzählen – wenn auch mit dürftigen Worten und in manchmal zusammenhanglosen Sätzen –, was Aberia und ihre Häscher ihnen angetan hatten.

Wie war es möglich, dass Menschen so etwas taten? Wie war es möglich, dass Menschen sich von Ungeheuern namens Apophis oder Khamudi so verblenden und verängstigen ließen, dass von ihrer Menschlichkeit nichts mehr übrig blieb? Doch wenn sie darüber nachdachte, wollte Ahotep keine Erklärung. Nur die Tatsachen zählten. Der schwerste Fehler, der unweigerlich die Wiederholung der Schrecknisse nach sich zöge, würde darin bestehen, den Tätern zu verzeihen. Deshalb ließ die Königin die Folterknechte des Lagers an Ort und Stelle hinrichten.

Als Pharao Ahmose in der Festung eintraf, stellte er fest, dass sie einen guten Fang gemacht hatten. Es gab Pferde, Streitwagen, Waffen, Lebensmittel... Doch als Ahotep ihm erzählte, wie sie Tjaru eingenommen hatte, setzte nachträglich sein Herzschlag aus.

»Mutter, Ihr hättet nicht...«

»Der Befehlshaber sagt, es gibt noch ein weiteres Lager, noch größer als das hier, in Sharuhen, einer ebenfalls befestigten Stadt. Dorthin hat sich Khamudi geflüchtet.«

Der Krieg in Kanaan dauerte jetzt schon über zwei Jahre, und Großfuß war immer noch am Leben. Heute schickte man keine Ägypter aus dem Delta mehr ins Lager, sondern Hyksossoldaten, die abtrünnig geworden oder im Angesicht des Feindes geflohen waren. Aberia persönlich folterte sie, und sie starben schnell.

Wenigstens ließen die Nachrichten, die Nummer 1790 immer wieder hörte, auf ein baldiges Ende der Kämpfe hoffen. Nach und nach gelang es der Armee des Pharaos und der Königin der Freiheit, die verbissen Widerstand leistenden syrisch-kanaanäischen Truppen zu bezwingen. Die befestigte Stadt Tell Hanor, deren Fürst so gern Hunde tötete, hatte aufgegeben. Und damit war Sharuhen isoliert.

Großfuß näherte sich einem jungen Libanesen, der nur noch einen Arm hatte. »Den anderen Arm hast du wohl im Krieg verloren, mein Junge?«, fragte er.

»Nein, Aberia hat ihn mir abgeschnitten, weil ich mich versteckte, als die ägyptischen Streitwagen auf uns zugerast kamen.«

»Stehen sie noch weit von hier?«

»Sie werden bald in Sharuhen sein. Niemand kann sie mehr bremsen.«

Großfuß atmete in langen, tiefen Zügen ein und aus. So hatte er schon lange nicht mehr geatmet – er hatte immer Angst gehabt, sein schwacher Körper könnte zerbrechen.

»Herr«, sagte der Befehlshaber der Festung Sharuhen, »der Krieg ist verloren. Alle unsere vorgeschobenen Posten sind überrannt worden, wir haben kein einziges Regiment mehr, das in der Lage wäre, der Armee des Pharaos Ahmose standzuhalten. Wenn Ihr es wünscht, können wir uns noch eine Weile in Sharuhen verschanzen. Aber wenn es nach mir ginge, wäre es besser, wir ergeben uns.«

»Ein Hyksos stirbt mit der Waffe in der Hand!«, schrie Khamudi, der jegliche Beherrschung verloren hatte.

»Zu Befehl.«

Der König zog sich in seine Gemächer zurück, wohin sich auch die von der gesamten Garnison gehasste Aberia schon geflüchtet hatte. In der Nacht bemühte sie sich nach Kräften, die körperlichen Gelüste Khamudis zu befriedigen.

»Du musst unsere Abreise in die Wege leiten, Aberia«, sagte Khamudi, der sich schwer in einen Sessel fallen ließ.

»Wohin gehen wir?«

»Nach Kerma. Fürst Ata wird mir einen würdigen Empfang bereiten und sich mir zur Verfügung stellen.«

»Seit wann findet Ihr an diesen Schwarzen Gefallen, Herr?«

»Sie sind jedenfalls bessere Krieger als diese elenden Feiglinge hier, die es gewagt haben, den Krieg zu verlieren! Der tödliche Irrtum der Ägypter ist es zu glauben, dass ich besiegt bin. Wir nehmen ein Schiff bis zur libyschen Küste, dann geht es über die Wüstenstraßen weiter. Wähle ein sicheres Gefährt, und lade so viel Gold und Drogen wie möglich ein.«

»Wann fahren wir?«

»Übermorgen, im Morgengrauen.«

»Sobald das Schiff bereit ist, werde ich mich noch um eine Kleinigkeit kümmern«, sagte Aberia mit genüsslich vorgestülpten Lippen. »Ich werde das Lager von Sharuhen schließen.«

Gewöhnlich gab es nach Einbruch der Dunkelheit keine Folterungen mehr. Es war die Zeit, zu der man den Gefangenen ihre karge Mahlzeit austeilte. Großfuß war sehr erstaunt, als er Aberia und ihre Häscher nach Einbruch der Dämmerung noch im Lager sah. Welche neuen Quälereien hatten sie sich diesmal ausgedacht?

»Komm her!«, befahl Aberia dem einarmigen Libanesen.

Wie benommen starrten die Gefangenen die Herrscherin ihres Lagers an.

»In ein paar Stunden werden die Ägypter Sharuhen erreichen«, erklärte sie. »Sie werden auch in dieses Lager gelangen. Ihr werdet einsehen, dass es unmöglich ist, ihnen diese Unordnung hier vorzuführen, die meinem Ruf beträchtlich schaden wird. Der Grund der ganzen Schlamperei seid ihr – faules Pack! Es hat wirklich keinen Zweck, euch weiterhin am Leben zu lassen.«

Sie schlang ihren Arm um den Nacken des jungen Soldaten und brach ihm die Halswirbelsäule.

Großfuß grub in Windeseile den Bronzestempel aus, den er versteckt hatte, während Aberias Männer einen Libyer zu Boden schlugen, der versucht hatte zu fliehen.

Aberia setzte ihren Fuß auf sein Gesicht und trat so lange auf ihn ein, bis er aufhörte zu atmen.

Langsam näherte sich die Nummer 1790. »Soll ich die Leichen vergraben, Herrin?«, fragte Großfuß.

Dieser Vorschlag schien Aberia zu belustigen.

»Ja, aber mach schnell! Grab mir ein schönes großes Loch!«

Als er an der ausladenden Herrscherin des Lagers vorbeiging, die in der Lage war, ihn mit einem einzigen Faustschlag zu töten, hätte sich niemand vorstellen können, dass dieser Großfuß, schwach und gebrochen, wie er war, zu irgendeinem Aufstand fähig gewesen wäre. Und genau damit hatte er gerechnet. »Das hier«, sagte er ganz ruhig, indem er Aberia den Bronzestempel genau in ihr rechtes Auge stieß, »das hier ist für meine Kühe.« Als sie vor Schmerz aufheulte, holte Großfuß zu seinem zweiten Schlag aus: Er traf mit dem schweren Stempel ihren Mund. Und er hatte so genau gezielt und mit so viel Kraft gestoßen, dass die Waffe das Zungenbein durchschlug und an ihrem Nacken wieder austrat.

Die Häscher rissen ihre Schwerter hoch, um Nummer 1790 zu Boden zu strecken. Doch die anderen Gefangenen, die spürten, dass jetzt eine einzigartige Gelegenheit gekommen war, sich zu retten, warfen sich auf ihre Wärter.

Bevor er das Lager verließ, nahm Großfuß ein Schwert und trennte die riesigen Hände Aberias von den Armen ab.

»Ich jedenfalls«, flüsterte er ihr zu, »ich habe meinen Krieg gewonnen!«

Die Große königliche Gemahlin Nefertari las dem alten Haushofmeister Qaris die Botschaft vor, die Graukopf gebracht hatte: Die befestigte Stadt Sharuhen, letzter Winkel des Widerstands der Hyksos, war soeben erobert worden!

»Ahotep siegt!«, rief der alte Mann aus, und er dachte an das junge Mädchen, das sie vor vierzig Jahren gewesen war. Einzig dieses junge Mädchen hatte damals an die Befreiung Ägyptens geglaubt.

»Ich führe dich zum Tempel«, sagte Nefertari.

»Ja, natürlich… Aber nicht in einem Wagen. So ein Wagen ist mir doch ein wenig unheimlich…«

»Möchtest du in einer Sänfte getragen werden?«

»Majestät! Ich bin doch nur ein unbedeutender Haushofmeister.«

»Du bist das Gedächtnis Thebens, Qaris.«

Die gute Nachricht verbreitete sich schnell. Schon begannen die Leute, ein riesiges Fest vorzubereiten, anlässlich der Rückkehr Königin Ahoteps und des Pharaos.

Der Hohepriester Tejuty stand auf der Schwelle des Tempels. Sein Gesicht war tiefernst. »Die Tür der Kapelle Amuns ist noch immer verschlossen, Majestät«, sagte er zu Nefertari, die mit Qaris eben eintraf. »Das bedeutet, dass der Krieg noch nicht zu Ende ist und dass wir noch nicht endgültig gesiegt haben.«

57

Pharao Ahmose hatte König Hattusil I. davon in Kenntnis gesetzt, dass Ägypten vom Joch der Hyksos befreit war und dass er als neuer Herrscher vorhatte, mit Anatolien friedliche Beziehungen zu unterhalten. Danach hatte er den syrisch-palästinensischen Gebietsstreifen mit seinen Streitkräften besetzt, um jedem Versuch eines Einmarschs einen Riegel vorzuschieben. Er hatte eine besondere Verwaltung für dieses Gebiet eingesetzt und dafür gesorgt, dass er – dank der zuverlässigen Nachrichtenübermittlung der Brieftauben – über die kleinsten Zwischenfälle sofort ins Bild gesetzt wurde.

Der einzige Punkt, der ihm noch Sorgen machte, war das Verschwinden Khamudis. Nach Aussage mehrerer Zeugen hatte er Sharuhen per Schiff verlassen. Und da das Tor des Amunheiligtums noch immer hartnäckig verschlossen blieb, wussten Ahmose und Ahotep, dass weitere Prüfungen sie erwarteten.

»Im Norden wird Khamudi keinen Verbündeten finden«, sagte der König, »und ebenso wenig im Delta. Entweder ist er zu den Inseln der Ägäis gesegelt, mit der Absicht, sich dort bis zu seinem Tod versteckt zu halten, oder er denkt immer noch an Rache.«

»Er kann nicht anders als rachsüchtig sein«, sagte Ahotep. »Und das heißt, es gibt nur eine Möglichkeit für ihn: Er muss versucht haben, das Fürstentum Kerma zu erreichen, den letzten Gegner, der uns geblieben ist. Selbst wenn sich alle Leute in Theben schon auf Feiern eingerichtet haben, müssen wir zuerst unsere letzte Aufgabe bewältigen.«

Während Ahmose das Wiedersehen mit seiner Frau und seinem Sohn genoss, prüfte Ahotep noch einmal die letzten

Berichte, die aus Nubien gekommen waren. Fürst Ata kam nicht vorwärts, doch er versuchte unaufhörlich, den Ägyptern zu schaden. Das musste der Grund sein, warum Amun sie zur Wachsamkeit aufrief.

»Gibt es nichts Neues von Khamudi?«

»Nichts«, erwiderte Neshi. »Vielleicht ist er irgendwo in der Wüste verloren gegangen.«

»Damit sollte niemand rechnen. Der Hass in ihm ist so groß, dass er unbedingt seinen Weg finden wird.«

»Majestät… Dürfen wir auf Eure Anwesenheit bei dem Festmahl heute Abend hoffen?«

»Ich bin müde, Neshi.«

Im Tempel von Karnak, in der Nähe der Göttin Mut, verbrachte Ahotep diese Nacht. Sie verdankte der Gemahlin Amuns so viel, sie verehrte die Mutter der Seelen und Hüterin des göttlichen Feuers so sehr, dass sie ihr noch einmal alles erzählen wollte, mit ihr zusammen noch einmal die langen Jahre des Krieges vorüberziehen lassen wollte, an deren Ende sich Ahmose endlich die Doppelkrone aufs Haupt setzen konnte. Wem hätte Ahotep sonst gestehen können, dass sie sich nach Stille und Einsamkeit sehnte? »Der Pharao braucht mich nicht mehr«, sagte sie der Göttin. »Mein Sohn ist ein ausgezeichneter Befehlshaber geworden, der überall Ehrfurcht und Vertrauen erweckt.«

Die Augen der Statue begannen zu leuchten – ein unleugbar zorniger Glanz begann sich zu zeigen.

»Wenn du mir erlaubst, mich zur Ruhe zu setzen, o Göttin, senke den Kopf!«, bat Ahotep.

Die Statue verharrte bewegungslos.

Die erste Begegnung von Ata, dem Fürsten von Kerma, und Khamudi, dem König der Hyksos, verlief eisig.

»Eure Gegenwart ehrt mich, Herr, doch, ehrlich gestanden,

hätte ich Euch lieber an der Spitze Tausender zum Kampf entschlossener Soldaten gesehen.«

»Sei ganz beruhigt, Ata, diese Soldaten gibt es! Mein Ruf ist überall auf der Welt unversehrt. Die Ägypter zittern noch immer, wenn sie auch nur meinen Namen hören. Sobald wir Nubien wiedererobert und Elephantine zerstört haben, werden sich meine Anhänger erheben und zu uns stoßen. Selbstverständlich bin ich es, der unsere Armeen führen wird!«

»Ihr seid kein Nubier, Herr, und meine Krieger werden nur ihrem Fürsten gehorchen.«

Khamudi nahm diese Beleidigung ungerührt hin. »Welche Strategie verfolgst du im Einzelnen, Ata?«

»Ich werde die Dörfer wiedererobern, die uns die Ägypter geraubt haben, und dann werde ich Buhen einnehmen. Wenn uns das nicht gelingt, steht die Eroberung des ganzen Südens in Frage.«

»Du verstehst nichts von Festungen, Ata. Aber ich bin mit ihnen vertraut, ich weiß, wie sie gebaut sind ...«

»Ich werde für jeden Ratschlag dankbar sein!«

»Wir müssen erst einmal eine Bresche durch das Gebiet schlagen, um nach Buhen vorzudringen. Dabei können wir uns auf Angriffe aus dem Hinterhalt nicht verlassen.«

»Was schlagt Ihr also vor?«

»Gib mir eine Karte des Gebiets, dann sehen wir weiter. Zunächst einmal muss ich mich ausruhen.«

Die Gemächer des Palasts von Kerma waren geräumig und behaglich eingerichtet. Doch der Blick des Haushofmeisters, der ihn musterte, gefiel Khamudi nicht.

Der Mann war von Drogen berauscht.

»Wie heißt du?«

»Tetian.«

»Du rauchst gewisse Kräuter, nicht?«

Der kräftige Bursche nickte.

»Ich habe Besseres mitgebracht, viel Besseres! Wenn du allerbeste Drogen willst, musst du mir zuhören. Du siehst nicht aus wie ein Krieger und nicht wie ein Diener. Ata hat dir befohlen, mich zu bespitzeln, stimmt's?«

»Es stimmt, Herr.«

»Warum duldest du eine solche Demütigung?«

»Wir gehören nicht der gleichen Familie an. Eines Tages wird sich meine Familie rächen und selbst die Herrschaft in Kerma übernehmen.«

»Warum so lange warten, Tetian? Wenn du sofort zu handeln bereit bist, werden wir zusammen gegen die Ägypter kämpfen. Du wirst viele von ihnen töten, und dein Volk wird alles tun, was du willst.«

»Ich werde viele von ihnen töten, und mich, Tetian, werden sie dafür verehren!«

»Aber vorher, mein Freund, musst du das hier versuchen.«

Eine ganze Nacht lang versuchte Tetian die beste Droge der Hyksos.

Am nächsten Vormittag stand er vor Ata, um ihm, wie gewohnt, Bericht zu erstatten.

»Hast du irgendetwas aus Khamudi herausbekommen?«

»Ja, mein Fürst.«

»Was will er wirklich? Was sind seine Absichten?«

»Er will sich an die Spitze unserer Armee setzen und in Ägypten einfallen. Und außerdem hat er mir eine besondere Aufgabe gegeben.«

»Welche?«

»Dich zu töten.«

Ata hatte keine Zeit mehr zu einer Gegenwehr. Der Dolch, den Tetian plötzlich in der Hand hielt, durchbohrte sein Herz.

Kerma hatte einen neuen Fürsten.

Da sie von Amun gewarnt worden war, nahm Ahotep die nubische Angelegenheit sehr ernst.

Einige unter ihren Offizieren glaubten, dass ein einfaches Expeditionskorps reichen würde, um den Aufstand in Kerma niederzuschlagen, doch die Königin war davon überzeugt, dass ihr Sohn dieses letzte Hindernis der Freiheit Ägyptens keinesfalls auf die leichte Schulter nehmen durfte.

So brach Ahmose mit fast der gesamten Befreiungsarmee in den tiefen Süden des Landes auf. Admiral Mondauge, Fürst Ehmheb, Neshi, der Schnauzbart, der Afghane und alle Helden des Krieges nahmen an dem Feldzug teil, ebenso wie Ahmas, Sohn des Abana, und Lächler der Jüngere, der noch immer für die persönliche Sicherheit des Monarchen zu sorgen hatte.

Nur Nordwind war nicht mitgekommen. Der alte Esel durfte endlich die wohlverdienten Freuden des Ruhestands genießen.

Am Hafen, wo die Schiffe kurz vor dem Auslaufen standen, war die Stimmung nicht rosig.

»Also, die Königin kommt wirklich nicht mit?«, fragte der Afghane.

»Sie braucht endlich eine Pause«, sagte der Schnauzbart, den diese Tatsache ebenso traurig machte wie seinen Gefährten.

»Ohne sie«, sagte ein junger Matrose, der damit die allgemeine Meinung ausdrückte, »werden wir wahrscheinlich geschlagen werden. Die Nubier sind viel härtere Krieger als die Hyksos. Nur die Königin ist fähig, ihre Zauberkräfte unwirksam zu machen.«

»Wir sind zehnmal so viele wie sie«, wandte der Afghane ein.

»Die Hyksos waren auch zehnmal so stark wie wir«, rief ihnen der Matrose in Erinnerung. »Aber an ihrer Spitze stand eben nicht die Königin der Freiheit.«

An einem Kai kam plötzlich Unruhe auf, und kurz darauf setzte Jubel ein.

Ahotep erschien vor den Männern, mit ihrem Stab aus Karneol, ihrem goldenen Diadem und einem grünen Gewand, das von Nefertari gewebt worden war.

Sobald die Königin das Admiralsschiff bestiegen hatte, ging alles schneller und freudiger vor sich.

58

Der erste von Ahotep angeordnete Halt überraschte die ganze ägyptische Flotte. Warum gingen sie auf der Höhe von Aniba vor Anker, lange bevor Buhen in Sicht kam?

Nur etwa hundert Männer gingen von Bord, darunter zwanzig Steinmetze. Der kleine Zug, der aus Menschen und zahlreichen, mit Wasserschläuchen und Vorräten beladenen Eseln bestand, schlug den Weg zu einem Steinbruch ein, wo in der Zeit des Pharaos Chephren – des Erbauers einer der drei Pyramiden von Giseh – Diorit abgebaut worden war. Ahotep machte sich bald ans Werk: Sie wollte alle drei Pyramiden feierlich wieder eröffnen. Wenn Nubien erst einmal befriedet wäre, würden im ganzen Land Tempel entstehen, in denen die Götter wohnen konnten. So würde genügend Maat geübt und hergestellt*, wodurch man spätere Kriege verhindern konnte.

Mit größter Erleichterung empfing Turi, der Kommandant der Festung Buhen, die Armee des Pharaos. Ohne auf die Gepflogenheiten zu achten, wandte er sich sofort an die Königin und ihren Sohn, um ihnen seine Befürchtungen unverhohlen kundzutun.

---

* Nach der Vorstellung der Ägypter konnte man Maat »sprechen«, »herstellen« und »ausüben«.

»Ihr kommt zur rechten Zeit!«, sagte er. »Denn schreckliche Ereignisse haben ganz Nubien aus dem Lot gebracht. Der Hyksos Khamudi hat sich mit dem neuen Fürsten von Kerma verbündet, einem Mann namens Tetian, der nicht nur seinen Vorgänger ermordet hat, sondern dem es auch gelungen ist, Stämme aufzuwiegeln, die bisher mit der Welt in Frieden lebten. Unsere gesamte Abwehr ist zerschmettert worden. Offenbar sind die Krieger von Kerma wild geworden. Selbst wenn sie blutend am Boden liegen, hören sie nicht auf zu kämpfen. Meine Späher haben mir berichtet, dass sie den Zweiten Katarakt schon überschritten haben und auf dem Weg nach Buhen sind. Meine Männer sind wie gelähmt vor Schreck! Und auch ich habe Angst. Glücklicherweise hat ein Bildhauer gerade ein neues Werk vollendet, das unsere ganze Hoffnung bewahrt.«

Kommandant Turi zeigte den Majestäten einen Steinblock, auf dem Pharao Ahmose mit der blauen Krone und Königin Ahotep mit der Perücke in Geierform, Symbol der Göttin Mut, abgebildet waren. Mutter und Sohn beteten Horus an, den Schutzgott der Gegend.

»Wir sollten uns unverzüglich an die Arbeit machen«, sagte der König. »Wir müssen uns auf eine harte Schlacht vorbereiten.«

Khamudi beglückwünschte sich, dass er genügend Drogen mitgebracht hatte. Wenn er sie den Kriegern von Kerma verabreichte, verwandelten sich die Männer in blutgierige Mörder. Tetian war ein Wüterich, doch er konnte seine Soldaten gut führen, und er hatte keinerlei Bewusstsein für Gefahr. Die Steinschleuder handhabe er ebenso geschickt wie den Bogen und die Lanze, und wenn er mit äußerster Grausamkeit mitten unter seine Feinde fuhr, metzelte er rücksichtslos jeden nieder, der sich ihm in den Weg stellte. Die meisten seiner Gegner bekamen es mit der Angst zu tun, wenn sie ihn nur sahen.

Mit Tetian und Khamudi an der Spitze, hatte die Armee von Kerma die ägyptischen Ordnungskräfte und ihre nubischen Verbündeten ohne große Mühe ausgeschaltet. Zahlreiche Dörfer, in denen Anhänger des Pharaos lebten, waren verwüstet worden; und man hatte die Schiffe friedlicher Kaufleute beschlagnahmt und sie zu Kriegsschiffen umgebaut.

Das nächste Ziel war Buhen.

Die Festung war wie ein Riegel. Khamudi hoffte, ihn aufsprengen zu können und sich damit den Zugang zu ganz Ägypten zu öffnen.

»Herr, ein Bote wünscht Euch zu sprechen«, teilte ihm sein Adjutant mit.

»Woher kommt er?«

»Er sagt, aus Buhen.«

Khamudi lächelte. Ein ägyptischer Soldat, der sein Leben opfern wollte, um den König der Hyksos auszuschalten, was für eine plumpe Falle!

»Bring ihn her!«

Der Mann war ein junger Schwarzer, offensichtlich völlig verängstigt.

»Nun gut, mein Junge, du wolltest mich also töten?«

»Nein, Herr, ich schwöre, dass ich das nicht vorhatte! Jemand hat mir eine Botschaft gegeben, die Ihr unbedingt bekommen solltet. Im Gegenzug hat mir der Mann versprochen, dass Ihr mir Gold geben würdet, und ein Haus mit Dienern.«

»Wie hieß der Mann?«

»Das weiß ich nicht, Herr.«

»Zeig mir diese Botschaft.«

»Hier.«

Als der junge Schwarze die Hand in seinen Schurz steckte, streckte ihn der Adjutant mit einem Fausthieb zu Boden. Er hatte geglaubt, dass er seinen Dolch hatte ziehen wollen.

Doch der Bote hielt nur einen kleinen Hyksosskarabäus in

der Hand, mit Zeichen einer Geheimschrift bedeckt, die nur Khamudi entziffern konnte.

Also war Apophis' Spitzel immer noch am Leben! Und was er Khamudi vorschlug, war tatsächlich äußerst erfreulich.

»Werdet Ihr mir geben, was mir versprochen wurde?«, fragte der Bote.

»Willst du wissen, was der Verfasser dieser Nachricht mir empfiehlt?«

»Aber ja, Herr!«

»Hier steht: ›Um den Überbringer der Botschaft zum Schweigen zu bringen, musst du ihn töten.‹«

»Die Nubier aus Kerma wollen offenbar den unmittelbaren Zusammenstoß«, stellte Pharao Ahmose fest, als er der feindlichen Schiffe ansichtig wurde, die voll beladen waren mit Kriegern. Sie trugen rote Perücken, goldene Ohrringe und enge Gürtel um ihre Hüften. »Lasst die Bogenschützen Aufstellung nehmen!«

Ein Verbindungsoffizier stürzte auf die Brücke. »Kommandant Ahmas, Sohn des Abana, soll ans Heck kommen!«, rief er.

»Warum?«, fragte Ahmas.

»Admiral Mondauge wünscht Euch dringend zu sprechen.«

Ahmose gab seine Einwilligung, und Ahmas entfernte sich in dem Augenblick, als der Zusammenstoß schon kurz bevorstand.

Nur die Anwesenheit der Königin der Freiheit verhinderte, dass den ägyptischen Soldaten beim Anblick Hunderter bis zu den Zähnen bewaffneter, laute Schreie ausstoßender feindlicher Krieger das Blut in den Adern stockte. Ahotep befahl, die Trommeln schlagen zu lassen, um das Geheul zu übertönen. Und als die ersten Angreifer, die sich ihnen wie blind entgegenwarfen, im Hagel der ägyptischen Pfeile fielen, begriff auch der letzte Matrose, dass auch diese Soldaten nur Menschen waren.

Tetian hatte nur einen Gedanken im Kopf, der ihm von Khamudi eingehämmert worden war: Er musste den Schädel Ahmoses mit seiner Axt zertrümmern.

Während die Schlacht auf den Schiffen tobte, war Tetian ins Wasser gesprungen. Als er das Admiralsschiff erreichte, kletterte er so flink hinauf, wie er den Stamm einer Palme erklettern konnte. Jedem, der ihm in die Quere kam, würde er ohne Zögern den Schädel spalten.

Er war wie im Fieber. In seiner Vorstellung war der Pharao bereits tot; er sah ihn mit blutigem Gesicht auf den Planken liegen. Ohne ihren Anführer würde die ägyptische Armee bald in Verwirrung geraten, und die Nubier würden die Oberhand gewinnen.

Mit irrem Blick erkletterte Tetian die Brücke der »Goldfalke«. Doch es zeigte sich, dass sie leer war.

»Wo bist du, Pharao, wo bist du? Komm und kämpfe gegen Tetian, den Fürsten von Kerma!«

»Wirf die Waffe weg und ergib dich!«, sagte Ahmas, Sohn des Abana, mit ruhiger Stimme.

Mit dem Schrei eines wilden Tieres stürzte sich Tetian auf ihn. Es gelang Ahmas noch, einen Pfeil von seiner Sehne schnellen zu lassen, die den Gegner mitten in die Stirn traf. Doch dann taumelte er und fiel, von der Axt Tetians getroffen, zu Boden.

Wildkatzes Operation war geglückt. Ahmas war nun mit einer bemerkenswerten Prothese versehen, einer kleinen Zehe aus dunkelrosa bemaltem Holz. Sie würde das von Tetian abgetrennte Körperteil bestens ersetzen.

Die Leiche des Fürsten von Kerma wurde wie die seiner getöteten Krieger in ein eilig entfachtes Feuer geworfen. Für seine außergewöhnliche Tapferkeit erhielt Ahmas wieder einmal Ehrengold, dazu vier Diener und ein unschätzbares Geschenk: ein Stück Land in Nekheb, seiner Heimatstadt. Er würde es bewirtschaften können, und es würde so viel Ertrag bringen, dass er seine Familie damit bis ins hohe Alter versorgen konnte.

Keinen Augenblick hatte er geglaubt, dass Admiral Mondauge ihn wirklich zu sprechen gewünscht hatte. Man hatte ihn nur vom Pharao entfernen wollen. Deshalb war der König auch ans Heck des Admiralsschiffs gerufen worden, wo ihn der sichere Angriff des Mörders erwartete.

Von Ahmose zur Rede gestellt, hatte Admiral Mondauge leidenschaftlich versichert, dass er Ahmas nicht zu sich gerufen habe. Den Verbindungsoffizier konnte man nicht mehr befragen. Er war inzwischen gefallen.

»Nur ein einziges Schiff ist uns entkommen«, sagte Mondauge, »und an Bord dieses Schiffs war Khamudi.«

59

Das Volk hatte durch übermäßige Abgaben an Ata und Tetian schwer zu leiden gehabt. Ahotep ließ Lebensmittel austeilen und stieß dann mit der Befreiungsarmee weiter in Richtung Kerma vor, ohne auf nennenswerten Widerstand zu stoßen.

Als die Flotte die Kornkammer des Gebiets erreicht hatte – dessen Mittelpunkt Kerma bildete –, bereiteten sich die Soldaten auf neue Kämpfe vor. Sie wussten, dass es ohne weiteres Blutvergießen nicht möglich wäre, Khamudi in seinem Schlupfwinkel aufzustöbern.

Das Gelände war flach, so dass die vom Schnauzbart und vom Afghanen befehligten Streitwagenregimenter sich gut bewegen konnten. Die ersten schweren Angriffe der Ägypter würden die letzten Schiffe von Kerma zur Hilflosigkeit verurteilen.

Diese Schiffe lagen am Kai vertäut. Es war kein Matrose auf ihnen zu sehen.

»Achtung!«, sagte Admiral Mondauge. »Es kann eine Falle sein!«

Ein alter Mann näherte sich ihm. Er ging am Stock und blickte zögernd zum Pharao und der Königin empor, die am Bug der »Goldfalke« standen.

»Ich bin der Abgesandte des Ältestenrats«, erklärte er. »Ich übergebe Euch hiermit die Stadt Kerma. Ich bitte Euch, das Volk zu schonen. Es will nur Frieden, nachdem es so lange Jahre unter Gewaltherrschern leiden musste. Möge Ägypten uns regieren, ohne uns zu unterwerfen!«

Königin Ahotep betrat als Erste den Boden von Kerma.

Fürst Emheb suchte die Umgebung ab. Er blieb argwöhnisch.

Ein Teil der Armee ging von Bord, aber die Bogenschützen hielten ihre Waffen bereit. Der alte Mann hatte nicht gelogen. Die Einwohner von Kerma verbargen sich in ihren Häusern und warteten ab, was der Pharao entschied.

»Wir tun, was du vorschlägst«, sagte Ahmose, »unter der Bedingung, dass ihr uns Khamudi ausliefert.«

»Als dieser Feigling hier eintraf«, antwortete der alte Mann, »hat er uns befohlen, die Waffen zu nehmen und in den Krieg zu ziehen. Nicht nur die Männer sollten kämpfen, sondern auch Frauen und Kinder. Wir haben ihm den Gehorsam verweigert, und er hat uns beleidigt. Wer gab diesem bösen Menschen das Recht, so mit uns umzuspringen?«

»Ist er dann wieder von hier fortgegangen?«

»Nein, er ist in Kerma geblieben.«

»Führe uns zu ihm«, bat Ahmose.

Der Palast mit seinen riesigen Portalen, seinen Bastionen und seinem Tempel war ein beeindruckendes Bauwerk.

Der Alte erklomm langsam die Treppe, die zur höchsten Spitze führte.

Der letzte König der Hyksos würde keine Gelegenheit mehr haben, gegen Ägypten zu Felde zu ziehen. Sein Körper war von einem langen Pflock aufgespießt worden.

Ein Mann löste sich von dem entseelten Leichnam des verhassten Gewaltherrschers und kam mit einem breiten Lächeln über das ganze Gesicht auf den Alten und den Pharao zu. Es war ein einfacher Palastdiener. Er hatte seinen Pflock sorgfältig zugespitzt und Khamudi hier aufgelauert. Und Khamudi hatte seinen letzten Schrei ausgestoßen und war verblutet.

Die Tür des Amunheiligtums hatte sich von selbst geöffnet.

Pharao Ahmose zeigte der Morgensonne das flammende Schwert, mit dem er die Finsternis besiegt hatte. Dann übergab er es Königin Ahotep, die, ihrem Amt als Gottesgemahlin gemäß, die Kapelle betrat und das Schwert auf den Altar legte. Die Große königliche Gemahlin Nefertari hatte künftig die Aufgabe, die Flamme am Leben zu halten, damit die vereinten Länder Ober- und Unterägypten von Einfällen fremder Mächte verschont blieben.

»Ich verehre dich, du Einziger, der sich uns in verschiedenen Erscheinungsformen zu erkennen gibt!«, sagte Ahotep feierlich. »Wache in Frieden über uns! Auf dass dein Blick die Nacht erhelle und uns das Leben spende!«

Der Pharao opferte Amun, dessen Gemahlin Mut und dem Mondgott Chons, der heiligen Dreieinigkeit von Karnak; er gelobte Treue gegenüber Maat, der Gerechtigkeit und Rechtschaffenheit, von der Ahotep nie abgewichen war. Sie wussten beide, dass sie es nur mit Hilfe der Maat schaffen würden, ein neues Ägypten aufzubauen, das seiner großen Vorfahren würdig wäre.

»Ich muss noch ein wichtiges Gelöbnis erfüllen«, rief die Mutter ihrem Sohn in Erinnerung.

Der gesamte Hof begab sich an den Ort, wo die Königin

einst als jugendliche Prinzessin einen Landvermesser getroffen hatte, der seit langen Jahren verschwunden war. Er hatte ihr erlaubt, zum ersten Mal das Zepter des Seth zu berühren, und sie war nicht von seinem Blitz erschlagen worden. Er hatte die Hoffnung damit verbunden, dass die Königin eines Tages Ägypten seine richtigen Grenzen zurückgeben werde.

Der Ort, an dem sie jenem Mann begegnet war, war baufällig und verlassen, die Arbeitsräume des Landvermessungsamts drohten einzustürzen.

»Warum hat man sie nicht instand setzen lassen?«, fragte Ahotep den Haushofmeister Qaris.

»Ich habe es mehrmals versucht, Majestät, aber die Arbeiter wollen hier nicht arbeiten. Sie sagen, dass der Ort von Geistern heimgesucht wird.«

Mit dem Zepter der Kraft in der Hand machte Ahotep einige Schritte. Dabei empfand sie etwas Merkwürdiges; es war, als ob der Boden sich weigerte, sich in Besitz nehmen zu lassen.

An einer Ecke des heruntergekommenen Gebäudes stand eine Tamariske, an der nur zwei Äste noch Blätter trugen. An ihrem Fuß war ein Stapel trockenen Holzes.

Die Königin erblickte einen Herd schlechter Energie und trat näher.

In dem Holzstapel waren Teile von blutbefleckten Kleidungsstücken versteckt, Haarbüschel und Stücke eines Papyrus, der mit magischen Formeln beschriftet war. Unter diesen Formeln tauchte der Name Apophis auf.

Ahotep legte die Spitze ihres Zepters auf den Stapel, von dem Unheil ausging. Die Augen des göttlichen Tieres flammten auf und setzten das trockene Holz in Brand.

Trotz aller Anstrengungen seines Spitzels war Apophis nun endgültig tot.

So konnte die Königin das Landvermessungsamt neu besetzen, und sie entschied, dass von morgen an ein Beamter für die

Landwirtschaft, ein Archivar und mehrere Schreiber hier ihre Tätigkeit aufnehmen würden. Der Boden Ägyptens würde wieder die Liebe der Götter auf sich ziehen.

Daraufhin begab sich der Hof auf einen gepflügten Acker. Nefertari, die Große königliche Gemahlin, säte Goldstaub aus, der die Saat in allen Provinzen Ägyptens fruchtbar machen würde.

So war die wahre und gerechte Ordnung endlich wiederhergestellt. An der Spitze regierten die Götter und Göttinnen und die vergöttlichten Seelen, die auf Erden von König und Königin dargestellt wurden; Letzteren kam es zu, einen Ersten Minister zu ernennen, ferner einen Wesir, hohe Beamte, die mit der Verwirklichung der Gesetze der Maat betraut wurden, und weitere Beamte, die die Verantwortung für die verschiedenen Angelegenheiten der Menschen übernahmen.

»Wir werden sofort mit dem Wiederaufbau der Tempel beginnen«, verkündete Ahmose. »Die Außenmauern werden neu gebaut, die heiligen Gegenstände werden wieder im Allerheiligsten aufgestellt. Alle Statuen werden an dem Platz errichtet, der ihnen zukommt, und es wird wieder regelmäßige Opferfeiern und heilige Feste geben.«

»Wohin führt uns diese Barke?«, fragte die Königin ihren Sohn, als sie merkte, dass ihre kurze Reise noch nicht zu Ende war.

»Wir haben die Pflicht, unseren alten geheimen Stützpunkt zu schließen, Mutter. Und außerdem habe ich eine Überraschung für Euch vorbereitet.«

Ahotep erinnerte sich an jene längst vergangenen Tage voller Angst und Erwartung, als Seqen, ihr Gemahl, im Norden Thebens die ersten Soldaten der Befreiungsarmee um sich versammelt hatte. Heute war die Kaserne verlassen. In dem kleinen Palast lebte niemand mehr, und im Tempel wurden keine Gottesdienste mehr abgehalten. In einigen Jahren würde der Wüstenwind sein ewiges Werk vollendet haben, und all diese Gebäude, in denen während so vieler Jahre die Hoffnung nicht untergegangen war, wären wieder mit Sand bedeckt. Hunderte von Männern, die hier ausgebildet worden waren, hatten auf den Schlachtfeldern des Krieges ihr Leben gelassen, viele weitere litten noch immer unter ihren schweren Verwundungen. Keiner von ihnen würde die Bilder jener schrecklichen Kämpfe, an denen sie teilgenommen hatten, je aus ihrem Gedächtnis löschen können.

Doch Ägypten war frei. Die zukünftigen Generationen würden all das Blut und all die Tränen vergessen, weil der Pharao es ihnen wieder ermöglichte, glücklich zu sein.

Mit ihrem Zepter verschloss die Königin den Zugang zu Kapelle und Palast. Erst jetzt war der Krieg wirklich beendet.

Als sie zu ihrer Barke zurückging, bemerkte sie am Kai einen Mann mit breiten Schultern in der Nähe des Pharaos. Lächler der Jüngere lag friedlich zu seinen Füßen.

»Das ist der Meister des Dorfs ›Ort der Wahrheit‹, wo noch immer die Handwerker wohnen, die Ihr damals gerufen habt«, stellte ihn Ahmose vor. »Er hat darauf bestanden, Euch persönlich das erste große Werk seiner Gemeinde zu übergeben – hier, an diesem Ort, wo die Waffen jetzt für immer schweigen werden.«

Der Meister stellte seine wertvolle, mit einem weißen Stück Stoff bedeckte Bürde auf den Boden. Langsam nahm er den Stoff ab und enthüllte einen perfekt geglätteten steinernen Würfel.

»Den Stein haben wir aus einem tiefen, entlegenen Bergtal geholt«, erklärte er. »Es ist ein einsamer Ort, beherrscht von einem Gipfel in Pyramidenform. Eine göttliche Kobra wohnt dort, die jedem Eindringling vollkommene Stille auferlegt und Schwätzer und Wortbrüchige streng bestraft. Mit kupfernen Meißeln und hölzernen Hämmern haben wir diesen Sockel geschaffen, auf dem unsere künftigen Werke verzeichnet werden – wenn Eure Majestät dem Stein Leben verleiht.«

Der Pharao übergab seiner Mutter das heilige Beil, mit dem er Opfergaben zu weihen pflegte.

Ahotep schlug auf den Stein, aus dem Flammen schlugen wie aus dem Schwert des Amun.

Dann gingen die Lichtstrahlen zurück und bündelten sich im Inneren des Würfels, den der Meister wieder mit dem feinen, schleierartigen Stoff bedeckte.

»Möge dieser Stein des Lichts die Materie in Geist verwandeln«, erklärte die Königin, »und möge er von Meister zu Meister weitergegeben werden für alle Zeit!«

60

Der Spitzel der Hyksos, der zwei Pharaonen beseitigt hatte, hatte sein Ziel, auch Ahmose zu töten, noch nicht erreicht. Und selbst wenn ihm dieser Mord gelungen wäre, hätte er die Befreiungsarmee dennoch nicht an ihrem Sieg hindern können.

Denn das wahre Herz dieser Armee war Ahotep.

Am Anfang hatte sie ihn belustigt. Nie hätte er geglaubt, dass sie solcher außergewöhnlicher Leistung fähig wäre. Und dann hatte er erfahren wollen, wie viel sie tatsächlich erreichen konnte.

Bei jedem neuen Abschnitt des Wegs überzeugte er sich davon, dass die Königin nicht noch weiter kommen konnte. Und doch kam sie weiter und weiter, ungeachtet aller Schicksalsschläge und all ihrer Leiden; sie ging einfach ihren Weg, mit Leidenschaft und mit der Überzeugung, dass nichts in der Welt in der Lage sei, sie aufzuhalten.

Er bewunderte sie – heute mehr denn je.

Und dann hatte sie stets in der höchsten Gunst der Götter gestanden, was sich zuletzt gezeigt hatte, als Apophis eines gewaltsamen Todes starb und der Vulkan von Thera ausgebrochen war. Heute war das Reich der Hyksos vernichtet, die Zwei Reiche hatten sich in triumphaler Weise wieder vereinigt.

Doch der Spitzel hatte gelobt, seine Aufgabe zu erfüllen. Und er würde Wort halten.

Dieses Ägypten, das sich im Aufbau befand, war viel zerbrechlicher, als es sich selbst eingestand. Indem er Ahotep tötete, würde er den Sockel zerstören, auf den das Land sich gründete. Im Lauf der anstehenden Festlichkeiten würde er eine gute Gelegenheit finden, um dem Volk zu beweisen, dass die Königin der Freiheit nicht unsterblich war. Wenn sie starb, die ihrem Land das Leben wiedergeschenkt hatte, würde Ägypten bald im Chaos versinken. Und der Herrscher der Finsternis hätte am Ende doch gesiegt.

In Gegenwart der Königin feierte Pharao Ahmose den Beginn seines zweiundzwanzigsten Regierungsjahrs, indem er die berühmten Steinbrüche von Tura wiedereröffnete, wo man den schönsten Kalkstein des Landes abbaute. Zwei Stelen, die am Eingang der Stollen aufgerichtet worden waren, gaben von dem großen Ereignis Kunde.

Sechs Buckelrinder schleppten den Holzschlitten mit dem ersten Block des zukünftigen Ptah-Tempels von Memphis. Der Rinderhirt, der diese aus Asien stammenden Tiere so umsichtig führte, war kein anderer als Großfuß, der nach seiner Befreiung aus dem Lager völlig wiederhergestellt war.

Er war Besitzer eines größeren Anwesens geworden, besaß zahlreiche Kühe und beschäftigte als Hirten Kriegsgefangene, die keine Ägypter getötet oder gefoltert hatten.

Überall wurde gebaut und wiederhergestellt. Memphis, die

Stadt der weißen Mauer, hatte fast ihren einstigen Glanz wieder-erlangt. Wieder kamen Gold und Silber aus Asien und Nubien, Kupfer und Türkise vom Sinai, Lapislazuli – Symbol des ge-stirnten Himmels und des Urozeans – aus Afghanistan.

Wer wäre besser geeignet gewesen als der Afghane, der wie der Schnauzbart zum General der Reserve befördert worden war, die Leitung der Einfuhrbehörde zu übernehmen?

»Willst du immer noch nach Hause zurück?«, fragte ihn sein Freund. »Hier bist du reich und angesehen, die Frauen laufen dir in Scharen hinterher, der Wein ist hervorragend und das Klima angenehm!«

»Die Berge fehlen mir.«

»Weißt du, Afghane, ich kann ja fast alles verstehen, aber so etwas…«

»Vergiss nicht, dass du einen schneebedeckten Abhang hin-aufklettern musst, um mir zu beweisen, dass du wirklich ein Mann bist!«

»Sieh dir lieber diesen Stein hier an und sag mir, ob er schön genug ist, um dem Tempel übergeben zu werden.«

»Dieser Lapislazuli ist wirklich herrlich.«

Die Wirtschaft blühte allmählich wieder auf. In Memphis und in Theben gingen die königlichen Werkstätten wieder an ihre Arbeit, ebenso die Landvermessungsämter, die Ämter für Maße und Gewichte, für die Reinigung und Instandhaltung der Kanäle und die Steuern. Unter der Herrschaft der Maat, die den Gemeinsinn und die Zusammengehörigkeit des Volkes si-cherstellte, wurden die großen Reichtümer des Landes neu und gerecht verteilt.

Die königliche Flotte segelte nach Abydos.

Trotz seines hohen Alters hatte Qaris darauf bestanden, bei den Feierlichkeiten zu Ehren der Königinmutter Teti der Klei-nen zugegen zu sein. Fürst Emheb, der unruhig auf die Rückkehr in seine Heimatstadt Edfu wartete, und Neshi, der in dieser Zeit viele, manchmal zu viele Pflichten hatte, pflegten den alten Mann hingebungsvoll. Und er erzählte immer wieder gern einzelne Episoden des Befreiungskriegs, an die er sich überraschend genau erinnerte.

»Was für ein unglaubliches Leben haben wir doch gehabt!«, sagte er zu Emheb. »Dank Ahotep haben wir uns von der Hoffnung genährt und an die Zukunft geglaubt, obwohl alles gegen uns sprach. Alles deutete darauf hin, dass es für uns nie wieder eine Zukunft geben würde. Und jetzt…«

Heray brachte frischen Wein und Kuchen.

»Deine Verantwortung hat dich nicht abmagern lassen«, bemerkte Neshi ein wenig boshaft.

»Qaris und ich, wir hatten nicht das Glück, in vorderster Linie zu stehen, wie du. In Theben hatten alle Angst, und Angst macht hungrig. Sieh dir den Afghanen und den Schnauzbart an: Seit sie keine Hyksos mehr abschlachten können, nehmen sie zu.«

»Wir legen an«, verkündete Admiral Mondauge.

»Du machst dir offenbar Sorgen«, sagte Heray.

»Hier zu steuern ist nicht einfach. Der Nil hat manchmal Tücken, die es erforderlich machen, dass man ständig auf der Hut ist. Ich hatte keine Gelegenheit, einen einzigen Tropfen Wein zu kosten!«

»Keine Angst, es ist noch genug da«, sagte Emheb mit einem Schmunzeln.

Besonders die Große königliche Gemahlin Nefertari legte Wert auf die Ehrung für die Großmutter des Pharaos, deren Beliebtheit im Volk nie abgenommen hatte. Wie in Theben sollte sie nun auch in Abydos verehrt werden, an der heiligen Stätte des Osiris.

Für Teti die Kleine führte der Monarch das aus, was nach der zeremoniellen Formel lautete: »Das, was kein König je zuvor tat«.

Eine Kapelle und eine kleine Pyramide wurden gebaut, es wurden Gartenanlagen gepflanzt und ein Opferdienst eingesetzt, der die Aufgabe hatte, täglich das *ka* der Verstorbenen, das unter den Lebenden unsichtbar anwesend war, zu nähren. Die Priester bekamen Wohnung, Kleidung und Lebensmittel, sie waren Besitzer des Bodens und des Viehs, das dort weidete, und sie hatten keine andere Aufgabe, als ihr Amt so gut wie möglich zu erfüllen.

Eine große Stele wurde errichtet, auf der Ahmose dargestellt war, einmal mit der weißen Krone Oberägyptens auf dem Kopf, einmal mit der Doppelkrone, in Opferhaltung, Teti der Kleinen gegenüber.

Dem Schatzhaus ihrer Mutter vertraute Ahotep das feine Golddiadem an, das sie selbst so oft getragen und das sie vor so vielen Gefahren gerettet hatte.

Für den Spitzel war es eine viel zu intime Zeremonie. Er würde in Theben zuschlagen, damit das plötzliche Verschwinden Ahoteps sofort einer breiten Öffentlichkeit vor Augen geführt wurde.

Es war ganz offensichtlich: Heray, Qaris und Neshi waren Verschwörer.

»Wovon redet ihr?«, fragte sie Ahotep.

»Von ganz unwichtigen Dingen, Majestät«, erwiderte Neshi.

»Stimmt das, Qaris?«

Der alte Haushofmeister zögerte. »Irgendwie… also, wenn man es so sieht…«

»Du hast mich noch nie belügen können«, bemerkte Ahotep lächelnd.

»Erlaubt mir, das Geheimnis zu bewahren, Majestät.«

»Beschränkt sich die Verschwörung auf euch drei, oder sind andere Würdenträger miteinbezogen?«

»Wir alle sind ein Teil davon«, gestand Heray, »und der Befehl kommt von sehr weit oben!«

»Das heißt«, sagte die Königin, »es hat keinen Zweck, euch weiter auszufragen.«

Ahotep ging zu ihrem Sohn in die Kabine des Admiralsschiffs. Die Tür wurde Tag und Nacht von Ahmas und von Lächler dem Jüngeren bewacht.

»Glaubt Ihr nicht, Mutter, dass es an der Zeit ist, die Sicherheitsvorkehrungen um meine Person ein wenig zu lockern?«

»Der Generalstab ist davon überzeugt, dass dieser Verbindungsoffizier, der während der Seeschlacht in Nubien getötet wurde, der Spitzel der Hyksos gewesen ist. Aber ich glaube das nicht.«

»Vorausgesetzt, dass dieser Spitzel immer noch am Leben ist, Mutter – ist dann nicht anzunehmen, dass sein einziges Ziel jetzt darin besteht, dass man ihn vergisst?«

»Er hat deinen Vater und deinen Bruder umgebracht. Wenn wir seine Verbrechen nicht bestrafen, würde das heißen, dass wir uns dem Geist von Apophis beugen. Solange dieser Verbrecher nicht kenntlich gemacht und außer Gefecht gesetzt ist, werden wir niemals wirklich Frieden haben.«

61

Wieder war der Tempel des Amun in Karnak vom Geräusch der vielen fleißigen Hämmer und Meißel erfüllt. Pharao Ahmose selbst überwachte die Maßnahmen zur Erneuerung und Neuaufstellung der Altäre, wo jeden Morgen reiche Opfer dargebracht werden sollten. Mit goldenen Kannen und anderen Gefäßen erfüllten die Opferpriester ruhig und ernst ihr hohes Amt. So reinigten sie die Nahrung sorgfältig, damit ihr geistiger Anteil die göttlichen Statuen, deren Augen, Ohren und Münder der König mit seinem Stab geöffnet hatte, mit neuer positiver Energie erfüllen konnte.

Für jedes Mitglied der göttlichen Dreieinigkeit von Karnak war eine große Barke aus Zedernholz mit Blattgoldauflage gefertigt worden. Sie segelten auf dem heiligen See und befuhren bei den hohen Festen in einer feierlichen Prozession den Nil.

»Ich habe zwei weitere Vorhaben«, sagte der Herrscher zu seiner Mutter. »Zuerst werde ich einen neuen Tempel in Theben bauen, in dem Amun in seiner geheimen Gestalt Wohnung findet und wo man sein *ka* verehren wird. Dieses Heiligtum wird heißen: ›Der alle Orte zählt‹*, das heißt, er wird dem Gott geweiht sein, der uns die Zahl enthüllt, die wirkliche Natur der Göttlichkeit. Das zweite Vorhaben betrifft Euch, Mutter. Es ist Zeit, dass man Euch verehrt, wie es Euch zukommt.«

»Darum also ging es bei der Verschwörung!«

»Ja, ich habe alle gebeten, das Geheimnis nicht zu verraten. Denn es wird eine große, feierliche Zeremonie geben.«

»Ist das nicht unnötig, Ahmose?«

»Im Gegenteil, Mutter. Ohne Euch würde es Ägypten nicht mehr geben. Und es ist nicht nur Euer Sohn, der auf einer solchen Feierlichkeit besteht, es ist der Pharao!«

Der große Tag war gekommen.

Im offenen Innenhof des Tempels von Karnak würden alle Würdenträger Thebens und anderer ägyptischer Städte der Verherrlichung Ahoteps beiwohnen. Außerhalb der Tempelmauern hatte sich bereits eine große Volksmenge versammelt, die

---

* Ipet-sut, der Tempel von Luxor

ihre Königin feiern wollte, jene legendär gewordenen Frau, die vor dem Gegner niemals zurückgewichen war.

Ahotep bedauerte, dem Pharao nachgegeben zu haben, denn sie suchte keine hohen Ehren. Wie so viele Soldaten, die für die Freiheit ihr Leben gelassen hatten, hatte auch sie nur ihre Pflicht getan. Sie rief sich in Erinnerung, dass Teti die Kleine bei allen Gelegenheiten bewundernswert geschminkt und gekleidet gewesen war. Ihr zu Ehren begab sich die Königin also in die Obhut zweier Fachleute des Palasts, die mit erstaunlicher Gewandtheit Bürsten und Kämme, Farbspatel und Schminkpaletten handzuhaben wussten. Sie verwendeten nur die allerbesten Erzeugnisse und hatten die Königin bald so hergerichtet, dass sie verführerischer aussah als jede jugendliche Schönheit.

Mit ebenso viel Ehrfurcht wie Rührung setzte Haushofmeister Qaris der Königin ein Golddiadem auf die alabasterfarbene Stirn. An der Vorderseite befand sich eine Kartusche mit dem Bildnis Ahmoses, eingerahmt von zwei Sphinxen, vor einem Hintergrund aus Lapislazuli. Dann legte Qaris ihr eine breite Kette um den Hals, bestehend aus mehreren Strängen mit aufgefädelten kleinen goldenen Löwen, Antilopen, Steinböcken und Uräusschlangen; andere Stränge trugen geometrische Figuren, Scheiben und Spiralen. Der Verschluss bestand aus zwei Falkenköpfen.

Der alte Haushofmeister fügte noch einen Anhänger hinzu, der aus einer Goldkette und einem Skarabäus aus Gold und Lapislazuli bestand, Zeichen der unaufhörlichen Wiedergeburt der Seele und ihrer Wandlungen in den paradiesischen Sphären des Himmels. Darauf schmückte Qaris die Handgelenke Ahoteps mit wunderschönen Ringen aus Gold, Karneol und Lapislazuli. Es handelte sich keineswegs um Schmuckstücke, die bloß der Schönheit dienten; ihre Aufgabe bestand darin, in jedem Betrachter bestimmte Szenen wachzurufen, die die Herrschaft des Pharaos über Unter- und Oberägypten bestätigten und befestigten: Geb, der Erdgott, inthronisierte den Pharao in Anwesenheit Amuns. Und Nechbet, die Geiergöttin, Schöpferin und Hüterin der königlichen Rangbezeichnung, erinnerte an die wesentliche Rolle der Königin.

Tief beeindruckt machte der alte Haushofmeister einen Schritt zurück.

»Verzeiht meine Unverschämtheit, Majestät, aber… Ihr seid so schön wie eine Göttin!«

»Mein verfluchter Rücken!«, jammerte der Schnauzbart. »Er macht mir immer noch zu schaffen! Kannst du mich nicht massieren, Wildkatze?«

»In knapp einer Stunde fängt das große Fest an, ich bin noch nicht fertig angezogen, und du hast selbst gerade dein Festgewand angezogen. Glaubst du, wir haben noch Zeit für solche Albernheiten?«

»Er tut mir wirklich weh! Wenn ich während der Feierlichkeiten nicht stehen kann, werde ich mir das nie verzeihen!«

Wildkatze seufzte. »Einen Moment. Ich hole dir schnell ein paar Schmerzmittel.«

Der Schnauzbart betrachtete sich im Spiegel. Nie zuvor hatte er so beeindruckend ausgesehen, mit einem Halskragen aus Gold, den er für seine Erfolge im Kampf erhalten hatte, einem breiten Gürtel und den Sandalen aus feinstem Leder.

»Ich merke gerade«, sagte Wildkatze, »dass ich sie dem Afghanen gegeben habe, der Schmerzen im Nacken hatte. Ihr seid doch Helden des Befreiungskriegs, könnt ihr euch nicht ein wenig zusammenreißen?«

Der Afghane wohnte in der Nachbarvilla. Der Schnauzbart ging schnell zu ihm hinüber.

»Der Herr ist im Bad«, teilte ihm eine Dienerin mit.

»Störe ihn nicht, ich weiß schon, wo ich das Schmerzmittel finde.«

Der Schnauzbart betrat das Gemach, wo sein Freund Waffen, Schurze und Heilmittel aller Art aufbewahrte. Nachdem er vergeblich eine Truhe mit Wäsche durchwühlt hatte, stieß er auf eine Schachtel, die Salbtiegel enthielt. Außerdem lag ein merkwürdiger Gegenstand darin, den er völlig überrascht in die Hand nahm.

Ein Skarabäus.

Kein ägyptischer Skarabäus, sondern ein Skarabäus der Hyksos, mit dem Namen Apophis darauf. Es war ein Siegel, und es war oft gebraucht worden. Auf dem Rücken waren Zeichen eingeritzt, die die Verschlüsselung einer Geheimschrift bildeten.

»Suchst du etwas Bestimmtes?«, fragte der Afghane, der noch nasse Haare hatte.

Mit wildem Blick zeigte ihm der Schnauzbart den Skarabäus. »Was bedeutet das?«

»Brauchst du wirklich eine Erklärung dafür?«

»Nicht du, Afghane – nein, das kann nicht sein!«

»Jeder führt seinen eigenen Kampf, mein Freund. Eine kleine Sache weißt du noch nicht: Ägypten hat meine Familie völlig verarmen lassen. Das Land hat angefangen, mit einem anderen Stamm Handel zu treiben. Wir sind auf der Strecke geblieben. Ich habe damals geschworen, mich zu rächen, und der Schwur eines Mannes der Berge muss unter allen Umständen eingelöst werden. Dabei kamen mir die Hyksos gerade recht. König Apophis hat mich damit beauftragt, den Widerstand zu unterwandern, und das ist mir gelungen – so gut gelungen, wie ich selbst es nie für möglich gehalten hätte. Ich habe es mit zwei Pharaonen aufgenommen, Seqen und Kamose, und habe sie besiegt, kannst du dir das vorstellen? Welcher Spitzel ist jemals dermaßen erfolgreich gewesen?«

»Aber du hast an meiner Seite gekämpft, du hast dich in so viele Gefahren begeben und so viele Hyksos getötet!«

345

»Das war notwendig, damit man mir unbegrenztes Vertrauen entgegenbringt und ich nicht den geringsten Verdacht errege. Und ich bin noch nicht am Ende mit dem, was ich mir vorgenommen habe.«

»Du willst auch Ahmose noch töten!«

»Nicht Ahmose, sondern Ahotep. Sie ist es gewesen, die das Reich der Hyksos zerstörte, und mir kommt es zu, sie auf dem Gipfel ihres Ruhms auszuschalten. Dann wird es mit Ägypten endgültig vorbei sein!«

»Du hast den Verstand verloren, Afghane!«

»Ganz im Gegenteil. Ich führe nur das zu Ende, was mir aufgetragen wurde. Und mein toter König wird der wahre Sieger dieses Kriegs sein. Ich bedaure das, mein Freund, denn ich habe Ahotep immer bewundert. Ich glaube sogar, dass ich angefangen habe, sie zu lieben, schon als ich sie zum ersten Mal sah, und vielleicht liebe ich sie noch immer. Deshalb habe ich sie so lange verschont, zu lange... Doch ich bin ein Mann der Ehre, wie du, und ich kann nicht heimkehren, ohne erledigt zu haben, was ich erledigen muss. Es tut mir wirklich Leid, Ahotep töten zu müssen – nachdem ich dich getötet habe, mein Freund!«

Beide zogen mit derselben raschen, gewandten Bewegung ihre Dolche aus dem Schurz. Und beide wussten, dass sie nie einen härteren Gegner vor sich gehabt hatten.

Mit vorsichtigen, sehr langsamen Schritten umrundeten sie einander, ohne sich aus den Augen zu lassen. Der erste Stoß würde entscheidend sein.

Der Dolch des Schnauzbarts schnellte zuerst vor. Seine Klinge ritzte den Afghanen nur ein wenig am Arm, worauf dieser ihn aus dem Gleichgewicht brachte und auf den Rücken warf. Im Fallen hatte der Schnauzbart seine Waffe losgelassen. Die Klinge des Spitzels war an seiner Kehle, und aus der aufgerissenen Haut tröpfelte Blut.

»Wirklich schade«, sagte der Afghane, »du hättest eben nicht in meinen Sachen wühlen sollen. Ich habe dich sehr geschätzt, und ich war immer froh, dich als Kampfgefährten zu haben.«

Plötzlich erstarrte er und stieß einen erstickten Schrei aus, als ob er sich den Schmerz, der ihm zugefügt worden war, nicht anmerken lassen wollte.

Auch in diesem Zustand, tödlich getroffen von dem Dolch, den Wildkatze ihm in den Rücken gestoßen hatte, hätte der Afghane seinem Kampfgefährten noch die Kehle durchschneiden können. Doch er tat es nicht. Mit einem nachdenklichen Blick ließ er von ihm ab und fiel auf die Seite.

»Ich hatte vergessen, dir zu sagen, wie viele von den Pillen du nehmen sollst«, sagte Wildkatze. »Wenn du zu viele auf einmal geschluckt hättest, wäre dir das schlecht bekommen.«

Pharao Ahmose stellte eine silberne Barke auf den Opferaltar. Sie bewegte sich auf Rädern, die den Rädern der Streitwagen ähnelten. Auf diese Weise beschwor der Monarch die Macht und die Beweglichkeit des Mondgottes herauf, Ahoteps Beschützer.

Der Schnauzbart, dessen Wunde mit einem Stück Stoff verbunden war, ließ Königin Ahotep ebenso wenig aus den Augen wie alle anderen, die der Zeremonie beiwohnten. Die Schönheit dieser sechzigjährigen Frau überstrahlte die der elegantesten Damen des Hofes.

Der Schnauzbart hatte ihr Bericht erstattet über das, was vorgefallen war, und über Ahotep war endlich vollständiger Frieden gekommen. Jetzt bedrohte nichts mehr das Leben des Pharaos.

»Verneigen wir uns alle vor der Königin der Freiheit!«, befahl Ahmose. »Ihr verdanken wir alles. Sie hat uns das Leben wiedergegeben und unser Land, das wir jetzt gemeinsam aufbauen und entwickeln.«

In der Stille des großen Hofes von Karnak füllte die Liebe eines ganzen Volkes das Herz der Königin.

Der Pharao trat zu seiner Mutter und sagte: »Niemals zuvor in der langen Geschichte Ägyptens hat eine Herrscherin eine militärische Ehrung erhalten. Majestät, Ihr werdet also die erste sein, und ich wünsche, dass Ihr die letzte seid, denn durch Euch hat der Frieden den Krieg verdrängt. Möge dieses Zeichen des unendlichen Kampfes, den Ihr gegen die Kräfte der Finsternis führtet, das Zeugnis der Verehrung aller Eurer Untertanen sein.«

Ahmose hängte seiner Mutter eine Kette mit drei wunderbar gearbeiteten stilisierten goldenen Fliegen um den Hals.

In der ersten Reihe befanden sich Lächler der Jüngere, Nordwind und Graukopf, und sie hatten in diesem Augenblick alle den gleichen Gedanken: Die Fliegen passten wirklich gut zu Ahotep. Denn es gab kein Insekt, das hartnäckiger und beharrlicher war. Die Königin besaß diese Eigenschaft in solchem Maße, dass sie damit sogar die Hyksos aus ihrem Land vertrieben hatte.

»Eigentlich sollte Euch die höchste Macht im Lande zukommen«, flüsterte der König ihr ins Ohr.

»Nein, mein Sohn. Es ist deine Aufgabe, eine neue Dynastie zu begründen und das goldene Zeitalter wiederaufleben zu lassen. Was mich betrifft… Ich habe gelobt, mich in einen Tempel zurückzuziehen, sobald unser Land befreit ist. Dieser glückliche Tag ist heute gekommen.«

Strahlend wandte sich die Königin dem Heiligtum zu, wo sie von nun an als Gottesgemahlin leben würde, an der Seite Amuns und im Geheimnis seines Lichts.

Bibliografie

Abd El-Maksoud, M., und Tell Heboua: *Enquète archéologique sur la Deuxième Période intermédiaire et le Nouvel Empire à l'extrémité orientale du Delta*, Paris 1998.

Alt, A.: *Die Herkunft der Hyksos in neuer Sicht*, Leipzig 1954.

Beckerath, J.: *Untersuchungen zur politischen Geschichte der zweiten Zwischenzeit in Ägypten*, Glückstadt 1965.

Bietak, M.: *Avaris. The Capital of the Hyksos. Recent Excavations at Tell el-Bada*, London 1996.

Ders.: »Hyksos«, in: *Lexikon der Ägyptologie*, 1977.

Bietak, M., und Strouhal, E.: »Die Todesumstände des Pharaos Seqenenre (XVII. Dynastie), in: *Annalen des Naturhistorischen Museums*, Wien 1974.

Caubet, A. (Hrsg.): *L'Acrobate au taureau. Les Découvertes de Tell el-Dab'a et l'Archéologie de la Méditerranée orientale*, Paris 1999.

Davies, W.V., und Schofield, L. (Hrsg.): *Egypt, the Aegean and the Levant. Interconnections in the Second Millenium BC*, London 1995.

Gabolde, L.: *Le »Grand Chateau d'Amon« de Sésostris Ier à Karnak*, Paris 1998.

Gitton, M.: *Les Divines Epouses de la XVIIIème dynastie*, Paris 1984.

Goedicke, H.: *Studies about Kamose and Ahmose*, Baltimore 1995.

Habachi, L.: *The Second Stela of Kamose and his Struggle against the Hyksos Ruler and his Capital*, Glückstadt 1972.

Hayes, W.C.: *The Sceptre of Egypt, II: The Hyksos Period and the New Kingdom*, New York 1968.

Heinsohn, G.: »Who Were the Hyksos?«, in: *Sesto Congresso Internazionale di Egittologia*, Turin 1991, 1993.

Helck, W.: *Die Beziehungen Ägyptens zu Vorderasien im 3. und 2. Jahrtausend v.Chr.*, Wiesbaden 1962.

Janosi, P.: »The Queens Ahhotep I and II and Egypt's Foreign Relations«, in: *The Journal of Ancient Chronology*, 1991–1992.

Kempinski, A.: *Syrien und Palästina (Kanaan) in der letzten Phase der Mittelbronze-II-B-Zeit (1750-1650 v.Chr.)*, Wiesbaden 1983.

Labib, P.: *Die Herrschaft der Hyksos in Ägypten und ihr Sturz*, Glückstadt 1936.

Mayani, Z.: *Les Hyksos et le Monde de la Bible*, Paris 1956.

Oren, E.D. (Hrsg.): *The Hyksos: New Historical and Archaelogical Perspectives*, Philadelphia 1997.

Redford, D.B.: »The Hyksos Invasion in History and Tradition«, in: *Orientalia*, 1970.

Robins, G.: »Ahhotep I, II and III«, in: *Göttinger Miszellen*, 56, 1982.

Ryholt, K.S.B.: *The Second Intermediate Period in Egypt*, Kopenhagen 1997.

Säve-Söderbergh, T.: »The Hyksos in Egypt«, in: *Journal of Egyptian Archaeology*, 37, 1951.

Seipel, W.: »Ahhotep«, in: *Lexikon der Ägyptologie, I*, 1972.

Vandersleyen, C.: »Les deux Ahhotep«, in: *Studien zur altägyptischen Kultur, 8*, 1980.

Ders.: *Les Guerres d'Amosis, fondateur de la XVIIIe dynastie*, Brüssel 1971.

Ders.: »Kamose«, in: *Lexikon der Ägyptologie, III*, 1978.

Ders.: »Seqenenre«, in: *Lexikon der Ägyptologie*, V, 1984.

Van Seters, J.: *The Hyksos. A New Investigation*, New Haven 1966.

Vycichl, W.: »Le Nom des Hyksos«, in: *Bulletin de la Société d'Egyptologie de Genève*, 6, 1982.

Wachsmann, S.: *Aegean in the Theban Tombs*, Leuven 1987.

Weill, R.: *XIIe Dynastie, Royauté de Haute-Egypte et domination hyksos dans le nord*, Kairo 1953.

Christian Jacq

Die Königin von Theben
Roman. 349 Seiten

Der einstige Glanz Ägyptens ist verblasst, seit das barbarische Heer der Hyksos in das Land der Pharaonen eingefallen ist und mit beispielloser Grausamkeit das Volk der Ägypter versklavt hat. Auch Theben, die letzte Provinz, die sich den Hyksos widersetzt, wird seinen Widerstand wohl nicht mehr lange aufrechterhalten können. Die einzige Hoffnung für das geschundene Land ist Ahotep, die stolze, schöne und unbeugsame Königin von Theben...

Die Herrscherin vom Nil
Roman. 352 Seiten

Im Kampf gegen die Hyksos hat Ahotep ihren geliebten Gemahl Seqen verloren. Doch die stolze Königin gibt nicht auf: Trotz tiefer Trauer schwört sie, nicht eher zu ruhen, bis die Ägypter ihre Freiheit wiedererlangt haben. Sie ist sogar bereit, ihren eigenen Sohn in den Krieg zu schicken – im Vertrauen auf den Beistand der Götter sammelt sie ihre Truppen zum großen Vorstoß gegen die Besatzer...

www.limes-verlag.de